증편 한국구비문학대계

1-12

경기도 파주시

이 저서는 2014년 대한민국 교육부와 한국학중앙연구원(한국학진흥사업단)의 구술자료 아카이브 구축사업의 지원을 받아 수행된 연구임(AKS-2014-OHA-1240001)

증편 한국구비문학대계
1-12
경기도 파주시

김헌선·김형근·최자운·김혜정·변남섭

한국학중앙연구원

역락

발간사

민간의 이야기와 백성들의 노래는 민족의 문화적 자산이다. 삶의 현장에서 이러한 이야기와 노래를 창작하고 음미해 온 것은, 어떠한 권력이나 제도도, 넉넉한 금전적 자원도, 확실한 유통 체계도 가지지 못한 평범한 사람들이었다. 이야기와 노래들은 각각의 삶의 현장에서 공동체의 경험에 부합하였으며, 사람들의 정신과 기억 속에 각인되었다. 문자라는 기록 매체를 사용하지 못하였지만, 그 이야기와 노래가 이처럼 면면히 전승될 수 있었던 것은 그것이 바로 우리 민족의 유전형질의 일부분이 되었기 때문이며, 결국 이러한 이야기와 노래가 우리 민족을 하나의 공동체로 묶어 주고 있는 것이다.

사회와 매체 환경의 급격한 변화 가운데서 이러한 민족 공동체의 DNA는 날로 희석되어 가고 있다. 사랑방의 이야기들은 대중매체의 내러티브로 대체되어 버렸고, 생활의 현장에서 구가되던 민요들은 기계화에 밀려 버리고 말았다. 기억에만 의존하여 구전되던 이야기와 노래는 점차 잊히고 있다. 한국학중앙연구원이 1970년대 말에 개원함과 동시에, 시급하고도 중요한 연구사업으로 한국구비문학대계의 편찬 사업을 채택한 것은 바로 이러한 시대적 상황에 대한 우려와 잊혀 가는 민족적 자산에 대한 안타까움 때문이었다.

당시 전국의 거의 모든 구비문학 연구자들이 참여하였는데, 어려운 조사 환경에서도 80여 권의 자료집과 3권의 분류집을 출판한 것은 그들의 헌신적 활동에 기인한다. 당초 10년을 계획하고 추진하였으나 여러 사정으로 5년간만 추진되었으며, 결과적으로 한반도 남쪽의 삼분의 일에 해당하는 부분만 조사하게 되었다. 그럼에도 불구하고 한국구비문학대계는 주관기관인 한국학중앙연구원의 대표 사업으로 각광 받았을 뿐 아니라, 해방 이후 한국의 국가적 문화 사업의 하나로 꼽히게 되었다.

21세기에 들어서면서 한국학중앙연구원에서는 미완성인 채로 남아 있는 구비문학대계의 마무리를 더 이상 미룰 수 없다는 생각으로 이를 증보하고 개정할 계획을 세웠다. 20년 전의 첫 조사 때보다 환경이 더 나빠졌고, 이야기와 노래를 기억하고 있는 제보자들이 점점 줄어들고 있었던 것이다. 때마침 한국학 진흥에 대한 한국 정부의 의지와 맞물려 구비문학대계의 개정·증보사업이 출범하게 되었다.

이번 조사사업에서도 전국의 구비문학 연구자들이 거의 다 참여하여 충분하지 않은 재정적 여건에서도 충실히 조사연구에 임해 주었다. 전국 각지의 제보자들은 우리의 취지에 동의하여 최선으로 조사에 응해 주었다. 그 결과로 조사사업의 결과물은 '구비누리'라는 이름의 데이터베이스에 탑재가 되었고, 또 조사자료의 텍스트와 음성 및 동영상까지 탑재 즉시 온라인으로 접근할 수 있는 시스템을 갖추었다. 특히 조사 단계부터 모든 과정을 디지털화함으로써 외국의 관련 학자와 기관의 선망의 대상이 되고 있다.

이제 조사사업의 결과물을 이처럼 책으로도 출판하게 된다. 당연히 1980년대의 일차 조사사업을 이어받음으로써 한편으로는 선배 연구자들의 업적을 계승하고, 한편으로는 민족문화사적으로 지고 있던 빚을 갚게 된 것이다. 이 사업의 연구책임자로서 현장조사단의 수고와 제보자의 고귀한 뜻에 감사를 표하지 않을 수 없다. 아울러 출판 기획과 편집을 담당한 한국학중앙연구원의 디지털편찬팀과 출판을 기꺼이 맡아준 역락출판사에 감사를 드린다.

2013년 10월 4일
한국구비문학대계 개정·증보사업 연구책임자 김병선

책머리에

구비문학조사는 늦었다고 생각하는 지금이 가장 빠른 때이다. 왜냐하면 자료의 전승 환경이 나날이 달라지고 있기 때문이다. 전승 환경이 훨씬 좋은 시기에 구비문학 자료를 진작 조사하지 못한 것이 안타깝게 여겨질수록, 지금 바로 현지조사에 착수하는 것이 최상의 대안이자 최선의 실천이다. 실제로 30여 년 전 제1차 한국구비문학대계 사업을 하면서 더 이른 시기에 조사를 했더라면 하는 아쉬움이 컸는데, 이번에 개정·증보를 위한 2차 현장조사를 다시 시작하면서 아직도 늦지 않았다는 사실을 실감했다.

구비문학 자료는 구비문학 연구와 함께 간다. 자료의 양과 질이 연구의 수준을 결정하고 연구수준에 따라 자료조사의 과학성이 결정되기 때문이다. 실제로 1차 조사사업 결과로 구비문학 연구가 눈에 띄게 성장했고, 그에 따라 조사방법도 크게 발전되었다. 그러나 연구의 수명과 유용성은 서로 반비례 관계를 이룬다. 구비문학 연구의 수명은 짧고 갈수록 빛이 바래지만, 자료의 수명은 매우 길 뿐 아니라 갈수록 그 가치는 더 빛난다. 그러므로 연구활동 못지않게 자료를 수집하고 보고하는 일이 긴요하다.

교육부에서 구비문학조사 2차 사업을 새로 시작한 것은 구비문학이 문학작품이자 전승지식으로서 귀중한 문화유산일 뿐 아니라, 미래의 문화산업 자원이라는 사실을 실감한 까닭이다. 따라서 학계뿐만 아니라 문화계의 폭넓은 구비문학 자료 활용을 위하여 조사와 보고 방법도 인터넷 체제와 디지털 방식에 맞게 전환하였다. 조사환경은 많이 나빠졌지만 조사보고는 더 바람직하게 체계화함으로써 누구든지 쉽게 접속하여 이용할 수 있는 데이터베이스를 구축했다. 그러느라 조사결과를 보고서로 간행하는 일은 상대적으로 늦어지게 되었다.

2차 조사는 1차 사업에서 조사되지 않은 시군지역과 교포들이 거주하는 외국지역까지 포함하는 중장기 계획(2008~2018년)으로 진행되고 있다. 한국학중앙연구원 어문생활연구소와 안동대학교 민속학연구소가 공동으로 조사사업을 추진하되, 현장조사 및 보고 작업은 민속학연구소에서 담당하고 데이터베이스 구축 작업은 한국학중앙연구원에서 담당한다. 가장 중요한 일은 현장에서 발품 팔며 땀내 나는 조사활동을 벌인 조사자들의 몫이다. 마을에서 주민들과 날밤을 새우면서 자료를 조사하고 채록하여 보고서를 작성한 조사위원들과 조사원 여러분들의 수고를 기리지 않을 수 없다. 조사의 중요성을 알아차리고 적극 협력해 준 이야기꾼과 소리꾼 여러분께도 고마운 말씀을 올린다.

구비문학 조사를 전국적으로 실시하여 체계적으로 갈무리하고 방대한 분량으로 보고서를 간행한 업적은 아시아에서 유일하며 세계적으로도 그 보기를 찾기 힘든 일이다. 특히 2차 사업결과는 '구비누리'로 채록한 자료와 함께 원음도 청취할 수 있는 데이터베이스를 구축해서 세계에서 처음으로 인터넷과 스마트폰으로 이용할 수 있는 디지털 체계를 마련했다. '구슬이 서 말이라도 꿰어야 보배'인 것처럼, 아무리 귀한 자료를 모아두어도 이용하지 않으면 소용이 없다. 그러므로 이 보고서가 새로운 상상력과 문화적 창조력을 발휘하는 문화자산으로 널리 활용되기를 바란다. 한류의 신바람을 부추기는 노래방이자, 문화창조의 발상을 제공하는 이야기주머니가 바로 한국구비문학대계이다.

2013년 10월 4일

한국구비문학대계 개정·증보사업 현장조사단장 임재해

한국구비문학대계 개정·증보사업 참여자 (참여자 명단은 가나다 순)

연구책임자

　김병선

공동연구원

　강등학　강진옥　김익두　김헌선　나경수　박경수　박경신　송진한　신동흔
　이건식　이경엽　이인경　이창식　임재해　임철호　임치균　조현설　천혜숙
　허남춘　황인덕　황루시

전임연구원

　이균옥　최원오

박사급연구원

　강정식　권은영　김구한　김기옥　김월덕　김형근　노영근　서해숙　유명희
　이영식　이윤선　장노현　정규식　조정현　최명환　최자운　한미옥

연구보조원

　강소전　구미진　김보라　김성식　김영선　김옥숙　김유경　김은희　김자현
　김혜정　마소연　박동철　박양리　박은영　박지희　박현숙　박혜영　백계현
　백은철　변남섭　서은경　서정매　송기태　송정희　시지은　신정아　오세란
　오소현　오정아　유태웅　육은섭　이선호　이옥희　이원영　이홍우　이화영
　임세경　임　주　장호순　정다혜　정유원　정혜란　진　주　최수정　편성철
　편해문　한유진　허정주　황영태　황진현

주관 연구기관 : 한국학중앙연구원 어문생활사연구소
공동 연구기관 : 안동대학교 민속학연구소

일러두기

- ■ 『증편 한국구비문학대계』는 한국학중앙연구원과 안동대학교에서 3단계 10개년 계획으로 진행하는 "한국구비문학대계 개정·증보사업"의 조사 보고서이다.

- ■ 『증편 한국구비문학대계』는 시군별 조사자료를 각각 별권으로 간행하는 것을 원칙으로 한다. 서울 및 경기는 1-, 강원은 2-, 충북은 3-, 충남은 4-, 전북은 5-, 전남은 6-, 경북은 7-, 경남은 8-, 제주는 9-으로 고유번호를 정하고, -선 다음에는 1980년대 출판된 『한국구비문학대계』의 지역 번호를 이어서 일련번호를 붙인다. 이에 따라『증편 한국구비문학대계』는 서울 및 경기는 1-10, 강원은 2-10, 충북은 3-5, 충남은 4-6, 전북은 5-8, 전남은 6-13, 경북은 7-19, 경남은 8-15, 제주는 9-4권부터 시작한다.

- ■ 각 권 서두에는 시군 개관을 수록해서, 해당 시·군의 역사적 유래, 사회·문화적 상황, 민속 및 구비 문학상의 특징 등을 제시한다.

- ■ 조사마을에 대한 설명은 읍면동 별로 모아서 가나다 순으로 수록한다. 행정상의 위치, 조사일시, 조사자 등을 밝힌 후, 마을의 역사적 유래, 사회·문화적 상황, 민속 및 구비문학상의 특징 등을 중심으로 설명하고, 마을 전경 사진을 첨부한다.

- ■ 제보자에 관한 설명은 읍면동 단위로 모아서 가나다 순으로 수록한다. 각 제보자의 성별, 태어난 해, 주소지, 제보일시, 조사자 등을 밝힌 후, 생애와 직업, 성격, 태도 등을 중심으로 서술하고, 제공 자료 목록과 사진을 함께 제시한다.

■ 조사자료는 읍면동 단위로 모은 후 설화(FOT), 현대 구전설화(MPN), 민요(FOS), 근현대 구전민요(MFS), 무가(SRS), 기타(ETC) 순으로 수록한다. 각 조사자료는 제목, 자료코드, 조사장소, 조사일시, 조사자, 제보자, 구연상황, 줄거리(설화일 경우) 등을 먼저 밝히고, 본문을 제시한다. 자료코드는 대지역 번호, 소지역 번호, 자료 종류, 조사 연월일, 조사자 영문 이니셜, 제보자 영문 이니셜, 일련번호 등을 '_'로 구분하여 순서대로 나열한다.

■ 자료 본문은 방언을 그대로 표기하되, 어려운 어휘나 구절은 ( ) 안에 풀이말을 넣고 복잡한 설명이 필요할 경우는 각주로 처리한다. 한자 병기나 조사자와 청중의 말 등도 ( ) 안에 기록한다.

■ 구연이 시작된 다음에 일어난 상황 변화, 제보자의 동작과 태도, 억양 변화, 웃음 등은 [ ] 안에 기록한다.

■ 잘 알아들을 수 없는 내용이 있을 경우, 청취 불능 음절수만큼 '○○○'와 같이 표시한다. 제보자의 이름 일부를 밝힐 수 없는 경우도 '홍길○'과 같이 표시한다.

■ 『증편 한국구비문학대계』에 수록된 모든 자료는 웹(gubi.aks.ac.kr/web)과 모바일(mgubi.aks.ac.kr)에서 텍스트와 동기화된 실제 구연 음성파일을 들을 수 있다.

차례

● 설화

● 현대 구전설화

● 민요

3. 문산읍

4. 법원읍

◆ **현대 구전설화**

7. 조리읍

▌**조사마을**

▌**제보자**

10. 파평면

● 설화

파주시 개관

파주시(坡州市)는 한반도의 중서부, 경기도의 서북부에 위치한다. 서쪽으로는 한강을 경계로 김포시가 있고, 남쪽으로는 고양시, 동쪽으로는 양주시, 동북쪽으로는 연천군과 경계를 이룬다. 선사 시대 당시에는 한반도의 대도시 역할을 하였으며, 구한말 이전까지도 평양·개성과 함께 대도시 역할을 하였다. 광복 이후에는 수도권 방위의 약 70%를 충당하는 대한민국 최대의 군사 도시로 크게 변모하였으며, 2000년대를 전후로 급속한 도시화가 진행되고 있다. 파주의 북서쪽으로는 개성시와 맞닿아 있고 휴전 협정이 조인된 곳인 판문점이 있어서 흔히 통일의 길목이라 불린다. 과거 용미리 공동묘지라는 서울 외곽의 공원묘지라는 이미지에서 점차 관광과 신도시의 이미지로 변모 중에 있다. 경기 영어마을, 헤이리마을, 파주출판단지, LG 디스플레이단지 등이 그러한 예들이며, 현재 파주 교하, 금촌신도시가 조성되고 있다.

1. 파주의 연혁

파주는 고구려 장수왕 63년인 475년에 술이홀현이라 칭하였다. 통일신라 시기는 봉성현, 고려시대는 서원현을 거쳐 조선 초기 서원군으로 승격된다. 1459년 세조 5년에 파주목으로 개편되게 된다. 파주목, 교하군, 적성현, 장단부가 오늘날의 파주 지역이다. 1895년 고종 32년에 파주목이 파주군이 되고, 1914년에 교하군이 파주군, 1945년에는 연천군 적성면이 편입되게 된다. 1996년 파주군이 시로 승격이 되었다.

2. 파주의 길

파주는 남에서 북으로 가는 중요한 길목 역할을 한다. 조선시대 전국의 간선도로 중 제1로인 의주로(義州路) 중심에 파주가 놓인다. 근대에는 1972년에 통일로, 1992년에 자유로가 완공되어 서울과의 교통이 원활하게 된다.

서울과 신의주를 잇는 경의선(京義線)이 1906년에 개통된다. 한국전쟁 이후 남북 분단으로 서울-문산 구간만이 운행되었다가, 2000년 남북 정상회담 이후 복원 공사가 이루어져 2007년 완공되었다. 경의선 파주 구간은 운정역, 금촌역, 파주역, 문산역, 임진강 역이다.

과거 파주가 중요한 교통의 요지가 된 것은 임진강을 통한 뱃길이다. 그래서 임진강을 중심으로 코그 작은 나루들이 발달하였다. 임진나루, 낙하나루, 반석나루, 덕진나루 등이 그 예들이다.

3. 파주의 지형

전체 면적은 672.47km²로 경기도 전체 면적의 6.3%를 차지한다. 경기도 31개 시·군 중에서는 6번째로 면적이 넓다. 전체 토지 면적 중 임야가 327km², 전답이 204km²를 차지한다. 파주시의 동부에는 광주산맥이 북동에서 남서 방향으로 솟아 있고, 북쪽 경계 너머로는 마식령산맥이 동서로 달리고 있다. 파주의 전체적인 지형지세는 동쪽이 높고 서북쪽이 낮은 동고서저 지형이다.

파주의 산으로 적성의 감악산, 파평의 파평산, 파주의 봉서산, 법원읍의 자웅산과 비학산, 광탄의 고령산과 박달산, 월롱면의 월롱산, 탄현면의 보현산과 검단산, 교하읍의 심학산과 장명산이 있다.

이름난 고개로는 광탄면 용미리의 혜음령, 적성면 설마리의 설마치, 광탄면 영장리의 뒷박고개, 적성면 식현리의 밥재가 있다. 하천으로는 임진강, 공릉천, 문산천이 흐른다.

4. 파주의 농업인구와 장시

한국의 여느 지역과 마찬가지로 파주 또한 농업 중심에서 다양한 산업으로 그 생업의 변화가 있어왔다. 1965년에는 농가수 13,192에 농업인구가 81,551명이었다. 1975년에는 농업인구가 84,913명에 이르렀으나, 그 뒤부터는 감소세 접어들게 된다. 2000년도에 33,865명이었고, 2007년에는 27,132명이다. 농가에서 가장 많이 재배되는 작물은 미곡으로 전체 재배 면적의 88%에 해당된다. 미곡 다음으로 콩, 팥, 녹두 등의 두류가 많이 재배되고, 고구마, 감자 등을 생산하고 있다.

조선후기 『동국문헌비고』, 『임원경제지』 등에 기록된 파주의 장시는 약 22곳 정도이다. 파주 지역에는 봉일천장(2, 7일), 문산포장(5, 10일), 눌로장(4, 9일), 원기장(1, 6일), 읍내장(1, 6일), 이천장(3, 8일), 광탄장(4, 9일), 장파장(4, 9일)이 있었다. 교하 지역에는 신화리장(4, 9일), 삽교장(1, 6일), 청수장(3, 8일)이 있었다. 장단 지역에는 부내장(3, 8일), 사천장(1, 6일), 사미천장(4, 9일), 구화장(1, 6일), 고랑포장(2, 7일), 도정장(2, 7일), 원우장(4, 9일)이 있었다. 적성 지역에는 두일장(5, 10일), 오목천장(2, 7일), 입암장(4, 9일), 신장(3, 8일), 남면발운(2, 7일), 서면장(4, 9일)이 있었다. 파주에 장이 섰던 지역은 크게 세 부류로 나눌 수 있다. 수상교통중심지, 육상교통중심지, 행정중심지가 그것이다.

먼저 수상교통 중심지로는 파주 문산포장, 장단 고랑포장, 이장포장이 그러한 곳이다. 파주 광탄장, 장단 판문장, 교하 삽교장 등은 육상 교통의 발달과 관련된 장시들이다. 파주 읍내장, 장단 부내장, 적성의 신장은 관청이 있었던 곳에 자리잡은 장시들이다. 이들 장시들에서 어떤 품목이 거래 되었는지는 19세기 『임원경제지』에 파주 봉일천장, 교하 신화리장, 장단 부내장, 적성 두일장의 거래 물품 기록이 있다. 봉일천장에서는 미곡, 면 포, 마포, 어염, 소, 옹기, 사기, 유기, 비단 등이었다. 교하 신화리장에서는 미곡, 면포, 과일, 어염, 연초, 장단 부내장에서는 미곡, 면포, 소, 옹기, 적 성의 두일장에서는 미곡, 면포, 마포, 과일, 어염, 소, 연초 등이었다.

5. 행정구역과 인구

2009년 기준 파주시는 5읍, 9면, 2동 349통으로 구성되며, 전체 면적은 672.47km²이다.

읍면동명	법정리·동	행정리·통	자연부락	반	면적 (km²)
계	126 (20)	349	441	2,713	672.47
교하읍	16	59	49	748	57.76
문산읍	10	38	42	335	47.33
조리읍	7	27	36	260	27.43
법원읍	10	28	51	161	71.27
파주읍	7	30	34	151	32.19
광탄면	9	31	59	109	65.45
탄현면	11	20	41	93	59.64
월롱면	5	21	25	52	27.12
적성면	16 (1)	22	41	90	88.85
파평면	7	15	18	43	41.80
군내면	7 (5)	2	2	7	43.27
장단면	(8)				34.11
진동면	5 (4)	1	1	1	43.14
진서면	(2)				9.21
금촌 2동	2	31	10	402	4.98
금촌 1동	4	24	32	261	18.92

파주의 2010년 7월 기준 인구는 344,233명이다. 이 인구수는 2000년대 들어오면서 크게 늘어났고, 최근에는 외국인도 늘어가는 추세이다. 1965년에는 182,433명, 1975년에는 166,072명, 1985년에는 164,917명, 1995년에는 168,803명, 2000년에는 193,719명, 2001년 226,858명이었으며, 2006년에는 30만 명을 넘어서게 되었다.

	합계(한국인+외국인)			세대	한 국 인			외 국 인		
	인 구				인 구			인 구		
	계	남	여		계	남	여	계	남	여
총계	344,233	177,162	167,071	136,544	335,684	171,459	164,225	8,549	5,703	2,846
교하읍	97,775	48,780	48,995	34,925	96,265	47,773	48,492	1,510	1,007	503
문산읍	38,506	19,369	19,137	15,365	38,036	19,195	18,841	470	174	296
조리읍	32,480	16,707	15,773	11,766	31,336	15,922	15,414	1,144	785	359
법원읍	14,623	7,745	6,878	5,877	14,112	7,385	6,727	511	360	151
파주읍	13,780	7,334	6,446	5,901	13,111	6,824	6,287	669	510	159
광탄면	14,796	8,206	6,590	5,714	13,246	7,024	6,222	1,550	1,182	368
탄현면	14,583	7,869	6,714	6,418	13,912	7,425	6,487	671	444	227
월롱면	14,780	8,868	5,912	10,757	14,192	8,385	5,807	588	483	105
적성면	7,576	3,966	3,610	3,078	7,410	3,865	3,545	166	101	65
파평면	4,961	2,569	2,392	2,091	4,829	2,479	2,350	132	90	42
군내면	637	325	312	211	635	325	310	2	0	2
진동면	161	79	82	59	161	79	82	0	0	0
금촌2동	52,124	26,113	26,011	20,470	51,949	26,053	25,896	175	60	115
금촌1동	37,451	19,232	18,219	13,912	36,490	18,725	17,765	961	507	454

1. 광탄면

▌조사마을

경기도 파주시 광탄면 마장1리

조사일시 : 2010.4.11
조 사 자 : 김헌선, 김형근, 최자운, 김혜정, 변남섭

　광탄면(廣灘面)은 파주시의 동남쪽에 위치해 있어 양주군과 인접해 있
는 지역이다. 양주군 백석면과 광적면에서 흘러내린 물이 문산천으로 합
류하는데, 이것이 넓은 여울로 형성되어 광탄이라 불렸다. 광탄면에는 기
산리, 마장리, 발랑리, 방축리, 분수리, 신산리, 영장리, 용미리, 창만리가
있다. 이름난 곳으로 미륵불이 보물 93호로 지정되어 있고, 윤관장군묘
등이 있다. 또한 서울시립묘지 등의 공원묘지 등이 있다. 이번 구비문학
조사에서는 광탄면의 용미리, 창만리, 마장리에서 구비문학 자료들을 얻

을 수 있었다.

　마장리(馬場里)는 조선시대인 1504년(연산군 10년)에 군마를 집결시켜 사육하고 훈련시켰던 장소로 유래한 이름이다. 1914년 행정구역 폐합 때 파주군 광탄면 마장리의 일부와 양주군 백석면 마장리 일부가 합쳐진 곳 이다. 마장리는 4개 리로 구성되는데 이 중 마장1리의 자연마을로 검바위 (檢岩), 닭뫼(鷄山洞), 보월말(洑越洞)이 있다.

경기도 파주시 광탄면 용미1리

조사일시 : 2010.2.2
조 사 자 : 김헌선, 김형근, 최자운, 김혜정, 변남섭

　용미리(龍尾里)는 1914년 행정구역 통폐합 때 호미리와 구룡리 등이 병 합된 지역이다. 그래서 구룡리의 용(龍)과 호미리의 미(尾)를 이용하여 용

미리라 이름하였다. 용미리는 4개 리가 있다. 용미1리는 호미골 또는 양짓말 또는 양지동이라고 하였다. 호미골은 호랑의 꼬리라는 의미로, 장지산이 마을을 휘감고 있는 모양 때문이다. 달리 양지골이라 부르기도 한다. 마을 동쪽이 훤히 트이고 양지바른 자리에 있기 때문이다.

경기도 파주시 광탄면 용미4리

조사일시 : 2010.2.2
조 사 자 : 김헌선, 김형근, 최자운, 김혜정, 변남섭

용미4리는 구룡골, 진따배기, 닭우니, 영모통이라는 자연마을이 있다. 가장 많은 사람들이 사는 지역은 진따배기로 예전에 진대(솟대)가 세워졌기에 불리던 명칭이다. 또 어떤 이들은 이것이 임진왜란 때 명나라 원군인 이여송 부대가 진을 쳤던 곳으로 해석하기도 한다. 구룡골(九龍洞)은 마을 뒷산의 형상이 구룡을 닮아 생긴 이름이다. 닭우니(鷄鳴洞)는 숙빈 최씨가 죽자 영조가 소령원에 장례를 모시러 가던 중 지금의 마을에 이르러 닭이 울었다 하여 붙여졌다는 설도 있고, 그 지역의 형상이 닭이 알을 품고 있는 형상이라는 설도 있다.

경기도 파주시 광탄면 창만4리

조사일시 : 2010.2.27
조 사 자 : 김헌선, 김형근, 최자운, 김혜정, 변남섭

창만리(倉滿里)는 1914년 행정구역 폐합 때 두만리와 사창리 등이 병합하여 이루어진 지역이다. 사창의 창(倉)과 두만의 만(滿)이 합쳐진 결과이다. 창만리는 5개 리로 이루어져 있는데 창만1리는 두만이, 2리는 새터말, 오목말, 3리는 소라울, 만쟁이, 4리는 사창이, 5리는 도마뫼로 불렸다. 창

만4리는 속칭 사창동(社倉洞)이라 불리는데, 언제인지 모르지만 아주 옛날 나라에서 환곡을 수납 저장하였던 창고가 있어서 지어졌다고 한다.

■ 제보자

김경구, 남, 1929년생

주 소 지 : 경기도 파주시 광탄면 창만4리
제보일시 : 2010.2.27
조 사 자 : 김헌선, 김형근, 최자운, 김혜정, 변남섭

파주시 광탄면 창만4리 사창동의 노인회
장을 맡고 있다. 태생은 양주이고, 11세 되
던 해에 창만리로 이주해왔다. 신산소학교
를 나왔고, 농사를 지으며 살았다. 봉사활동
을 많이 해왔고, 그런 만큼 적극적인 성격으
로 보였다. 그러나 자신이 어디서 배운 소리
가 아니기 때문에 자랑스레 내놓을 수는 없
다고 양해를 부탁했다.

제공 자료 목록

02_27_FOS_20100227_KHS_KGG_0001 상여 소리
02_27_FOS_20100227_KHS_KGG_0002 회다지 소리
02_27_FOS_20100227_KHS_KGG_0003 지경 소리

박종윤, 남, 1927년생

주 소 지 : 경기도 파주시 광탄면 용미1리
제보일시 : 2010.2.2
조 사 자 : 김헌선, 김형근, 최자운, 김혜정, 변남섭

용미1리에 태어나 자랐다. 다소 집안이 부유해서 서울에서 중학교까지
나올 수 있었고, 발전소에서 기술자로 근무하기도 하였으나, 곧 가업인

농사를 계승한다는 의미로 고향에 돌아와
살았다. 22세가 되는 1948년도에 결혼하여
3남 1녀를 두었다. 연세가 연로함에도 불구
하고 기억력이 분명했다. 이번 조사 이전에
도 미륵불 등의 이야기에 대해 조사 경험이
있었다.

제공 자료 목록

02_27_FOT_20100202_KHS_BJY_0001 용미리 돌
미륵 유래

02_27_FOT_20100202_KHS_BJY_0002 혜음령 밑 뱀 형상의 봉우리

02_27_FOT_20100202_KHS_BJY_0003 수령령(授令嶺, 혜음령의 이칭) 고개의 유래

02_27_FOT_20100202_KHS_BJY_0004 이여송이 미륵산 정상에 쇠못 자른 이야기

02_27_FOT_20100202_KHS_BJY_0005 용미4리 진따배기의 지명 유래

02_27_FOT_20100202_KHS_BJY_0006 소령원 묘지기가 된 나무장사

오수용, 남, 1939년생

주 소 지 : 경기도 파주시 광탄면 용미1리
제보일시 : 2010.2.2
조 사 자 : 김헌선, 김형근, 최자운, 김혜정, 변남섭

용미1리의 토박이다. 용미1리의 박종윤
제보자의 조사하는 과정에 유일한 청중이었
다. 본인은 아는 이야기가 없다며 그저 뒷켠
에서 듣기만 하고 있었다. 박종윤에게 청송
심씨와 파평윤씨의 묘지 다툼 이야기를 물
었고, 이에 대한 이야기를 할 때는 본인도
아는 이야기인지 옆에서 이야기를 도왔다.

02_27_MPN_20100202_KHS_OSY_0001 파평윤씨와 청송심씨의 묘지 다툼

이영복, 남, 1937년생

주 소 지 : 경기도 파주시 광탄면 용미4리

제보일시 : 2010.2.2

조 사 자 : 김헌선, 김형근, 최자운, 김혜정, 변남섭

　용미4리의 자연마을로는 '달구니', '진따배기', '영모퉁이' 세 마을이 있다. 이 중 이영복은 달구니(계명동 鷄鳴洞) 태생으로 3대째 이곳에 살고 있다. 용미1리 박종윤 제보자의 소개로 용미4리의 유래 등에 대해 묻고자 조사하게 되었다. 이영복은 마을 봉사활동을 많이 하였고, 지역 새마을지도자연합회장도 역임하여 지역에서는 꽤 유명한 유지였다. 파주문화원의 자문위원과 향교의 유사 등을 맡았기에 개인적으로 지역 역사에 대한 관심이 많았다.

제공 자료 목록

02_27_FOT_20100202_KHS_LYB_0001 용미4리 진따배기의 유래

02_27_FOT_20100202_KHS_LYB_0002 쌍미륵불에 얽힌 이야기

02_27_FOT_20100202_KHS_LYB_0003 이여송이 아우 잃은 이야기

정해운, 남, 1952년생

주 소 지 : 경기도 파주시 광탄면 마장1리

제보일시 : 2010.2.2

조 사 자 : 김헌선, 김형근, 최자운, 김혜정, 변남섭

마장1리 토박이다. 광탄면 일대뿐 아니라 고양과 남파주 일대에 이름이 날 정도로 유능한 선소리꾼이다. 조경회사를 운영하여 상장례(喪葬禮)와 직접적으로 연관되므로 지금도 빈번하게 선소리를 메기고 있다. 성격이 시원시원하며, 우리 조사의 취지가 좋다며 적극적으로 조사에 임해주었다. 지금도 젊은 나이지만 선소리를 15년 전부터 메겨  왔다고 하였다. 받는 이들이 잘 받아야 본인의 소리도 더 잘나오는데 이번 마을은 소리를 잘 받는 마을이 아니라며 스스로 서운해 했다.

제공 자료 목록

02_27_FOS_20100411_KHS_JHW_0001 상여 소리
02_27_FOS_20100411_KHS_JHW_0002 회다지 소리 (1)
02_27_FOS_20100411_KHS_JHW_0003 회다지 소리 (2)

용미리 돌미륵 유래

자료코드 : 02_27_FOT_20100202_KHS_BJY_0001
조사장소 : 경기도 파주시 광탄면 용미1리 양지마을 마을회관
조사일시 : 2010.2.2
조 사 자 : 김헌선, 김형근, 최자운, 김혜정, 변남섭
제 보 자 : 박종윤, 남, 83세
청   중 : 1명
구연상황 : 박종윤은 이전에도 다른 조사자에게 설화 구연을 했던 제보자였다. 전화로 짧
　　　　　게 이번 조사의 취지를 말했으나 잘 이해하지 못하겠으나 오신다면 아는 만
　　　　　큼 성실히 답하겠노라 답변을 주었다. 제보자를 만나기 위하여 용미1리로 향
　　　　　하는 중 멀리서 산중턱에 무엇인가 보이는 것이 있었다. 그것이 이른바 미륵
　　　　　불이었다. 제보자와는 자택에서 만나기로 했으나 찾아가던 중 마을회관 앞에
　　　　　서 만나게 되어 그곳에서 조사를 하게 되었다. 마을회관에는 마을 사람들이
　　　　　거의 없고, 오직 한 사람만이 있었다. 제보자를 만나며 인사를 하면서, 넌지시
　　　　　"미륵불이 참 멋지군요"라는 말을 전하면서, 그에 얽힌 이야기로 자연스레 넘
　　　　　어가고자 하였다.
줄 거 리 : 두 가지가 전하는 데 하나는, 고려의 어느 왕녀의 꿈에 장지산의 돌부처에게
　　　　　치성을 드리면 아이를 갖게 된다 하여서, 이곳에 와 치성을 드리고 아이를 낳
　　　　　았다고 한다. 또 하나의 이야기는 남에게 베풀지 않는 부자가 살았는데 도사
　　　　　가 이를 알고 재산이 곱으로 불어날 것이니 부처를 세우라고 한다. 부자는 욕
　　　　　심에 미륵을 조성하였는데 결국 재산을 모두 탕진하여 빈털터리가 되었다.

　미럭불(미륵불 彌勒佛)에 대한 얘기는 뭐 많이들 있고,

　또 그 저기 이 저기 뭔가 저기에도 있고 그런데요.

　뭐 얽힌 얘기야 공식으로 얽힌 얘기야 그게 저 몬가,

　고려 적에 맻(몇) 대 왕인가 그 왕, 왕녀 되시는 분이 시집을 갔는데 아
이를 못나가지고,

그 저 꿈에, 저, 저, 개성서, 음 백리길 바깥에,

"장지산(長芝山, 경기도 파주시 광탄면 용미리에 소재한 산)이래는 산이 있다 거기에 돌부처가 있는데 거기 가서 치성을 드려라, 그러면 저거 한다."

그래가지고 그 공주님이 여기 와서 치성을 드려가지고 아이를 낳다는 거죠.

그래가지고 그 때서부텀 인제 여기를 아이 못 낳는 양반들이,

여기 치성을 드리러 많이 오고 이제 그랬대는 그 전설이 있고.

또 그 외에 다른 전설들도 몇 가지 있어요. 근데 그건 뭐 여기서 떠드는 얘기들이니깐,

뭐 그전엔 내가 몇 가지 왰는데 시방 다 잊어버리고

한 가지 생각나는 거는 그 미륵 앞에 큰 저, 어, 부자가 살았는데

그때는, 미륵님이 조성하기 전인 모냥이에요 아마 옛날에.

미륵 앞에 큰 부자가 살았는데 어느 날, 도, 도사가 와가지고

아, 에 그 하는데 그 사람이 무척 인색했댑니다, 에.

그래가지고, 이 남헌테 조금도 베풀질 않고 그렇게 아주 인색하게 저걸 해서

에, 소문이 났던 모냥이에요. 굉장히 저거한 사람이라고, 좋지 않은 사람이라구.

근데 어느 날 도사가 와가지고, 어, 인제 그 주인을 불러가지고, 그 빤히 아는 양반이죠.

와가지고 도사 허는 말이

"에, 당신이 재산을 많이 탐허고, 어, 그 부자 되는 거를 아주 굉장히 원허구 그러는 모냥인데, 저 앞에 저 큰 바위가 있지 않냐? 아, 거기다가 부처님을 해 세워라. 그럼 당장 당신네 집안이 재산이 곱으로다 불어난다."

이러커구 그 도사님이 꺼졌댑니다.

그니까 이 사람이 그냥 허겁지겁 돈을 들여가지구 그걸 조성을 했대요.

그래가지고 미륵님을 다 조성을 허구 보니,

헐 때 쯤 되니까는 집안이 그냥 빈털터리가 됐대는 얘기지.

그래가지고 그냥 사그리째 망했다 허는.

그러니까 그걸 그 도사님이 그 사람이 좋지 않으니깐 망해줄려구 인제 그런 얘기를 해가지구 거기다가 미륵님을 조성, 그런 사설도 한 가지 있구.

또 뭐 그 외 여러 가지 있는데 나 정신이 얼씬달씬 해서 뭐 생각나는 거 있어?[옆에서 이야기를 듣고 있던 청중에게 생각나는 이야기가 있는가를 물어보시며 하신 말씀이다.]

혜음령 밑 뱀 형상의 봉우리

자료코드 : 02_27_FOT_20100202_KHS_BJY_0002
조사장소 : 경기도 파주시 광탄면 용미1리 양지마을 마을회관
조사일시 : 2010.2.2
조 사 자 : 김헌선, 김형근, 최자운, 김혜정, 변남섭
제 보 자 : 박종윤, 남, 83세
청   중 : 1명
구연상황 : 쌍미륵불에 이어서 먼저 지명과 관련된 질문을 드렸다. 그래서 인근 지명과 관련한 이야기를 부탁하자, 용미리에 있는 혜음령 고개 이야기를 해주었다.
줄 거 리 : 어느 도사가 혜음령 고개 올라가는 곳에 사는 부자에게 봉우리를 삼 년 동안 벼로 감싸라고 시킨다. 정성을 들여서 했지만, 가세가 기울어 한쪽을 씌우지 못하게 되었다. 그러자 그 서기(瑞氣, 상서로운 기운)가 중국으로 뻗쳐 와서 보니 용이 명주실에 걸려 나오지 못하고 있었다.

내가 요 용미리(龍尾里, 경기도 파주시 광탄면 소재) 쪽에다가 얘기허고 싶은 거는 혜음령(惠陰嶺) 고개 있죠?

거기 혜음령 고개 올라가는데 꼬불꼬불 허구 내려오다가 요로케 딱 저 맺힌 봉우리가 하나 있어요.

네, 뱀대가리 모냥으로 뱀거치 요로케 내려오다가.

그래가지고 옛날에 거기에 그 얽힌 전설이 있대는 거를 내가

지지동 사람이나 여기 사람들한테 어려서 들은 생각이 나요.

그건 뭐냐면, 거, 저, 수령령(授令嶺) 고개 올라가는 그, 그 아래에 큰 부자가 살았는데

어느 날 도사가 와가지고

"당신이 저 봉우리에다가, 응, 볍, 볏, 루다 저걸 삼년 동안을 쳐놔라. 그래가지고 그르면 저기서 용이 나가지고 당신네가 아주 그냥 크게 저거 된다."

그런데 이 사람이, 에, 그 부자가 그냥 정성껏, 그 저, 그 저거를 에 볍, 베(벼)루다, 삼년 동안을 감쌌다는 거에요.

그런데 나중에 가세(家勢, 집안 경제 사정)가 그냥 끼울어지고, 인제 돈이 없고 그러니깐, 쪼끔 그 베 보재기를 한쪽을 못 씌웠답니다.

그러니까 글로 서기가 중국으로 뻗쳐 나갔대는 거에요. 거기서 못 씐 데에서.

그래가지구 중국에서 쫓아나왔대는 거에요.

중국에서 쫓아 나와 가지고, 그 저 묘를 캔거에요.

캐니까는 용이 다 되가지고, 발톱에 명지실(명주실)이 걸려서 못 못날 용이 나오질 못했다 허는 그 전설을 들은 적이 있어요.

수령령(授令嶺, 혜음령의 이칭) 고개의 유래

자료코드 : 02_27_FOT_20100202_KHS_BJY_0003

조사장소 : 경기도 파주시 광탄면 용미1리 양지마을 마을회관

조사일시 : 2010.2.2

조 사 자 : 김헌선, 김형근, 최자운, 김혜정, 변남섭

제 보 자 : 박종윤, 남, 83세

청　　중 : 1명

구연상황 : 앞서의 이야기가 혜음령과 관련되었으므로, 제보자에게 혜음령 고개에 대한
　　　　　 명칭 의미를 물었다. 하지만 제보자는 그것은 잘 모르겠다고 하면서, 이 이야
　　　　　 기를 들려주었다. 이 이야기는 혜음령의 이칭인 수령령(授令嶺)의 유래에 관
　　　　　 한 것인데, 갑자기 '수령령(授令嶺)'이라는 명칭이 생각나지 않아 안타까워하
　　　　　 며 이야기를 구연하였다.

줄 거 리 : 영조가 세자 시절 효성이 지극하여 소령원에 모신 어머니의 시묘살이를 하
　　　　　 였다. 하루는 서울로 가는 도중 혜음령에서 숙종의 어명을 받게 되어 수령령
　　　　　 (授令嶺)이라는 이칭이 생겨났다고 전한다.

왜 혜음령(惠陰嶺)이라고 그랬는지 그 유래는 몰라요.

근데 그게, 대승령인가, 대무신령으로다 그러케 이름이 바뀌었었어요.

그건 뭐냐하믄, 저 뭐에요. 그 저 장희빈(張禧嬪, 숙종의 빈인 희빈 장
씨(?~1701년)) 남편이 누굽니까? 무신 무신대왕? (조사자 : 숙종대왕.)

에, 숙종대왕(肅宗大王)의 아들이 영조대왕(英祖大王)이지, 아마.

저, 최숙빈(崔淑嬪, 숙종의 후궁이자 영조의 어머니 숙빈 최씨
(1670~1718년))의 아들, 저 소령원(昭寧園, 경기도 파주시 광탄면 영장리
에 자리한 숙빈 최씨의 무덤)에 모신 최숙빈 있죠?

그 사람의 아들, 그 광탄면 소령원에 모신 최숙빈의 아들이 인제 숙종
저 영조대왕 아니에요?

그 냥반이, 에 몬가 뭐라 그러드라, 저걸 했는데, 하유 내가.

거기 얽힌 저게 있다고 해요 영조 대왕이. (조사자 : 소령원에 대해서?)

네, 소령원에 대해서도 얽히구 이 혜음령 고개도 얽힌 거에요.

그래 혜음령 고개를 부랴부랴 그 사람이 와 그때 이미 벌썸, 저, 그 영
조대왕이 왕자로서,

어, 왕의 계승자루다 임, 저거는 임명은 돼 있었거든요.

그랬는데 정식으루다 인제 저 왕명을 못 받은 거지.

그랬는데 그 냥반이 이 자기 어머니 소령원 능에를 아주 지성껏 저거 허니라고 거기다 묘막을 짓고

삼년 동안 저 어머님이 돌아가셨을 때 거기서 시묘를 했어요.

그 아주 정성이 지극허고 효성이 지극헌 대왕이에요.

그 숙종대왕의 아들이, 저 소령원에, 에, 궁인에 아들이 인제 네.

그래가지고 그 냥반이 거기서, 어 시묘살이를 허다가 인자 하두 궁금해서 서울을 올라갈려고,

저 궁궐엘 올라갈려고 거기서 나와 가지고 혜음령을 오는데 저쪽에서 사람이 오더란 얘기에요 궁궐에서.

그래가지고 거기서 마주쳤는데 그 서울서, 어 내려온 사람들이 숙종대왕이래는 왕명을 그 저 이 냥반한테 준거에요.

그래가지고 그때 그 왕명을 받았다 해가지고 무신 고개라고 그 이름이 거기 있어요,

아이 내가 그걸 기억을 시방 못해.

이여송이 미륵산 정상에 쇠못 자른 이야기

자료코드 : 02_27_FOT_20100202_KHS_BJY_0004

조사장소 : 경기도 파주시 광탄면 용미1리 양지마을 마을회관

조사일시 : 2010.2.2

조 사 자 : 김헌선, 김형근, 최자운, 김혜정, 변남섭

제 보 자 : 박종윤, 남, 83세

청   중 : 1명

구연상황 : 임진왜란시 원병을 이끌고 참전하였던, 명의 장수 이여송과 관련한 이야기가 파주에서는 많이 조사된다. 조사자가 이 지역에도 이여송과 관련한 이야기가 있는지 묻자 이 이야기를 해주었다.

줄 거 리 : 이여송이 이곳을 지나가다가 미륵불이 중국에 해를 준다 생각하여 미륵산 꼭대기에 쇠못을 박았다.

이여송(李如松, 임진왜란 때 원병을 이끌고 조선에 온 명나라 장수)이는 여기는 무신 큰 내력이 없어요.

이여송이에 대해서 단 한 가지 단편적으로 내가 아는 거는 이 이여송이가,

여길 지나가다가 미륵산(彌勒山) 미륵님이 있는 산이요

그게 '미륵 미륵님이 저거 암만해도 어 중국에 해를 준다.'

그래가지고 '저 미륵님의 정기를 끊자.'

그래가지고 이 미륵님 미륵산 꼭대기에다 쇠못을 박았다는 거에요.

이여송이가 여기 나왔을 때.

그래가지고 그 전설은 있었어요, 에 그걸.

용미4리 진따배기의 지명 유래

자료코드 : 02_27_FOT_20100202_KHS_BJY_0005
조사장소 : 경기도 파주시 광탄면 용미1리 양지마을 마을회관
조사일시 : 2010.2.2
조 사 자 : 김헌선, 김형근, 최자운, 김혜정, 변남섭
제 보 자 : 박종윤, 남, 83세
청   중 : 1명

구연상황 : 마을에 관한 사항을 묻는 중에 용미4리를 속칭 '진따배기'라 부른다는 제보를 하였다. 그래서 그 유래에 대해 물어보았고, 이 이야기를 해주었다. '진따배기'는 장승배기처럼 진대와 배기의 합성어로 보이고, 진대, 즉 솟대가 있는 지역을 의미하는 것으로 보인다. 그런데 박종윤 제보자와 용미4리의 이영복 제보자는 공통적으로 '진따배기'의 유래와 의미를 민속 신앙적인 면이 아닌, 임진왜란 시기 원군으로 출전한 명나라 이여송 장군이 주둔했던 곳에, 군기를 세웠던 표식으로 이해하고 있다.

줄 거 리 : 임진왜란 때 이여송과 이여백의 군대가 혜음령과 됫박고개 너머까지 후퇴를 하여 진을 쳤다. 일본군은 고개를 넘지 않고 일본군 추격 최종지라는 푯말을 세웠다. 진을 치면 총사령부의 군기를 세우는데 이를 진대라고 한다. 진대의

꼭대기에는 기러기가 하나 남쪽을 바라보고 있다.

아 진따배기래는 유래는 왜 생겼냐하믄, 저 임진왜란 때 일본군이, 이 일본군허고 벽제간(벽제관(碧蹄館)의 와음) 싸움(임진왜란 때 이여송 등의 명나라 군사가 패퇴하는 일본군을 얕잡아 보았다가 대패한 전투. 화군(火軍)을 거느리고 온 양원(楊元) 장수의 지원으로 간신히 파주를 거쳐 개성으로 후퇴하였음)이 있었잖아요.

벽제간 싸움이라고 역사에 나오죠?

그게, 어디서부텀 시작된 저거냐믄, 구파발이요.

구파발 고개서부텀 구파발 벌판을 지나가지고 넘어오는 고개가 그게 저 그 고개가 저거에요.

옛날 옛 옛날에는 그게 숫돌고개라고 그랬어요. (조사자 : 숫돌고개?)

숫둘고개라고 그랬는데 시방은 그걸 무슨 고개라고 그러드라 아이고 나 정신이.

그래가지고 그 고개에서 전투를 굉장히 했어요.

그리다가 이여송이가 패한 거야.

게 일본, 일본 놈들이 밀려들어 온 거에요.

그래가지고 그 저 대자리 벌판을 지나서 고양네(파주시에 인접한 고양시를 지칭하는 듯함)꺼정 쳐들어왔어요, 일본 아이들이.

그러니깐 이여송이가 급허니까는,

이여송이 군대가 혜음령(惠陰嶺, 경기도 파주시 광탄면과 경기도 고양시의 경계에 있는 고개)을 넘어서 진지동에다 진을 치고.

이여송이 아래 이여백(李如伯, 이여송의 아우로 임진왜란 때 이여송과 함께 참전함)이,

이여백이는 저쪽 그 저 뒷박고개, 고령, 고령을 넘어간 거예요.

그래가지고 그렇게 후퇴를 해가지고 일본 아이들이

혜음령고개하고 뒷박고개를 넘지 않구 거기서 멈춘 거예요.

그래가지고 일, 일본 때는, 일정 때 일본 아이들이

뒷박고개 꼭대기허고

뒷박고개 꼭대기엔 머 있냐면 일본 아이들이 시워놓은 일본군 전사자 묘지 푯말이 서 있었어요.

또 이 쪽 거 저 혜음령 고개 올라가는데,

그 벽제 시방 버스 스는데 거 개울 건너서 어 이렇게 건너스면요 푯말이 있었어.

내가 봤어요. (조사자 : 지금은 없어졌죠?)

없었죠. 어 해방되고서 없어졌어요, 일정 때 있었어. 거기엔 뭐라고 그랬냐믄

'일본군 추격 최종지'라고 써놨어 일본 아이들이.

에 그게 있는데 그게 인제 해방 되구서 일본 놈이 해논 거다, 그래가지고 없앴지 시방은 없어.

(조사자 : 진따배기.) 네.

(조사자 : 진따배기) 진따배기는 그때 중국 사람들이 중국 사람들 그러니까는 그게 에 한국군허구 중국군의 연합군이에요.

에 연합군 아니오? 일본놈허구 싸울 때니까는

저 임진왜란 때. 거기에 진을 친 거예요.

그래가지고 저 진 진대(군사 진지의 장대(陣竿). 이 지역은 솟대를 민속신앙의 산물로 보지 않고, 임진왜란 때 군이 주둔했던 표식으로 이해함)가 있어요, 거기 가면 시방도.

거 뭐냐, 저 말하자면 그 저 군대에 군기, 아주 그 저 총사령부 군기, 군기를 꽂았던 자리.

거기에다가 진대를 시워가지고 기러기가 꼭대기에 한 마리 이렇게 올라가있죠.

기러기가 남쪽을 봐가지고, 여기가 이게 진대다 이거야 진대.

옛날에는 그 군이 주둔허믄 그 군의 중심지에 진대를 시웠대요 이렇게 예. (조사자 : 그러니까 그 진따배기가 된.)

그게 진따배기에요 그래서 진따배기가 된 거에요.

소령원 묘지기가 된 나무장사

자료코드 : 02_27_FOT_20100202_KHS_BJY_0006
조사장소 : 경기도 파주시 광탄면 용미1리 양지마을 마을회관
조사일시 : 2010.2.2
조 사 자 : 김헌선, 김형근, 최자운, 김혜정, 변남섭
제 보 자 : 박종윤, 남, 83세
청   중 : 1명
구연상황 : 소령원(昭寧園)은 용미리와 가까운 영장리에 있는, 조선 숙종의 후궁이자 영조의 생모인 숙빈 최씨의 묘소이다. 지역과 관련한 이야기를 묻는 과정에서 이 이야기를 하였다. 제보자 박종윤은 지역 관련 유래 외의 민담이나 전설 등은 모른다고 했다.
줄 거 리 : 후궁의 태생인 왕이 어머니의 묘가 국법으로 '원'이라 불려 '능'으로 바꾸려 대신들과 싸웠다. 어느 날 한 나무장사에게 어디서 왔는지를 물으니 '소령원 능'에서 왔다하자 감격하여 묘지기를 시켰다.

소령원릉(昭寧園陵, 숙빈 최씨의 무덤. 경기도 파주시 광탄면 영장리에 있음) 얘기는,

뭐냐믄 그 저 임금님이

에 자기 어머닐 써 놓구서 여기를 자주 온 거에요.

그런데 인제 서울 모아관, 모아관(모화관(慕華館)의 와음. 조선시대 중국 사신을 맞이하던 곳)에서 어느 낭구장사(나무장수)가 있길래

그 낭구자, 저, 저, 저, 미행(微行)이라 그르죠. 영, 저, 왕이, 저, 시내를 시찰하는 거를 미행이라 그러는데 (조사자 : 암행이요?)

암행(暗行), 암행, 미행이라 그르지.

그걸 허는데, 저 그러니까 모아관이죠 무악자고개(毋岳재고개, 서울시 서대문구 현제동과 홍제동 사이의 고개) 넘어 영천리(靈泉里, 서울시 서대문구 영천동 일대)지 시방 이름이.

그 쯤에서 낭구장사한테

"너 어이서 왔냐?" 그러니까는.

"소령원능에서 왔습니다." 그랬던 얘기에요.

그러니깐 이 임금님이 굉장히 그냥 감격을 헌거야.

그건 왜? 이 냥반이 저이 어머니를 써놓구서 이 국가에서, 이걸 능(陵)소릴 붙일려고, 그 대신들허구 굉장히 싸웠어요.

"능자 좀 붙이자."

"안됩니다. 후궁은 능자 못 붙입니다."

"원(園)입니다."

그래 오죽해 이런 얘기가 나온 거예요.

능지하(陵之下)요 원지상(園之上)이다.

능 중에는 제일 하빠리(하바리)고 원 중에는 제일 꼭대기다.

그렇게꺼정, 이 대신들이 양보를 해 준거야.

그러면섬도 그 능소리를 못 부친 거예요, 그 소령원에다가, 그건 국법이 그렇게 돼있으니까는.

그런데 이 낭구장사가

"소령원능에서 왔습니다." 그랬단 얘기야.

그러니깐 왕이 감격을 헌거야.

"어 능 소릴 허는구나."

"게 너 어디서 왔냐?"

"소령원에서 왔습니다." 그래가지고

저걸(소령원 묘지기) 시켰다는 거야.

용미4리 진따배기의 유래

자료코드 : 02_27_FOT_20100202_KHS_LYB_0001

조사장소 : 경기도 파주시 광탄면 용미4리

조사일시 : 2010.2.2

조 사 자 : 김헌선, 김형근, 최자운, 김혜정, 변남섭

제 보 자 : 이영복, 남 73세

구연상황 : 용미4리는 닭운이(鷄鳴洞), 진따배기, 구룡골(九龍洞)이 모인 동네이다. 먼저 진따배기의 유래에 대해서 물어보았다. 앞서 용미1리의 제보자였던 박종윤과 같이 진따배기의 유래를 임진왜란 시기의 이여송 장군의 진지와 연결하여 설명하였다. 제보자 이영복은 지역의 여러 일들을 하기도 하고, 문화원의 자문위원 역할을 하여 역사적 정확성을 기하려는 듯, 미리 준비해둔 진따배기 유래에 관한 기록들을 봐가면서 이야기하였다.

줄 거 리 : 진따배기는 진을 쳤던 땅이라는 말이다. 임진왜란 때 명나라 장수 이여송이 왜군과 싸우던 중 이 마을 너머에 있는 곳에 진을 쳐서 진따배기라고 부르기 시작했다고 한다. 현재도 진대 두 개가 남아있으며, 시월 삼일이면 진대고사를 지낸다.

(조사자 : 왜 진따배기라고 그럽니까?)

네 진따배기는 글자 그대루 진칠 진자(陣字), 따 지자(地字) 진을 쳤던 땅이라 해서 진따배기라구 헙니다.

그런데 그 유래를 저 더듬어보면, 임진왜란 때에 명나라 장수 이여송(李如松, 임진왜란 때 원병을 이끌고 조선에 온 명나라 장수) 장군이 왜, 왜군을 무찌르기 위해서,

어, 여그 와서 진을 쳤던 자리가 있어요, 저 넘어 부락이.

그런데 거기 지금도 진대가 두 개가 남아있습니다.

그래서 어 해마다 음력으로 시월 삼일이면 어 매년 진대고사를 지내고 있어요.

그래서 그 유래를 인제 더듬어보면 뭐 교수님 잘 아시겠지만,

왜군이 조선을 저 임진왜란 때 조선을 침략해서 평양까지 올라갔는데,

명나라 장수 이여송 장군이 구원병으루 사만 명을 이끌고 넘어와서,

어, 우리 조선군과 같이 이 평양에서 왜군을 무찔러서 왜군들이 저 패허구 이 서울까지 후퇴를 왔습니다.

근데 그걸 뒤쫓아서, 마자, 이제 마자 맞이해서 싸웠는데,

이 사람들이 그 여긴 혜음령곡(惠陰嶺谷)이라고 허는 큰 고개가 있습니다.

그래 그 너머에, 벽제관(碧蹄館, 중국 사신이 머물던 관. 경기도 고양시 벽제에 있었음)이라구 있어요.

근데 일본 역사에도 벽제관을 그 사람들은 명나라허구 싸워서 크게 이겼다고 저이들 자랑을 허고 지끔 있습니다만

거기에서 왜군들이 집결을 해가지고 다시 반격을 했어요.

근데 이여송 장군이 그 같이 싸우다가 그거를 제대로 전열을 준비 못헌 탓으루 고기서 크게 패했습니다.

게 왜냐믄 일본군은, 이 명나라 군사보담 훨씬 많은 저 사십, 사십 만인가?

아, 하튼 그렇게 전열을 가다듬어 가지구 세 부대로 나눠서 대항을 했는데,

이여송 장군은 급헌 나머지 뒤에 따르는 후방부대 포병부대가 와야 되는데,

그걸, 글쎄, 오기 전에 그냥 쳐들어갔는데, 그 벽제관을 지나서 그 대자리 그 짝에서 아주 크게 격전이 벌어졌습니다.

그런데 거기에서 일 왜군들이 진흙구덩이로 인도를 해가지고,

거기를 저 묻혔는 것을 조총(鳥銃, 화승총의 일종)으로다 들이 쏘니까 당헐 재주가 없었어요.

그래서 정말 아주 위기에 처했는데 뒤에, 인제 그 명나라군 저 포병이, 이 인제 난중에 도착을 해서 간신히 거기서 이제 도망을 저 패허구 도

망을 왔습니다.

그래 그 뒤에 도착한 부총병(副摠兵)이라고 양헌(양원(楊元)의 와음. 벽제관 전투 때 포위당한 이여송의 군대를 지원해준 장수)이래는 그 저 장수가 거느린 화군(火軍)이 도와줘서 그나마 이여송 장군이 살아났어요.

근데 그 나오면서 거기 부락에 와서 진을 쳤든 거 겉습니다.

먼저도 아마 거기를 넘어가기 전에 진을 쳤다가, 거기서 혜음령곡을, 여기 말로는 근데 여기 말로는 혜음령 고개에서 전투가 벌어졌다는데, 내가 책자를 근거를 보니까 혜음령곡에서 전투가 벌어진 게 아니라,

혜음령 고개 넘어서서 그 대자리 서울 근교 벌판에서 전투가 벌어진 거예요.

그래서 진을 쳤다고 해서 그때부터 진따배기라고 헙니다, 진을 쳤던 땅.

쌍미륵불에 얽힌 이야기

자료코드 : 02_27_FOT_20100202_KHS_LYB_0002
조사장소 : 경기도 파주시 광탄면 용미4리
조사일시 : 2010.2.2
조 사 자 : 김헌선, 김형근, 최자운, 김혜정, 변남섭
제 보 자 : 이영복, 남 73세
구연상황 : 용미리에 있는 쌍미륵과 관련된 이야기를 물어보자 이 이야기를 하였다.
줄 거 리 : 고려 때 왕이 자식이 없어 고민하던 중 왕후가 꿈을 꾸었다. 장지산에서 온
         중이라며 두 도승은 밥을 달라했다. 꿈을 깬 후 신하들을 보내니 바위가 둘이
         있어 부처를 만들었더니 태자를 낳았다.

에, 그 저두 뭐 들은 거나 거기 적힌 거나 비슷허죠 뭐.

옛, 옛날에 왕이 저 그때 고려 때지 아마, 왕이 자식을 못 낳아서 많은 고민을 허고 있었는데,

꿈을 왕후가 꿈을 꾸는데 거기 장지산(長芝山, 경기도 파주시 광탄면 용미리에 소재한 산)이라구 그래요, 그.

장지산 밑에서 온 중이라구 그러믄서 두 저 도승이 밥을 달라 그래서, 꿈을 깨구 나서 신하들 보구 거기 가봐라 그랬더니,

가보니까 바위가 둘이 있어서 거기다 부처를 해 세우고, 그 이듬해, 에, 태기가 있어서 어 태자를 낳다.

그래서 지금도 아들 못 낳는 사람들은 거기 가서 불공을 드리며는 아들을 난다 그런 얘기가 있어요.

이여송이 아우 잃은 이야기

자료코드 : 02_27_FOT_20100202_KHS_LYB_0003
조사장소 : 경기도 파주시 광탄면 용미4리
조사일시 : 2010.2.2
조 사 자 : 김헌선, 김형근, 최자운, 김혜정, 변남섭
제 보 자 : 이영복, 남 73세
구연상황 : 이 마을에 채동지 등과 같은 인물 이야기나 혜음령 고개와 같은 지명에 얽힌 이야기가 있는지 물어보니 이여송 장군이 이야기를 해주었다.
줄 거 리 : 이여송은 이여백, 이여맥 삼형제인데 혜음령에서 왜군과 싸우던 중 속임에 빠져 동생들을 잃고 말았다.

게 전허는 말로는 이여송 장군이 삼형젠데,

이여송이 이여백이 이여맥(이여백, 이여맥은 명나라 장수 이여송의 아우. 이여백, 이여맥은 이여송과 함께 임진왜란 당시 원병으로 조선에 왔음) 그렇게 삼형제가 여기 구원병으로 왔다가

일본 왜군들이 그 혜음령곡(惠陰嶺谷, 혜음령 고개. 경기도 파주시 광탄면과 경기도 고양시의 경계에 있는 고개) 마루탱에다 연못을 파놓구

저, 넘어와서 싸우자 그랬는데, 쫓아올라가다 아우가 연못에 빠졌는데, 에

말을 타고.

그런데 그 아우가 뭐 그냥 거기서 죽지 않고 튀어 올라서 저 꾀꼬리봉
이라구 절 뒷산 거기 가서 떨어졌대는 그런 전설이 있어요.

근데 그건 뭐 전설에 지나지 않구 그냥.

이 사실 자기 동생들을 잃었답니다.

(조사자 : 동생이 이여맥?) 이여맥. 예 예 예

파평윤씨와 청송심씨의 묘지 다툼

자료코드 : 02_27_MPN_20100202_KHS_OSY_0001
조사장소 : 경기도 파주시 광탄면 용미1리 양지마을 마을회관
조사일시 : 2010.2.2
조 사 자 : 김헌선, 김형근, 최자운, 김혜정, 변남섭
제 보 자 : 오수용, 남, 71세
청   중 : 1명
구연상황 : 용미리 옆 분수리에 있는 고려시대 명장 윤관의 묘와 관련한 이야기를 물었다. 윤관 자체에 대한 이야기는 모르고, 단지 파평윤씨와 청송심씨의 묘지다툼이 심했다는 사정만 알 뿐이었다. 용미1리의 주제보자인 박종윤에게서 이야기를 청했으나 유일한 청중이었던 오수용이 더 적극적으로 이야기를 하였다.
줄 거 리 : 청송심씨네 산에 집안의 정승을 모시려 산일을 하는데 윤관이 묻혀있어서 다시 묻었다. 당시 파평윤씨네 딸이 며느리로 있어서 친정에 얘기를 하였다. 훗날 윤씨네의 권력이 나아져 새로 산소를 쓰고 시월 일일이면 시제를 지냈다. 그곳을 제외하고는 모두 심씨네 산이고 비석도 많이 있어서 한동안은 싸움이 벌어졌으나 지금은 담장을 치고 제를 지낸다.

게 인제 그 전에, 윤씨(尹氏), 윤씨허고 심씨(沈氏)네가 이 땐데.

심씨네는 원래 인제 그 산이 전부 심씨네 산이에요.

근데 에, 윤씨네 딸이 심씨네 집안에 며느리로 있었죠.

근데 인제 집안에 그 정승을, 매장허기 위해서 산일을 허는데,

에, 인제 까만 숯이 쭉 일, 일렬로 이렇게 쭉 내려가기 때문에 그걸 파보니까 거기에 인제 윤관, 그 양반이 묻혀있었던 거죠.

게 인제 감쪽겉이 인제 묻어뻐리고 심씨네서 산을 쓴 거죠.

근데 지금에는 인제 이렇게 친정에를 자주 가고 전화가 있고 뭐도 어쩌구 하지만,

옛날에는 며느리들이 시집가면 그 친정을 참 못 갔잖아요.

게 그 얘기를 못 허고 있다가 나중에 가서 그 친정에 가서 그 얘기를 해가지고,

그때만 해도 심씨네가 더 세도가 높고 윤씨는 아무것도 아니니까.

그래서 그냥 묻혀 있다가 윤씨네가 인제 좀 권력이 조금 이제 나아지니까 그걸 인제 판 거죠.

파가지고 산술(산소를) 썼어요, 쉽게.

게 지금 능, 능산수(능산소(陵山所)의 와음. 왕족의 무덤인 능) 이상 가게 지금 아주 멋있게 지어있는데.

우리가 자랄 때 봐도 이 시월 달에 시월 그때 일일날이믄 꼭 시향(時享, 계절마다 드리는 제사. 사정에 따라 봄, 가을에 두 번, 또는 일 년에 한 번 지내기도 함)을 지내드라구요.

뒤에다 광목을 다 쳐요 그냥 윤씨네서.

그래가지구 그냥 싸우고 난리가 나요 그냥, 그때 할 때 보면은.

그렇게 지내다가 인제 매년 아주 한동안 그렇게 했어요.

그러다 지끔(지금)은 뒤에다가 인제 아주 이렇게 담을 싸가지구 완전히 인제 해서.

그 당시에 비석이 거기 엄청나게 많았어요, 심씨네.

그 옆이 다 심씨네 산이구 저 그 지금도 옆에 심씨네 산이 있어요 좀.

인제 고기만 지금 인제 고렇게 돼있지.

상여 소리

자료코드 : 02_27_FOS_20100227_KHS_KGG_0001
조사장소 : 경기도 파주시 광탄면 창만4리 마을회관
조사일시 : 2010.2.27
조 사 자 : 김헌선, 김형근, 최자운, 김혜정, 변남섭
제 보 자 : 김경구, 남, 81세
구연상황 : 광탄면 용미1리의 박종윤 제보자로부터 소개받아 조사하게 되었다. 광탄면에
서 몇 명의 토박이들을 소개해준 이 중에 한 분이었다. 본인은 아는 것이 없
어서 도와줄 수 없을 텐데 하며 난감해했다. 다만 마을 유래에 대해서는 말해
줄 수 있다며 조사에 응하게 되었다. 마을회관에는 사람들이 없어 제보자만이
조사에 응했고, 마을 청년들이 내일 대보름맞이 척사대회 준비를 하느라 밖에
서 일을 하고 있었다. 마을 유래의 경우 마을회관 앞의 '마을유래비'에 새겨
져 있는 것 외에 특별한 얘기가 나오진 않았고, 기타 설화에 대해서는 조사가
되지 않았다. 이야기 외에 이 지역의 상이 나면 누가 선소리를 주느냐 묻자,
아쉬운 대로 본인이 준다고 하였다. 그런데 소리가 그다지 시원치 않다며 조
사와 녹음하기를 거부하셨다. 그래서 아주 간곡히 부탁하여, 어떻게 부르는지
조금의 시늉만 내달라고 하였고, 상여 소리, 회다지 소리, 지경 소리 조금을
조사할 수 있었다.

　　　　오호 오호 오호이 오호

이루케 해가지고(뒷소리는 이렇게 받는다는 말)

　　　우리인간 태어날제 뉘덕으로 태어났나
　　　　오호 오호 오호이 오호
　　　석가여래 공덕으로 아버님전 뼈를빌고 어머님전 살을빌어
　　　　오호 오호 오호이 오호
　　　이세상에 태어나서 백년살자 허여뜨니

휠날가튼 이내몸에 한절가튼 병이들어

부르느니 어머니요 찾느니 냉수로다

    오호 오호 오호이 오호

저승길이 멀다더니 문전밖이 저승이며 오늘내게 당도했네

    오호 오호 오호이 오호

이승에서 사실적에 무슨공덕 하였는가

    오호 오호 오호이 오호

배고픈이 밥을주어 공양공덕 하였으며

헐벗은이 옷을주어 의대공덕 하였으며

    오호 오호 오호이 오호

깊은물에 다릴놓아 월천공덕 하였으며

    오호 오호 오호이 오호

참이놔서 행인에게 원두공덕 하였으니

    오호 오호 오호이 오호

저승에서 벼슬허면 무슨장관 하리로다

    오호 오호 오호이 오호 [템포를 빨리함. 조금 빨리 운상을
할 때는 별다른 가사 없이 후렴구만 빠르게 주고받는다.]

    오호 오호 오호이 오호

회다지 소리

자료코드 : 02_27_FOS_20100227_KHS_KGG_0002

조사장소 : 경기도 파주시 광탄면 창만4리 마을회관

조사일시 : 2010.2.27

조 사 자 : 김헌선, 김형근, 최자운, 김혜정, 변남섭

제 보 자 : 김경구, 남, 81세

구연상황 : 상여 소리와 마찬가지로, 본인의 소리가 스스로 자랑스러워할 만하지 못하다
며 조사와 녹음하기를 거부하셨다. 그래서 아주 간곡히 부탁하여, 어떻게 부
르는지 조금의 시늉만 내달라고 하였다. 제보자는 달고 소리와 방아 타령을
불러주었다. 이것 외에 더 많은 소리를 하느냐고 묻자 여기서는 이 두 가지
정도만으로 회다지를 한다고 하였다.

〈달고소리〉

군밤님네

허잖아. 인제.

이편저편 좌우편 군밤님네

인제 허구.

어혀라 달고

인제 이렇게 메기믄. 또 받는 사람도.

어혀라 달고
이달고가 뉘달고냐
어혀라 달고
아무개네 달고로세
어혀라 달고

그 아무개나 달고라는 건. 이제 그 성씨대고 그 무신 성씨네 달고로세.
인제 그래서 하는 거 그거.

저승길이 멀다더니 문전밖이 저승이며
어혀라 달고
오늘내에 당도했네

어혀라 달고

달고소리에서 바뀔 적에는 달고소리는 그렇게 짧게 했잖어. 그 다음에 갈 적에는. 인제.

이소리로 끝을내나 다른소리 하여보세.

그래가지구 인제 다른 소리 하는 거지.
(조사자 : 예 그래서 다른 소리 뭘로 합니까?)
그거 인제 지금 내가 이 그거 방아 타령 하는 거지

〈방아 타령〉
　　　　　에헤 에헤야 에헤이에헤야 에야 에헤야 에헤

이렇게 하면. 또 받으며는.

　　　좋다 조옿구나
　　　노세노세 젊어서놀아 늙구병들면 에루화못노리라
　　　　　에헤 에헤야 에헤이에헤야 에야 에헤야 에헤
　　　좋다 조옿구나
　　　간다간다 나는간다 너를두고서 에루화나는간다
　　　　　에헤 에헤야 에헤이에헤야 에야 에헤야 에헤
　　　좋다 조옿구나
　　　나무라도 고목이지면 오든새들도 에루화아니오네
　　　　　에헤 에헤야 에헤이에헤야 에야 에헤야 에헤
　　　좋다 조옿구나
　　　물이라도 검숙어지면 올든고기도 에루화아니오네
　　　　　에헤 에헤야 에헤이에헤야 에야 에헤야 에헤

좋다 조옿구나

우리인생 늙어지면 오든임두 에루화아니오노라

아휴 힘들어.

지경 소리

자료코드 : 02_27_FOS_20100227_KHS_KGG_0003
조사장소 : 경기도 파주시 광탄면 창만4리 마을회관
조사일시 : 2010.2.27
조 사 자 : 김헌선, 김형근, 최자운, 김혜정, 변남섭
제 보 자 : 김경구, 남, 81세
구연상황 : 상여 소리, 회다지 소리와 마찬가지로, 본인의 소리가 스스로 자랑스러워할
만하지 못하다며 조사와 녹음하기를 거부하셨다. 그래서 아주 간곡히 부탁하
여, 어떻게 부르는지 조금의 시늉만 내달라고 하였다.

어혀라 지경이요

　　　에혀라 지경이요

이집짓고 삼년나면

　　　에혀라 지경이요

아들을나면 효자를낳고

　　　어혀라 지경이요

딸을나면 열녀를낳고

　　　에혀라 지경이요

소를메면(기르면) 왁대가되고

　　　에혀라 지경이요

말을메면 용마(龍馬)가되네

　　　에혀라 지경이요

상여 소리

자료코드 : 02_27_FOS_20100411_KHS_JHW_0001
조사장소 : 경기도 파주시 광탄면 마장1리 장례 현장
조사일시 : 2010.4.11
조 사 자 : 김헌선, 김형근, 최자운, 김혜정, 변남섭
제 보 자 : 정해운, 남, 58세
청　　중 : 40인

구연상황 : 교하리의 한홍억 제보자로부터 광탄면 마장1리에 상이 났는데, 일전에 추천
했던 정해운 씨가 선소리를 하게 되었다는 연락을 받았다. 한홍억 제보자도
이 상례의 지관 역할을 담당하게 되었다고 했다. 고인의 집 마당에 상여가 꾸
며지고, 상여를 맬 상두꾼들은 새끼 등을 꼬며 영구차가 병원에서 오기를 기
다리고 있었다. 전화 통화만 하였던 선소리꾼 정해운과 만나 인사를 나누었
다. 정해운은 소리를 잘하기도 하지만, 조경사업을 하면서, 전문적으로 장례
식과 이장 등을 맡기에 자주 소리를 한다고 한다. 또 파주와 고양 일대로 많
이 불려 다닌다고 한다. 그런 만큼 무척 조사에 적극적이었다. 그런데 집에서
발인제를 드릴 때부터 촬영과 녹음을 하였으나 가족 측에서 조사를 거부해왔
다. 가족 행사를 공공연하게 모든 사람이 보도록 할 수는 없다는 입장이었다.
고인은 88세에 별세하였으니 나름대로 호상이라는 정해운의 설득 끝에 가족
들의 사진과 정보가 공개되지 않는 선에서 조사를 하라는 타협이 이루어졌다.
집부터 바로 앞의 산까지 약 2km를 이동하면서 상여소리를 불렀다.

허허허허 어거리넘차 어헤

　　　허허허허 어거리넘차 어헤

허헝허허 어거리넘창 어헤

　　　허허허허 어거리넘차 어헤

여보시오 시주님네 이내말씀 들어보소

　　　허허허허 어거리넘차 어헤

이세상에 태어날제 뉘덕으로 태어났나

　　　허허허허 어거리넘차 어헤

아버님전 뼈를빌고 어머님전 살을빌어

허허허허 어거리넘차 어혜

제석님전 빌구빌어 이내일신 태어나니

　　허허허허 어거리넘차 어혜

석달만에 피를모으고 일곱달만에 육신생겨

　　허허허허 어거리넘차 어혜

열달만에 태어나서 우리부모 날기를제

　　허허허허 어거리넘차 어혜

명사십리 해당화야 꽃진다구 설월(서러워)마오

　　허허허허 어거리넘차 어혜

너희는 명년이면 다시나 피어오련만은

　　허허허허 어거리넘차 어혜

우리인생 한번을가면 다시는 못올일이요

　　허허허허 어거리넘차 어혜

친구의복 많다고헌들 어느친구가 대신가나

　　허허허허 어거리넘차 어혜

동기간이 많다구헌들 어느동기가 대신갈까

　　허허허허 어거리넘차 어혜

허허허허 어거리넘차 어혜

　　허허허허 어거리넘차 어혜

시냇물은 흘러흘러 바다에서 만나구요

　　허허허허 어거리넘차 어혜

우리내인생 한번을가면 영원히 못보는데

　　허허허허 어거리넘차 어혜

우리부모님 날기르실제 애지중지를 기른정성

　　허허허허 어거리넘차 어혜

바람이불면 날을새라(날아갈까봐) 추우면 추울세라

허허허허 어거리넘차 어혜

어리구고된 몸으로 오뉴월 단열밤에

허허허허 어거리넘차 어혜

모기빈대 뜯길새라 고된몸을 이끌면서

허허허허 어거리넘차 어혜

이제가면은 언제올까 어거리넝창 어혜

허허허허 어거리넘차 어혜

해가지면 오시려나 달이뜨면 오시려나요

허허허허 어거리넘차 어혜

허헝허허 어거리넘차 어혜

허허허허 어거리넘차 어혜

간다간다 나는 요내고향산천 다버리고

허허허허 어거리넘차 어혜

○○○도 나못가네 어거리넘차 어혜

허허허허 어거리넘차 어혜

친구의벗 많다고헌들 어느친구가 대신을갈까

허허허허 어거리넘차 어혜

꽃꺾어 머리에꽂고 잎뜯어 입에물고

허허허허 어거리넘차 어혜

산에올라 내려다보니 길가는행인 길못가네

허허허허 어거리넘차 어혜

갈길은 천리요 올길은 만리로다

허허허허 어거리넘차 어혜

저승길이 멀다더니 대문밖이 저승일제

허허허허 어거리넘차 어혜

여보시오 벗님네들 나는나는 떠나를가오

허허허허 어거리넘차 어혜
이제가며는 언제올까 어거리넝창 어혜
허허허허 어거리넘차 어혜

어허 어혜
　　　어허 어혜
어허 어혜
　　　어허 어혜
어허 어혜
　　　어허 어혜
어허 어혜
　　　어허 어혜
어허 어혜
　　　어허 어혜
어허 어혜
　　　어허 어혜
어허 어혜
　　　어허 어혜
어허 어혜
　　　어허 어혜
어허 어혜
　　　어허 어혜

남풍불어 나못가네 어거리넘차 어혜
　　　허허허허 어거리넘차 어혜
재산많다고헌들 누굴바라고 다녀를 왔소

　　　　허허허허 어거리넘차 어혜

꽃꺾어 머리에꽂고 잎뜯어 입에물고

　　　　허허허허 어거리넘차 어혜

산에올라 내려다보니 길가는행인 길못가네

　　　　허허허허 어거리넘차 어혜

여보시오 벗님네들 요내나말씀 들어보소

　　　　허허허허 어거리넘차 어혜

내○○ ○○적에 아플려고 따지었나

　　　　허허허허 어거리넘차 어혜

내○○ ○○적에 아프다고 따졌던가요

　　　　허허허허 어거리넘차 어혜

○○○ ○○라고 ○○를 따지올제

　　　　허허허허 어거리넘차 어혜

허허허허 어거리넘차 어혜

　　　　허허허허 어거리넘차 어혜

갈길은 천리요 올길은 만리로다

　　　　허허허허 어거리넘차 어혜

간다간다 나는가요 내고향찾아 나는가요

　　　　허허허허 어거리넘차 어혜

이제가면은 언제오나 어거리넘차 어혜

　　　　허허허허 어거리넘차 어혜

남풍불어 나못가요 어거리넘차 어혜

　　　　허허허허 어거리넘차 어혜

정월이라 드는정 이월매조에 맹서를하고(정월부터 팔월까지는 이
른바 '화투뒤풀이'이다)

　　　　허허허허 어거리넘차 어혜

삼월사쿠라 산란도허고 사월흑싸리를 흩어놓고
　　　허허허허 어거리넘차 어혜
오월난초는 ○○○○ 유월목단 춤을추네
　　　허허허허 어거리넘차 어혜
칠월돼지는 ○○○○ 팔월공산 허송허네
　　　허허허허 어거리넘차 어혜
시월이라 설한풍에 백설만날려도 님의생각
　　　허허허허 어거리넘차 어혜
동지나섣달 설한풍 높은산에 눈날릴까
　　　허허허허 어거리넘차 어혜
얕은산에 재날리듯 억수에장마 비퍼붓듯
　　　허허허허 어거리넘차 어혜

허허 허혜
　　　어허 어혜
어허 허혜
　　　어허 어혜
어허 허혜
　　　어허 어혜
담배물고 모은재산
　　　어허 어혜
인정한푼 쓸때없이
　　　어허 어혜
빈손들고 빈몸으로
　　　어허 어혜
왔다가는 우리네인생

어허 어혜

애절없구 덧없구나

어허 어혜

어헝 어혜

어허 어혜

여보시오 시주님네

어허 어혜

이내는말씀 들어들보소

어허 어혜

이세상에 태어를날제

어허 어혜

뉘덕으로 태어를났나요

어허 어혜

석가여래 공덕으로

어허 어혜

제석님전 빌고빌고

어허 어혜

석달만에 피를모으고

어허 어혜

일곱달만에 육신이생겨

어허 어혜

열달만에 태어를나네

어허 어혜

이리루갈까 저리루갈까나

어허 어혜

어허 어혜

어허 어혜

상주님들은 앞으루와서

어허 어혜

기절근처에 나가노라

어허 어혜

백구야허공천 날지를마라

어허 어혜

내너잡을 내아니로다

어허 어혜

성상에 버리었으매

어허 어혜

내너찾아 나여기왔소

어허 어혜

내널따리 올적에

어허 어혜

아프려구서 따리었느냐

어허 어혜

정에겨워 정들나고

어허 어혜

내널 따지올제

어허 어혜

우리자손들 다어딜가고

어허 어혜

일락서해는 지는데

어허 어혜

갈길은 천리고

어허 어헤

올길은 만리인데

어허 어헤

이리루가면 내고향이고

어허 어헤

저쪽으루가면 니고향인데

어허 어헤

어허 어헤

어허 어헤

잠시잠깐 쉬었다가세

어허 어헤

어허 어헤

어허 어헤

엉허 어헤

어허 어헤

쉬어가세 쉬었다가세

어허 어헤

들머리 해, 들머리 들머리 들머리. [상여를 운상할 때 일정 정도의 거리마다 쉬었다 가며 가족들에게 노잣돈을 받는다. 가족들이 상여에 절을 하면, 즉 고인에게 하직인사를 하면 상두꾼들은 상여를 낮추어 같이 절을 받는다]

허허허허 어거리넘차 어헤

허허허허 어거리넘차 어헤

헝허허허 어거리넝창 어헤

　　　　허허허허 어거리넘차 어헤
우리자손이 모질라네 이앞에를 안오시나요
　　　　허허허허 어거리넘차 어헤
꽃꺾어 머리에꽂고 배뜯어 입에물고
　　　　허허허허 어거리넘차 어헤
산에올라 내려다보니 길가는행인이 길못가네
　　　　허허허허 어거리넘차 어헤
명사십리 해당화야 꽃진다고 설월마오
　　　　허허허허 어거리넘차 어헤
너희는 명년이면 다시나피어 오련만은
　　　　허허허허 어거리넘차 어헤
우리네인생 한번을가면 다시는 못오는데
　　　　허허허허 어거리넘차 어헤
낭게(나무)라도 고목이되면 노던새도 아니오고
　　　　허허허허 어거리넘차 어헤
꽃이라두 낙화가되면 오던나비도 아니와요
　　　　허허허허 어거리넘차 어헤
○○○○ 어디를가구 얼굴조차도 볼수없나
　　　　허허허허 어거리넘차 어헤
허허허허 어거리넘차 어헤
　　　　허허허허 어거리넘차 어헤
물은흘러 흘러들가고 우리네인생은 흘러가네
　　　　허허허허 어거리넘차 어헤
시냇물은 흘러흘러 바다에서 만나구요
　　　　허허허허 어거리넘차 어헤
○○물은 ○○가네 어거리넘창 어헤

허허허허 어거리넘차 어혜

명산 찾어를가니 명산을 찾어보세

　　허허허허 어거리넘차 어혜

전라도땅으로 썩내렬서서 지리산줄기를 ○○○받고

　　허허허허 어거리넘차 어혜

허허허허 어거리넘창 어혜

　　허허허허 어거리넘차 어혜

꽃꺾어 머리에꽂고 잎을뜯어 입에물고요

　　허허허허 어거리넘차 어혜

산에올라 내려다보니 길가는 행인도 길못가누나

　　허허허허 어거리넘차 어혜

허허허허 어거리넘차 어혜

　　허허허허 어거리넘차 어혜

우리진희는(망자의 손녀 이름) 어디를갔냐 우리진희 나오너라

　　허허허허 어거리넘차 어혜

우리진희 얼굴한번보자 우리진희는 어디있나

　　허허허허 어거리넘차 어혜

여진희가 내손녀다 사랑허구 애끼는손녀

　　허허허허 어거리넘차 어혜

우리진희 절을허자 사랑허는 우리손녀딸

　　허허허허 어거리넘차 어혜

건강하구 튼튼허구 무럭무럭 잘자라라

　　허허허허 어거리넘차 어혜

허허허허 어거리넘차 어혜

　　허허허허 어거리넘차 어혜

전라도땅으로 썩내려서서 지리산줄기를 더듬을라고

허허허허 어거리넘차 어헤

　명산 전혀없소 충청도땅으루 더듬어보세

　　　허허허허 어거리넘차 어헤

　계룡산줄기를 더듬어봐도 명산이 전혀없소

　　　허허허허 어거리넘차 어헤

　허허허허 어거리넘차 어헤

　　　허허허허 어거리넘차 어헤

　누구를묶어 나못가나 이리도저리도 못가나요

　　　허허허허 어거리넘차 어헤

　허허허허 어거리넘차 어헤

어허 어헤

　　어허 어헤

어허 어헤

　　어허 어헤

어허 어헤

　　어허 어헤

어허 어헤

　　어허 어헤

회다지 소리 (1)

자료코드 : 02_27_FOS_20100411_KHS_JHW_0002

조사장소 : 경기도 파주시 광탄면 마장1리 장례 현장

조사일시 : 2010.4.11

조 사 자 : 김헌선, 김형근, 최자운, 김혜정, 변남섭

제 보 자 : 정해운, 남, 58세

청　　중 : 40인

구연상황 : 관을 땅에 묻은 뒤에 10명의 회다지꾼들이 연초대를 들고 광중 안으로 들어
가면, 밖에서 선소리꾼은 북을 치며 소리를 메긴다. 회다지는 세 번 하는데,
소리꾼이 여러 명이면 번갈아 할 수 있지만, 이 마을에서는 정해운만이 유일
한 소리꾼이어서 혼자 세 번을 다 메기게 되었다. 첫 번째 회다지는 가장 정
예 멤버에 해당되는 회다지꾼들이 소리를 받아주었다. 회다지는 여러 소리들
도 세트화된다. 제보자 정해운은 소리 잘 받는 동네에 가면 아주 다양한 소리
들을 할 수 있지만, 그렇지 못하면 사람들이 받을 수 있는 소리들만 주게 된
다고 한다. 마장1리도 받을만한 사람이 없어 쉬운 소리만 하게 된다고 했다.
정해운의 회다지 소리는 1) 달고 소리, 2) 방아 타령, 3) 우야 소리(새 쫓는 소
리)로 구성되어 있다.

〈달구소리〉

　　　　　에혀라 달구

　　　　　　　　에혀라 달구

　　　　　노자놀아 젊어서노세

　　　　　　　　에혀라 달구

　　　　　늙구나병들면 더못노니라

　　　　　　　　에혀라 달구

　　　　　화무허구두 십일홍이오

　　　　　　　　에혀라 달구

　　　　　저달두기울면 더못노니라

　　　　　　　　에혀라 달구

　　　　　여보시오 시주님네

　　　　　　　　에혀라 달구

　　　　　요내말씀을 들어를보소

　　　　　　　　에혀라 달구

　　　　　이세상에 태어를날제

　　　　　　　　에혀라 달구

뉘덕으로 태어들났나
　　에혀라 달구
석가여래 공덕으로
　　에혀라 달구
제석님전 빌구나빌어
　　에혀라 달구
석달만에 피를모으고
　　에혀라 달구
일곱달만에 육신생겨
　　에혀라 달구
열달만에 태어를났소
　　에혀라 달구
우리부모 날기른정성
　　에혀라 달구
바람불면 날을세라
　　에혀라 달구
추우며는 추울세라
　　에혀라 달구
오뉴월 단열밤에
　　에혀라 달구
모기에빈대에 뜯길세라
　　에혀라 달구
다떨어진 살부채로
　　에혀라 달구
단잠을 못이루시며
　　에혀라 달구

애지중지 길렀것만
　　　　에혀라 달구
동네에는 귀염둥아
　　　　에혀라 달구
형제간에는 우애라둥아
　　　　에혀라 달구
애지중지 기른정성
　　　　에혀라 달구
모든정성을 다떨치고
　　　　에혀라 달구
어제오늘날 성튼몸이
　　　　에혀라 달구
태산같은 병이나더니
　　　　에혀라 달구
부르나니 어머니요
　　　　에혀라 달구
찾느니 냉수로다
　　　　에혀라 달구

인제 한잔씩들 잡숫구 이제 뭐 이 데리구 갔데.

　　　에혀라 달구
　　　　에혀라 달구
　　간다간다 나는가요
　　　　에혀라 달구
　　내고향산천을 다버리고

에혀라 달구

천년만년 살집찾어

에혀라 달구

어혀라 달구

에혀라 달구

정월이라 드는정을

에혀라 달구

이월매조 맹서를허구

에혀라 달구

삼월사쿠라 만발도헌데

에혀라 달구

사월싸리는 썩거쳐놓고

에혀라 달구

오월난초는 부른벌은

에혀라 달구

유월목단 춤을추지

에혀라 달구

칠월돼지는 훌훌누워

에혀라 달구

팔월공산 구경을헐때

에혀라 달구

구월국화 활짝폈네

에혀라 달구

시월단풍 휘날리니

에혀라 달구

동지나허구두 설한풍에

에혀라 달구

백설만날려두 임에생각

에혀라 달구

높은산 눈날리듯

에혀라 달구

얕은산에 재날리우듯

에혀라 달구

억수에장마 비퍼붓듯

에혀라 달구

이달구를 잘다시면(다지면)

에혀라 달구

소원대로 이루게해주마

에혀라 달구

에혀랑 달구

에혀라 달구

가마솥에 앉인개가

에혀라 달구

물롱물롱 익어가누라

에혀라 달구

곰배팔을 둘둘올리며

에혀라 달구

좌우팔 좌우손으로

에혀라 달구

이달구를 잘만다지면

에혀라 달구

주인네서 상이내리네

에혀라 달구

상이는 뭔상인고

　　에혀라 달구

불로초로다 술을빚어

　　에혀라 달구

만년배 가득부어

　　에혀라 달구

이소리가 긴날샐까

　　에혀라 달구

따른소리로 돌려를봅시다

　　에혀라 달구

〈방아 타령〉

에헹 에헤요 엥헤엥요 에야 에헤요 에허리공 달고

　　에헤 에헤요 에헤에야 에야 에헤야 에헤

좋다 또좋구나

내널따릴적에 아프라구서따리었더냐

정에겨워정들라고 내널따리었지

　　에헤 에헤요 에헤에야 에야 에헤야 에헤

좋다 또좋구나

첩의집꽃밭이고 나에집은연못인데

꽃과나비는봄한철이요 연못에금붕어사시사철

　　에헤 에헤요 에헤에야 에야 에헤야 에헤

좋다 또좋구나

간다간다나는간다 당신버리고가는데

이십리못가뒤돌아보고 삼십리못가뒤돌아올제 무원결정허구간다

에헤 에헤요 에헤에야 에야 에헤야 에헤

좋다 또좋구나

하늘천푸를청자

앞동산에는푸를청자요 뒷동산푸른곳은 꾀꼬리봉우리로다

에헤 에헤요 에헤에야 에야 에헤야 에헤

좋다 또좋구나

맨날좋으면 언제나끝나나

이소리에저소리 다고만불러나지고 다른소리로넘어가네

에헤 에헤요 에헤에야 에야 에헤야 에헤

〈우야소리(새 쫓는 소리)〉

우여라 훨훨

우여라 훨훨

후여소리에 새날아간다

우여라 훨훨

남쪽새두 모여를들고

우여라 훨훨

북녘새두 모여를들고

우여라 훨훨

춤잘추는 학두루미

우여라 훨훨

보기가좋은 공작새요

우여라 훨훨

후야 훨훨

우여라 훨훨

후여

아 근데 거기서 거기서 후여를 허면 어뜩해~ 어 짤리기는 한 번 더 가구서 후여를 해야지 어유.

회다지 소리 (2)

자료코드 : 02_27_FOS_20100411_KHS_JHW_003
조사장소 : 경기도 파주시 광탄면 마장1리 장례 현장
조사일시 : 2010.4.11
조 사 자 : 김헌선, 김형근, 최자운, 김혜정, 변남섭
제 보 자 : 정해운, 남, 58세
청   중 : 40인
구연상황 : 세 번의 회다지 중 세 번째의 회다지 소리이다. 소리 자체가 다른 것은 없다. 세 번째의 회다지는 첫 번째의 사람들과 부녀자들도 섞여서 회다지를 하였다. 호상답게 즐거운 분위기였다. 이번에는 1) 방아 타령, 2) 우야 소리(새 쫓는 소리)로 구성되어 있다.

〈방아 타령〉
　　에헹에헤엥 어헝어허야 에야 어잉달고
　　　　　에헤 에헤요 에헤에야 에야에헤야 에헤
　　좋다또구나 돌려돌려곰배팔 좌우흔들면서 에루화돌아가봅시다
　　　　　에헤 에헤요 에헤에야 에야에헤야 에헤
　　좋다또좋구나 너는어디를갔다가 아모기별없이 에루화나찾아여기
왔노
　　　　　에헤 에헤요 에헤에야 에야에헤야 에헤
　　좋다또좋구나 돌려돌려좌우로돌려 왼팔돌고왼발벌려 곰배팔돌려
를가오 좌우로돌려보세
　　　　　에헤 에헤요 에헤에야 에야에헤야 에헤
　　좋다또좋구나 잔소리는집어를치고 곰보회다지 정신을차려다져

보세

　　　에헤 에헤요 에헤에야 에야에헤야 에헤

좋다또좋구나 우리님어디를가고 여하여하오지를모르고 달이꺾여인
제왔소

　　　에헤 에헤요 에헤에야 에야에헤야 에헤

좋다또좋구나 궁둥이가닿도록 좌우로흔들며 회다지를다려보세

　　　에헤 에헤요 에헤에야 에야에헤야 에헤

좋다또좋구나 석탄백탄타는덴 검은연기만풀석나고 요내가슴타는
데는 연기도김도아니나네

　　　에헤 에헤요 에헤에야 에야에헤야 에헤

에헹에헹에헤야 어라우겨라방아로구나 산넘어풍각소리가 이뭔가
소린고듣구를보니 광탄면허구두마장 ○○○씨돌아간소리 에루화방
아소리로다

　　　에헤 에헤요 에헤에야 에야에헤야 에헤

좋다또좋구나 돌아간다돌아를간다 곰배팔돌려를가자 좌우로돌려
를보세

　　　에헤 에헤요 에헤에야 에야에헤야 에헤

좋고또좋구나 첩의집꽃밭이고 나의집연못이니 꽃과나비는봄한철
이구 연못에금붕어사시사철

　　　에헤 에헤요 에헤에야 에야에헤야 에헤

좋다또좋구나 우리손들어디를가자 내서로좋다허니 버리고가는길
에 얼굴도볼수없네

　　　에헤 에헤요 에헤에야 에야에헤야 에헤

좋다또좋구나 가요가요나는가요 당신버리고에루화 내고향찾아
가네

　　　에헤 에헤요 에헤에야 에야 에헤야 에헤

직접밟어 쾅쾅다져 에헹에헹에헤요 다져다져핑핑다져
에헤 에헤요 에헤에야 에야에헤야 에헤
좋다또좋구나 일락서산 해는지는데 이소한이로다 인생이○○라
에헤 에헤요 에헤에야 에야에헤야 에헤
좋다또좋구나 이소리루다 긴날샐까 다른소리로 에루화썩돌렬보자
구나
에헤 에헤요 에헤에야 에야에헤야 에헤

〈우야소리(새 쫓는 소리)〉
　　　우여라 훨훨
　　　　　우여라 훨훨
　　　후여소리에 새모여든다
　　　　　우여라 훨훨
　　　남쪽새도 모여를들고
　　　　　우여라 훨훨
　　　북녘새도 모여를들고
　　　　　우여라 훨훨
　　　춤잘추는 공작새가
　　　　　우여라 훨훨
　　　말잘허는 앵무새요
　　　　　우여라 훨훨
　　　높이뜬새는 종달새요
　　　　　우여라 훨훨
　　　보기가좋아 공작새라
　　　　　우여라 훨훨
　　　이새저새 대지를말고

우여라 훨훨

새소리새볼에 날려를보세

우여라 훨훨

이새저새 잡새로다

우여라 훨훨

이새잡새가 잡새지뭐냐

우여라 훨훨

해가가두 나는좋고

우여라 훨훨

연이와도 날이좋고

우여라 훨훨

후야 훨훨

훠이

2. 교하읍

▌조사마을

경기도 파주시 교하읍 교하리

조사일시 : 2010.3.8
조 사 자 : 김헌선, 김형근, 최자운, 김혜정, 변남섭

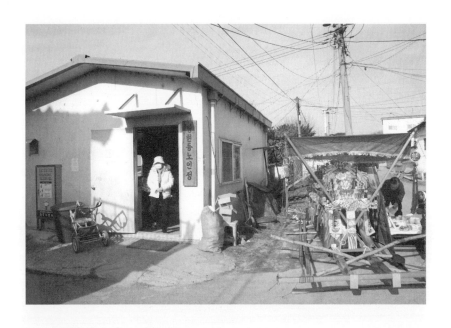

　　교하읍(交河邑)은 파주 남서부에 자리 잡은 지역으로 그 명칭이 신라 경덕왕 때부터 등장한다. 교하라는 명칭은 읍의 서쪽에서 흐르는 한강과 북동쪽에서 흐르는 임진강이 합류한다는 데서 생겼다. 교하읍에는 교하리, 다율리, 당하리, 동패리, 목동리, 문발리, 산남리, 상지석리, 서패리, 송촌리, 신촌리, 야당리, 연다산리, 오도리, 와동리, 하지석리가 있다. 우리의 조사 이후인 2011년 7월 25일 교하읍이 4개 동(교하동, 운정1~3동)으로 전환되었다.

교하리(交河里)는 교하신도시가 들어서면서 교하읍에서도 구시가지가 되었지만, 전통적으론 교하현 관아가 있던 마을로 가장 중심되는 지역이 었다. 자연마을로 동편말, 빙현동(氷峴洞), 함박골이 있다. 이번 조사 대상 지역은 빙현동이었는데, 과거 교하현 관아가 있었을 당시 얼음 창고가 있 었다고 하여 지어진 이름이다.

경기도 파주시 교하읍 산남리

조사일시 : 2010.2.17
조 사 자 : 김헌선, 김형근, 최자운, 김혜정, 변남섭

교하군 석곶면 지역으로 심학산의 남쪽에 위치하여 산남리라 한다. 1914년에 파주군 청석면에 편입되었고, 1934년에는 와석면과 청석면이 교하면이 되었다. 2011년에는 교하동으로 통합되어 있다.

산남리에는 한강을 바라볼 수 있는 높은 지대에 위치한 고산골(고상골), 마을의 생긴 형상이 활과 같다는 궁말(弓村), 마을 앞 한강물이 돌아간다 하여 붙여진 도래말, 노루가 많이 나타난다는 수노루(신월동), 검은 다리 가 놓여 있는 곳이여 오다리(烏橋), 탑골(塔谷), 누런 매화나무가 많다는 황마루(黃梅洞)이 있다.

신석범 노인회장님을 산남리 마을회관에서 오전 11시에 만나 뵙기로 약속이 되어 있었다. 조사자들은 약 30분 정도 일찍 마을회관에 도착해 기다렸으나 11시가 넘어도 신석범 어르신이 오시지 않아서 노인회장님 댁을 수소문해서 댁으로 찾아뵈었다. 노인회장님 댁은 약 10년 전에 들어 서 SBS 전원마을의 초입에 위치해 있는 2층 양옥이었고, 어르신은 댁에서 마침 TV로 중계중인 동계 올림픽을 시청하고 계셨다. 조사자들과의 약속 을 깜박 잊고 있었다고 많이 미안해 하셨다. 뵙기에는 풍채도 좋으시고 집안도 깔끔하게 정리되어 있었는데, 약간은 활기가 없어 보였고, 심학산 과 장명산 장사가 싸움한 내력, 송우봉 선생 이야기, 여우에 홀린 이야기 등을 짧게 구연해 주셨는데 채록할 정도에 못 미치는 것들이었고, 간신히 민요 2곡을 짧게나마 구연해 주셔서 자료로 남길 수 있었다. 한편, 자신 보다는 서패리 164번지에 사는 최은호씨가 장명산과 심학산이 돌산이 된 내력을 잘 알고 있다면서 연락처를 가르쳐 주셨다.

경기도 파주시 교하읍 서패리

조사일시 : 2010.2.23
조 사 자 : 김헌선, 김형근, 최자운, 김혜정, 변남섭

석곶면의 지역이었고, 그곳의 서쪽에 위치해 있어서 서패라고 하였다. 서패리의 가장 중심된 마을은 가운뎃말이다. 가운뎃말의 오른쪽 너머로는 넘어말이 있다. 심학산 북쪽 한강변에는 돌곶이라는 마을이 있는데 장명

산 장사와 심학산 장사가 돌싸움으로 인해 이 마을에 돌이 많이 쌓여 붙여졌다는 이야기도 전해진다.

경기도 파주시 교하읍 송천리

조사일시 : 2010.2.8
조 사 자 : 김헌선, 김형근, 최자운, 김혜정, 변남섭

　마을에 소나무가 많아서 송촌(松村), 또는 이 마을 옆을 흐르는 공릉천에 웅덩이가 많아 소라지(紹羅地)라 하였다고 한다. 송천리의 자연마을로는 감나무가 많이 열렸다는 감골(枾谷), 옛날 경기감사가 거주했다고 붙여진 감사골, 송촌리 동쪽에 위치하며 뒷산 봉우리에 진을 친 성터가 있어 붙여진 동성골, 나루터가 가까워 행상인들이 숙식을 하고 떠나던 곳이였고 이로 인해 말쌀밥을 지어 접대하였다고 붙여진 두려골(斗呂), 새 창고

가 있었다는 새창이(신창동), 새터골(신기동), 앞 개천 물이 맑고 깨끗하여 붙여진 여술(여수동) 등이 있다.

송천리 노인정을 찾아가 남자 방에 들어갔을 때 15명 전후의 할아버지 들이 세 패로 나누어 화투를 치고 계셨는데 찾아온 이유를 말씀드렸지만 화투에 몰두하신 나머지 귀찮아하시며 제대로 응대를 해주시지 않으셨다. 그래서 옆에 있는 여자 방에 들어갔더니 6분 정도의 할머니들이 계셨고, 세 분은 화투를 치고 계셨고, 나머지 세 분은 앉아서 담소를 나누고 계셨 다. 찾아온 연유를 말씀드리자 명절이 다가와서 할머니들이 많이 안 오셨 다면서 다음에 오라고 했지만 조사자들이 잠시만 시간을 달라고 말씀드 리고 본격적인 조사에 들어갔다. 먼저 김배희 할머니께 몇 개의 유희요를 채록했고, 주변 분들이 자꾸 윤봉이 할머니를 부추기자 할머니는 치시던 화투를 잠시 멈추시고 구연에 적극적으로 참여해 주면서 소중한 민요와 설화 자료들을 많이 채록할 수 있었다.

경기도 파주시 교하읍 연다산1리

조사일시 : 2010.2.3
조 사 자 : 김헌선, 김형근, 최자운, 김혜정, 변남섭

작은 산이 연달이 있어 붙여진 이름이다. 장명산 서맥 내령에서 북단 벌판에 자리하여 마을로 불어오는 바람과 해일이 만나면서 안개가 자욱이 덮여있다 붙여진 이름이라고도 한다. 속칭 연달매, 연다매 등으로 불린다.

연다산리의 자연마을로는 문장가와 문호가 많이 살았다는 거문이(巨文里), 저녁 무렵 수렁에서 연꽃이 피었다는 모련대(暮蓮臺), 집집마다 아름다운 꽃나무를 심었다고 붙여진 방화리(芳花里) 등이 있다.

조사가 이루어졌던 곳은 연다산1리 경로당이었다. 조사자들이 도착했을 때 막 식사를 끝내신 듯 할머니 한 분이 주방에서 설거지를 하고 계셨

고 그 이외 8~9명 되는 할머니들은 방안에서 벽에 기대 TV를 시청하며 쉬고 계셨다. 조사자들이 찾아온 동기를 말씀드리자 직접 구연에 참여하시지는 않았지만 교회를 다니신다는 이영자 할머니의 부추김으로 장여선, 송유자, 김계순 구연자들이 구연에 적극적으로 참여하셨다. 방청하고 있던 할머니들도 덩달아 웃으면서 이야기와 노래판을 즐기는 분위기에서 조사가 잘 이루어졌다. 특히 장여선 할머니는 따로 섭외를 해서 추가 조사를 해도 무방할 만큼 기억력과 표현력이 좋으셨다. 또 조사자들의 추가 조사지 추천 요청에 연다산1리의 또 다른 노인정인 기둥교회 근처 노인정을 찾아가 보라고 하셨다.

경기도 파주시 교하읍 오도1리

조사일시 : 2010.2.3
조 사 자 : 김헌선, 김형근, 최자운, 김혜정, 변남섭

오두말 또는 오도촌이라 불렸다. 후율강 안쪽에 있는 개안골(갱골), 마을 서낭나무 아래 마을인 당아래(堂下洞), 마을 뒤에 당이 있어 붙여진 당재(堂峴洞), 대나무가 많이 자랐던 대골(죽동), 물난리를 막고자 마을 앞에 제방을 쌓고 붙여진 막은개, 석회 광산이 있었던 석회동(횟가마골), 도정골, 두곡동, 소터굴 등이 있다.

조사자들이 마을회관 겸 경로당에 도착했을 때 7~8명 되는 남자 어르신들이 화투를 하고 있었고, 그 이외 2~3명 되는 어르신들이 구경을 하고 있었다. 조사에는 적극적이었다. 오도리는 황씨와 내씨가 주로 살고 있고 예전에는 하나의 리(里)였는데 후에 1,2리로 나뉘었다고 한다. 장명산 앞 중구봉에 당고사를 음력 10월 상달에 지내고, 매년 음력 1월 15일에 척사대회를 하는데 올해는 마을에 잔치가 있어 한 주 당겨 2월 21일에 한다고 하였다. 이 마을이 비교적 전통상례가 잘 지켜져 장사가 나면 상여도 메고 상여소리도 한다는 내용들을 자세히 말씀해 주셨다.

전반적으로 조사에 적극적이어서 혹 호상이 나면 조사하겠다고 하며 명함을 드리자 적극적으로 호응해 주었다. 그러나 막상 민요와 설화 채록에는 별다른 수확을 얻지 못했는데, 뛰어난 제보자가 없고, 또 너무 많은 사람들이 한꺼번에 모여 있어 다소 집중이 안 되었던 것 같다.

▌제보자

김계순, 여, 1930년생

주 소 지 : 경기도 파주시 교하읍 연다산1리
제보일시 : 2010.2.3
조 사 자 : 김헌선, 김형근, 최자운, 김혜정, 변남섭

김계순 가창자는 머리가 백발이었고, 장
여선, 송유자 등의 제보자들의 이야기나 노
래를 듣고 있다가 자신이 자신 있는 노래나
이야기가 생각나면 문뜩 나서서 또렷하게
구연해 주었다.

제공 자료 목록
02_27_FOT_20100203_KHS_KGS_0001 밥 많이 먹는 마누라
02_27_FOS_20100203_KHS_KGS_0001 이빨 빠진 아이 놀리는 노래 / "앞니 빠진 덜
걱새야"

김배희, 여, 1933년생

주 소 지 : 경기도 파주시 교하읍 송천리
제보일시 : 2010.2.8
조 사 자 : 김헌선, 김형근, 최자운, 김혜정, 변남섭

장단이 고향이고 6·25때 피난 나와 송
천리로 시집왔다. 초등학교 문턱에도 못 가
보았다고 한다. 얼마 전에 몸이 많이 아팠다
고 했으나 성격이 꾸밈이 없으시고 소탈해
보였다. 조사자들이 찾아온 연유를 말씀드

렸을 때는 잘 기억이 안 난다고 옆에서 화투 치고 계시는 윤봉이 할머니를 적극 추천했다. 그러나 막상 구연이 시작되고는 여러 가지 유희요를 동작과 함께 정확하게 구연해 주었는데 마치 소녀시절로 돌아간 듯이 즐겁게 구연해 주었다.

제공 자료 목록

02_27_FOS_20100208_KHS_KBH_0001 자장가
02_27_FOS_20100208_KHS_KBH_0002 다리세기 노래
02_27_FOS_20100208_KHS_KBH_0003 잠자리 잡는 노래
02_27_FOS_20100208_KHS_KBH_0004 헌 이 던지며 하는 노래
02_27_FOS_20100208_KHS_KBH_0005 아이 어르는 소리 / "짝짝꿍"

노승철, 남, 1940년생

주 소 지 : 경기도 파주시 교하읍 오도1리
제보일시 : 2010.2.3
조 사 자 : 김헌선, 김형근, 최자운, 김혜정, 변남섭

노승철은 오도리 토박이로, 오도리에서 평생 농사를 지으며 살았다.

제공 자료 목록

02_27_FOS_20100203_KHS_RSC_0001 자장가

송유자, 여, 1940년생

주 소 지 : 경기도 파주시 교하읍 연다산1리
제보일시 : 2010.2.3
조 사 자 : 김헌선, 김형근, 최자운, 김혜정, 변남섭

송유자 가창자는 여자 총무 일을 맡고 있었고 점잖으면서도 시작한 노래를 깔끔하게

끝내주었다.

제공 자료 목록

02_27_FOS_20100203_KHS_SYJ_0001 다리세기 노래

02_27_FOS_20100203_KHS_SYJ_0002 잠자리 잡는 노래

02_27_FOS_20100203_KHS_SYJ_0003 이빨 빠진 아이 놀리는 노래 / "앞니 빠진 덜
격새야"

02_27_MFS_20100203_KHS_SYJ_0001 고무줄하면서 부르는 노래

신석범, 남, 1932년생

주 소 지 : 경기도 파주시 교하읍 산남리

제보일시 : 2010.2.17

조 사 자 : 김헌선, 김형근, 최자운, 김혜정, 변남섭

신석범 가창자는 풍채가 좋고 성격도 넉
넉하였다. 설화와 민요 구연에 관심과 소질
이 그리 많지는 않은 듯하여 자료 얻기에
많이 애를 먹었다.

제공 자료 목록

02_27_FOS_20100217_KHS_SSB_0001 모심는 소리

02_27_MFS_20100217_KHS_SSB_0001 노랫가락

오은숙, 여, 1940년생

주 소 지 : 경기도 파주시 교하읍 오도1리

제보일시 : 2010.2.17

조 사 자 : 김헌선, 김형근, 최자운, 김혜정, 변남섭

오은숙 가창자는 친정이 갈현리이고 몸집
이 좋았다. 다리세기 노래, 앞니 빠진 아이

놀리는 노래, 방아깨비 놀리는 소리 등을 구연해 주었다.

제공 자료 목록
02_27_FOS_20100217_KHS_OES_0001 다리세기 노래
02_27_FOS_20100217_KHS_OES_0002 이빨 빠진 아이 놀리는 노래
02_27_FOS_20100217_KHS_OES_0003 방아깨비 가지고 노는 노래

유병숙, 여, 1954년생

주 소 지 : 경기도 파주시 교하읍 오도1리
제보일시 : 2010.2.17
조 사 자 : 김헌선, 김형근, 최자운, 김혜정, 변남섭

유병숙 구연자는 아직 나이가 50대인 젊고 활발한 성격이며 친정은 탄현면이다. '일대기 이대기'로 시작하는 다리세기 노래를 구연해 주었다.

제공 자료 목록
02_27_FOS_20100217_KHS_YBS_0001 다리세기 노래
02_27_FOS_20100217_KHS_YBS_0002 기러기 보며 부르는 노래

윤봉이, 여, 1925년생

주 소 지 : 경기도 파주시 교하읍 송천리
제보일시 : 2010.2.8
조 사 자 : 김헌선, 김형근, 최자운, 김혜정, 변남섭

몸이 조금 마른 체형이기는 하지만 86세라는 고령이 믿기지 않을 정도로 젊고 건강해 보였다. 송천리에서 나고 송천리에서 혼인하고 살고 있다. 처음 조사자들이 찾아온

이유를 말하고 구연을 부탁했을 때에는 다른 두 분의 할머니들과 화투를 치느라 조사에 소극적이었다. 그러나 조사자들이 김배희 할머니가 불러주시는 민요에 감탄하고 적극적으로 호응하는 것에 마음이 동하여 이윽고 구연에 적극 참여하였다. 조사자들이 민요조사에 이어 설화조사로 들어가면서 계모이야기를 부탁하자 자신이 10살 때 모친을 잃어 서모가 들어와서 마음고생을 많이 했었다고 눈물을 붉히기도 하였다.

제공 자료 목록
02_27_FOT_20100208_KHS_YBE_0001 밥 많이 먹는 마누라
02_27_FOT_20100208_KHS_YBE_0002 선녀와 머슴
02_27_FOT_20100208_KHS_YBE_0003 방귀쟁이 며느리
02_27_FOT_20100208_KHS_YBE_0004 도깨비 이야기
02_27_FOT_20100208_KHS_YBE_0005 구렁이로 변한 수탉
02_27_MPN_20100208_KHS_YBE_0001 저승 갔다 온 이야기
02_27_FOS_20100208_KHS_YBE_0001 자장가 (1)
02_27_FOS_20100208_KHS_YBE_0002 자장가 (2)
02_27_FOS_20100208_KHS_YBE_0003 배 쓸어주는 노래
02_27_FOS_20100208_KHS_YBE_0004 별 헤는 노래
02_27_FOS_20100208_KHS_YBE_0005 다리세기 노래
02_27_FOS_20100208_KHS_YBE_0006 아이 어르는 소리 / "곤지 곤지"
02_27_FOS_20100208_KHS_YBE_0007 기러기 보며 부르는 노래
02_27_FOS_20100208_KHS_YBE_0008 해 나오라고 하는 노래

임세영, 남, 1943년생

주 소 지 : 경기도 파주시 교하읍 교하리
제보일시 : 2010.3.8
조 사 자 : 김헌선, 김형근, 최자운, 김혜정, 변남섭

교하읍 교하리 빙현동 토박이다. 농사를 짓다가, 아이들의 교육을 위해 약 15년 정도 도시에 나가서 상업을 했다가 다시 고향으로 돌아왔다. 현

재는 콩농사를 많이 짓는다. 임세영은 교하
리의 선소리꾼으로 인근 지역에도 소리꾼이
없다면 불려 다닌다. 본인은 소리를 정식으
로 배운 것은 아니므로 이 점을 양해해달라
는 거듭 부탁을 하였다. 상여의 첫 선소리를
맡기 시작한 것이 30년 전부터다. 그때 마
을에 출상이 났는데 이미 선소리꾼은 90세
의 노인이었다. 그분께 한번 부르게 해달라
는 부탁으로 시작한 것이 지금까지 이 마을의 선소리꾼 역할을 하고 있
다. 제보자 임세영 자택으로 첫 조사를 하러 갔을 때 마침 동네에 상이
나서 3일 후 출상 때 실제 조사를 할 수 있었다. 성격이 시원시원하여 조
사에 적극적이었다.

제공 자료 목록
02_27_FOS_20100308_KHS_ISY_0001 상여 소리
02_27_FOS_20100308_KHS_ISY_0002 회다지 소리

장여선, 여, 1940년생

주 소 지 : 경기도 파주시 교하읍 연다산1리
제보일시 : 2010.2.3
조 사 자 : 김헌선, 김형근, 최자운, 김혜정, 변남섭

  장여선 가창자는 색깔이 약간 들어간 안
경을 끼고, 몸집이 넉넉하다. 민요와 설화
모두 맛깔나고 생동감 있게 구연해 주었다.

제공 자료 목록
02_27_FOT_20100203_KHS_JYS_0001 해와 달이 된 오누이

02_27_FOT_20100203_KHS_JYS_0002 밥 많이 먹는 마누라
02_27_FOT_20100203_KHS_JYS_0003 방귀쟁이 며느리
02_27_FOT_20100203_KHS_JYS_0004 방귀쟁이 새색시
02_27_FOS_20100203_KHS_JYS_0001 자장가 (1)
02_27_FOS_20100203_KHS_JYS_0002 자장가 (2)
02_27_FOS_20100203_KHS_JYS_0003 아이 어르는 소리 / "마당 쓸다 돈 한 푼을 주
 어서"
02_27_FOS_20100203_KHS_JYS_0004 헌 이 던지며 하는 노래
02_27_MFS_20100203_KHS_JYS_0001 아침 바람 찬 바람에

정용희, 여, 1943년생

주 소 지 : 경기도 파주시 교하읍 오도1리
제보일시 : 2010.2.17
조 사 자 : 김헌선, 김형근, 최자운, 김혜정, 변남섭

　　정용희 가창자는 조사가 거의 마무리 될 쯤 노인회관에 왔다. 순수하고
시원시원한 성격을 지녔다. 벽제묘지 근처 영장2리가 친정인데 그곳의 정
산춘 씨(1933년생)가 이야기를 잘 한다고 적극 추천해 주었다.

제공 자료 목록
02_27_FOS_20100217_KHS_JYH_0001 아이 어르는 소리 / "불불 불어라"
02_27_ETC_20100217_KHS_JYH_0001 수수께끼
02_27_ETC_20100217_KHS_JYH_0002 수수께끼
02_27_ETC_20100217_KHS_JYH_0003 수수께끼
02_27_ETC_20100217_KHS_JYH_0004 수수께끼
02_27_ETC_20100217_KHS_JYH_0005 수수께끼

최은호, 남, 1941년생

주 소 지 : 경기도 파주시 교하읍 서패리
제보일시 : 2010.2.23

조 사 자 : 김헌선, 김형근, 최자운, 김혜정, 변남섭

2월 17일에 만나 뵈었던 산남리 노인회장 신석범 어르신의 추천으로 찾아뵙게 되었다. 서패리는 파주 출판단지 입구에 위치한 마을로 최근에 파주시가 지정한 꽃마을 관광단지여서 마을 입구에 '돌곶꽃마을'이라는 비석이 세워져 있었다. 최은호 어르신의 설명에 따르면 원래 파주 출판단지까지 물이 들어와서 서패리의 본래 명칭은 '서곶'이었다고 한다. 그래서 일제강점기 이전에는 이곳이 서곶면 서곶리로 면사무소가 있었으며 물자가 풍부한 곳이었다고 한다. 그런데 일제강점기 일본 사람들이 갑자기 팻말을 하나 꽂더니 그 동쪽은 동패리, 그 서쪽은 서패리라고 했는데, 이제는 본래 이름인 서곶이라는 이름을 써야 한다고 했다.

한편, 마을 입구의 비석에 있던 '돌곶'이라는 명칭은 어떻게 된 것이냐고 묻자 돌이 많아서 '돌곶'이라고 했다. 마을입구에서부터 요란스럽지 않게 단장된 음식점이 서너 군데 있었고, 마을의 집들도 일반 자연부락과는 다르게 모두 깔끔하게 지어져 있었다.

조사자들이 제보자의 집을 물어 찾아갔을 때 마침, 파주시에서 마을 일을 협의하기 위한 공무원이 방문을 마치고 돌아가던 길이었다. 조사자들이 찾아온 연유를 말씀드리자 매바위 전설, 장명산 전설, 천인재 유래담 등과 같은 지역전설을 몇 편 들려주었다. 굳이 이 마을 전설이 아니어도 된다고 하자 선조이신 조선시대 시인 최경창의 이야기를 들려주었다.

제공 자료 목록

02_27_FOT_20100223_KHS_CEH_0001 매바위 전설

02_27_FOT_20100223_KHS_CEH_0002 장명산과 심학산의 유래

02_27_FOT_20100223_KHS_CEH_0003 천인재 고개의 유래

02_27_FOT_20100223_KHS_CEH_0004 고죽 최경창과 홍랑 이야기

표점룡, 남, 1940년생

주 소 지 : 경기도 파주시 교하읍 오도1리

제보일시 : 2010.2.3

조 사 자 : 김헌선, 김형근, 최자운, 김혜정, 변남섭

표점룡 제보자는 바닥에 앉으셔서 우렁찬 목소리와 진지한 자세로 이야기를 구연해 주었다.

제공 자료 목록

02_27_FOT_20100203_KHS_PJY_0001 도깨비가 나오는 집

한흥억, 남, 1944년생

주 소 지 : 경기도 파주시 교하읍 교하리

제보일시 : 2010.3.8

조 사 자 : 김헌선, 김형근, 최자운, 김혜정, 변남섭

교하리 토박이다. 지금까지 농사를 지으며 살았다. 가학으로 한문을 배웠고, 마을의 지관을 맡고 있다. 초성이 좋지 않아 빼어난 소리꾼은 아니지만, 소리의 사설을 이해하여 문서 속은 있다. 점잖은 성격이며, 우리 조사의 성격을 잘 이해하고 적극 도와주었다. 파주시에 유명한 선소리꾼 중 하나인 정

해운과 직접 연결시켜 주었다.

제공 자료 목록
02_27_FOS_20100308_KHS_HHU_0001 회다지 소리

황규영, 남, 1952년생

주 소 지 : 경기도 파주시 교하읍 오도1리
제보일시 : 2010.2.3
조 사 자 : 김헌선, 김형근, 최자운, 김혜정, 변남섭

  황규영 제보자는 현재 주민자치협의회장
으로, 경로당에서 나이가 어린 축에 속하면
서도, 점잖으셔서 노인분들에게 통솔력이
있어보였다. 우리의 조사 작업에도 호의적
이었다.

제공 자료 목록
02_27_FOT_20100203_KHS_HGY_0001 장명산과 심학산의 유래

밥 많이 먹는 마누라

자료코드 : 02_27_FOT_20100203_KHS_KGS_0001
조사장소 : 경기도 파주시 교하읍 연다산1리 마을회관
조사일시 : 2010.2.3
조 사 자 : 김헌선, 김형근, 최자운, 김혜정, 변남섭
제 보 자 : 김계순, 여, 80세
청   중 : 6인
구연상황 : 김계순 구연자는 송유자, 장여선 등의 구연자들이 부르는 노래나 이야기를 주
         로 청중의 입장에서 조용히 듣고 있다가 자신이 기억이 나면 적극적으로 나
         서서 구연해 주었다. 지금 이 '밥 많이 먹는 마누라' 이야기도 장여선 구연자
         의 '밥 많이 먹는 며느리' 이야기를 듣고 자진해서 구연해준 것이다.
줄 거 리 : 남편이 일꾼을 열 명 얻어서 밥을 해오라고 해서 이고 나갔더니 일꾼이 안
         와서 아내가 그 밥을 다 먹어치웠다. 남편은 아내가 그 밥을 다 소화시킬 수
         있을까 싶어 몰래 집으로 가 봤더니 아내는 소화를 잘 시키기 위해 가마솥에
         콩을 볶아 먹고 있었다.

  인제 일꾼을 읃어서 밥을 허는데 열 명 밥을 해오라고 글드래

  그래서 열 명 밥을 해 갔는데 일꾼이 그걸 하나도 안 먹었대요.

  기, 이눔의 여, 밥해간 여자가 그걸 다 먹었다지 뭐야. 그래서 그걸 다
먹고 들어갔는데.

  그걸 다 새길까 그리고 집에 쫓아 들어갔더니 가마솥에다 콩을 들들
볶고 있드래.

  볶으면서 그걸 주어먹더래요. 게, 그 콩을 볶아 먹으면 그게 삭아 내려
간다는구면.

  그 소리는 들었어요.

밥 많이 먹는 마누라

자료코드 : 02_27_FOT_20100208_KHS_YBE_0001
조사장소 : 경기도 파주시 교하읍 송천리 225-11번지 송천리 마을회관
조사일시 : 2010.2.8
조 사 자 : 김헌선, 김형근, 최자운, 김혜정, 변남섭
제 보 자 : 윤봉이, 여, 85세
청   중 : 5인

구연상황 : 처음에는 조사에 소극적이었던 윤봉이 제보자가 화투를 잠시 멈추고 본격적으로 조사에 참여한 후에는 상당히 많은 민요를 구연해 주었다. 민요조사가 끝나고 설화를 청하자 첫 번째로 구연해준 이야기다.

줄 거 리 : 옛날 마누라가 하도 밥을 많이 먹자 남편이 여자를 시험해 보기 위해 열 명분의 밥을 준비해서 일하는데 오라고 하고는 일꾼이 안 왔다고 하고는 그 밥을 둘이 다 먹자고 했다. 그러자 마누라는 그 밥을 다 먹고는 집으로 돌아와 소화시키려고 가마솥에 콩을 볶아 먹고 있었는데 이 모습을 본 남편은 분을 이기지 못해 아내의 발로 찼더니 아내가 배가 터져 죽었다고 한다.

(청중 : 안 겪어 봤어.) 옛날에 하도 밥을, 밥을 많이 먹, 저거, 여자가 밥을 많이 먹으니까 남자가 인제 꾀를 낸 거야.

'일꾼을 오늘 아홉 명을 얻어 가지고 벌에서 일을 하는데 아홉 명의 밥을 해 와라.'

그러니까 인제 아홉 명의 밥을 해가지고 나가니까 영감 하나드래.

그래서 왜 아홉 명의 밥을 해가지고 나오라더니 왜 영감 하나냐고 그러니까, 아, 일꾼이 다 깨졌으니깐 우리 둘이 다 먹자고.

(청중 : 응선아줌마가 왔으면 잘 했을 것 같다고 그러잖아.) 둘이 다 먹자고 그래 가지고. 마누라가 다 먹었대.

다 먹고서는 인제 밥고리(들에 밥을 내갈 때 쓰는 기구)를 가지고 가는데, 이놈의 여자가 너무 많이 먹어가지고 너무 많이 먹어가지고 배가 불르잖아.

그니까 옛날에는 콩을 볶아서 먹으면 소화가 잘 된다고 그러잖아.

그래 오니까는 연기가 나더래 굴뚝에.

그래서 들어와서 뭐를 또 그렇게 먹고 갔는데 또 뭐를 허나 하고 영감이 들어와 보니까 가마솥에 콩을 볶으면서 그 익는 대로 그걸 쥐 먹드래.

쥐 먹으니까 영감이 이놈의 마누라가 밥을, 아홉 명의 밥을 다 쳐 먹고 들어와서 콩이 나빠서 콩을 볶아 먹냐고, 발로 차니까 배가 탁 터져 죽드래. 허허허. 죽었대.

선녀와 머슴

자료코드 : 02_27_FOT_20100208_KHS_YBE_0002
조사장소 : 경기도 파주시 교하읍 송천리 225-11번지 송천리 마을회관
조사일시 : 2010.2.8
조 사 자 : 김헌선, 김형근, 최자운, 김혜정, 변남섭
제 보 자 : 윤봉이, 여, 85세
청   중 : 5인
구연상황 : 조사자들이 선녀 이야기를 부탁하자 이 이야기를 해주었다. 이야기의 주인공
         이 나무꾼이 아니라 머슴이라는 점에서 일반적인 선녀와 나무꾼 이야기와 조
         금은 차이가 있고, 또 선녀가 하늘로 올라가 버리는데서 이야기가 슬프게 끝
         이 나는데 이야기 전개상 작은 부분들에서 제보자가 실수로 빠뜨리는 내용들
         이 조금 있는 것 같은 느낌을 받았다.
줄 거 리 : 옛날에 남의집살이를 하는 머슴이 장가를 못 가고 있다가 선녀가 내려와 목
         욕을 한다는 옹달우물에 가서 몰래 선녀의 옷을 감춰 그 선녀와 부부가 되었
         다. 그런데 아이를 셋 낳기 전에서 선녀 옷을 주지 말아야 하는데 아이를 둘
         낳았을 때 선녀가 하도 옷을 달라고 해서 주었더니 선녀는 날개옷을 입고 양
         겨드랑이에 아이를 각각 하나씩 끼고 하늘로 올라가 버렸다.

옛날에 선녀 오르는 이렇게 옹달우물이 있어요. 그르믄 그 옹달우물에 와서 거기서 인제 목욕을 해. 선녀가 인제 밤이면, 7월 7석이면 내려온데. 밤이면 내려와 가지고, 옹달우물에서 목욕을 허구 인제 이러믄. 그 짓

굿은, 이제 옛날에 남의 집 사는 머슴 사는 일꾼이 있잖아.

그르믄 인제 장가도 못 간 사람인게, 그 선녀가 옷을 벗어놓고 간 옷을 감추 그 남자하고 결혼을 헌다네.

그래가지고서는 그 옷을 갖다 감췄데. 그 머심(머슴) 사는 사람이. 감치니까 이 사람이 못 날라간 거야. (청중 : 옷이 있어야 입고 가지?)

다른 사람들은 옷이 있으니까 다 날아가는데, 이 사람은 옷이 없으니까 벗었으니까 못 날아가는데 인제 그 남자하고 살았데.

살았는데. 그 애기를 셋 낳기 전에는 그 옷을 주지 말아라. 저, 선녀가 그랬데. 그 여자가 애기 셋을 낳으면 옷을 주고, 셋, 저 셋 낳기 전에는 옷을 주지 말아라 그랬데.

하도 그, 하도 졸르구 그러니까 둘을 낳은 년에 옷을 줬데.

줬더니 애기를 양쪽 겨드랑이에 끼고 선녀가 날라가 버렸데. 옷을 입고. 어 그런 소린 들었어.

방귀쟁이 며느리

자료코드 : 02_27_FOT_20100208_KHS_YBE_0003
조사장소 : 경기도 파주시 교하읍 송천리 225-11번지 송천리 마을회관
조사일시 : 2010.2.8
조 사 자 : 김헌선, 김형근, 최자운, 김혜정, 변남섭
제 보 자 : 윤봉이, 여, 85세
청   중 : 5인
구연상황 : 며느리가 시아버지, 사위 등이 실수한 이야기를 청하자 이 이야기를 해주었다. 이야기의 전개와 구성이 아주 뛰어났고 재미있었다.
줄 거 리 : 옛날에 며느리를 얻었는데 얼굴이 노랗게 되는 병이 들어서 시아버지가 이유를 물었더니 방귀를 뀌지 못해서 그렇다고 하자 시아버지는 방귀를 뀌어보라고 했다. 며느리는 시아버지와 시어머니, 남편에게 각각 상기둥, 부엌기둥, 대문간을 잡으라고 하고 방귀를 뀌었는데 방귀가 어찌나 센지 세 사람이 기둥을

잡고 뼁뼁 돌더니 급기야 시아버지가 방귀 그만 뀌라고 소리를 질렀다.

옛날에 며느리를 얻었는데 옛날에 며느리를 얻어놨는데 며느리가 그냥, 그냥 얼굴에 노랗게 노란 꽃이 피더래. 그래서 시아버지가

"아니 너는 왜 이렇게 먹질 않냐? 왜 이렇게 얼굴이 노래지고 그렇게 노란 꽃이 피고 그렇게 안 됐냐?"고 그러니까,

"저는 시원을, 소원을 못 풀어서 그래요." 그르드래. 그래,

"소원이 넌 뭐냐?" 그르니까,

"저는 방귀를 못 뀌면 이래요."

그르드래. 그래서 시아버지가

"그럼, 방귀를 못 뀌어서 그러면 방귀를 뀌어 봐라."

그러니까 시아버지 보고 '시아버지 상기둥을 붙잡으라.' 하고, '시어머니는 부엌의 기둥을 붙잡으라.' 그리구, 냄편, 에, '냄편네는 인제 문간에 가서 붙잡고 있으라.'고 그리구.

그리구 이 놈의 여자가 그냥 방귀를 끼니까 냥, 그것들이 다 뼁뼁 돌더래지 뭐야. 기둥을 붙잡고. 흐흐흐. [일동 웃음]

시아버지는 상기둥을 붙잡고 돌고, 부엌의 시어머니는 부엌의 상기둥을 붙잡고 돌고, 남자는 그 대문간에 있는 놈을 붙잡고 돌고.

그냥. 흐흐. 그렇게 뀌니까 아유,

"고만 뀌어라, 고만 뀌어라! 애, 고만 해라, 고만 해라!"

시아버지가 그래서

도깨비 이야기

자료코드 : 02_27_FOT_20100208_KHS_YBE_0004
조사장소 : 경기도 파주시 교하읍 송천리 225-11번지 송천리 마을회관

조사일시 : 2010.2.8

조 사 자 : 김헌선, 김형근, 최자운, 김혜정, 변남섭

제 보 자 : 윤봉이, 여, 85세

청　　중 : 5인

구연상황 : 조사자들이 귀신이나 도깨비 이야기를 청하자 제보자는 자신의 친정아버지에
게서 전해 들었다면서 이 이야기를 해주었다.

줄 거 리 : 할아버지가 제사 준비를 하러 장에 갔다 오다가 어두워져서 도깨비한테 홀려
밤새 끌려 다니다가 도깨비를 나무에 묶고 새벽에야 돌아왔는데 다음날 가보
니 피가 묻은 싸리빗자루였다고 한다.

우리 징조부님(증조부님) 지사(제사)가 됐는데 저거 뭐야 지사 제낼려고
지사 흥정을 허러갔어. 흥정을 허러 갔는데, 어둬 가지고 인제 오실 때 어
뒈서 오셨드라고.

그런데 도깨비한테 홀려 가지고 그냥 그냥 동산으로 그냥 헤매다가 새
벽에 들어오셨더라고. 건 아주 내가 직, 우리 친정아버지가 그랬어.

그렇게 해서 홀려서 돌아댕기시는데 당신도 뭐가 뭔지를 모르고 돌아
댕겼데요.

그랬는데 그렇게 돌아댕겼는데 뭐가 뒤에서 툭툭 채드래.

그래서 그것을 그걸 붙잡아서 이렇게 보니까 붙잡아 보니까 붙잡히드
래.

이놈의 게 뭔데 날 이렇게 쫓아댕기나 허고 거기 낭구(나무)에다 붙잡
아 매 놓시고 밝으니까 오셨어.

그랬는데 그 다음에 가보니까 빗자루드래. 싸리 빗자루.

그 싸리 빗자루에다가 사람의 피가 묻으면 그렇게 도깨비가 된데네.

구렁이로 변한 수탉

자료코드 : 02_27_FOT_20100208_KHS_YBE_0005

조사장소 : 경기도 파주시 교하읍 송천리 225-11번지 송천리 마을회관
조사일시 : 2010.2.8
조 사 자 : 김헌선, 김형근, 최자운, 김혜정, 변남섭
제 보 자 : 윤봉이, 여, 85세
청   중 : 5인
구연상황 : 조사자들이 귀신, 도깨비, 여우에 홀린 이야기 등을 청하자 먼저 도깨비 이야
         기를 하고 연이어서 자신이 직접 들은 이야기라고 하며 이야기를 구연해 주
         었다.
줄 거 리 : 수탉을 10년 정도 먹였는데 어느 날 사리지고 없어 찾아보니 땔 나무 쌓아
         놓은 데에 숨어 있었다. 들춰보니 수탉이 반은 구렁이로 변하고 나머지 반은
         아직 구렁이로 변하지 못한 채 있었다.

닭은, 저거 뭐야 수탉을, 수탉을 오래 한 10년도 더 넘게, 한 20, 15년
을 먹였어.

수탉을, 닭이 좋으니까 그렇게 먹였는데, 그 닭이 어느 날 아주 감쪽같
이 없어졌어. 그러니까 실지로 그건 뭐 옛날이야기가 아니야.

내가 실지로 당하는 거니까. 감쪽같이 없어졌어. 그래서 만날(매일) 그
닭을 찾는 거지. 닭을 찾는데, 옛날에는 낭구(나무)를 해다가 허청에다 쌓
아 놓고 떼잖아.

쌓아 놓고 때면 그 허청에 있는 낭구를 자꾸 때다가 보니까는 낭구가
조금 남았는데 가서 들추니까 수탉이 거기 가 앉았더래.

수탉은 묵히면 구랭이(구렁이)가 된대네. 반은 구렁이가 되고 반은 닭
이더래.

해와 달이 된 오누이

자료코드 : 02_27_FOT_20100203_KHS_JYS_0001
조사장소 : 경기도 파주시 교하읍 연다산1리 마을회관
조사일시 : 2010.2.3

조 사 자 : 김헌선, 김형근, 최자운, 김혜정, 변남섭
제 보 자 : 장여선, 여, 70세
청   중 : 6인
구연상황 : 장여선 구연자는 민요와 설화 모두에서 뛰어난 구연 실력을 갖춘 제보자이다.
특히 설화 구연에 있어서는 이야기의 속도며 적절한 단어 사용과 맛깔스러운
입담 등에서 탁월한 구연자로의 면모를 보여 주었다.
줄 거 리 : 옛날에 살기가 어려워 어머니가 떡을 팔러 갔다가 호랑이에게 잡아 먹혔는데
호랑이는 어머니의 옷을 입고 집으로 찾아와 오누이에게 어머니라고 속여 잡
아먹으려고 했다. 오누이는 호랑이의 존재를 눈치 채고 나무 위로 올라가 하
느님께 빌어 내려준 동아줄을 타고 하늘에 가서 해와 달이 되었다. 호랑이는
썩은 동아줄을 타고 올라가다가 수수깡밭에 떨어져 죽었는데 오늘날 수수깡
대가 빨갛게 된 것은 그때 호랑이가 떨어져 흘린 피 때문이다.

옛날에 살기가 하도 어려워서 엄마가 품을 팔러 산을 넘고 들을 넘고
넘어서 품을 팔러 갔어.

큰일 집에 가 일을 하고 떡을 한 바가지 얻어서 머리에 이고 넘어 오는
데.

한 고개를 넘고 나면 호랑이가 나타나서

"어흥! 아, 떡 하나 주면 안 잡아먹지."

그래서 인제 [청중 웃음 소리.] 또 하날 주고.

또 고개를 하나 넘어 오니까 또 호랑이가 또 덤벼서

"어흥!" 허구.

"하나씩 주면 안 잡아먹지."

떡은 다 팔, 다 없어졌는데 그래도 자꾸 호랭이가 또 덤벼서 팔떼기(팔
뚝) 하나 떼어 먹고.

고 다음 또 다리 하나 떼어 먹고 하다가, 지 엄마(저희 엄마)를 다 잡아
먹고는 이 호랑이가 저희 집엘 간 거야.

그 애네, 애들, 저마저 잡아먹으려고. 그랬는데 가서 문틈으로

"애기야. 애기야. 문 좀 열어라."

그러니깐 그 애덜이(아이들이) 허는 말이, 남매가 허는 말이

"그럼, 손 좀 들이 다 봐, 디밀어 밀어봐. 우리 엄만가 보게."

그러고 손을 디밀라(들이밀어) 그래니까 디미니까 털이 부글부글 허단 말이야.

"우리 엄마 손에는 털이 없는데, 왜 털이 있어?"

그러구 허니깐

"아유, 엄마가 힘이 들어서 털이 나서 그런단다. 괜찮다. 열어라, 열어라."

그래서 인제, 헐 수 없이 낭중에는 인제 열어줬는데, 가만히 보니까 이놈의 호랑이가 치마저고리를 다 입고해도 저 엄마가 아니래서

'이거를 어떻게 해야 하나?' 하고 남매가 궁리를 하다가,

남매가 [청중들의 소음] 궁리를 했어.

남매가 나와서 '야, 우리는 이제 이쩨피(어차피) 엄마는 아마 다 죽었나 보다.

(조사자 : 응. 우리까지 잡아먹으러 왔으니 우리는 우리가 살길을 청해야 한다.)

그러고는 인제 그냥, 그 뒤, 뒤에 있는 낭그루다가(나무에다) 도끼루다 콱콱 찍어 가믄서 두 남매가 산엘 올라간 거야, 낭구엘.

낭구엘 올라가서 남매가 앉았는데, 호랑이가 와서 가만히 찾아 댕기다 보니까 그 밑에 우물이 있는데, 우물을 들여다보니까 사람이 있단 말이야. 그래서

"야, 너희들이 거기엘 어떻게 들어갔느냐?"

그러구 허니까 '깔깔깔' 대고 웃으니깐 쳐다보니까 애들이 위에 가 있지 뭐야. 그래서

"너덜 거기를 어떻게 올라갔냐?"

그르니까 "우리 올라온 거 아리켜줘?"

"그래 아르켜다오."

그래서 "내, 저기 가서, 기름을 얻어다 싹싹 바르고 올라왔지."

그래서 기름을 갖다 싹싹 바르고 올라가니까, 올라가다 털어지고(미끄러지고) 올라가다 털어지고 그르더래 인제.

그래서 아, 거진 거진 이놈의 호랭이가 그래도, 조그만 아이가 뭣도 모르고 깎지를 찍고 올라왔대니까 깎지를 찍으믄서 올라왔단 말이야. 그래서

"하느님, 하느님. 우리를 살리려거든 성한 동아줄을 내려 보내시고 우리를 죽일래거든 썩은 동아줄을 내려주십소사."

하고 두 남매가 허니까는 동아줄이 하나 내려오더래는 거야. 그래서 두 남매가 매달려서 올라가는데.

이 호랑이도 인제 그 애덜이 하는 식을 봐 가지고,

"하느님, 하느님. 나도 호, 썩은 놈, 내가 저거 허면 썩은 동아줄을 내려거든, 뭘 내려 보내 달라."

그르니까는 썩은 동아줄을 내려 보내서, 그걸 타고 올라가다가 뚝 떨어져, 그 밑에 수수깡 밭으로 떨어져 가지고 시방 그 수수깡이 시뻘건 물이 호랑이 피랩디다.

그게 호랑이 피가 거기에 묻어서 호랑이가 떨어져 죽고, 그 남매는 남자는 해, 달이 되고 여자는 해가 되어, 시방 달하고 해가 됐대요.

그 옛날얘기가 그렇게 내려옵디다. 그니까 알지, 내가 옛날에 어떻게 돼서 그렇게 된 건 모르지만, 그런 이야기는 많이 들었어요.

밥 많이 먹는 마누라

자료코드 : 02_27_FOT_20100203_KHS_JYS_0002

조사장소 : 경기도 파주시 교하읍 연다산1리 마을회관
조사일시 : 2010.2.3
조 사 자 : 김헌선, 김형근, 최자운, 김혜정, 변남섭
제 보 자 : 장여선, 여, 70세
청   중 : 6인
구연상황 : 장여선 구연자는 민요와 설화 모두에서 뛰어난 구연 실력을 갖춘 제보자이
       다. 무엇보다 설화 구연에 있어서는 특유의 맛깔 나는 입담으로 이야기를 듣
       는 동년배의 청중들도 숨을 죽이면서 경청할 정도였다. 제보자들이 밥 많이
       먹는 여자에 관한 이야기를 청하자 서슴없이 이 이야기를 구연해 주었다. 몇
       십 년 동안 구연한 적이 없었다고 하지만 마치 최근까지 구연했던 이야기인
       양 생동감 있게 구연해 주었다.
줄 거 리 : 옛날에 어떤 남자가 마누라가 하도 밥을 많이 먹어 쫓아내고 입이 조그맣게
       생겨 밥을 조금 먹는다는 여자를 얻었는데 오히려 쌀이 더 많이 줄어들었다.
       남자가 몰래 훔쳐보니 여자는 쪽 밑으로 밥을 더 많이 퍼 넣어 먹고 있어서
       갈수록 태산이라고 한숨짓고 그 여자도 내쫓았다고 한다.

  옛날에 하도 마누라가 밥을 많이 먹으니깐, 도대체 옛날엔 밥만 많이
먹으면 저기 했잖아.

  그래서 밥을 많이 먹으니깐, 밥만, 내쫓았단 말이야, 내쫓고.

  입이 쪼그맣게 생긴, 선을 보니께 입이 쬐끄만 마누라가 있어서, 나 마
냥 그렇게 쬐끄만나봐.

  그래 '저 마누라는 입이 쪼끄마니까 하니까 밥을 쪼끔 먹으려니' 하고
먹어, 데려왔는데.

  아, 보니까 공기에 정말 쬐끔씩 밥을 먹더래는 거야.

  근데 쌀독은 푹푹 들어가거든.

  그래 어느 날은 '참 이상허다.' 허구선 집에 와서 둘레둘레 돌아댕기다
보니까는.

  아, 이놈의 쪽 밑을 번쩍 들고는 그냥 숟갈루다 한 숟갈씩 퍼붓드래,
밥을.

  그르니까 인제 쪽 밑으로, 뒤로 어디로 밥을 먹는구나.

또 있는 모냥이지 뭐야, 그 사람은. 그래서

'에휴, 갈수록 태산이구나. 밥 많이 먹는다고, 아주 인제 아주 주걱으로 들어붓는구나.'

그러구 또 그전에 그렇게 해서 쫓아냈다는 이야기가 있잖어.

방귀쟁이 며느리

자료코드 : 02_27_FOT_20100203_KHS_JYS_0003
조사장소 : 경기도 파주시 교하읍 연다산1리 마을회관
조사일시 : 2010.2.3
조 사 자 : 김헌선, 김형근, 최자운, 김혜정, 변남섭
제 보 자 : 장여선, 여, 70세
청   중 : 6인
구연상황 : 오랫동안 옛이야기를 구연할 기회가 없었을 텐데도 마치 오랫동안 구연을 해온 분 같이 이야기를 맛깔스럽고 자연스럽게 이끌어 나갔다.
줄 거 리 : 시집온 며느리가 방귀를 뀌지 못해 얼굴이 노래지는 노랑병이 들자 시아버지는 마음껏 방귀를 뀌라고 했다. 며느리가 시부모님에게 각각 대들보와 부엌의 기둥을 잡고 계시라고 하고 방귀를 뀌었는데, 방귀바람이 어찌나 센지 시부모님의 두 발이 하늘로 올라갈 정도여서 다시는 방귀를 뀌지 말라고 했다고 한다.

막, 메느리가 방구를 뀌어야 되는데 방구를 못 뀌니까 시집와서 방구를 못 뀌니까 노랑병(방귀를 오래 참아서 얼굴이 노랗게 되는 증상을 일컫는 듯함)이 들은 거야. 그래서 시아버지와 시어머니가

"너는 얼굴이 왜 그러냐? 집에 와서 왜, 시집와서부터 왜 그러냐?"

그르니까 낭중에 견디다 못해 그랬대.

"아버님, 어멈, 저는 방구를 못 뀌어서 그래요."

"야, 방귀 실컨 뀌어라. 왜 방구를 안 뀌고 병이 들 정도로 그러냐." 그르니까

"아버님, 제가 마음껏 뀌어도 됩니까?"

"아, 뀌어도 돼지, 그럼."

"그럼, 아버님 저 대들보 기둥 좀 붙잡고 계세요."

그르드래. 그리고

"어머님, 복(부엌)에 뭐 무슨 기둥을 붙잡으라"

그래. 아, 방구를 냅다 뀌어 대니까 이건, 영, 시아버지도 발이, 두 발로 하늘로 올라가고, 기둥을 붙잡고 앉았고.

"야, 야, 두 번 다시 뀌지 말어라!"

그랬다는 거야.

방귀쟁이 새색시

자료코드 : 02_27_FOT_20100203_KHS_JYS_0004
조사장소 : 경기도 파주시 교하읍 연다산1리 마을회관
조사일시 : 2010.2.3
조 사 자 : 김헌선, 김형근, 최자운, 김혜정, 변남섭
제 보 자 : 장여선, 여, 70세
청   중 : 6인
구연상황 : 앞서 '방귀쟁이 며느리' 이야기를 구연하고 다시 이어서 이 '방귀쟁이 새색시' 이야기를 구연해 주었다. 두 자료가 모두 며느리가 시부모님 앞에서 어려워 방귀를 뀌지 못한다는 소재는 같지만 앞의 자료는 방귀 뀌는 소리와 바람이 유난히 큰 며느리의 이야기라면 지금 이 자료는 보통의 며느리이지만 시댁에서 방귀와 관련해서 내숭을 떨면서 벌어지는 상황에 관한 이야기라는 점에서 차이가 난다. 제보자가 이 이야기를 구연할 때 너무도 실감나는 구수한 입담에 조사자들은 물론 제보자와 동년배인 청중들도 한참을 웃었던 기억이 난다.
줄 거 리 : 갓 시집온 새색시가 시부모님께 절을 하다 방귀를 뀌었는데 새색시를 모시는 하인이 이 상황을 모면시키기 위해 자신이 뀌었다고 하였다. 시아버지는 오히려 방귀 뀐 사람에게 상을 주려고 했다고 하자 새색시는 하인을 나무라며 자신이 상을 타야 된다고 했다. 또 새색시가 아이를 안고 있다가 방귀를 뀌고는

부끄러워 아이의 배를 쓰다듬으며 배가 아파 방귀를 뀌었냐고 둘러대자 아이는 자신이 배가 아프면 엄마가 방귀를 뀌는 거냐고 물어 오히려 창피를 당했다.

3일 때에 처음 와서 이제 처음에 절을 하는데, 한 번 절할 때, 방구가 '뽕' 허구 나오니까. 아유, 하님(하인)이 있었잖아, 옛날에는 다 저 시키는 (자기가 부리는) 하님이

"아유, 죄송합니다. 제가 부주의로 이랬습니다." 그를니까,

"아유, 난 방귀 뀐 사람 상을 줄려고 그르는데."

인제 시아버지가 그랬대.

그냥 새댁이 소리를 냅다 질르믄서

"상 탈 걸, 내가 탈 걸 왜 지가 탈려고 그르느냐"고 소리를 지르드래.

"방굴 내가 뀌었는데 왜 니가 뀌었다고 그르느냐."고.

그리구 그냥 층층이 시하에 있으면 다 어렵잖아.

그래서 아이를 안고 앉아서 인제, 아 어느 틈에 방귀를 안 뀌려고 해도 방구를 '빵' 하고 뀌니까. 어린애 배때기를 만지면서

"아유, 배가 아프냐? 왜 방귀를 뀌냐? 배가 아프구나."

그르니까,

"엄마, 내가 배 아프면, 엄마가 방귀 뀌는 거야?"

매바위 전설

자료코드 : 02_27_FOT_20100223_KHS_CEH_0001
조사장소 : 경기도 파주시 교하면 서패리 164번지
조사일시 : 2010.2.23
조 사 자 : 김헌선, 김형근, 최자운, 김혜정, 변남섭
제 보 자 : 최은호, 남, 69세
구연상황 : 제보자 최은호는 조선전기 문인인 최경창(崔慶昌)의 후손으로서 자부심이 있으면서도 소탈하고 꾸밈없는 인품을 지닌 듯 보였다. 조사자들이 찾아온 이유를

말씀드리자 이 지역에도 중요한 이야기가 전해 내려온다고 하면서 이 매바위 전설 이야기를 해 주었다.

줄 거 리 : 어릴 때 사랑방 할아버지들이 말씀하시길 이 마을(서패리)이 잘 되려면 마을 뒤에 있는 매바위가 안 보여야 잘 산다고 하셨다. 당시에는 흘려들었는데 지금 서패리는 마을 뒷산이 나무가 우거져 매바위가 가려져 있고 실지로 아주 부자마을이 되었다. 예전에는 마을 뒷산에서 땔나무를 가져다 때면서 산이 헐벗었지만 무연탄이 나오면서 나무를 베지 않자 산에 나무가 무성해져 매바위가 가려진 것이다.

매바위라는 데가 있거든. 요기 올라가면 매바위가 있어요.

근데 그 매바위가 옛날에 그 사랑방에서 우리 그, 할, 할머니, 할아버지, 할아버지들이 그 얘길 하셨어.

뭐냐믄, 여기가 그 매바위가 그니깐 가려질 적에 이 마을이 잘 사는 마을이 될 거다 그런 얘길 했어요.

근데 사실 그 당시는 뭐 노인네들이 그런걸 뭐 앞을 내다보고 하는 얘기는 아니야.

그런데 그 말이 맞어요.

어려서 내가 들, 듣기로는 그때 인제 뭐 노인네들이 사랑방에서 얘기하면 그 밖에서 이렇게 놀면서 인제 들은 얘기란 말이야.

근데 그 얘기가 어, 여기, 순 노인네들이 약주 한잔 드시고 인제 그런 얘길 하는 거야.

'저 매바위가 보이질 않아야 이 동네가 부자가 된다.' 그런 얘기들을 이렇게 하시는 걸 주고받는 하는 걸 내가 들었는데.

어, 지금 진짜 그 매바위가 안 보이거든요. 안 보이는데, 어유, 진짜 이 마을이 잘 살게 됐어.

그, 근데 그 당시는 사실 뭐 그거 구설수로 들었는데, 내가 자라, 이렇게 어른이 돼가지고 이렇게 보니까

'아, 그 노인네들이 뭘 알고 그랬나?' 그런 얘기를 허, 느낄 수가 있드라고

그니, 뭐냐면, 그 당시는 나무를 박박 깎아가지고 땔 나무가 없으니깐.

그걸 그냥 화 이렇게 해서[손으로 나무를 긁어모으는 흉내를 내며], 그걸 해서 다 그냥 아궁이에 넣었는데, 지금 저 나무가 연탄 때고 뭐허고 허면서 나무가 이렇게 돼서 그 바위가 가려졌어.

어유, 진짜 그러니까 이 마을이 잘 산다 말이야.

장명산과 심학산의 유래

자료코드 : 02_27_FOT_20100223_KHS_CEH_0002
조사장소 : 경기도 파주시 교하면 서패리 164번지
조사일시 : 2010.2.23
조 사 자 : 김헌선, 김형근, 최자운, 김혜정, 변남섭
제 보 자 : 최은호, 남, 69세
구연상황 : 최석범 제보자로부터 심학산과 장명산의 유래를 잘 알고 있는 분이라고 소개
　　　　　받았다고 하자 이 이야기를 해 주었다. 이 전설은 파주시 교하읍 일대에서 고
　　　　　르게 전승되고 있는데 오도리에서는 장명산을 위주로 이야기를 풀어간다면
　　　　　이곳 서패리는 심학산이 더 가까운 관계로 심학산을 중심으로 이야기를 진행
　　　　　하는 느낌을 받았다.
줄 거 리 : 옛날에 심학산하고 장명산이 서로 돌을 던지며 싸움을 하다가 심학산은 다리
　　　　　가 절단되고 장명산은 머리가 잘려 결국 심학산이 이겼다. 그래서 지금 지형
　　　　　상 심학산의 다리에 해당하는 부분이 잘려 있고 장명산의 머리에 해당하는
　　　　　부분이 잘려 있는 것은 다 이것 때문이다.

그 심학산하고 장명산하고 이렇게 인제 싸웠대는 거지. 싸웠는데 여기 인제 여기 올라가면 수투바위라고 있어요.

머리 수(首)자에다가, 싸울 투(鬪)자. 그래가지고 수투바위라는 게 있는데 인제 그게 대장이 돼가지고 인제, 에, 장명산하고 싸웠다는 거지.

근데 인제 장명산에서 돌이 많이 던져가지고 인제 이, 심학산은 다리가 절, 절단이 됐고, 돌에 의해서.

그래 지금 저짝에 가보면 어, 돌이 굉장히 많은 데가 있어요.

저짝 그 다리가 잘려졌다고 하는 그 부분이, 거기가 인제 각 사람들이 그렇게 이짝으론 길어요, 긴데.

이짝은 강에 의해서 여기가 이렇게 그니까, 저기 됐단 말이야.

사람들이 만들은 얘기, 얘기겠지만 이짝은 '잘라졌다.'

근데 짤라, 짤라졌다는 부분에 돌들이 엄청 많이 쌓여 있거든. 그 인제 '돌에 의해서 다리가 절단 됐다' 그러고.

저짝 장명산은 그게 이렇게[손으로 산 능선 모양을 그리면서] 산이 이렇게 가다가 이 중간에서 이렇게[손으로 산 능성 모양을 그리면서] 돼 있어요.

그래가지고 어, 그 목이 짤렸다. 목이 짤려 가지고 장명산은 그렇게 아주, 그니 졌, 졌다는 이야기지.

심학산은 인제 다리가 부러져서 이렇게 됐다고 그렇게 어른들이 얘기를 허셨어요.

천인재 고개의 유래

자료코드 : 02_27_FOT_20100223_KHS_CEH_0003
조사장소 : 경기도 파주시 교하면 서패리 164번지
조사일시 : 2010.2.23
조 사 자 : 김헌선, 김형근, 최자운, 김혜정, 변남섭
제 보 자 : 최은호, 남, 69세
구연상황 : 장명산과 심학산의 유래담에 이어서 이 지역에 전승되는 또 다른 이야기를 해
　　　　　주시겠다면서 들려주신 이야기이다. 최은호 제보자는 조사자들이 다각도로
　　　　　여러 설화들과 민요를 부탁드렸지만 민담이나 민요보다는 전설 위주로 구연
　　　　　을 해 주었다.
줄 거 리 : 천인재라는 고개가 있는데 그 고개에 호랑이가 살고 있어서 천명이 모여야
　　　　　무사하게 고개를 넘을 수 있었다고 해서 이름이 천인(千人)재라고 한다.

'천인(千人)재'라는 고개가 있어요. '천인재' 고개는 어, 천, 그 뭐야, 그 변형이 돼가지고 다른 이름으론 인제 '청릉재'라고 그래.

'청릉재', '청릉재'라고 얘길 하는데.

사실은 그 원이름이 인제 '천인재'라는 거야. 왜 '천인재'냐?

옛날에 호랑이가 있어서 사람들이 넘어 다니질 못해고 천 사람이 모여야 넘을 수 있었다, 그래가지고 인제 '천인재' 고개라고.

고죽 최경창과 홍랑 이야기

자료코드 : 02_27_FOT_20100223_KHS_CEH_0004
조사장소 : 경기도 파주시 교하면 서패리 164번지
조사일시 : 2010.2.23
조 사 자 : 김헌선, 김형근, 최자운, 김혜정, 변남섭
제 보 자 : 최은호, 남, 69세
구연상황 : 조사자들은 인터뷰하는 과정에서 자연스럽게 최은호 제보자가 조선 전기 문인인 최경창의 후손인 것을 알게 되었다. 그러면서 최은호 제보자는 최경창에 대해 말들이 많은데 자신이 할아버지들에게 들은 것과 지금 학자들이 하는 말이 조금 차이가 난다고 하면서 이 이야기를 해 주었다.
줄 거 리 : 최경창이 북평사로 발령이 나서 평안도에 갔다가 친구가 마련한 술자리에서 자신의 시를 읊는 홍랑이라는 관기를 만나게 된다. 최경창이 자신이 바로 그 시를 지은 사람이라고 밝히면서 두 사람은 사랑을 하게 되었다. 후에 다시 최경창이 서울로 돌아오면서 두 사람이 헤어졌지만 최경창이 병이 났다는 말을 듣고 홍랑이 걸어서 찾아와서 함께 살게 되었다. 후에 최경창은 모함을 받고 고생을 하다가 죽었는데 홍랑은 시묘살이를 했다. 홍랑은 시묘살이도 하고 또 임진왜란 당시에 최경창의 『고죽집(孤竹集)』을 머리에 이고 피난을 다닌 공로로 지금은 최경창 할아버지와 그 부인의 묘소 발밑에 함께 묻혀있다.

우리 저 최경창(崔慶昌) 선생님이 이제 북평사(北評事)로다가 발령이 나서 가실 적에 평안도에 인제 도착해서 그 친구 분을 찾아갔어요.

그 친구 분이 인제 맞, 반갑게 맞아 가지고 그 날 저녁에 인제 술좌석

이 벌어졌다고 합니다.

근데 그 술좌석에서 어, 아마 서로 시를 읊, 읊고 그러는 과정에서 홍랑(紅娘)이 우리 할아버님의 시를 읊었다고 그래요. 응.

그니깐 우리 할아버님이 있다가

"너, 그게 누구 신인 줄 아냐?"

그렇게 이야기 하니,

"최경창의 시다." 응.

"너 그러면 최경창이 누군지 아냐?"고 하니,

"모른다."

"내가 최경창이다."

그렇게 네, 얘기를 하니까 자기가 평소에 좋아하던 시를 읊었기 때문에 아주 가차워졌다고 그래요.

홍랑은 그 당시 평양의 관기이기 때문에 친구를 따라서 보낼 수가 있었다고 그래요.

그니까 지금으로 말하면 군 막사지. 가서 빨래도 하고 인제 밥도 해주면서 거기서 인제 보낼 수가 있다고 그래요.

그래 그 이듬해 인제 서울로 발령이 나서 오실 적에 함관령(咸關嶺)이라고 하는 그 고개에 인제 이렇게 다다라서,

그 참 날도 이렇게 궂고, 저녁에 해는 저물어 가고, 헤어져야하는 시간은 되고. 그러니까 그때 홍랑이 그 '묏버들 가지 꺾어 보내노니' 그 시를 읊었다고 그래요.

그 인제, 에, 그리고 인제 나중에 뭐 인제 서울로 돌아오셔서 1년 후에 병환이 나서 가지고 누워 있을 때 홍랑이 그 7일간을 걸어서 서울까지 왔는데, 그 당시에 인제 사대부가에 기녀가 들었다.

또 뭐 우리나라 그 당시에 당쟁이 한참 심할 때 그 노론(老論)에 뭐 이렇게 적(籍)이 되어 있다 허고 이렇게 했는데.

사실은 우리 할아버지는 거기 적이 된 게 아니라, 그 친구 분들이 이렇게 노론에 많이 소속되어 있기 때문에 모함을 당한거지.

그래서 결국 할아버지가 파직을 당하십니다. 그 인제 1년간 또 쉬셨다가 다시 인제 그 발령을 받고 가시는 도중에 인제 돌아가셨거든요.

근데 인제 중요한 거는 그 홍랑이 임진왜란 때 그 『고죽집(孤竹集)』이라고 하는 우리 할아버님의 시집을 이고 다니신 거야.

그리고 전쟁터에서 그 막, 잘 보관을 하고. 그래서 사실 지금도 가서 보면 아시겠지만, 우리 할머니, 할아버지 묘소 밑에다가 홍랑의 묘를 해 났어요.

근데 그거는 그 공적, 다시 말해서 이고 다니고 막 이런. 근데 그 마지막에 홍랑이 3년간 그 시묘살이를 하고 인제 자결을 해서 돌아가셨다 인제 이렇게 우린 알고 있거든요.

근데 자결했대는 게 어느 저기에도 없다는 거야. 그리고 그게 인제 '문헌상으로 저기 된 게 없기 때문에 그런 얘기는 뭐 소용이 없다.' 그러는데.

우리는 하여간 들기로는 3년 시묘살이하고 거기서 자결 하셨기 때문에 거기에다 후손들이 이렇게 묻어 났, 드렸다.

도깨비가 나오는 집

자료코드 : 02_27_FOT_20100203_KHS_PJY_0001
조사장소 : 파주시 교하읍 오도1리 마을회관
조사일시 : 2010.2.3
조 사 자 : 김헌선, 김형근, 최자운, 김혜정, 변남섭
제 보 자 : 표점룡, 남, 70세
청   중 : 12인
구연상황 : 조사자들이 오도1리 마을회관에 도착했을 때 십여 명의 마을 분들이 화투를 치고 계셨다. 조사자들이 찾아온 용건을 말씀드리자 화투판을 접고 조사자들

에게 관심을 보이시며 여러 가지 이야기들을 말씀해 주었다. 그러나 인원이 너무 많아서인지 집약적인 조사가 불가능했고, 또 한꺼번에 너도나도 짤막하게 말씀을 하셔서 기대만큼 좋은 자료를 얻지는 못했다. 그중 이야기판에 나중에 참여하신 표점룡 제보자로부터 직접 겪은 도깨비 체험담의 일종이 이 이야기를 얻을 수 있었다. 표점룡 제보자는 몸에 살집은 없지만 체구는 전체적으로 상당히 좋으신 편으로 우렁찬 목소리와 진지한 자세로 이야기를 구연해 주었다.

줄 거 리 : 예전에 살던 집이 파주시 탄현면 갈현리에 있었는데 밤이면 도깨비가 와서 함석지붕에 모래를 끼얹고, 밤새껏 자신을 불러대서 도저히 살 수가 없어 이곳으로 이사를 왔다. 그런데 그 집에 살 때는 도깨비 때문에 돈 좀 벌었다.

이 주점거리가 많드라고. 이 귀신 모이는 데가.

근데 밤이믄, 11시 쯤 되면 이 책에다 흙이, 함석 책이 있어요, 지붕에. 거기다 모래를 드리껀져 그냥.

그리고 불러. '형님! 형님!' 그르고. 안 나오면 밤새껏 불러.

내 귀에. 그래 쫓아나가서 '왜 불르냐.' 하고 한 마디를 돌면 괜찮아.

근데 그 옆에 집은 소당뚜껑(솥뚜껑)이, 큰 소당뚜껑이 솥에 들어갔다 나왔다고 그르드라고.

그래서 내가, 현, 내가 현실에 겪어 봤어요. 근데 그거 마음이 약하면 아마 그러나봐. 근데 내가 힘도 그전에 장사거든요.

근데 그런게 그 집을 살 때는, 그 집을 내가 1년 살았는데, 헐 수 없이 내가 인제 이리 오게 돼서, 온(원래) 집이 갈현린데. 게 인제 내가 이 집을 사서 이사왔어.

근데 그 집을 살지 못했어, 사람들이 다. 다른 사람이 다 못살고 다 냥 우환이 저기해서 집을 헐어 나갔는데 그땐 내가 거기서 돈 좀 벌었어요.

귀신을, 저 도깨빌 이기기 때문에.

장명산과 심학산의 유래

자료코드 : 02_27_FOT_20100203_KHS_HGY_0001
조사장소 : 경기도 파주시 교하읍 오도1리 마을회관
조사일시 : 2010.2.3
조 사 자 : 김헌선, 김형근, 최자운, 김혜정, 변남섭
제 보 자 : 황규영, 남, 58세
청   중 : 12인

구연상황 : 황규영 제보자는 비교적 젊은 나이로 이 지역 '주민자치협의회장'과 '개발회위
　　　　　원장'을 맡고 있었다. 조사자들이 찾아온 이유를 말하자 여러 어르신들이 조
　　　　　사에 적극적으로 참여하도록 도와주었다. 조사자들이 이 지역의 유명산인 장
　　　　　명산과 심학산에 관한 이야기를 묻자 이 이야기를 해 주었다.

줄 거 리 : 장명산 장사와 심학산 장사가 서로 바윗돌을 던져 힘겨루기를 하다가 지금의
　　　　　장명산과 심학산이 돌산으로 생겨나게 되었다.

　정명산 장사하고 심학산 장사 하고 있었는데. 여기가 여기도 돌산이고
여 장명산도 돌산이고 심학산도 돌산이에요.

　장사들이 서로 돌을 그 바윗돌을 던져가지고, 장명산이 되고 또 심학산
이 됐대는 거에요.

　그래 이 양쪽 교하에, 우리 교하에서 양 쪽 산이 다 돌산이 장사들 싸
움에 돌산이 됐대는 그런, 그런 전설이 있어요.

저승에 갔다 온 이야기

자료코드 : 02_27_MPN_20100208_KHS_YBE_0001
조사장소 : 경기도 파주시 교하읍 송천리 225-11번지 송천리 마을회관
조사일시 : 2010.2.8
조 사 자 : 김헌선, 김형근, 최자운, 김혜정, 변남섭
제 보 자 : 윤봉이, 여, 85세
청   중 : 5인
구연상황 : 귀신이나 도깨비 이야기, 죽은 혼령이 나타난 이야기 등을 청하자 그런 얘기
는 아니지만 죽었다가 살아난 사람 이야기라며 이 이야기를 해 주었다.
줄 거 리 : 윤봉이 제보자의 사촌 동서가 죽었다가 살아났는데 사촌 동서는 죽어서 어딘
가로 가다가 산 속에 들어가서 어떤 할아버지를 만났다고 한다. 할아버지는
다 떨어진 사람의 해골을 주더니 맞춰 놓으라고 해서 다 맞추고 턱뼈 하나를
못 맞춰 애를 쓰다가 깼는데 만약 턱뼈까지도 맞췄다면 자신이 죽었을 것이
라고 했다.

자기가 아파가지고 죽었대. 죽었는, 자기가 인제, 자기도 몰르게 죽은
거야.

근데 그건 내가 그 사람을 아니까 얘기를 하는 건데. 죽었는데 저거 어
디를 가니까 이렇게 그냥, 산인데 요만큼씩[손으로 높이를 가늠하며] 한
소낭구(소나무)가 아주 그냥 쪽 있더래.

당신이 인제 그 산 속으로 가야 되는데, 고 산 속으로 요렇게 쪽 가니
까 소낭구하고 똑같이 애들이 그렇게 쭉 섰드래요.

소낭구도 고만하고 사람도 고만하고.

그럭해서 섰는데 거길 끝까지 이렇게 갔는데 어떤 할아버지가 해골을,
사람 해골을 죄 떨어진 것을 갖다 주면서

"이걸 맞춰놔라." 그러드래.

그래서 그것을 받아가지고 그걸 맞추는데 다 맞춰대, 해골을. 다 맞춰가는데 이, 이 턱, 이게 없드래, 이게. 이거 하나만 못 맞췄대.

그걸 못 맞추고 그냥 애 쓰다가 깨니까 꿈이더래. (청중 : 꿈이지 뭐야. 꿈이 아니야.)

우리 사촌동서가 돌아갔는데, 돌아갔는데 살아나서 얘기를 허시드라고, 그렇게. 그렇게 해서,

"근데 왜 어디를 갔다, 저승 갔다 오셨어요?" 그리구 하니까,

"가서 해골을 맞추는데 이 턱 뼈 하나를 못 맞춰서 깼어. 내가 그걸 맞췄으면 죽었을 텐데." 그러시더라고.

이빨 빠진 아이 놀리는 노래 / "앞니 빠진 덜걱새야"

자료코드 : 02_27_FOS_20100203_KHS_KGS_0001

조사장소 : 경기도 파주시 연다산 1리 마을회관

조사일시 : 2010.2.3

조 사 자 : 김헌선, 김형근, 최자운, 김혜정, 변남섭

제 보 자 : 김계순, 여, 80세

청   중 : 6인

구연상황 : 김계순 구연자는 올해 여든으로 머리가 백발이었다. 고향은 개성군 장단면이라
고 하셨다. 김계순 구연자는 주로 장여선, 송유자와 같은 다른 제보자들이 하
는 이야기나 노래를 듣고 있다가 문득 자신 있는 노래나 이야기가 생각나면
적극적으로 나섰다.

앞니빠진 덜걱새야

우물둥치 가지마라

붕어새끼가 놀래죽는다

자장가

자료코드 : 02_27_FOS_20100208_KHS_KBH_0001

조사장소 : 경기도 파주시 교하읍 송천리 225-11번지 송천리 마을회관

조사일시 : 2010.2.8

조 사 자 : 김헌선, 김형근, 최자운, 김혜정, 변남섭

제 보 자 : 김배희, 여, 77세

청   중 : 5인

구연상황 : 김배희 제보자는 개성군 장단이 고향이고 6·25 때 피난 나와 송천리 사는
분과 혼인하였다. 조사자들이 찾아온 연유를 말씀드리자 적극적으로 조사에
참여해 주면서 이 자장가를 첫 번째로 불러주었다.

둥기둥기 둥기야

우리애기 잘도잔다

자장자장 자장자장

우리애기 잘도논다

우리애기 건강하게

잘도잘도 논다

잘도잘도 자란다

둥기둥기 둥기야

우리애기 잘논다

(청중 : 잘한다.)

둥기둥기 둥기야

우리애기 잘도자란다

다리세기 노래

자료코드 : 02_27_FOS_20100208_KHS_KBH_0002
조사장소 : 경기도 파주시 교하읍 송천리 225-11번지 송천리 마을회관
조사일시 : 2010.2.8
조 사 자 : 김헌선, 김형근, 최자운, 김혜정, 변남섭
제 보 자 : 김배희, 여, 77세
청   중 : 5인
구연상황 : 김배희 제보자는 민요 구연에 있어서 어린 시절로 돌아간 듯 해맑게 웃으시면
서 적극적으로 참여해 주었다. 지금 이 노래는 다리세기 놀이를 하면서 부르
는 노래인데, 고향이 개성이고 그때 배웠던 가사이다. 일반적인 다리세기 가
사인 '이거리 저거리', '한알대 두알대', '앵기 땡기' 등과 다른 특이한 가사가
주목된다.

일두일두 단우

전라감사 단우

경천이 경천이

기와산이 기와산이

일두일두 단우

전라감사 단우

뺑

잠자리 잡는 노래

자료코드 : 02_27_FOS_20100208_KHS_KBH_0003
조사장소 : 경기도 파주시 교하읍 송천리 225-11번지 송천리 마을회관
조사일시 : 2010.2.8
조 사 자 : 김헌선, 김형근, 최자운, 김혜정, 변남섭
제 보 자 : 김배희, 여, 77세
청   중 : 5인
구연상황 : 조사자들이 벌레나 곤충을 잡고 놀 때 부르는 노래를 청하자 이 노래를 불러주
        었다. 전래요 같지 않고 개화기 이후 유행하던 신민요 풍의 노래인 듯도 싶은
        데 다른 지역의 잠자리 잡는 노래들과는 색다른 맛이 있다.

잠자리잠자리 고추잠자리

이리 날아오너라

잠자라잠자리 고추잠자리

이리이리 날아오너라

잘도나잘도 다가온단다

헌 이 던지며 하는 노래

자료코드 : 02_27_FOS_20100208_KHS_KBH_0004
조사장소 : 경기도 파주시 교하읍 송천리 225-11번지 송천리 마을회관
조사일시 : 2010.2.8
조 사 자 : 김헌선, 김형근, 최자운, 김혜정, 변남섭
제 보 자 : 김배희, 여, 77세
청   중 : 5인
구연상황 : 몸이 조금 마른 체형이기는 하지만 86세라는 고령이 믿기지 않을 정도로 젊
고 건강해 보이셨다. 조사자들이 찾아온 연유를 말씀드리고 구연을 부탁했으
나 화투에 몰두하고 계셔서 조금은 짜증스러워 하셨다. 그러나 이 노래를 시
작으로 상당히 많은 곡의 민요를 불러주셨다.

　　　헌이 가져가고 새이 다오

　그러지, 뭐. 허허허

아이 어르는 소리 / "짝짝꿍"

자료코드 : 02_27_FOS_20100208_KHS_KBH_0005
조사장소 : 경기도 파주시 교하읍 송천리 225-11번지 송천리 마을회관
조사일시 : 2010.2.8
조 사 자 : 김헌선, 김형근, 최자운, 김혜정, 변남섭
제 보 자 : 김배희, 여, 77세
청   중 : 5인
구연상황 : 김배희 제보자는 스스로 무학이라고 밝히실 만큼 성격이 꾸밈이 없으시고 소
탈하셨다. 윤봉이 제보자가 '곤지 곤지'로 시작되는 노래를 부르며 아이들 말
가르치는 노래라고 하자 이것을 듣고 있던 김배희 제보자는 '질러래비'도 있
다고 하면서 이 노래를 불러주셨다. 이 노래를 아이들에게 말 배우고 손동작
배우게 하는 노래라고 하시며 스스로 손동작을 시연해 보이시며 불러 주셨다.

　　　짝짝꿍 짝짝꿍

짝짝꿍 짝짝꿍
잠잠잠잠 조곤조곤
질러레비 질러레비
도리도리 도리도리

자장가

자료코드 : 02_27_FOS_20100203_KHS_RSC_0001
조사장소 : 경기도 파주시 교하읍 오도1리 마을회관
조사일시 : 2010.2.3
조 사 자 : 김헌선, 김형근, 최자운, 김혜정, 변남섭
제 보 자 : 노승철, 남, 70세
청   중 : 12인
구연상황 : 조사자들이 오랜 시간 노력했음에도 별다른 소득이 없어 자리를 정리하기 직
       전 마지막으로 아이 재우는 소리를 부탁하자 불러준 노래이다. 노승철 제보자
       는 흥이 많으신 적극적인 성격을 지닌 분으로 장발의 머리를 뒤로 묶고 알록
       달록한 양말을 신을 정도로 멋과 풍류가 있어 보였다.

둥둥둥둥 내사랑아
먹으나굶으나 둥둥
금을주면 너를사나
은을주면 너를사나
멍멍개야 짓지마라
꼬꼬닭아 울지마라
둥둥

그럼 애가 잠, 잠이 와요. '다르르르' 허면. 그때 소리가 작아져요.

둥둥

아유, 우리 손녀 자는구나. 그루고서 우리 아들 자는구나.

고때 사르르르, 이 포대기 있잖아, 끈. 끈을 풀러가지고 사르르르 재우는 거야.

다리세기 노래

자료코드 : 02_27_FOS_20100203_KHS_SYJ_0001
조사장소 : 경기도 파주시 연다산 1리 마을회관
조사일시 : 2010.2.3
조 사 자 : 김헌선, 김형근, 최자운, 김혜정, 변남섭
제 보 자 : 송유자, 여, 70세
청   중 : 6인
구연상황 : 송유자 구연자는 파주시 탄현면 갈현리가 고향으로 22살 때 연다산1리로 시집
          왔고 현재는 이곳 노인회 여성 총무일을 맡고 있다. 성격이 조용조용하시고
          점잖다. 조사자들이 찾아온 목적을 말씀드리자 같이 계시던 분들이 적극 추천
          해 주었으나 처음에는 조금 주저하였다. 그러나 장여선 구연자가 구연하는 것
          을 보고 용기 내어 잠자리 잡는 노래, 앞니 빠진 달궁새 등과 같은 여러 편의
          민요를 제보해 주었다.

       한알때 두알때 성난 거지 팔대 장군 고두레 뽕

그러면 내가 걸리는 거야
(조사자 : 한 번, 한 번. 또, 또, 또.)
어 이렇게 허고, 또 이렇게 하는 거지

       한알때 두알때 성난 거지 팔대 장군 고두레 뽕

잠자리 잡는 노래

자료코드 : 02_27_FOS_20100203_KHS_SYJ_0002
조사장소 : 경기도 파주시 연다산 1리 마을회관
조사일시 : 2010.2.3
조 사 자 : 김헌선, 김형근, 최자운, 김혜정, 변남섭
제 보 자 : 송유자, 여, 70세
청   중 : 6인
구연상황 : 송유자 구연자는 비교적 내성적인 성격인 듯 보였는데 막상 민요 구연을 부
탁드리면 고운 음성으로 노래를 구연해 주셨다. 지금 이 잠자리 잡는 노래는
송유자 구연자의 고운 음색이 드러나는 대표적인 노래이다.

잠자라 곰자라

멀리가면 죽고

이리오면 산다

이빨 빠진 아이 놀리는 노래 / "앞니 빠진 덜걱새야"

자료코드 : 02_27_FOS_20100203_KHS_SYJ_0003
조사장소 : 경기도 파주시 연다산 1리 마을회관
조사일시 : 2010.2.3
조 사 자 : 김헌선, 김형근, 최자운, 김혜정, 변남섭
제 보 자 : 송유자, 여, 70세
청   중 : 6인
구연상황 : 조사자들이 송유자 구연자가 목청도 곱고 기억력도 좋다고 칭찬하자 많이
수줍어하였다. 조사자들이 다시 앞니 빠진 아이를 놀리는 소리를 아는지 묻자
이 노래를 구연해 주었다.

앞니빠진 덜걱새야

우물둥치 가지마라

붕어새끼 놀래죽는다

모심는 소리

자료코드 : 02_27_FOS_20100217_KHS_SSB_0001
조사장소 : 경기도 파주시 교하읍 산남리
조사일시 : 2010.2.17
조 사 자 : 김헌선, 김형근, 최자운, 김혜정, 변남섭
제 보 자 : 신석범, 남, 78세
구연상황 : 신석범 제보자는 풍채가 좋으시고 성격도 넉넉하셨다. 조사자들이 찾아온 연유
를 말씀드렸으나 자신이 아는 것이 없다고 해서 애를 먹었다. 예전 논농사를
지으시면서 부르시던 노래를 부탁드리자 짧게밖에 기억이 나지 않으신다면서
이 노래를 불러 주셨다.

꽂아나 보세

하나 둘이요 셋이요 넷이요 다섯이라

"또 준비들 하세~" 그래갖고 또 한, 한, 한 넷 발 뒤로 물러나가면서
또 그렇게 하고 인제

하나야 둘이야 셋이야 넷이요 다섯이로다

이렇게 허고. 또 일어났다 허리 피고, 한 뒷걸음 나가서, 또 그런데 계
속 나가고 인제

하나야 둘이야 셋이야 넷이야 다섯일세
에야 에헤야 뒤로 물러나서
에헤 준비나 하세나 또 허구

다리세기 노래

자료코드 : 02_27_FOS_20100217_KHS_OES_0001

조사장소 : 경기도 파주시 교하읍 오도1리 마을회관

조사일시 : 2010.2.17

조 사 자 : 김헌선, 김형근, 최자운, 김혜정, 변남섭

제 보 자 : 오은숙, 여, 70세

청　　중 : 9인

구연상황 : 오은숙 제보자는 파주시 탄현면 갈현리가 친정이고, 이곳으로 혼인하여 왔다. 화투를 치는 와중에 여러 민요를 구연해 주었는데, 지금 이 노래는 다리뽑기 하면서 부르는 노래이다.

　　　한알때 두알때 세알때 네알때 영남 거지 팔대 장군 고두레 뽕

이빨 빠진 아이 놀리는 노래

자료코드 : 02_27_FOS_20100217_KHS_OES_0002

조사장소 : 경기도 파주시 교하읍 오도1리 마을회관

조사일시 : 2010.2.17

조 사 자 : 김헌선, 김형근, 최자운, 김혜정, 변남섭

제 보 자 : 오은숙, 여, 70세

청　　중 : 9인

구연상황 : 조사자들이 이빨 빠진 아이를 놀리는 노래를 기억하느냐 묻자 화투에 몰두하고 계시던 오은숙 제보자가 여전히 화투를 치시면서 이 노래를 구연해 주었다.

　　　이빨빠진 달강새야

　　　우물앞에 가지마라

　　　붕어새끼 놀랜다

방아깨비 가지고 노는 노래

자료코드 : 02_27_FOS_20100217_KHS_OES_0003

조사장소 : 경기도 파주시 교하읍 오도1리 마을회관

조사일시 : 2010.2.17

조 사 자 : 김헌선, 김형근, 최자운, 김혜정, 변남섭

제 보 자 : 오은숙, 여, 70세

청   중 : 9인

구연상황 : 조사자들이 잠자리나 풀벌레 등을 잡거나 가지고 놀 때 부르는 소리를 청하자
오은숙 제보자가 나서서 이 노래를 불러주었다. 방아깨비의 다리를 잡고 이
노래를 부르면 방아깨비가 더 신이 나서 '끄떡 끄떡' 하며 방아 찧는 흉내를
낸다고 했다.

아침방아 찧어라

저녁방아 찧어라

아침방아 찧어라

저녁방아 찧어라

다리세기 노래

자료코드 : 02_27_FOS_20100217_KHS_YBS_0001

조사장소 : 경기도 파주시 교하읍 오도1리 마을회관

조사일시 : 2010.2.17

조 사 자 : 김헌선, 김형근, 최자운, 김혜정, 변남섭

제 보 자 : 유병숙, 여, 56세

청   중 : 9인

구연상황 : 유병숙 구연자는 아직 나이가 50대인 젊은 분으로 활발한 성격이며 친정은
탄현면이다. 화투를 치면서 동시에 이 '일대기 이대기'로 시작하는 '다리 뽑기
노래'를 구연해 주었다.

일대기 이대기 삼대기 사대기 오대기 육대기 칠대기 팔대기 구대
기 땡

이렇게 했어.

기러기 보며 부르는 노래

자료코드 : 02_27_FOS_20100217_KHS_YBS_0002
조사장소 : 경기도 파주시 교하읍 오도1리 마을회관
조사일시 : 2010.2.17
조 사 자 : 김헌선, 김형근, 최자운, 김혜정, 변남섭
제 보 자 : 유병숙, 여, 56세
청   중 : 9인
구연상황 : 조사자들이 새에 관한 노래를 아시냐고 묻자 비교적 젊은 유병숙 제보자는 힘
        차고 흥겨운 목소리로 이 노래를 불러 주었다. 이 노래는 날아가는 기러기떼
        를 보면서 그 수를 헤아리며 부르는 노래인데 이 노래를 부르면 기러기들이
        더 줄을 길게 서서 날아간다고 한다.

    기러기줄이 기냐

    빨래줄이 기냐

  그리구 이렇게 세어 가면서 이렇게 했다니까, 옛날에

자장가 (1)

자료코드 : 02_27_FOS_20100208_KHS_YBE_0001
조사장소 : 경기도 파주시 교하읍 송천리 225-11번지 송천리 마을회관
조사일시 : 2010.2.8
조 사 자 : 김헌선, 김형근, 최자운, 김혜정, 변남섭
제 보 자 : 윤봉이, 여, 85세
청   중 : 5인
구연상황 : 처음 조사자들이 찾아온 이유를 말하고 구연을 부탁했을 때에는 다른 두 분의
        할머니들과 화투를 치느라 다소 짜증스러워 하시며 아무것도 모른다고 하였
        다. 그러나 조사자들이 김배희 할머니가 불러주는 민요에 감탄하고 적극적으
        로 호응하자 차차 조사에 참여하게 되었다.

    자장자장 우리애기

잘두잔다 우리애기
부모님께 효도허고
동기간에 우애있고
동네방네 자랑둥이
나라에는 충신둥이

자장가 (2)

자료코드 : 02_27_FOS_20100208_KHS_YBE_0002
조사장소 : 경기도 파주시 교하읍 송천리 225-11번지 송천리 마을회관
조사일시 : 2010.2.8
조 사 자 : 김헌선, 김형근, 최자운, 김혜정, 변남섭
제 보 자 : 윤봉이, 여, 85세
청   중 : 5인
구연상황 : 조사자들이 자장가 말고 아이들을 놀려주면서 부르는 '불아 불아'라는 노래를
         아시냐고 하자 자장가나 부라부라가 다 같은 것이라고 하면서 이 노래를 불
         러 주셨다.

불아불아 우리애기 잘도잔다
자장자장 우리애기 잘도잔다

그게 인제 저기 올라가는 거거든.

부모님께 효도하고
형제간에 화목둥이
동네방네 자랑둥이
나라에는 충신둥이
우리애기 잘도잔다

배 쓸어주는 노래

자료코드 : 02_27_FOS_20100208_KHS_YBE_0003
조사장소 : 경기도 파주시 교하읍 송천리 225-11번지 송천리 마을회관
조사일시 : 2010.2.8
조 사 자 : 김헌선, 김형근, 최자운, 김혜정, 변남섭
제 보 자 : 윤봉이, 여, 85세
청   중 : 5인
구연상황 : 윤봉이 제보자는 조사자들이 김배희 할머니를 대상으로 적극 호응하며 조사
          하는 모습에 관심을 보이더니 아예 화투를 그만두고 조사에 적극적으로 참여
          하면서 조사가 활기를 띠기 시작했다. 조사자들이 아이가 배가 아플 때 부르
          는 노래를 청하자 이 노래를 시연과 함께 불러 주었다.

[배가 아프다고 그러믄 이제 배를 문질러 주면서]

할머니손이 약손이다 우리애기 배아픈 것 그저 쑥 내려가라

별 헤는 노래

자료코드 : 02_27_FOS_20100208_KHS_YBE_0004
조사장소 : 경기도 파주시 교하읍 송천리 225-11번지 송천리 마을회관
조사일시 : 2010.2.8
조 사 자 : 김헌선, 김형근, 최자운, 김혜정, 변남섭
제 보 자 : 윤봉이, 여, 85세
청   중 : 5인
구연상황 : 이 별 헤는 노래는 조사자들이 열까지 한 번에 다 불러달라고 하자 단숨에
          불러주신 노래이다.

별하나 나하나
별둘 나둘
별셋 나셋
별넷 나넷

별다섯 나다섯

별여섯 나여섯

별일곱 나일곱

별여덟 나여덟

별아홉 나아홉

별열 나열

다리세기 노래

자료코드 : 02_27_FOS_20100208_KHS_YBE_0005
조사장소 : 경기도 파주시 교하읍 송천리 225-11번지 송천리 마을회관
조사일시 : 2010.2.8
조 사 자 : 김헌선, 김형근, 최자운, 김혜정, 변남섭
제 보 자 : 윤봉이, 여, 85세
청   중 : 5인
구연상황 : 조사자들이 어릴 때 고무줄을 하거나 다리세기 놀이를 하면서 부른 노래를 청
         하자 이 노래를 불러주었다. 윤봉이 제보자가 구연한 이 다리세기 노래는 그
         가사가 파주시 전역에서 고르게 전승되는 전형적인 특징을 보인다.

한알때 두알때 영남 거지 팔대 장군 고두레 뽕

 그러면 치는 거야

한알때 두알때 영남 거지 팔대 장군 고두레 뽕

아이 어르는 소리 / "곤지 곤지"

자료코드 : 02_27_FOS_20100208_KHS_YBE_0006
조사장소 : 경기도 파주시 교하읍 송천리 225-11번지 송천리 마을회관

조사일시 : 2010.2.8

조 사 자 : 김헌선, 김형근, 최자운, 김혜정, 변남섭

제 보 자 : 윤봉이, 여, 85세

청　　중 : 5인

구연상황 : 어린아이를 어르는 노래를 청하자 불러준 노래이다. 이 노래는 아이들에게 말
을 가르치기 위해 부르는 노래라고 하셨다.

　　　곤지 곤지 잠잠 홀홀

이렇게. 그게 애기 말 가르치는 것야.

(청중 : 도리도리도리.)

(청중 : 근데 시방은 그런 걸 안 갈키지. 옛날에는.)

　　　도리도리

기러기 보며 부르는 노래

자료코드 : 02_27_FOS_20100208_KHS_YBE_0007

조사장소 : 경기도 파주시 교하읍 송천리 225-11번지 송천리 마을회관

조사일시 : 2010.2.8

조 사 자 : 김헌선, 김형근, 최자운, 김혜정, 변남섭

제 보 자 : 윤봉이, 여, 85세

청　　중 : 5인

구연상황 : 조사자들이 곤충이나 새 등을 놀리며 부르는 노래를 청하자 이 노래를 불러 주었다.

　　[기러기 날아가는 것을 보고]

　　　　앞에가는것은 장사

　　　　가운데가는건 길막가지

　　　　뒤에가는건 꼬래비

　　　　저꽁지.

해 나오라고 하는 노래

자료코드 : 02_27_FOS_20100208_KHS_YBE_0008

조사장소 : 경기도 파주시 교하읍 송천리 225-11번지 송천리 마을회관

조사일시 : 2010.2.8

조 사 자 : 김헌선, 김형근, 최자운, 김혜정, 변남섭

제 보 자 : 윤봉이, 여, 85세

청   중 : 5인

구연상황 : 조사자들이 해와 달, 혹은 비와 바람에 관한 노래를 청하자 이 노래를 불러 주었다. 아이들끼리 모여 놀면서 부르는 노래였는데, 이 노래를 부르면 구름에 가려졌던 해가 나온다고 했다. 보통 이 노래는 냇가에서 수영을 하다가 몸을 말릴 때나 해가 구름에 가려 흐릴 때 부른다.

　　쨍쨍 볕(볕)나라

　　쨍쨍 볕나라

　만날 인제 그리구. 볕나면 또 볕났다고 그르구 또 좋다고 그러구.

상여 소리

자료코드 : 02_27_FOS_20100308_KHS_ISY_0001

조사장소 : 경기도 파주시 교하읍 교하리 장례 현장

조사일시 : 2010.3.8

조 사 자 : 김헌선, 김형근, 최자운, 김혜정, 변남섭

제 보 자 : 임세영, 남, 67세

청   중 : 30인

구연상황 : 교하읍의 조사 중 교하리의 선소리꾼이 있음을 알고 3월 6일날 약속하여 만났다. 그런데 마침 마을에 상이 나서 발인이 3월 8일이 있을 예정이라고 하였고, 약속대로 발인하는 날 실제 상장례를 현장에서 조사할 수 있었다. 요즈음에는 이 마을 또한 병원에서 장례를 모시고 영구차를 이용하여 장지로 가기 때문에 소리를 안 하는 추세라고 하였다. 다만 마을에 살다 돌아가셔서 상주가 원할 경우엔 회다지 정도 한다고 하였다. 그래서 상주와 협의를 해야 하

겠지만 상여소리를 안할 가능성이 많다고 하였다. 그런데 3월 8일 당일이 되니 상주가 원하게 되어 상여소리를 하게 되었다고 했다.

돌아가신 고인은 마을에 여러 일들을 많이 하였고, 살아생전에도 마을 농악 등을 하시던 분이었기에 특별히 해주는 것이라는 말을 하였다. 그래서 근 십수 년 만에 마을 상여를 꺼내놓고 사용해본다고 하였다. 발인하는 날 병원을 떠난 영구차가 마을회관 앞까지 와서, 관을 상여에 옮겨 실었다. 노제(路祭)를 지내고, 거기서부터 마을의 경계 부근 까지 약 1km를 운상하며 상여소리를 하였다. 그 뒤에는 다시 상여를 해체하고, 관을 영구차에 실어서 하관할 탄현면 법흥리 소재의 경모공원까지 이동하였다. 하관시간이 정해져 있고 시간의 여유가 없어서 서두르다 보니 문서가 많이 들어가지 않고, 후렴구인 '오호 오혜'를 반복하게 되었다.

수레 수레 [상여를 들어 올리라는 신호라고 한다]

오호 오혜

　　오호 오혜

오호 오혜

　　오호 오혜

오호 오혜

　　오호 오혜

오호 오혜

　　오호 오혜

오호 오혜

　　오호 오혜

오호 오혜

　　오호 오혜

오호 오혜

　　오호 오혜

오호 오혜

　　오호 오혜

오호 오혜
　　오호 오혜
오호 오혜
　　오호 오혜
오호 오혜
　　오호 오혜
오호 오혜
　　오호 오혜
살아생전에 놀아나보세
　　오호 오혜
늘고병들면 못노나니
　　오호 오혜
오호 오혜
　　오호 오혜
오호 오혜
　　오호 오혜
오호 오혜
　　오호 오혜
오호 오혜
　　오호 오혜
오호 오혜
　　오호 오혜
오호 오혜
　　오호 오혜
오호 오혜
　　오호 오혜

갈길이 멀구나

　　　오호 오헤

어서가자 어서가

　　　오호 오헤

오호 오헤

　　　오호 오헤

오호 오헤

　　　오호 오헤

회다지 소리

자료코드 : 02_27_FOS_20100308_KHS_ISY_0002
조사장소 : 경기도 파주시 교하읍 교하리 장례 현장
조사일시 : 2010.3.8
조 사 자 : 김헌선, 김형근, 최자운, 김혜정, 변남섭
제 보 자 : 임세영, 남, 67세
청　　중 : 30인
구연상황 : 교하리의 실제 상장례 현장을 조사하고 '상여 소리'와 '회다지 소리'를 녹음
　　　　　하였다. 고인을 안치할 곳은 탄현면 법흥리에 있는 한 공원묘지였다. 공원묘
　　　　　지는 공간적으로 좁기 때문에 회다지를 하기가 상당히 힘이 든다. 전통적으로
　　　　　회다지를 하기 위해서는 관의 크기보다 크게 땅을 파서 6~8명이 충분히 들
　　　　　어가 발로 밟을 수 있는 공간을 마련하지만, 공원묘지는 해당 공간 사방으로
　　　　　이미 묘들이 들어서있기 때문에 관 하나 들어갈 직사각형보다 조금 큰 정도
　　　　　의 공간밖에 되질 않는다.
　　　　　보통 세 번 하게 되는 회다지에서 첫쾌는 먼저 8명이 그 좁은 공간으로 들어
　　　　　갔다. 그런데 옆 사람과 등과 배를 맞추면서 시계 방향으로 돌아가야 하는데
　　　　　그럴만한 공간이 되질 않는 상황이 벌어졌다. 조금 안에서 하다가 이제 밖으
　　　　　로 나와 연초대만을 안으로 찍으며 회다지 소리를 불렀다. 이 지역에서 상여
　　　　　소리를 할 만한 사람은 임세영과 지관 일을 맡아하는 한홍억이 있다. 그래서

첫 번째와 두 번째는 임세영이 맡았고, 마지막은 한흥억이 하였다.

제보자 임세영은 다양한 회다지의 소리가 있지만 받는 사람이 소리를 받아주질 못하기 때문에 할 수가 없다며, 받을 수 있는 소리만으로 회다지를 한다고 하였다. 임세영의 회다지에는 1) 긴 (달고) 소리, 2) 짧은 (달고) 소리, 3) 헤이리 소리, 4) 상사 소리, 5) 우야 소리로 구성되어 있다. 앞소리를 메기는 임세영과 한흥억은 '헤이리 소리'의 명칭을 묻자 그냥 회다지 소리에 부르는 소리 중의 하나라고만 말하였다. 다만 조사자가 판단하기에 파주 일대에 부르는 '헤이리 소리'에 해당되므로 명칭을 부여한 것이다.

〈긴 (달고) 소리〉

자, 이 소리 저 소리 집어치고 옛날 옛적 소리로 돌려보세

(청중 : 다섯 번은 해야것지.)

근데 뭐 얘네들, 아니, 먹었어? 안 먹었어? 왜 이렇게 안해?

(청중 : 아 믹였어야 나오지.)

이쪽저쪽 좌우쪽 군방네 군방

아 얘네들 안 먹었어? 어떻게 된 거야?

(청중 : 다른건 몰라도 날씨 하난 좋소.)

옛날 옛법 버리지 말고 새 법을 내지 마세
어허 어이혀
에혜 어이리달고
어허 어이혀

느들 이따위로 하면 나 갈거야.

아니 아침을 안 먹었어? 왜 이렇게 소리가 작아?

그리구 서로 맞춰서 돌아야지!

그럼 맞춰서 돌아야되.

에헤 어이리달고

　　　어허 어이혀

인생이살며는 몇백년을산단말이드냐

　　　에헤 어이혀

허송세월아 오고가지를말어라

　　　에헤 어이혀

아무리일가친척이이렇게많다한들　죽음에대신갈사람이어느누가있

단말이드냐

　　　에헤 어이혀

에헤 어이혀달고

　　　에헤 어이혀

인생이살며는어느누구나 몇백년을산단말이드냐

　　　에헤 어이혀

긴소리를두고 짧은소리로넘어를갑니다

　　　에헤 어이혀

〈짧은 (달고) 소리〉

에여라 달고

　　　에여라 달고

달고소리가 너무좋고요

　　　에여라 달고

에여라 달고

　　　에여라 달고

먼데사람이 듣기좋게요

　　　에여라 달고

짧은데사람이 보기좋게요

에여라 달고

잘두닦고 잘두허니

에여라 달고

허송세월아 오가질마라

에여라 달고

일시에놓고 일시에닫고

에여라 달고

이쪽저쪽을 살펴서딛고

에여라 달고

에여리 달고

에여라 달고

일시에놓고 일시에닫고

에여라 달고

잘두닦고 잘도허시네

에여라 달고

여러분들 고생이많소

에여라 달고

에여리 달고

에여라 달고

먼데사람이 듣기좋게요

에여라 달고

가껀데사람은 보기좋게요

에여라 달고

에여라 달고

에여라 달고

허송세월아 오가지마라

에여라 달고
한번을가면은 고만인것을
에여라 달고
살아생전에 놀아나보자
에여라 달고
에여리 달고

여 왜 안해? 아니 애 네들 왜 안 해? 아니 아니 아니 노잣돈도 이렇게 많이 붙였는데 왜 안 해? 아, 나 이걸 그냥 먹기만 해, 먹기만.

(청중 : 기름칠 좀 하자는 말이야. 기름칠.)

[쉬었다가 다시 하며] 자. 난 아까 여기 신고했어. 자.

에여라 달고
　에여라 달고
에혀리 달고
　에여라 달고
일시에놓고 일시에닫고
　에여라 달고
이쪽저쪽을 살펴서딛고
　에여라 달고
허송세월아 오가지마라
　에여라 달고
잘두닫고 잘도허시네
　에여라 달고
먼데사람이 듣기좋게요
　에여라 달고

가껀데사람이 보기좋게요
　　　에여라 달고
에여라 달고
　　　에여라 달고
짧은소리를 집어를치고
　　　에여라 달고
긴소리로 넘어를간다
　　　에여라 달고

〈헤이리 소리〉
어어 어허으어야 에에 에이요러 어허야
　　　에헤 에에에허야 에에 에이요러 어허야
어어 어허으어야 에에 에이요러 어허야
　　　에헤 에에에허야 에에 에이요러 어허야
무정한 세월아 오고가지를 말어라
　　　에헤 에에에허야 에에 에이요러 어허야
어어 어허으어야 에에 에이요러 어허야
　　　에헤 에에에허야 에에 에이요러 어허야

〈상사 소리〉
닐릴릴 상사도야
　　　닐릴릴 상사도야
니릴릴릴릴 상사도야
　　　닐릴릴 상사도야
니릴릴릴릴 상사도야
　　　닐릴릴 상사도야

니릴릴릴 상사도야

    닐릴릴 상사도야

상사소리가 너무좋구요

    닐릴릴 상사도야

먼데사람이 듣기좋게요

    닐릴릴 상사도야

가껀데사람이 보기좋게요

    닐릴릴 상사도야

니릴닐닐릴 상사도야

    닐릴릴 상사도야

여러분들 잘두허시네

    닐릴릴 상사도야

여러분들 고생이많소

    닐릴릴 상사도야

니릴릴릴 상사도야

    닐릴릴 상사도야

니릴릴릴릴 상사도야

    닐릴릴 상사도야

새야새야 파랑새야

    닐릴릴 상사도야

녹두밭에 앉지를마라

    닐릴릴 상사도야

청포장사가 울고만간다

    닐릴릴 상사도야

닐릴릴 상사도야

    닐릴릴 상사도야

청포장사가 울고만간다

　　　닐릴릴 상사도야

새야새야 종달새야

　　　닐릴릴 상사도야

높이떴다 지지배배

　　　닐릴릴 상사도야

얕이떴다 지지배배

　　　닐릴릴 상사도야

새야새야 파랑새야

　　　닐릴릴 상사도야

〈우야 소리(새 쫓는 소리)〉

우야 훨훨

　　　우야 훨훨

우야소리가 너무좋구요

　　　우야 훨훨

우여

자장가 (1)

자료코드 : 02_27_FOS_20100203_KHS_JYS_0001

조사장소 : 경기도 파주시 연다산1리 마을회관

조사일시 : 2010.2.3

조 사 자 : 김헌선, 김형근, 최자운, 김혜정, 변남섭

제 보 자 : 장여선, 여, 70세

청　　중 : 6인

구연상황 : 장여선 구연자는 파주시 교하읍 다율리가 고향이다. 제보자들이 찾아온 이유를

말씀드리자 선뜻 나서서 여러 민요와 설화를 제보해 주었다.

　　자장자장 자장자장
　　우리아기 잘도잔다
　　금을주면 너를사랴

[청중 웃음]

　　은을주면 너를사랴
　　동기간엔 우애둥이
　　친척간엔 친정둥이
　　부모간엔 효자둥이
　　둥게둥게 잘도잔다

자장가 (2)

자료코드 : 02_27_FOS_20100203_KHS_JYS_0002
조사장소 : 경기도 파주시 연다산1리 마을회관
조사일시 : 2010.2.3
조 사 자 : 김헌선, 김형근, 최자운, 김혜정, 변남섭
제 보 자 : 장여선, 여, 70세
청　　중 : 6인
구연상황 : 장여선 할머니가 앞서 자장가를 한차례 불러주었으나 다소 짧아서 다시 요청
　　　　　하여 부른 노래이다. 오랫동안 부르지 않아서 가사를 많이 잊고 계셨다가 앞
　　　　　서의 자장가를 부르면서 잊었던 가사가 떠오르셨는지 이번에는 가사가 꽤 길
　　　　　게 이어졌다. 또 무릎에 놓아두었던 쿠션을 아기 마냥 흔들면서 자장가를 불
　　　　　러 주셔서 더욱 실감이 났다.

　　자장자장 자장자장
　　우리애기 잘도잔다

금을주면 너를사랴

은을주면 너를사랴

부모에겐 효자둥이

동기간엔 의리둥이

친구간엔 우애둥이

자장자장 잘도잔다

꼬꼬닭아 우지마라

우리애기 잠깨울라

멍멍개야 짖지말고

우리애기 잠깨운다

자장자장 자장자장

우리애기 잘도잔다

[아고, 숨 차.]

아이 어르는 소리 / "마당 쓸다 돈 한 푼을 주어서"

자료코드 : 02_27_FOS_20100203_KHS_JYS_0003

조사장소 : 경기도 파주시 연다산1리 마을회관

조사일시 : 2010.2.3

조 사 자 : 김헌선, 김형근, 최자운, 김혜정, 변남섭

제 보 자 : 장여선, 여, 70세

청   중 : 6인

구연상황 : 장여선 구연자는 자장가를 연이어 두 번 부르면서 다소 숨이 차다고 하였다.
제보자들이 다른 노래를 다시 청했더니 이 노래를 불러주었다. 가사의 구성은
전국적으로 분포하는 '알강달강 또는 달강달강'과 유사하다. 아이의 두 팔을
잡고 당겼다 밀었다 하면서, 즉 아이를 어르면서 부르는 소리이다. 보통 '알강
달강'에서는 쥐가 들락날락하는 설정이 보편적으로 나오지만 이 노래는 그러

지 않다.

마당쓸다 돈한푼을주어서
장에가서 팥한말을사다가
가마솥에 푹푹삶아
너도한바가지 나도한바가지
잘도 까먹는구나

헌 이 던지며 하는 노래

자료코드 : 02_27_FOS_20100203_KHS_JYS_0004
조사장소 : 경기도 파주시 연다산 1리 마을회관
조사일시 : 2010.2.3
조 사 자 : 김헌선, 김형근, 최자운, 김혜정, 변남섭
제 보 자 : 장여선, 여, 70세
청   중 : 6인
구연상황 : 장여선 구연자는 민요와 설화 모두에서 뛰어난 구연 감각을 보여주었다. 조
          사자들이 민요 구연을 청하자 자장가 이외에도 고무줄하는 노래 등도 구연해
          주었다. 또 지금의 헌 이 던지며 하는 노래도 연이어서 구연해 주었다.

까치야 까치야 헌이줄게 새이다오
까치야 까치야 헌이줄게 새이다오

아이 어르는 소리 / "불불 불어라"

자료코드 : 02_27_FOS_20100217_KHS_JYH_0001
조사장소 : 파주시 교하읍 오도1리 마을회관
조사일시 : 2010.2.17
조 사 자 : 김헌선, 김형근, 최자운, 김혜정, 변남섭

제 보 자 : 정용희, 여, 67세

청   중 : 9인

구연상황 : 조사자들이 이미 한참 조사를 하고 있을 때 노인회관에 오시면서 본격적으로 조사에 참여하게 되었다. 조사자들이 아이를 어르면서 부르던 '불아 불아'라는 노래를 아시냐고 묻자 이 노래를 불러 주셨다. "불불 불어라"는 풀무소리의 첫대목으로, 대장간에 바람을 불어넣어 불을 일으키는 도구인 풀무를 밟는 시늉을 한다. 그런데 앞 부분만 풀무소리이고, 그 뒤부터는 '알강달강 또는 달강 달강'이라 부르는 '달강 소리'를 하였다. 풀무소리는 아이의 다리의 힘을 길러주는 노래이고 '달강 소리'는 아이의 팔과 허리의 힘을 길러주는 것이므로 별개의 노래이다.

불 불 불어라

할아버지가 공릉장에 나가서 밤한말을사다가

시렁가에 얹었더니 생쥐가 들랑달랑하더니

다까먹고 썩은밤이 한톨이 남아서

밑빠진솥에다 삶아서 밑빠진바가지로 건져서

밑빠진조리로 건져서

뭐야

겉껍데기는 코풀어서 할아버지 주고

속껍데기는 무슨뭐 무쳐서 누구주고

쬐금남은 저속알맹이는 너하고 나하고

알콩달콩 먹자

뭐 그랬대나, 나도 옛날에 쪼금 들은 소리지 뭐.

회다지소리

자료코드 : 02_27_FOS_20100308_KHS_HHU_0001

조사장소 : 경기도 파주시 교하읍 교하리 장례 현장
조사일시 : 2010.3.8
조 사 자 : 김헌선, 김형근, 최자운, 김혜정, 변남섭
제 보 자 : 한홍억, 남, 66세
청　　중 : 30인
구연상황 : 교하리의 실제 상장례 현장을 조사하고 상여소리와 회다지 소리를 녹음하였
　　　　　다. 이 지역의 선소리는 주로 임세영이 맡는 가운데, 한홍억이 교대하며 부리
　　　　　기도 한다. 한홍억은 가학으로 한문을 배우고, 지관을 부업으로 하고 있다. 그
　　　　　래서 이번 장례에도 노제와 산신제 등의 축관으로 역할을 하였다. 세 번의 회
　　　　　다지 중 마지막 회다지는 한홍억이 맡아하였다.
　　　　　본인은 초성이 좋지 못하여 녹음할 만한 수준이 못된다고 하면서, 본인이 파
　　　　　주 여러 곳에 지관으로 일 다니면서 알게 된 이름난 선소리꾼들을 소개해줄
　　　　　테니 그 사람들을 찾아가 녹음하라는 말을 해주었다. 그가 추천해준 두 사람
　　　　　은 조리읍 대원리의 이형우이고, 또 한 사람은 광탄면 마장1리의 정해운이었
　　　　　다. 이미 이형우는 조사를 완료했고, 정해운은 조사 계획에만 있었던 인물
　　　　　이었다.
　　　　　한홍억의 회다지 소리 또한 긴소리, 짧은소리를 기본적으로 하였으나 녹음 불
　　　　　량으로 여기에 수록되지 못하고 1) 헤이리 소리, 2) 상사 소리, 3) 우야 소리
　　　　　(새 쫓는 소리)만 남게 되었다. 제보자 한홍억은 가학으로 한문을 했기에 대
　　　　　화를 하면 한문구 인용이 빈번하고, 정중하게 말을 한다. 또한 그의 회다지의
　　　　　경우 초성이 좋지 않으나 문서를 중요시하는 면모가 드러난다.

〈헤이리소리〉

　　　에헤에헤이요 에헤에에야 에헤야 에히러야

　　　　　에헤 에헤이허야 에헤 에헤이여어야

　　　하늘천자따지자에 집우집주집을짓고 날일자영창문을 달월자로달
어났네

　　　　　에헤 에헤이허야 에헤 에헤이여어야

　　　명사십리해당화야 꽃진다고설워를마라 명년삼월돌아오면 나는다
시피었마는 우리인생이

　　　　　에헤 에헤이허야 에헤 에헤이여어야

닭아닭아우지를마라 니가울면날이새고 날이새면나죽는다 나죽는
건아깝지안나 앞못보시는우리부친 누를믿고사실까
에헤 에헤이허야 에헤 에헤이여어야

〈상사소리〉
닐릴릴 상사도야
　　　닐릴릴 상사도야
집을짓네 집을지어
　　　닐릴릴 상사도야
만년유택 집을짓네
　　　닐릴릴 상사도야
만년유택 집지을제
　　　닐릴릴 상사도야
사방산천을 둘러보니
　　　닐릴릴 상사도야
백두대간 나린줄기
　　　닐릴릴 상사도야
한복정맥 흘러나려
　　　닐릴릴 상사도야
오두산이 되었구나
　　　닐릴릴 상사도야
닐릴릴 상사도야
　　　닐릴릴 상사도야
제일명당 재현헐제
　　　닐릴릴 상사도야
어느명사가 오셨는가

닐릴릴 상사도야

첫번째는 도선국사

　　닐릴릴 상사도야

두번째는 무학대사

　　닐릴릴 상사도야

세번째는 박산으이라

　　닐리릴 상사도야

현무는 수두하고

　　닐릴릴 상사도야

주작은 상무하고

　　닐릴릴 상사도야

청룡은 완연하고

　　닐릴릴 상사도야

백호는 순부로다

　　닐릴릴 상사도야

백천이 동도해라

　　닐릴릴 상사도야

제일명당이 여기로다

　　닐릴릴 상사도야

이산소를 쓰고나면

　　닐릴릴 상사도야

성자신선이 면면계승

　　닐릴릴 상사도야

소를노니 약대로다

　　닐릴릴 상사도야

닭을노면 봉황이되어

닐릴릴 상사도야

한나래를(날개를) 퉁탁치면

　　　닐릴릴 상사도야

일만석이 쏟아나지고

　　　닐릴릴 상사도야

또한나래를 뚝뚝떡치면

　　　닐릴릴 상사도야

금은보화가 막쏟아지네

　　　닐릴릴 상사도야

개를노며는 네눈박이

　　　닐릴릴 상사도야

청삽사리 황삽사리

　　　닐릴릴 상사도야

앞마당에 둥그러졌다

　　　닐릴릴 상사도야

커겅컹컹 짓는소리

　　　닐릴릴 상사도야

삼재팔란이 다달아난다

　　　닐릴릴 상사도야

〈우야소리(새 쫓는 소리)〉

우야 훨훨

　　　우야 훨훨

우야펄펄 새날아든다

　　　우야 훨훨

산림비조 뭇새들이

우야 훨훨

쌍극쌍래 날아들제

우야 훨훨

구만리장천 대붕새야

우야 훨훨

운체가좋구나 공작새야

우야 훨훨

높이떴구나 종달새야

우야 훨훨

얕이떴구나 굴뚝새야

우야 훨훨

초가지붕엔 용구새요

우야 훨훨

기와지붕엔 막새로다

우야 훨훨

왠갖잡새가 날아들제

우야 훨훨

비둘기한쌍이 날아들어

우야 훨훨

콩한줌을 흩뿌리니

우야 훨훨

암놈은물어서 숫놈을주고

우야 훨훨

수놈은 물어

회다지꾼들이 힘들어 그만한다

고무줄하면서 부르는 노래

자료코드 : 02_27_MFS_20100203_KHS_SYJ_0001
조사장소 : 경기도 파주시 연다산 1리 마을회관
조사일시 : 2010.2.3
조 사 자 : 김헌선, 김형근, 최자운, 김혜정, 변남섭
제 보 자 : 송유자, 여, 70세
청   중 : 6인
구연상황 : 송유자 구연자는 이미 여러 편의 민요를 구연해 주었는데 그 과정에서 목청이
       곱고 기억력이 좋은 것을 알 수 있었다. 조사자들이 더 많은 자료를 얻고 싶
       어서 여러 가지 상황에 따른 노래를 부탁드렸다. 그런 과정에서 고무줄 하면
       서 부르던 노래를 기억하냐고 하자 이 노래를 구연해 주었다.

어젯밤에 나는요 거북선타고
저밝은 달나라로 구경가지요.
개수나무 울밑에서 하얀토끼가
퐁당퐁당 떡방아를 찧고있어요.

  그건데 인제, 고무줄 잡기 허면서 이 다리 걸면서 그거 허는 거에요.
그게.

노랫가락

자료코드 : 02_27_MFS_20100217_KHS_SSB_0001
조사장소 : 경기도 파주시 교하읍 산남리
조사일시 : 2010.2.17
조 사 자 : 김헌선, 김형근, 최자운, 김혜정, 변남섭

제 보 자 : 신석범, 남, 78세

구연상황 : 신석범 제보자는 심학산과 장명산 장사가 싸움한 내력, 송우봉 선생 이야기,
여우에 홀린 이야기 등을 짧게 구연해 주셨는데 채록할 정도에 못 미치는 것
들이었고, 간신히 민요 2곡을 짧게나마 구연해 주셨는데 이 노래도 그중에 한
곡이다.

노세 젊어서놀아 늙어지며는 못노나니

화무십일홍이요 달도차며은 못노나니

우리네 인생도 내일이면 늙어가노라

아침 바람 찬 바람에

자료코드 : 02_27_MFS_20100203_KHS_JYS_0001

조사장소 : 경기도 파주시 연다산1리 마을회관

조사일시 : 2010.2.3

조 사 자 : 김헌선, 김형근, 최자운, 김혜정, 변남섭

제 보 자 : 장여선, 여, 70세

청   중 : 6인

구연상황 : 장여선 구연자는 민요와 설화 모두에서 뛰어난 구연 실력을 보여준 제보자이
다. 고무줄 하면서 부르는 노래, 까치야 까치야 등을 구연해 주었고, 제보자들
이 다시 손뼉 치면서 부르는 노래를 청하자 이 노래를 구연해 주었다.

아침바람 찬바람에

울고가는 저기러기

엽서한장 써주세요

구리 구리 구리

구리 구리 구리

야 짱 깸 뽀

수수께끼

자료코드 : 02_27_ETC_20100217_KHS_JYH_0001

02_27_ETC_20100217_KHS_JYH_0002

02_27_ETC_20100217_KHS_JYH_0003

02_27_ETC_20100217_KHS_JYH_0004

02_27_ETC_20100217_KHS_JYH_0005

조사장소 : 경기도 파주시 교하읍 오도1리 마을회관

조사일시 : 2010.2.17

조 사 자 : 김헌선, 김형근, 최자운, 김혜정, 변남섭

제 보 자 : 정용희, 여, 67세

청 중 : 9인

구연상황 : 조사자들은 정용희 제보자가 순수하고 시원시원한 성격인데다가 앞서 희귀한 자료인 '불불 불어라'를 너무도 잘 불러주어 좀 더 심층적인 조사를 하려고 했다. 그래서 여러 가지 상황을 제시하면 어릴 때 불렀던 노래를 청했으나 생각만큼 소득은 없었다. 다만, 정용희 제보자 개인은 수수께끼를 참 많이 알고 계셨고 그것을 조사자들에게 들려주고 싶어 하여 이 자료를 녹음하게 되었다.

〈수수께끼 1〉

(문) 석이 석을 들고 이 무슨 '질로 가자. 질로 가자.' 그랬더니, '그게 뭐냐.' 그랬더니,

(답) 만석이가 맷방석을 미고(메고) '이 길로 가자. 이 길로 가자.' 그랬대나. 뭐 그런 소리도 있어.

〈수수께끼 2〉

(문) 댐베락(담벼락)에 병두(병꼭지(瓶斗)를 일컫는 듯함) 달린 게 뭐냐?

(답) 젖.

〈수수께끼 3〉

(문) 강인데 못 건너는 강은 뭐냐 그러면,

(답) 요강이라 그러고.

〈수수께끼 4〉

(문) 얻어먹지도 못허고 물만 쪼르르 흘리는 건 뭔 줄 알아요?

(답) 행주.

〈수수께끼 5〉

(문) 얻어먹지도 못하고 주둥이만 그실러 놓은 건 뭐냐면,

(답) 부지깽이.

3. 문산읍

증편 한국구비문학대계 ● 경기도 파주시

▌조사마을

경기도 파주시 문산읍 사목2리

조사일시 : 2010.1.21
조 사 자 : 김헌선, 김형근, 최자운, 김혜정, 변남섭

　문산읍(汶山邑)은 파주군의 여러 지역이었으나, 1914년에 임진강의 이름을 따서 임진면으로 독립된 지역이다. 1973년에 이르러 임진면이 오늘날의 문산읍으로 승격되었다. 오늘날 문산읍에는 내포리, 당동리, 마정리, 문산리, 사목리, 선유리, 운천리, 이천리, 임진리, 장산리 등이 있다.

　사목리(沙鶩里)는 '사모기', '사무기' 등으로 불린다. 임진강에 인접한 지역이다. 임진강 건너편 모래벌판에 매년 찾아오는 철새와 따오기가 장관을 이룬다고 붙여진 이름이다. 사목리는 1리와 2리로 나뉘어져 있고,

최근 2리의 마을회관을 새로 지었다.

　조사가 이루어진 사목2리의 자연마을로는 돌결이, 배우물, 온수골 등이
있다. 돌결이(석결동 石結洞)는 예로부터 마을 앞 임진강변에서 연결된 노
루매봉에 돌이 많은데 이 돌에 모두 결이 나 있다 붙여진 이름이다. 배우
물은 마을 근방에 배밭이 많았고, 배를 우물에 모아서 씻어 팔았다 붙여
진 이름이다. 지금은 군 사격장으로 변한 온수골은 더운물이 나온다 하여
붙여진 이름이다. 그 외에 이민촌, 지내울 등이 있다.

목창균, 남, 1937년생

주 소 지 : 경기도 파주시 문산읍 사목2리
제보일시 : 2010.1.21
조 사 자 : 김헌선, 김형근, 최자운, 김혜정, 변남섭

원래의 고향은 장단이다. 전쟁 통에 나와
자리 잡은 곳이 바로 임진강 건너의 사목2
리이다. 마른 체형에 깐깐하고, 과묵하게 보
이지만 많은 이야기를 구연하며, 또 재미나
게 구연한다. 스스로도 자신이 이야기박사
라고 할 정도로 이야기 구연에 자부심도 있
다. 그러한 이야기들은 어렸을 적 어르신들
이 하는 얘기를 듣고 기억하고 있다고 하였
다. 2차 조사를 통해 1차 조사에서 못했던 이야기들을 더 끌어내고자 하
였으나, 제보자의 부득이한 사정으로 하지 못하였다.

제공 자료 목록
02_27_FOT_20100121_KHS_MCG_0001 덕진당 유래
02_27_FOT_20100121_KHS_MCG_0002 배내고개 유래
02_27_FOT_20100121_KHS_MCG_0003 봉이 김선달 강물 팔아먹은 이야기
02_27_FOT_20100121_KHS_MCG_0004 남 속이려다 자기가 당한 이야기
02_27_FOT_20100121_KHS_MCG_0005 엉터리 지관 노릇으로 벼락부자가 된 사람
02_27_FOT_20100121_KHS_MCG_0006 삼백 냥짜리 점
02_27_FOT_20100121_KHS_MCG_0007 저승사자가 실수로 사람을 잘못 데려간 이야기
02_27_FOT_20100121_KHS_MCG_0008 헛무덤을 잘 써서 부자가 된 이야기
02_27_MPN_20100121_KHS_MCG_0001 도깨비에 홀려 죽을 뻔한 이야기 (1)
02_27_MPN_20100121_KHS_MCG_0002 도깨비에 홀려 죽을 뻔한 이야기 (2)
02_27_MPN_20100121_KHS_MCG_0003 도깨비에 홀려 죽을 뻔한 이야기 (3)

덕진당 유래

자료코드 : 02_27_FOT_20100121_KHS_MCG_0001
조사장소 : 경기도 파주시 문산읍 사목2리 노인회관
조사일시 : 2010.1.21
조 사 자 : 김헌선, 김형근, 최자운, 김혜정, 변남섭
제 보 자 : 목창균, 남, 73세
청   중 : 7인
구연상황 : 제보자는 이전에도 여러 조사에 등장한 인물이어서 섭외 시에 흔쾌히 조사를 응하였다. 사목2리 노인회관에 찾아가자 목창균 외에 여러 어르신들이 있었으나, 이번 조사에 대해서는 목창균만이 알고 있어서인지 모두들 의아해했다. 먼저 조사의 자초지종을 설명하였으나 노인회장 등 자신이 미리 알지 못해서 인지 불편한 모습을 보였다. 주제보자인 목창균도 인근 지역에서 이주하였기에, 이 분위기를 수습할 입장은 아니었다. 조사자가 차분하게 동네의 내력부터 조사를 하며 이야기를 유도하자, 모두들 소극적이었다. 눈치를 보며 목창균이 하나씩 이야기를 하였다. 먼저 지역과 관련된 유래담을 알기 위하여 마을과 가까운 임진강과 얽힌 이야기를 묻자 덕진당의 유래를 먼저 얘기해주었다.
줄 거 리 : 장단에 한 선비는 자주 과거에 낙방했는데 다시 과거를 보러 임진강을 건너 한양에 가면서 아내에게 이번에 자신이 합격하면 빨간 기를 흔들 것이고 낙방하면 흰 기를 흔들 것이라고 했다. 선비가 과거에 급제하고 배를 타고 돌아오면서 하인에게 빨간 기를 흔들게 했으나 하인이 실수로 백기(흰색깃발)를 흔들자 선비의 아내가 멀리서 이것을 보고 실망해서 물에 빠져 죽었고, 선비는 아내가 죽은 그 자리에 덕진당이라는 당을 지어주었다.

요 앞에 그 임진, 임진강이 흐르죠? (조사자 : 임진강?)

예, 요 앞에 임진강이 흘러요.

그럼 여기서 임진강을 한참 올라가다 보면 옛날에 그 덕진당이라는 그 당이 있어요, 덕진당.

그 덕진당에 대한 거 유래를 이제 말씀을 드릴게요.

그건 무슨 얘기냐 하면은, 거 옛날에는 그 과거를 보죠?

근데 그 과거를 보는데, 아마 이 사람이 좀 머리가 좀 나빴던지 그 선비가 과거에 낙방을 여러 번 헌 사람이 있어요.

그래서 인제 또 과거 그거 보는 날짜가 닥쳐와서 과거를 보러 그 한양으로 갈 적에 아내하고 약속을 했어요.

무슨 약속을 했느냐. 이게 강이니까, 이게 그 강 저쪽에 살았으니까, 인제 이 나루를 건너야지 배, 배를 타고 왔다갔다 해야잖아요.

그니까 아내하고 무슨 약속을 했냐 하며는 '내가 과거에 이번에 합격이 되며는 그 배에서 흰 기(旗)를 이제 흔들겄다. 뻘건(빨간) 기(旗)를 흔들면은 그 또 낙방이다.'

이제 그렇게 약속을 했어요. 그럼 부인이 궁금할 거 아니야. 과거를 보러 갔시니까는(갔으니까는), 강은 있고. 그니깐 저쪽에서 인제

남편이 오, 오믄 인제 깃발을 이제 볼려고, 인제 거 마나님이 인제, 거 부인이 나와 있었다고.

게, 인제, 이 사람이 과거에는 낙방을 많이 했다가 그 때는 인제 그 과거에 합격을 했어요.

그래서 인제 이 사람이 오면서 옛날엔 혼차 안 댕기지.

괴나리봇짐 뭐 지고 댕기는 거 하인이 있고 그럴 거 아니에요.

게 이젠 그 사람보고 아내가, 자기 부인이 저쪽서, 산에서 응 이렇게 쳐다보니깐 그 하인을 시켜가지고

"야, 흰 기, 흰 기를 흔들어!"

자기가 저기 과거를 급제했으니깐,

"흰 기를 흔들어라."

그런데 이거 하인이 잘못 헌거에요, 이게.

아 뭐 기를 흔들라니깐 예미 뭐 하얀 기고 꼭 뻘간 기고 아무거나 흔드

는 건줄 알고, 이 하인이 뻘간 기를 흔든 거에요.

그러니 이게 발단이 된 거지. 그건 무슨 얘기냐.

게난(그것은) 마나님이 이렇게 그 인제 강 건너를 보니깐 깃발을 흔드네 뻘건 기를 흔들더라 이거야.

그러니깐 낙방된 거 아니우. 그러니까는 이 여자가 치마를 뒤집어쓰고, 거기 가면 덕진당이라는 데가 아주 이렇게 가팔라요.

여서 떨어지면 강으로 들어가게 되어있어. 거기서 자살을 헌거여.

응, 그래서 그 과거에 급제한 양반이 와보니까는, 아 자기 마누라가 자살을 했다 이거야.

게 인마, 그 하인보고 "너 인마 무슨 기를 흔들었냐?" 그랬더니,

"아, 샌님이 흔들라니까는 이거 흔들었죠."

그리고 뻘건 기를 가리키는 거야. 그러니깐 이게 잘못된 거잖아.

그래서 그 마나님이 보고선 '아 또 낙방이구나' 그러니깐 인제, 응, 그 치마를 뒤집어쓰고 거기서 인제 그 물에 빠져서 죽었어요.

그러니깐 이, 저기 과거에 급제한 사람이 그 아내가 그렇게 죽었으니 할 수가 없잖아.

그래서 거기다 덕진당이라는 당을 지었어요.

게 거, 그 전에는 그 덕진당이라는기 그게 건물이 이, 있었나 본데 그게 아마 이 세월이 흘러가면서 그게 흔적은 없는 것 같아요, 지금.

그래, 그런 유래가 여기 있어요.

(조사자 : 거기가 지금의 어디입니까?)

그러니까는 여기 장산, 문산읍 장산, 장산, 장산1리 고, 고 건너로 보면 고기, 요렇게 산이 보여요.

근데, 에, 에, 그 현장은 장단이고.

배내고개 유래

자료코드 : 02_27_FOT_20100121_KHS_MCG_0002
조사장소 : 경기도 파주시 문산읍 사목2리 노인회관
조사일시 : 2010.1.21
조 사 자 : 김헌선, 김형근, 최자운, 김혜정, 변남섭
제 보 자 : 목창균, 남, 73세
청   중 : 7인

구연상황 : 덕진당 유래에 이어서 이번에도 역시 임진강 근처의 지명과 관련된 '배내고
개' 유래담을 이야기해 주었다.

줄 거 리 : 옛날에 이름을 알 수 없는 한 장정이 임진강을 건너기 위해 배를 탔는데 뱃
사공이 뱃값을 달라고 하여 건네주었다. 그리고는 배가 반대편 나루에 닿자
배를 끌고 가려고 하자 뱃사공이 왜 남의 배를 가져 가냐고 따졌다. 장정은
분명 뱃값 달라고 해서 주지 않았냐고 하면서 배를 끌고 선유리쪽으로 가는
산고개까지 가서는 배를 돌려주어서 그 고개를 배내고개라고 한다.

어, 여기서 좀 가며는 저기, 저 선유4리라는 그 부락이 있는데.

선유4리를 넘어갈려면은 배내고개라는, 배내고개가 있어요.

(조사자 : 배내고개요?) 응, 배내고개.

그럼 왜 거기는, 그 왜 배내고개가 됐느냐.

그건 무슨 얘기냐 하면, 어, 임진, 그것도 임진강에서, 임진강에 대한
거 유랜데.

옛날에는 그 이 쪼그만 배를 가지댕기며 사람을 실어 나르고 돈을 받
았죠?

그 선가(船價, 배삯)라고 그러나? 에, 그걸 받았는데,

옛날 사람은 다 장정이에요.

아 뭐 임꺽정이 뭐 화로도 허고 허잖아요.

그런 장정이 배를 탔는데, 그 사공이 말을 잘 못 헌거요.

무슨 말을 잘 못했느냐.

응, '손님 배 값 주슈'. 배 값 달라 이거야.

그러니까는 '배 값이 얼만데?' 그러니깐 이제 선가를 얘기했겠죠.

그러니까는 '응, 여깄어' 그리구 주었어.

그리고 이 사람이 떡 건너 와가지고 배를 끌고 가는 거에요, 육지로.

그니까는 그 배 사공이 '여보 왜 배를 끌고 가냐' 이거야.

그러니까는 '너 쪼끔 전에 뭐라 그랬냐 이거야. 배 값 달라 그래서 배 값 줬는데, 이거 내 밴데, 내가 끌고 가는데 너 왜 그러냐'

게 그거를 질 끌고 가면서 지금 배내고개라는 데가 저기 있는데 거길 가서 돌려줬어요.

그러니깐 그 사람이 장난을 친 거지.

게 배내고개라는 데 가서 인제 그걸 배를 돌려줬기 땜에 그게 배내고개라는 거야, 배내고개. 게 유래가 배내고개.

봉이 김선달 강물 팔아먹은 이야기

자료코드 : 02_27_FOT_20100121_KHS_MCG_0003
조사장소 : 경기도 파주시 문산읍 사목2리 노인회관
조사일시 : 2010.1.21
조 사 자 : 김헌선, 김형근, 최자운, 김혜정, 변남섭
제 보 자 : 목창균, 남, 73세
청   중 : 7인
구연상황 : 이 설화를 구연하기에 앞서 율곡과 관련된 '화석정' 전설을 이야기해 주었는
데, 내용이 다소 빈약했다. 지역에 얽힌 이야기가 조사되지 않아, 누구나 다
알만한 봉이 김선달에 관한 얘기부터 물어보았다. 봉이 김선달 얘기라 하면
대동강물 팔아먹은 것은 누구나 다 알 것이고 그와 비슷하지만 다른 얘기를
하겠다며 해준 이야기가 이것이다.
줄 거 리 : 봉이 김선달이 겨울에 강이 얼자 강 위에 흙을 덮고 논과 논두렁 모양을 갖
추어 팔아먹었다고 한다.

봉이 김선달이, 강물은 어떻게 팔아먹었냐.

강이 얼잖아요. 강이 어니까는 이 사람이 어떻게 했느냐.

강, 강이 이렇게 편편이(평평히) 얼었으면 여기다가 흙을 져다가 이렇게 논을 맨든 거야. 논둑을 맨든 거지, 그, 그 강 위에다가.

(조사자 : 배미를?)

으응, 그, 이, 이, 그, 그 위에 다가.

(조사자 : 논두렁이를)

응. 아 그리고서는 '아 이거 우리 전당(전답 田畓)이다. 너 사라.'

아, 와서 보니까는 네모 번듯번듯하고 논 좋잖아.

그래 인제 그래, 그렇게 해서 팔아먹었다는 유래가 있고.

것도 뭐 물을 어떻게 뭐 오, 오는 사람에게 팔았다는 유래도 있고, 그게 그래요.

남 속이려다 자기가 당한 이야기

자료코드 : 02_27_FOT_20100121_KHS_MCG_0004
조사장소 : 경기도 파주시 문산읍 사목2리 노인회관
조사일시 : 2010.1.21
조 사 자 : 김헌선, 김형근, 최자운, 김혜정, 변남섭
제 보 자 : 목창균, 남, 73세
청   중 : 7인
구연상황 : 앞서 봉이 김선달 얘기에 연계하여, 남을 속이는 것과 관련된 이야기를 묻자
         이 이야기를 해주었다.
줄 거 리 : 예전 초가지붕을 새로이 얹고 화재를 예방하기 위하여 소변을 거기에 보는
         속신이 있었다. 이를 아는 한 유식한 사람이 자기와 같은 날 지붕을 얹는 무
         식한 사람을 골탕 먹이려다 도리어 자기가 당한다.

그 옛날에는 그 저기, 저 지금은 다 이렇게 지붕 개량을 해가지고 다 쓰레트(슬레이트)를 입히고 기와를 입히고 했잖아요?

그, 그 전에는 집에다가 이 이엉을, 짚에다 이엉을 엮어가지고, 그 지붕을 이었어요.

그런데 그게, 그게 뭐냐면 이 달력에 화일(火日)이라고 있잖아요, 화일?

화일에는 지붕을 안 이어요.

그건 무슨 얘기냐? 화일에 지붕을 이면 불이 난다고. 어.

그래서 인제 그런 유래가 있는데, 그게 당헌 사람이 있어.

내가 화일에 지붕을 이으면 불 난대는 걸 알고, 다른 사람을 골탕을 먹이다가 자기가 당헌 일.

그 무슨 얘기냐?

배운 사람은 뭐 화일이고 뭐이고 달력 보고 그걸 알아서 그걸 날짜를 짚어서 그걸 피해서 인제 거 지붕을 잇는데, 무식한 사람은 그걸 알아요? 모르지.

그니깐 이 무식한 사람이 어떻게 허느냐?

그 유식한 사람이 이엉을 엮으면 자기도 이엉 엮어.

그렇잖아? 저 사람 헌대로 해야 화일을 피한다.

에, 그런 그 관용을 가지고서 인제, 그걸 잘 아는 사람이 이엉을 엮으면, 자기도 이엉을 엮어.

그럼 그 사람이 이엉을 이으면 자기, 그날도 자기, 자기가 이엉을, 지붕을 이어.

그런데, 그게 지붕을 다 잇고 예방법이 있어요, 예방법.

예방법이 뭐냐 하며는, 지붕을 다 잇고 나서 거기다 인제 거 소변을 놓고 내려오면 그게 예방이 되는 거야.

화일날에 지붕을 이어도, 다 마무리 작업을 다 하고 내려올 적에, 응, 거기다 소변을 보고 내려오면 고게 이제 그 예방이 되는 건데.

그니깐 그, 잘 아는 사람은 '아 이거 내가 잇고 여기다 인제 소변을 보고 내려올거다' 인제 그렇게 사람이 생각을 하고,

'너 임마 파일에 나온, 인저, 너. 나 내려왔으니깐. 너는 그걸 모를 거 아냐 법을. 그런 그, 그 내력을. 그러니깐 니 집은 불난다 임마.'

그리고서 인제 걸 싸악(모두) 잇고서 내려왔는데.

그게 교묘하게 무슨 일이 벌어졌느냐.

아무것도 몰르는 사람, 몰르는 거야.

하, 근데 이놈의 것을 이고서 내려올려니깐, 갑자기 소변이 그냥 마렵다는 이야기야.

게 당정(당장) 싸겠이니깐 거서 눟, 놓고 내려온 거야 그 사람은. 거 모르. 그냥 그렇게 된거지.

근데 이거 아는 사람은 아, 요 소변을 놓고, 놓고 내려와야 되는데, 아 요놈을 일이뿌리고(잊어버리고) 그냥 내려왔지 무야.

그니 뭐 어떻게 됐겠어요?

아, 그 녀석은 불이 안 났는데, 아 이 잘 아는 사람 집은 불이 났지 무야.

그래 그런 유래도 있는 거요. 그게. 옛날에.

거 옛날에 흘러간 얘기지 뭐.

엉터리 지관 노릇으로 벼락부자가 된 사람

자료코드 : 02_27_FOT_20100121_KHS_MCG_0005
조사장소 : 경기도 파주시 문산읍 사목2리 노인회관
조사일시 : 2010.1.21
조 사 자 : 김헌선, 김형근, 최자운, 김혜정, 변남섭
제 보 자 : 목창균, 남, 73세
청   중 : 7인
구연상황 : 다른 지역에서는 묘자리를 쓰는 것, 지관과 관련한 이야기가 있는데 이와 관련해서 아는 이야기가 있는지 묻자 구연해 주었다.

줄 거 리 : 어떤 한 사람이 지관을 부러워하여 나침반을 하나 사서 거짓으로 지관노릇
을 하려고 하였다. 하루는 부잣집 초상에 가서 지관 행세를 하고 크게 얻어먹
은 뒤 도망치려고 했는데 여의치 않았다. 엉겹결에 둘러대서 묘를 쓰라고 했
는데, 시간이 지난 후 그 자리가 명당자리로 판명되었다.

에, 지금 다 화장을 하기 때문에 그런 제도가 많이 없어졌지만은 옛날
에는 산에 데려다가 모시잖아 다.

그런 시절인데, 그 지관이라는 사람이 있어요, 지관.

그 지관이라는 사람은 뭐하는 사람이냐.

남의 초상이 나면은 가서 산소 자리를 봐주고 어느 정도 이렇게 사례
를 받아먹고 지내는 그 사람을 지관이라고 한다고.

근데 한동네에서 쓱 보니까는 자기 지관이라는 사람은 맨날 옷을 깨끗
하게 입고,

아주 모자 탁 쓰고, 중절모자 딱 쓰고 말이야. 지팡기 딱 집고, 그 나침
반이라고 있잖아, 나침반.

그걸 보려면 나침반이 있어요. 그래서 나침반 주머니 여기다 척 차고
말이야.

아, 갔다 오면 한술 거나히 먹고, 돈 벌어 오고, 거 참 그거 신선 아니
우.

근데 '나도 저놈의 거, 지관 노릇을 한번 해야 것다' 하는 사람이 있었
어.

이 사람은 일자무식이야. 아무것도 모르는 사람인데 '나도 남 허는데
나도 한번 해본다'.

그래서 용기를 내가지고 나침반 하나 구했어요. 그래 그 놈을 주머니에
다 놓고, 사방을 돌아다니는데

어느 큼직막한 동네를 들어가니 초상이 난거야. 그래 쓱 가서

'아! 여기, 지관 필요하시지 않습니까?' 하니

'아, 지관 필요 허죠. 아, 지관 셈이 있냐고'.

아, 상제들이 나와서 꺼뻑 하는데. 아, 상제가 하나 둘도 아니고 일곱 명이야, 상제가.

상제가 일곱이야. 아 그래서 '아 사실 내가 지관이라고'.

아, 지관 모시면 첫째, 사랑에 딱 모시고 그냥 성수성찬을 해다가 약주 대접하고 하잖아.

아 이눔이 그냥, 촌놈이 그냥, 강 촌놈이, 아무것도 모르는 놈이 그냥, 우선 난중에 되 것 간에 실컷 먹어 둔 거지.

그리고 인제 가세 이제 '당신네들 산이 어디냐? 가자.' 그러면 인제,

응 그때는 아마 지관생, 지관을 모시는 사람이 고 점 잘 봐달는 건지는 모르지만은 거 동전 몇 푼을 줬나 봐요.

그러니깐 이 사람이 동전 몇 푼을 이제 응, 밥에 그냥 고기에 잘 먹고, 술에 잘 먹고,

동전 몇 푼을 손에 쥐었겠다 그럼 나 이제 도망가야 돼. 나 아무것도 모르는 데,

뭐, 뭐 무슨 지관을 어떻게 해, 그렇지 않아요?

그래 요놈의 동전 몇 푼을 딱 걸머쥐고 도망갈 궁리를 하는 거에요, 산에 가서.

근데 이 놈의 상제가 일곱씩 쫓아왔으니 도망갈 틈이 있어야지.

그냥 이리 가 댕기면 이리 쫓아오고, 저리 댕기면 저리 쫓아오고 허는데,

아까 그 찬스, 도망갈 찬스가 난거야. 그냥 그러니깐 내 뛴거지 뭘.

아 뛰다 그냥, 칡덩굴이라고 있어요. 여 산에 가면 칡덩굴 많잖아. 칡덩굴에 발이 걸러가지고 엎어진 거야.

아 그러니까 이 상제들이 일곱이 와가지고 '아 지관 선생님 이거 어떻게 된거냐고'선 붙들어서 이르킨거야.

또 잡혔잖아. 그러니 이 용빡엔 재주가 없어. 그래서 거 그 사람이 어떻게 걸 가르쳐 줬냐.

자기가 이렇게 넘어졌잖아? 그 도망가다 앞에 이렇게 엎어졌어.

그니까는 고 다 딱 경을 이렇게 해주며선 여기는 시신을, 시신을 보면 이렇게 산이 있으면 다 우로,

머리를 다 우로 가게 하는 거잖아?

'여기는 거꾸로 묻어야 된다'고 자기에 쓰러진 자리에다 거꾸로 묻어야 된다고 얘기 했어요.

그리고 이 사람이 와가지고 혼이 좀 많이 났어? 동전 몇 푼 받아가지고 혼이 되게 난거지.

그래서 그 사람이 아는 거야. '에휴 나는 이거, 이 지랄은 못 하겠다' 하면서 안했지.

아 그런데 몇 해가 지났는데 보니까는, 아 이 어귀에서 마차가 한 댓 대가 오는 거야.

아 그래 자기네 부락으로 와. 그러니까는 이 사람 생각에는 그 지관이 어디 가서 산소 자리를 잘 봐가지고

그 자손들이 산소를 잘 봐서 우리가 잘됐시니까는 그렇게 바리바리 싸가지고 그 사람에게 오는 줄 알았어.

아니 근데 떡 오더니 아 그 사람을 찾는 거야.

아 그래서 그냥, 죄는 졌잖아? 아 그래서 벌벌 떨고 '아 어떻게 여길 찾아 왔냐고' 아주 그냥 하니까는,

아 일곱 상제가 말이야, 하이 쭈르륵 서더니 말이야 절을 하고 고맙다고.

아 이 놈이 영문을 모르는 거지. 그렇잖아요?

하 그러면서 고맙다고 절을 허는 거에요.

'아무 해, 몇 해 전에 당신이 우리 집 와서 거 산 자리 본 일이 있지 않

냐' 하니까는 거 겁도 나잖아.

아무것도 모르고선 이렇게 해서 거꾸로 묻으라 했는데. 그니까는 '그런 일이 한 번 있었다' 그랬더니

그걸 그 집에다 죄 풀어 놓고 산 자리 잘 봐줬다고 가는 거야.

그랬더니 이놈이 대뽀작이 된 거야. 그래서 그 이제 주인이, 원 지관이, 많이 배운 지관이 그 놈을 불렀어.

'야 너 일루 와봐, 너 인마 어떻게 했는데 이렇게 저 사람이 찾아오게 했느냐' 그러니깐

곧이곧대로 얘기헌 거야. '내가 뭐 압니까? 이렇게 하다가 동전 몇 푼 가지고서 도망가다가 엎어져 가지고,

아 이 또 도망갈 찬스가 없이니까는, 아 여기 이렇게 해서 거꾸로 쓰라고 헌 것밖엔 없다' 이거야.

그러니깐 그 진짜 지관이 거길 장소를 갔어요. 가보니깐 거기 가 거 명당이야.

거기는 그렇게 써야하는 명당이야 그게. 응?

그러니까는 이게 뭐 상주 자리 잘 보고 못 보는 거는 뭐 아무나 할 수도 있는 거 아냐.

그래서 나두, 나두 그 생각을 했어.

'나도 이 저기, 저기, 저 쇠나 하나 사가지고, 낚시 바늘 하나 사가지고 그런 거나 한번 해볼까'

그런 생각이 들더라고. 예 뭐 그런, 그런 유예도 있어요.

삼백 냥짜리 점

자료코드 : 02_27_FOT_20100121_KHS_MCG_0006

조사장소 : 경기도 파주시 문산읍 사목2리 노인회관
조사일시 : 2010.1.21
조 사 자 : 김헌선, 김형근, 최자운, 김혜정, 변남섭
제 보 자 : 목창균, 남, 73세
청   중 : 7인
구연상황 : '엉터리 지관 노릇하다가 부자가 된 이야기'를 구연하고 이어서 조사자들이
별도로 부탁드리지 않았는데도 역시 우연찮게 부자가 된다는 내용의 이 이야
기를 들려주셨다. 내용이 다소 길고 복잡하지만 침착하면서도 생동감 있게 구
사해 주셨다.
줄 거 리 : 농사를 짓던 한 사람이 집안 형편이 별달리 나아지지 않자 농사짓던 땅을 팔
아 삼백 냥을 마련해 장사를 하러 떠났다. 그러나 장사도 신통치 않아 점을
보아 부자가 되는 방법을 물었다. 그랬더니 점괘가 '남이 이리 가면 저리 가
라.', '남이 못 생겼다고 하면 너는 예쁘다고 해라.', '반가우면 기어라.'가 나와
서 돌아가던 길에 과연 그 말대로 했더니 죽을 고비를 넘기고 재물도 얻고
아내의 부정도 밝혀낼 수 있었다.

그건 무슨 얘긴가 하며는, 그, 이 저, 이 무당들 있지, 무당. 아니면 박
수.

답답하면 그런 사람들헌테 가서 많이 그 저기, 저, 돈을 내면서 거, 거
인제 신수를 보죠?

근데 그 어느 한 동네서 그냥 맨날 농사를 지어봐야 그 태령(타령)이야.

그니까는 마누라 불러가지고, "여보."

"이거 우리 맨날 이거, 농사지어야 맨날 응, 요렇게 사니깐, 이놈의 전
장(田庄)을 팔아가지고 내가 장사를 해서 부자가 될 테니 그렇게 헙시다."

그니까 마나님이 뭐라 하나면, "그럼 좋다, 당신 맘대로 해봐라."

그래, 그 놈의 전장 판 돈이 삼백 냥이야.

게, 삼백 냥을 보따리에 인제, 걸어해서 헐, 지고 장사를 하러 이젠 나
선 거에요. 딱 삼백 냥을 이제 가지고.

게 인제 그 장사를 허게 가면은, 그 장사꾼들이 이렇게 많이 저 같이
댕기고 몰려 댕기잖아요.

게 인제 장사를 하다가 인제, 인제 보니까는 아, 이게 또 신통칠 않아.

근데 이렇게 보니까는 하, 그 뭐 이렇게 응, 뭐 저그 아주 철학 아주 뭐 유명한 철학 헌대는 그, 그런 그 간판이 있어.

그 답답하지, 장사도 안 되고, 돈 벌이도 안 되고 허니까는

'에이, 저기 가서 좀 물어보고 뭘 좀, 내가 좀 응, 물어보고 내가 좀 해야 되것다.' 답허니깐(답답하니깐) 거길 갔어.

게 무당집엘 쓱 가가지고서는.

"아, 나 저 이러저러해서 헌데, 그 뭐 저기 좋은 방법을 좀 알으켜 주슈." 하니까는.

"백 냥 내." 그러는 거야.

"백 냥."

그래 백 냥을 주니깐 뭐라 그러냐며는,

"남이, 남이, 남이 응, 남이 이 길로 가면 당신을 돌아가라." 이거야.

그것만 가르켜 줘.

"그럼 그 다음에는 어떻게 해야 부자가 됩니까?" 그니까는,

"인마, 끝났어. 가."

아, 이게 백 냥 받고, 고거 한 가지만 가르쳐 주는 거야.

게, 끝났다는데 뭐 어떻게 해.

아, 그래서 고 다음에는 아, 이 뭘 또 더 주어야, 그 복채를 더 주어야 될 거 아냐.

그래서 "그럼, 백 냥 더 줄 테니, 가르쳐주슈."

그러니깐 그 때는 뭐라고 그러냐며는,

"남이 뵈기 싫다 그르믄 당신은 무조건 이쁘다고 그래라, 그럼 부자 돼." 아, 그러는거야.

그게 또 무야. 이게 아무것도 아냐.

'남이 바로 가자고 그러면 당신은 돌아가라, 남이 밉다고 그러면 당신

은 이뻐, 이쁘다고 그래라.'

아, 그래가지고 또 이백 냥을 빼, 뺏는 거야.

그니까는 이게 또 뭔가 또 해결이 안 돼.

'에이 이판사판이다.' 그리구,

마저 "영 난 돈 이것밖에 없수."

그리고 백 냥을 딱 끈무되언건('꺼내 올려놓고'의 뜻인 듯함)

"다음에 어떻게 험 부자가 되요?" 그르까는,

"기쁘면 기어라." 이거야, 기쁘면 기어라.

아, 기쁘면 기래, 엎드려서 기래. 이게 니미, 그 세 가지를 딱 가르쳐 주믄선 삼백 냥을 뺏긴 거야. 그 다음엔 뭐 돈이 있어야 더 알아보지.

그래 이 사람이 이젠 에헴[목소리 가다듬는 소리] 그 장사, 장사치들이랑 인제 와서 그 인제 그, 그 주막집에 와가지고서는 이젠 니미 돈도 없고, 장사도 없고 인제 고만이야.

그러니까는 당정 인제 그 사람들 하고 같이 쐐(싸) 댕겨에 그 사람들헌테 허다 못해 밥이라도 은, 은어먹고 헐 거 아니우.

그런데 인제 그 이틀 날 인제, 저녁에 그 이제 재, 그 옛날 산 넘는 걸 보고 재라 그러지. 그 재를 넘는데 그놈의 산이 무척 큰 산이야. 응?

아, 그런데 이 사람들끼리 거기서 인제 그 얘기 소릴 드, 가만히 들으니깐.

"아, 이, 이리 가는 게 가깝고 좋아, 우리 이리 가세."

아, 그런단 말야.

그러니깐 그, 그 무당이 헌 소리가 딱 떠오르는 거야.

응, 이, '다른 사람은 좋은 데로 가면 너는 돌아가라'고 그랬거든.

그러니까 '야, 이게 뭐, 뭐이, 뭐 어떻게 뭐이 으 맞는가 보다' 하고서는 게 그 사람들은 곧장 가는 길로 갔고, 이 사람은 그 무당이 해, 해, 얘기해 준대로 돌아갔어.

그니깐 그 산을 넘어가면 거기도 주막집이 있거든.

그럼 거기 가면 다 이렇게 모이게 돼 있거든.

게 사람이 쓱 돌아가서 주막집에 가서 이 사람덜 올이니, 니미, 안 와.

그, 그 이튿날 훤하게 날이 세도 안와.

그러더니 어떤 사람이 쓱 오더니

"아우, 어저께 또 그 놈의 고개에서 또 그냥 죄 다 당했지 무야. 아, 그 장사꾼 몇 명이 기냥 아주 다 죽었대는 거야."

아, 그러니까는 그 무당 얘기가 맞는 거 아니유.

응, 백 냥 받고 '마, 가자, 가까운 델로 가자면 넌 돌아가' 그랬시니까 거기서 살은 거야. 그래서 야 이게 무슨 조화는 조화구나.

그럼 그땐, 그 때는 혼자지, 그 또, 다 죽었다니깐.

게 인제 혼차 인제 그냥 뭐, 그냥 뭐, 무슨 목적지도 없이 그냥, 그냥 막 가는데.

강섶으로 인제 쓱 지나가는데 아이 사람이 그냥 무, 막, 무척 많이 모였어.

게 '저 사람들이 무얼 허는 거야?'

이렇게 가보니까 처녀가, 처녀가 어떻게 생겼냐하면 아주 그냥 곰보고 말이야, 아주 무척 그냥 뵈기 싫게 생겼어.

아, 그니깐 이 사람이 그 딱 그, 으, 무당 소리를 그 생각이 난거야.

아, 사람들이, 하이 저렇게 뭐, 뭐, 맷돌곰보고, 어쩌고 죄(모두) 그냥 슝을 보는데.

아, 이 사람이 가가주고 말이야

"어휴, 당신 같은 아가씨는 아주, 부인은 처음 봤다."

그럼서 아주 칭찬을 했어.

아, 이게 맞아 떨어진거야.

근데 이게 뭐냐.

그게 바로 그, 그, 그, 내가 강 옆이라고 했지?

그 용왕의 딸인데, 이게 인제 그 환상(환생)을 할려면은 '너는 뭍에 나가서 좋대는 그 청찬을 받아야, 너가 응, 응, 되는 거지, 그렇지 않으면 넌 평생 이렇게 산대'는 거야.

그럼 '너는 뭍에 가서, 이, 사람한테 가서 이쁘대는 소리 한 마디만 듣고 오믄 너 이거 다 인제 낫대'는 거지.

그러니까는 이 여자가 아이, 그 소릴, 그냥 그렇게 많은 사람이 그 다 뵈기 싫다는데, 좋, 이쁘다 그러니깐 아, 그냥 얼싸 안고 그냥 금을 그냥 한보따리 준거야.

그렇잖아?

아, 이게 때 아닌 부자가 된 거야, 또.

아, 그러, 그럼 그 보따리를 떡 걸머지고 아, 인제 부자 됐시니깐 집이 가야지 뭐 장사는 뭘 해.

집엘 쓱 갔어. 그른데 요 한 가지가 궁금해. 고건 뭐, 뭐이냐?

아이, 반가우면 겨, 기라고 그랬단 말이야. 참 이 뭐 또 무슨 얘긴가 하고선 인제 그놈을 건주 지구선 인제 가서 인제 집엘 들어가니까는 이제 어됐어요.

가서 인제 하, 자기 인제, 부자가 되었시니깐 아주 당당하잖아, 그래서.

"마누라!" [의기양양하게 부르는 어조로]

아주 부르니까는 마누라가 나와.

아니, 나온 게 아니라 몇 마디를 불러도 이렇게 잘 안 나와.

아, 그르더니 낭중에 한참을 불르니깐 아 맨 발로 뛰어서 "아, 이, 낭군님 오셨냐."고. 뭐 얼싸 안고 그래서.

'아 가만 있어봐, 가만 있어봐. 이 반가운 사람을 만나면 기라 그랬는데.' 이 ○○ 기어 봐야 될 거 아냐? 응?

그래서 대문서부텀 이렇게 기, 기어가는 거야, 이렇게 이렇게[기어가는 흉내를 내며서] 기어가.

기어가는데, 그 옛날에는 그 집이 대부분이믄 마루가 있고, 마루에 그, 으, 툇마루가 있잖아. 거기다 신발을 벗어 놓고 마루에 올라가서 방으로 들어가는 거 아냐.

아, 기다가 보니까 마루 밑에 뭐이 하나 있어 꺼면 게.

아이 가서 보니깐 동네 놈이 자기 없는 새 와서 으, 응, 그런 짓을 허는 거야.

이 기지 않았으면 몰랐지, 그냥 달려갔으면 자기 마누라가 뭐 그런 일을 하는걸 뭐 알아.

아, 기어보니깐 또 그런 일이 생겨.

그래서 그렇게 또 한 평생을 잘 살았다는 옛 전설이 있지.

(조사자 : 그러면 뭐, 외간남자를 죽였습니까?)

아, 죽이진 않았지.

동네 사람인데 그담부터는 그건 뭐 알아서 판단하는 거지.

그러니까는 그, 그렇게 여자가 나쁜 행동을 했대는 거를 알리기 위해서 하는 거지. (청중 : 끝에까지 잘 해!)

어? (청중 : 끝에까지 잘 해!)

아니, 그, 그 다음에는 아, 열나면 뭐 도끼라도 가져가서 죽일 수도 있고, 뭐, 그, 그렇겠지만 그 다음 얘기는 여러분이 판단을 해야지, 뭘 그것까지 어떻게 내가 어떻게 알아. 나 고거밖에 몰르는 거.

(조사자 : 삼백 냥, 삼백 냥을 줘가지고,)

그렇죠.

(조사자 : 점사를 샀는데 결국 그게 다 들어맞았다는 얘기죠?)

그렇죠. 그니까, 그, 그 무당이 근데, 지금도 보면,

아, 지금 신세대도 그 답답하면 그 무당에 가서 뭐, 뭐 점보잖아요?

그니 그 점보는 그 유래를 내가 말씀드린 거에요.

저승사자가 실수로 사람을 잘못 데려간 이야기

자료코드 : 02_27_FOT_20100121_KHS_MCG_0007

조사장소 : 경기도 파주시 문산읍 사목2리 노인회관

조사일시 : 2010.1.21

조 사 자 : 김헌선, 김형근, 최자운, 김혜정, 변남섭

제 보 자 : 목창균, 남, 73세

청   중 : 7인

구연상황 : 조사자들이 저승 여행한 이야기를 혹시 아는지 묻자, 제보자가 자연스럽게
이 이야기를 구연했다. 이야기가 전체적으로 서사성이 잘 갖추어진 것은 아니
지만 예전에 사람이 죽으면 오일장, 칠일장을 치르는 이유까지 부연하면서 자
연스럽게 구연해 주었다.

줄 거 리 : 옛날에 저승사자가 김가(金家)를 잡아 오라고 했는데, 실수로 이가(李家)를 잡
아왔다가 다시 돌아가게 했다. 자신의 몸이 이미 죽어 있어서 원래 죽기로 되
어 있던 이가의 몸에 들어갔다. 그러나 원래의 몸이 아니어서 습관이나 부인
등이 잘 맞지 않았다고 한다.

저승에서 인제 저승사자가 쓰윽 보고서는 '하, 요 놈이 나쁜 짓을 허고,
아 요 놈이 잘 하고' 하면 거 인제 그 사자한테 가서

"야, 너 저 놈 잡아 와라." 그러잖아.

그러면 성이 이가고, 김가고 인제 그 성이 다르잖아.

"너 가서"

으, 사, 저승사자헌테

"김가 잡아와!" 그랬는데

저승사자도 그 실수허는 모냥이지.

게 와가지고 김 가를 잡아간 게 아니고 이 가를 잡아간 거야. 응.

그러니까는

"예, 여기 잡아왔습니다." 하고, 응.

그, 그걸 뭐라고 그래, 저승사자한테 그 보고를 할 거 아냐?

그러니깐 이렇게 보니까는 잘못 잡아 왔어.

김갈 잡으라는 걸 이가를 잡아 왔단 말이야.

그러믄 그게 사람이 죽으면은 그러니까는 거, 거, 그 몇, 그 칠일장이고, 오일장이고, 그렇게 그 장사를 기간을 오래했어요.

그 오래 한 그, 그 원인은 뭐냐면 옛날엔 먹고 살기가 궁허니까 우선 술이 있어야 하잖아, 술.

그럼 술을 담그는, 담가서 익는 기간이 육일 내지 칠일이야.

그래서 그 칠일장을 옛날엔 많이 헌거야.

그랬는데 그 역시 인제 칠일장으로 이렇게 인제 했는데.

그니깐 인제 거기서 인제 거, 응, 저승 거 사자가 인제 거기를,

"그럼, 너가(네가) 이, 이 사람은 아니니깐 그 사람을 가서 다시 바꿔와라."

그랬는데, 거기서 인제 '너, 가라' 해서 인제 이승으로 그 사람이 온 게에요.

왔는데 그 사람은 시신이, 시신이 인제 죽어 있시니까는 바꿔야 되잖아, 내가, 내, 내가 살아야고.

그러니깐 나, 나는 죽은 거 아냐, 아까, 끌고 갔으니깐 나는 죽었고, 그 사람은 인제, 인제 살았고.

그러면 내가 살려면은 어느 몸속에 들어가야 살, 살잖아?

그래서 인제 그, 인제, 그, 그 사람을 잡, 잡아오랬으깐 그 사람 또 잡아가니까는 으, 그 시신이 둘이 된 거 아냐.

그럼 내가 살려면은 저 사람 속엘 들어가야 살아, 그렇죠?

에, 그니깐 이제 그 사람 속엘 들어갔어.

들어가는데 생각이 달라지는 거지. 그때는.

이 서방이, 이 서방 그, 그 전에 생각하고 김 서방 생각이 달라지는 거야.

그리니까는 이게 어떻게 되느냐?

마나님하고 같이 허, 같이 살아야 하는데 이놈의 게 천지차이 아니야.

김서방 마누라 하고 이서방 마누라 하고 그 같아? 말 하는 것도, 습관이 다 달르지.

그래서 인제 그렇게 뭐 바꼈데는 유래도 있더라고.

헛무덤을 잘 써서 부자가 된 이야기

자료코드 : 02_27_FOT_20100121_KHS_MCG_0008
조사장소 : 경기도 파주시 문산읍 사목2리 노인회관
조사일시 : 2010.1.21
조 사 자 : 김헌선, 김형근, 최자운, 김혜정, 변남섭
제 보 자 : 목창균, 남, 73세
청   중 : 7인
구연상황 : 조사자들이 산소를 잘 써서 부자가 된 이야기를 아는지 묻자 이 이야기를 구연해 주었다. 이야기 내용상 양반에 의해 핍박받는 상놈의 심정을 적절하게 묘사하면서 이야기에 재미를 더하였다.
줄 거 리 : 옛날에는 놀 거리가 없어서 장사지내는 것을 흉내 내는 놀이를 하고는 했는데, 양반들은 상주노릇을 안하고 남의집살이 하는 상놈을 상주로 시켜 놓았다. 거짓 산소자리를 파고 나무토막을 시신이라고 안치하던 상놈이 자신의 신세가 복받쳐 울었는데 몇 해가 지나서 그 묘 터가 좋아서 부자가 되었다.

아, 산소 자리를 잘 봐야 부자가 된다. 거 아까 전에도 얘기 했지만

그, 그래서 거 지관을 불러다가 산소 자리를 보는 거요, 사실은.

그런데 그게 이상하게도 그게 어떻게 잘 될 놈은 잘 되.

그게 무슨 얘기냐 하면

거, 한 이제 거, 부락이 형성돼서 사는 데.

옛날에는 뭐가지고 놀게 없으니까는 그런 상여 가지고 장사 지내는 흉내 내고 뭐 이렇게 하는 걸 많이 해요.

게 이제 거 동네 그 몇이서 사람들이 모여가지고 '야 우리 그 장사, 장

사 지내는 거, 그거 이제 놀이 하자'

그래가지고 합의가 된 거야.

그런데 거기는 인제 그 양반 자식도 있고, 상놈의 자식도 있고, 인제 다 있는 거야.

그 인제 그 시신을 뭘로 맨드냐. 나무토막, 나무토막 있잖아?

그니 그 초상이 나며는 연습하는 거, 거, 염헌다는 거 알죠, 거, 염하고 하는 거? 그거를 시작서부터 해야 그게 놀이가 되는 거 아니우.

그래서 그 나무토막을 딱 갖다 놓고 거기다 염을 허는 거야.

그러면 상제를 누가 할 거냐. 그래 상제를 정하는데

그 상제 역을 누가 해? 다 그 상젤 안 할려고 하지 다. 그렇잖아요?

그러니깐 이거 애꾸지게 그, 그 동네, 그 저기 저 남의 집 사는 사람.

그 사람이 할 수,

"마! 니가 해!"

아, 그러니까 아 양반들이 허라는데 뭐 해야지.

그 인제 그 사람이 상제 노릇을 하는 거야.

그리고 이제 상열, 인제 꾸며 가지고, 그 놈의 나무, 나무, 토막을 이제, 시신을 맨들어서 했으니까는 그걸 미고 인제 상여 행, 행차를 해가지고 가는 거야.

그러면은 상주는 어떻게 해야 돼? 가만히 쫓아가면 안 되잖아.

울, 울, 곡으로 그냥 가야지.

게 곡을 하면서 갔어.

가가지고 이젠 또 인제 산에 가서 인제 거, 응, 이렇게 묘 터를 뽑고, 거기다가 이렇게 나무토막을 묻고,

그걸 이제 응, 산소를 맨들고 하는 것까지 해야 이게 장사놀이가 되는 거 아니우.

그래 그것까지 딱 했는데, 이 사람이 그냥 그, 자기 신, 신세 한, 한탄

이 거기서 나오는 거야.

'아 다른, 다른 사람은 이런 놀이도 좋은 것만 하는데 말이야, 아, 나는 맨날 이렇게 울고 말이야, 이런 거를 허는 생각이 나가지고,

이 사람이 설움이 복쳐 복박가지, 복 받쳐서,

그 산소를 맨든데다 엎져서 그냥 대고 운거요.

아 그리고 왔는데 몇 해가 되니까는 아 자동으로 그냥 부자가 되는 거야,

자동으로.

근데 이게 이제 무슨 얘기냐.

바로 그 자리가 무슨 자리냐 하며는 이 자리는 시신을 파묻으면 부자가 안 돼.

어, 그럼 뭐, 다른 뭐 나무토막이라던가 이여사, 사람 이외 거를 거기다가 묻고 그냥 산소만 맨들며는 그, 그 맨든 사람이 부자가 되는 거야.

이 사람이 상주까지 했시니까는 자기 그, 산소가 되는 거 아니겠어.

그래서 그 그냥, 쌍놈이 그냥 부자가 되고, 베락부자가 됐다는 전설도 있어요.

도깨비에 홀려 죽을 뻔한 이야기 (1)

자료코드 : 02_27_MPN_20100121_KHS_MCG_0001
조사장소 : 경기도 파주시 문산읍 사목2리 노인회관
조사일시 : 2010.1.21
조 사 자 : 김헌선, 김형근, 최자운, 김혜정, 변남섭
제 보 자 : 목창균, 남, 73세
청　　중 : 7인
구연상황 : 조사자들이 도깨비에 관한 이야기를 청하자 제보자는 자신의 고향인 장단에
　　　　　 서 실제로 있었던 이야기라면서 동네사람인 이상원의 아버지와 개풍 사람이
　　　　　 각각 도깨비에 홀려 죽을 뻔한 이야기를 이어서 들려주었다.
줄 거 리 : 장단에 살던 이상원이라는 사람의 아버지가 소 우시장에 소를 사가지고 돌아
　　　　　 오다가 길에서 만난 사람과 밤새 술을 마시며 기생들과 놀았다. 그런데 새벽
　　　　　 에 닭이 울어 정신 차려보니 강 가운데 있었고, 도깨비에 홀린 것이었다.

　에, 지금은 그런 게 없지만 옛날에는 그런 게 있어. 그건 무슨 얘기냐
하면.

　그건 우리 동네 거, 나는 고향이 장단(長湍. '장단'은 경기도 서북부 행
정구역이었으나 남북 분단으로 1963년 파주군과 연천군에 편입됨)이요.

　여기 피난 나와서 인제 여기서 거주하고 사는데.

　거, 이상원이 아버지라는 사람이 장골이야.

　아주 그냥 뭐 신체도 좋고 헌 사람인데.

　에, 그 소, 소 우시장에 갈려면은 거기서 그냥 그 장단, 장단에 거기 우
시장이 있어요.

　그래 거기 가서 인제 송아지를 사가지고 그 양반이 인제 오다가, 어,
날이 저문, 저문거야.

하도 기니깐, 그때 옛날에는 도보로 댕기잖아요? 그니깐 송아지를 끌고 댕긴게. 이놈의 송아지가 잘 안 오고 그러니까.

이제 오다가 인제 날이 저무는데 구송문이라는, 구송문이라는 그, 그 산에 이렇게 좀 능선이 있는데 그걸 거기서는 구송문이라고 해.

근데 이 양반이 구송문까지 그 인제 소, 소를 끄, 끌고와서 거서 인제 쉬는데 날이 저문 거야.

겔 잡아다 인제 소 소 붙들어 매고 담배를 한 대 피는데, 아, 웬 그 어떤 그 낯선 사람이 하나 오더니,

"우리 저리 가서 술이나 한잔 합시다." 아주 그러는거야.

아, 그러니까는 그 사람이, 그 상원이 아버지가 술을 좋아했어요.

게 아 이거 뭐 술 한 잔 허자는데 뭐, 또 같이 가재니깐 이 사람이.

인제 그걸 혹 해서 인제 같이 인제 동행을 헌거요.

했는데, 과거에는 술집이 이렇게 지금처럼 번화한데 술집이 없어요.

이 산골짜기 외딴 데 거길 있으며는, 그 술집이라는 게 바로 요 건너, 고 저기 그 이거 장단에 술집이 있었는데.

그거는 여기 사람도 가, 그 근방 사람이 다 모이는 거야. 예전에는 술집이 그 그렇게 돼있었거든.

그런게 이제 상원아버지가 그 웬 사람이 와서 아, 술 먹으러 가자니까는, 술 좋아하니깐 '그럼, 같이 가서 한잔 합시다.' 하고 쫓아간 거야.

게 데리고 갔는데, 딱 보니까는 참, 아주 그냥 집이 보통 집이 아냐, 술집이.

아주 기냥 고래등 같은 겨와집(기와집)에서 그냥 장국(장구)를 치면서 말이야,

하! 기생들이 그냥 춤을 추면서 그냥 술을 마시는 거야.

그니까는 이 그 같이 간, 동행을 헌 사람이

'아 우리 저기 가서 술 한 잔 먹자고'

구래 거길 강, 근게 그게 강 가운덴데, 인제 거길 강을 들어가는 거야. 근데 이 물에 들어가는 것까지 그 본인이 못 느꼈다는 거야.

그니깐 같이 동행한 사람이 도깨비야. 어.

그리 그렇다 그러며는 그 사람이 용케 살아난 게 뭐냐며는

도깨비는 새벽에 닭이 울면 도망가요.

싹없어지는 거라고. 옛날 사람은 그렇게 그 전설이 있어.

(조사자 : 어떻다고요? 다시 한 번만요.)

인제 그 도깨비는 새벽, 새벽닭이 울면은 도망간다고.

근데 하, 그 호, 호화로운 술집에 간, 응.

그래, 거길 거 가는데. 근데 이 사람이 물에, 물에 들어 간 것도 감각을 못 뜬긴 거야(느낀 거야).

그러니까는 그 가다 보니깐 이만언(이 정도) 정도 찬 거야.[물이 찬 높이를 손으로 가늠해 보여주면서]

게 인제 첫 닭이 우니까는, 도깨비가 싹없어지니까는, 그 환상이 없어지는 거지.

그렇잖아요?

게 보니까는 자기가 강 가운데 들어와 있는 거야.

근데 바로 그 장소가 어디냐며는 여기서 보면 저 저 아래 가면 그 저기 저, 그, 그 쪽박, 쪽박섬이라고 있어, 저 아래 가며는.

그 상원아버지가 거 거기까지 간 거야.

그러니깐 거리가 한, 따지고 보면 한, 시오리(십오 리) 정도 되요.

거기를 밤, 인제 밤에 인제 끌, 끌, 끌 밤새도록 끌려 간 거야.

근데 이 양반이 난중에 왔는데, 그냥 이 옷이 그냥 죄(모두) 찢어진 거야.

그냥 그 가시밭길로 막 이렇게 끌고 댕겨가지고, 근데 그, 본인은 그런 건 못, 못 느꼈대.

그래가지고 상원아버지가 그 살아와서 그런 얘기를 해서, 그, 그, 그런 유래가 있어요.

(조사자 : 송아지는 어떻게 됐어요?)

그러니까 송아지를 그, 거 나무에 묶어놨으니 그 이튿날 가 가져 온 거지.

도깨비에 홀려 죽을 뻔한 이야기 (2)

자료코드 : 02_27_MPN_20100121_KHS_MCG_0002
조사장소 : 경기도 파주시 문산읍 사목2리 노인회관
조사일시 : 2010.1.21
조 사 자 : 김헌선, 김형근, 최자운, 김혜정, 변남섭
제 보 자 : 목창균, 남, 73세
청　　중 : 7인
구연상황 : 조사자들이 도깨비에 관한 이야기를 청하자 제보자는 자신의 고향인 장단에
　　　　　서 실제로 있었던 이야기라면서 동네사람인 이상원의 아버지와 개풍 사람이
　　　　　각각 도깨비에 홀려 죽을 뻔한 이야기를 이어서 들려주었다.
줄 거 리 : 장단에는 하찌 웅태이(여덟 팔자 모양의 웅덩이)가 있는데 웬 사람이 개풍군
　　　　　에서부터 숨차게 뛰어와서 그 웅덩이로 빠지려고 해서 잡았더니 역시 도깨비
　　　　　에 홀려 물에 빠져 죽으려는 것이었다.

그리고 또 도깨비 유래라는 게 또 있어요.

그건 무슨 얘기냐 하면 음.

지금, 거기는 인제 지금 휴전선이 돼서 거긴 못 가는데.

그 장단면에 저기 가며는 그 저기, 저, 사천내, 사천냇강이라 저기 있어요. 그 조금만 강이 있는데.

거기 가며는 하찌(하찌 はち) 웅태이라는 게 있어, 하찌 웅태이.

그니깐 그, 일본말인데 하찌, 여덟 자 웅태이(하찌는 일본어로 여덟에

해당하는 숫자이므로 웅덩이의 모습이 여덟 팔(八)자 모양이라는 데서 유래한 지명이다).

그건 무슨 얘기냐 하면 응뎅이가 이렇게, 이렇게 돼 있어.[손으로 웅덩이의 모양을 그려 보이며]

그러니깐 여기 응데이, 여기 응데이. 그러니깐 요렇게, 요렇게 된 응뎅이가 있어.[손으로 바닥에 숫자 8자를 그리며]

(조사자 : 팔자 응뎅이요?)

예, 팔자 응뎅이지. 옛날에는 저기, 저, 고향에서는 팔, 하찌 응태이.

아, 그게, 저기, 저 일본말로 하찌가 여덟 아니요?

게 하찌 응태이, 하찌 응태이 그러는데.

바로 그 하찌 응태이에서 한 그거 마 오십 메다(미터) 정도 가며는, 거기 길 옆이니깐 거 주막집이 하나 있었다고.

그런데 그, 그니까 그 사람은 어디 사냐면 개풍군(開豊郡, 개풍군은 황해북도에 있음)이라는데 개풍군.

어 장단에 인제 그 저기, 지나서 인제 그 개풍군이라는 그 개풍군인데.

이거 따지고 보며는 이 하찌 응태이, 오 온 그 사람이 거기까지 온 게 거리가 얼마 되냐며는 뭐 한, 하여튼 뭐 몇 십리 되요.

그런데 인제 그 사람이 거기서 인제 온 거야.

그런데 그 건 무슨 얘기냐.

그 주막 주인이 이렇게 보니까는, 그 하찌 응태이에서 응대에서 어떤 부인이 이렇게 [멀리 보기 위해 손으로 해를 가리며] 아주 그냥 가리면서 '올 때가 됐는데.' 그러드래요. '올 때가 됐는데.'

그니깐 그 주막 그, 으 주인이 그 소릴 들은 거에요.

그니깐 이상하다. 그리곤 없어진 거야, 사람이 없어진 거야.

게 이상하다 그랬는데 한참 있시니까는 옛날에는 이거 논을 갈며는 바지저고리를 입잖아요?

그럼 이거를 걷어서, 여기까지 걷고, 여다 이렇게 걷고 [손으로 옷을 걷는 시늉을 하며] 헌 사람 맨발로, 하, 수건을 질끈 동여맨 사람이 그냥 죽어라 여기서 뛰어오는 거야.

그니깐 가만히 보니까는 조금 전에 자기가 봤던 거, 거 웬 여자가 하찌 응태이에서 하, 이렇게 하면서 '올 때가 됐는데' 인제 그 그런 소리 들었는데,

쪼끔 있시니깐 거 웬 사람이 그냥 여기까지 치걱하고 죽어라 땀, 뻘뻘, 뻘뻘 하면서 뛰어오니까는 이상하게 생각할 거 아니요?

게 사람을 잡았어요. 그럼 놔두었으면 하찌 응태이 가서 빠져 죽은 거지.

게 그 사람이 벌써 그 직감이 이상허다 해서 그 사람을 잡았어.

근데 고 시간에, 고 시간이 되니까는 아이, 그 장정 한 사람이 거기서 그냥 까무러치더라는 거야.

해서 인제 그 디려다 인제 거 갔지. 인제. 물도 이렇게 뭐 어떻게 끼얹지고 해서 그 사람이 인제 한참 있더니 깨, 깨어나더라는 거야. 해서

"당신 어디서 왔소?" 그니깐,

개풍군에서 왔다는 거야.

그럼 개풍군이며는 거리가 무척 멀거든.

근데 거기서 죽을려고, 하찌 응태이 빠져 죽을려고 거기서 거길 온 거야.

그니깐 거길 온 걸 그 사람은 생각을 못해요.

내가 왜 여길 온 걸 몰라 그 사람은.

응 그래서 그, 그 사람 하나 살렸다는 그런 유래가 있어요, 거기 가며는.

(조사자 : 주막집 남자 주인이 잡아 준 거에요. 고렇게 온 사람을?)

그렇죠. (조사자 : 못 들어가게?)

그렇죠. 그니깐 그 주막집 주인이 거기서 그걸 목격을 했시니까는 조금 있다 그런 사람이 오니깐 이상허잖아?

그리고 그 여자가 사라졌이니깐 이건 틀림없이 무슨 일이다 그러니까는 잡은 거지.

그러면 그 거 죽을 시간에 못 죽으니깐 못 죽잖아, 못, 못, 못.

그니깐 까무러치더래는 거지.

그래서 인제 그 난중에 그 정신을 차려서 일, 일어났는데,

"거 당신 어디, 어디 사, 어디 사시오?" 그러니까는,

"아, 나 개풍군 산다."고.

"그럼 당신이 왜 여까지 뛰어 왔냐?"

거까지 뛰어 온 걸 몰르고 자기는 그 소 가지고 인제 그 논을 갈다 왔다는 거에요.

그니깐 옆에서 지치치고, 또 흙 묻은 거 발로 뛰어왔으니 맞는 거지.

그니깐 옛날에는 아마 그런 도깨비장난도 아마 있었던 모양이에요.

도깨비에 홀려 죽을 뻔한 이야기 (3)

자료코드 : 02_27_MPN_20100121_KHS_MCG_0003
조사장소 : 경기도 파주시 문산읍 사목2리 노인회관
조사일시 : 2010.1.21
조 사 자 : 김헌선, 김형근, 최자운, 김혜정, 변남섭
제 보 자 : 목창균, 남, 73세
청   중 : 7인

구연상황 : 앞서서 도깨비에 홀려 죽을 뻔한 사람들에 관한 이야기를 두 편 들려준 후, 다시 생각난 듯이 이 이야기를 구연해 주었다. 내용은 길지 않지만 이야기를 상당히 실감 있게 구연하여 청중이 중간 중간 말을 거들기도 했다.

줄 거 리 : 마정리 사람으로 힘이 장사였던 한 사람이 사목리에서 구들을 놓고 집으로 돌아오던 길이었다. 작은 덩치의 어떤 사람이 시비를 걸어 밤새도록 주먹싸움을

하다가 집으로 돌아왔다. 그러나 그로부터 얼마 안 되어 죽었다고 한다.

마정리(馬井里) 사람이 이제 사목리(沙鶩里) 인제 그 황의국씨네 집이 구들을 놓으러 갔어.

그래, 구들을 놓고,

거기서 저녁을 먹었겠지. (조사자 : 약주도 하시고?)

응, 약주도 물론 했을 거고.

그래 이 사람이 인제, 해가 인제, 진 다음에 인제 집엘 갈려고 오는데 바로 바로 요 넘어에요, 요 넘어, (청중 : 느티나무 있는데.)

요, 느티나무 있는데. 바로 요 넘어 느티나무가 있어요.

거길 오니까는 아, 웬 쬐깐 놈이 시비를 거는 거야.

그러니까는 약 올르잖아. 그 사람이 그, 저 장골이지. 아, 그, 그럼.

(청중 : 엄청나게 기운이 많데.)

그럼 그러니까는, '아 요놈 새끼 까부니, 까부냐' 기냥, 한 방을 놓으면 (때리면) 땅을 치는 거야. 고놈은 요리 피하고, 조리 피하고.

그러니깐 그냥 그, 밤새도록 그놈의 주먹으로 갖다 땅을 쳤으니, 그 사람이 살겠수?

그래 거기서 도깨비에 홀려가지고, 거기서 인제 그렇게 고생을 하다가 집에 가서 며칠 안 있다 죽었어요.

그, 그런 얘기도 있어.

4. 법원읍

증편 한국구비문학대계 ● 경기도 파주시

▌조사마을

경기도 파주시 법원읍 웅담1리

조사일시 : 2010.4.24

조 사 자 : 김헌선, 김형근, 최자운, 김혜정, 변남섭

　법원읍(法院邑)은 과거는 천현면이었던 것이 1989년 읍으로 승격되면서 그 중심 리였던 법원리의 이름을 따서 법원읍이 되었다. 법원읍에는 가야리, 갈곡리, 금곡리, 대능리, 동문리, 법원리, 삼방리, 오현리, 웅담리, 직천리가 있다.

　웅담리(熊潭里)는 곰소(곰전설과 관련된 못)가 있어서 곰소 또는 곰시라 하였던 것이 한문화하면서 만들어진 이름이다. 웅담리에는 3개 리가 있다. 이번 조사는 웅담1리로 자연마을로는 만월대, 버들뫼, 수작골 등이 있다. 만월대(滿月洞)은 만월봉 아래에 있으며 지역이 보름달 같은 형체라 하여 붙은 이름이다.

　웅담리는 군부대에 둘러싸여 있고 웅담1리 마을회관 또한 부대 정문에 있어서 전통적인 마을의 모습들을 찾기가 힘들다.

▌제보자

남상기, 남, 1919년생

주 소 지 : 경기도 파주시 법원읍 웅담1리
제보일시 : 2010.4.24
조 사 자 : 김헌선, 김형근, 최자운, 김혜정, 변남섭

　8대조부터　법원읍　웅담1리에　거주해온
토박이다.

제공 자료 목록
02_27_FOT_20100424_KHS_NSG_0001 포수바위

포수바위

자료코드 : 02_27_FOT_20100424_KHS_NSG_0001
조사장소 : 경기도 파주시 법원읍 웅담1리
조사일시 : 2010.4.24
조 사 자 : 김헌선, 김형근, 최자운, 김혜정, 변남섭
제 보 자 : 남상기, 남, 91세
청　　중 : 3인
구연상황 : 사전에 약속을 하고 찾아갔지만, 마을회관에는 네 분 정도의 어르신만이 계셨다. 전반적으로 이야기나 노래를 구연할 제보자를 만나지 못했다. 마을의 개관을 설명한 이후에 여러 가지 이야기 소재와 주제를 물어보는 중에, 마을 최고령자인 남상기 제보자가 이 이야기를 해주었다.
줄 거 리 : 포수가 사냥을 가서 큰 돼지를 쏘아 죽였는데 새끼들이 죽은 어미의 젖을 빠는 모습을 보고는 자신이 나쁜 짓을 했다고 후회하며 바위에서 떨어져 죽었는데 그 바위가 포수바위이다.

근데 포수가 거기 와서, 인제 사냥을 와서 목(길목)을 잡고 있는데.

돼지가 큰 돼지가 새끼를 그냥 여러 마리를 데리고 오거든.

그래 이놈을 쐈단 말이야.

쐈는데 애미가 죽어서 자빠졌는데.

새끼가 가서 걍 자꾸 젖을 죽은 놈한테 빨아먹거든.

그니깐 포수가 보고서 그걸 내가 이렇게 못헐 일을 했는데 내가 살아서 뭘 허냐고.

거기서 떨어졌어, 바위에서.

그래서 그 포수바위라고 그게 된 거야.

5. 월롱면

증편 한국구비문학대계 • 경기도 파주시

▌조사마을

경기도 파주시 월롱면 덕은리

조사일시 : 2010.4.24
조 사 자 : 김헌선, 김형근, 최자운, 김혜정, 변남섭

　월롱면(月籠面)은 원래 자곡면(紫谷面)과 오리면(烏里面)의 2개 면으로 나누어 있었는데, 1914년 월롱산의 이름을 따서 월롱면이라 하였다. 월롱의 의미는 자세히 알 수 없으나 높은 지대를 뜻하는 '다락'일 것으로 보고 있다. 월롱면에는 능산리, 덕은리, 도내리, 영태리, 위전리가 있다.

　덕은리(德隱里)는 덕옥리, 용은리 등이 합쳐지면서 만들어진 지명이다. 즉 덕옥리의 덕(德)과 용은리의 은(隱)을 합친 것이다. 덕은리는 2개 리로 되어 있고 1리가 용상골(龍床洞)이다. 고려 현종이 거란족 침입 때 피난하

여 무사했다는 유래가 유래 때문이라고 한다. 용상골에는 사람이 살던 곳으로 병무관, 큰골, 옥탑골, 궁밭, 농막, 돗장골이 있었다.

과거에는 음력 10월 1일 돼지를 잡아 산제사를 지냈고, 무당 불러 도당 굿도 했었다. 그러나 10여 년 전부터는 그 전승이 끊겼다. 최근에는 살기 좋은 마을 정비계획으로 정부의 지원을 받으며 생태관광 마을로 가꾸고 있는 중이다.

김진회, 남, 1936년생

주 소 지 : 경기도 파주시 월롱면 덕은리
제보일시 : 2010.4.24
조 사 자 : 김헌선, 김형근, 최자운, 김혜정, 변남섭

월롱면 덕은리 토박이이다. 김진회의 안
동김씨 집안은 문산에서 월롱으로 들어왔다.
덕은리의 초기 마을을 형성하던 성씨는 순
흥 안씨, 안동 김씨, 고성 이씨였다고 한다.

제공 자료 목록
02_27_FOT_20100424_KHS_KJH_0001 말등바위 유래
02_27_FOT_20100424_KHS_KJH_0002 빈대절터

말등바위 유래

자료코드 : 02_27_FOT_20100424_KHS_KJH_0001
조사장소 : 경기도 파주시 월롱면 덕은리 마을회관
조사일시 : 2010.4.24
조 사 자 : 김헌선, 김형근, 최자운, 김혜정, 변남섭
제 보 자 : 김진회, 남, 74세
청   중 : 2인
구연상황 : 제보자 김진회와 약속을 해서 마을회관에서 만났다. 이미 동네에 자기 연배에
　　　　　해당하는 어르신 두 분을 더 불러 기다리고 있었다. 마을 유래 등에 대한 일
　　　　　반적인 정보에 이어 지명 유래에 대한 얘기를 하다 말등바위 얘기가 나왔다.
줄 거 리 : 말등바위는 예전 나라 제관을 하던 분이 고령에서부터 능(陵) 자리를 잡으러
　　　　　오다가 그곳에서 말안장을 벗어놓고 가서 그곳이 말안장처럼 생겨서 말등바
　　　　　위라고 한다.

말등바위는요, 저기 그 나라 제관 허는 분이,

에, 그 능(陵) 자리를 잡는데 저기 고령 그, 그쪽에서부텀 잡아왔답니다.

그래서 여기 와가지고 말이 안장을 벗어놓고 갔으니깐 멀리 안 갔을
것이다.

그래가지고 잡은 것이 장릉이다. 이 얘깁니다.

(조사자 : 그 말안장이 있던 바위가 말등바위라는 거죠?)

그렇죠. 게, 그 말등바윈데 그게 그 말 안장이래는 얘기죠.

(조사자 : 말안장처럼 생겨서?)

응. 그래서 그걸해서 말이 안장을 벗어놓고 갔으니깐 멀리 안 갔다.

해가지고 쫓아 내려가 잡은 것이 장릉입니다.

빈대절터

자료코드 : 02_27_FOT_20100424_KHS_KJH_0002
조사장소 : 경기도 파주시 월롱면 덕은리 마을회관
조사일시 : 2010.4.24
조 사 자 : 김헌선, 김형근, 최자운, 김혜정, 변남섭
제 보 자 : 김진회, 남, 74세
청   중 : 2인
구연상황 : 혹시 빈대 때문에 절을 태웠다는 얘기는 못 들어보셨는지 묻자, 바로 이 마을
에 있던 절이 그 절이었다며 이 이야기를 하였다.
줄 거 리 : 지금 있는 절에 가보면 신부처가 있는데 원래는 아래에 있던 절에 모셔져 있
던 것이다. 그런데 그 절은 빈대가 너무 많아서 절이 폐쇄되어 신부처를 관리
하는 사람이 없자 덕물산 쪽에서 훔쳐갔는데 그 신부처를 가져간 곳에서 전
염병이 돌면서 이 마을 사람들이 다시 그곳에 가서 신부처를 옮겨와 지금의
자리에 놓게 되었다.

여기 절에 가보면 신부처가 있어요.

인제 그 신부처가 에, 부처막이라고 해가지고[손으로 방향을 가리키며],

지금 저 원앙산 정상에 그 옆에 거기서 그 태어났다는 거에요. 그 양반
이.

근데 그 양반이 거기서 인제, 그 신부처니깐 크진 않아요.

요만한데[손으로 그 부처의 크기를 가늠해 보이며] 그 인제 딴부처가
인제 이렇게 있는데.

근데 그, 지금 이 자리가 원 자리가 아니고,

어, 근데 그 무슨 얘기냐하면 그 저 유갑수씨 있잖아?[주위 청중에게
묻는 말] 유갑수.

그 양반이 여기 와 빌어서 태어났대는 거거든, 유갑수가.

그런데 그 유갑수란 양반이 인제 금촌 요, 요기 살다 인제 돌아간 양반
인데 연세 많죠.

그 양반들. 우리 할아버지 어, 위 고런 양반들인데.

그 인제 땅 지주 양반이져.

근데 그 양반이 여기 그 부처한테 인제 빌어서 태어났다 이 얘기에요.

그리고 그 원 절터가 어디냐면 이 아래 있어요.

거 물도 거긴 좋아요. 고게.

근데 그게 얘길 들어보면 무슨 얘기냐면 빈대, 그전에 빈대라는 게 많았잖아요?

빈대가 많아서 그 절이 폐쇄가 됐나봐요. 폐쇄됐다는 거에요.

근데 이거를, 이 부처를 어디서, 그게 폐쇄되니깐 그 부처가 아마 저기 됐겠져,

관리하는 사람이 없었겠지.

근데 이게 그 강감천(강감찬) 장군의 묘가 저기 덕물산인가 그쪽에 있나요?

그니깐 이절이 폐쇄가 됐을 거 아닙니까? 응?

폐쇄가 되니깐 관리하는 사람이 없을 거 아니야?

이 부처를 저 덕물산, 그 쪽에서 훔쳐갔다는 거지. 즉 말해.

그 사람들이 가져갔다 이 말이야. 가져갔는데.

그 예전엔 그 전염병이 많았지여? 이렇게 전염병.

그 동네가 그 부처가 감으로써 아마 동네가 전염병이 아마 퍼졌나봐.

그리니깐 여기 할아버지들이 인제 걸 모셔오는데,

그 인제 우리 할아버지 뭐 몇 분이 모셔왔대는 거여.

그전에 인제 그 운반수단이 조근이죠? 조근(교군(轎軍)으로 가마를 의미함). 가마 겉은데.

그걸 갖다가 모셔다가 지금 절자리 거기다가 인제 모신 거져 지금, 어.

근데 요거 요절이 지금 욜로 왼겨졌지요?

원, 저쪽으로 인제 있던건데 그거 다시 복원 또 해가지고 좀 더 크게 했었는데 또 욜로 왼긴 거에요, 지금.

그린데 그 모셔올 당시에, 그 얘길 들어보니깐.

우리 할아버지가 그 개고기를 잡쉈대네, 개고길.

개고길 잡숫고 이걸 했는데.

그 바람이 그 어, 어른을 획 허더니 갖다 절루.

그 뭐 전헌 양반이 그렇게 얘길 하니깐 뭐 어른들이 그렇게 말씀하시니깐.

건 바로 우리 할아버지에요.

저기 나가떨어졌단 얘기지, 쉽게 얘기허면. 웅.

그래서 그 양반이 '아, 이게 엄허구나!' 허고 어, 좀 어, 상당히 두려워했다는 그 저 얘기가 있어요.

6. 적성면

증편 한국구비문학대계 • 경기도 파주시

▌조사마을

경기도 파주시 적성면 마지1리

조사일시 : 2010.3.20, 2010.3.27
조 사 자 : 김헌선, 김형근, 최자운, 김혜정, 변남섭

　적성면(積城面)은 파주의 북쪽 끝으로, 과거 적성현이었다. 1914년에는 연천군 적성면에 속하게 되고, 1945년에 파주군 관할이 되었다. 가월리, 객현리, 구읍리, 답곡리, 두지리, 마지리, 무건리, 설마리, 식현리, 어유지리, 율포리, 자장리, 장현리, 적암리, 주월리가 있다.

　마지리(馬智里)는 지형이 마디처럼 생겼다 하여 '마디'라 불렀는데 음이 변하여 '마지'로 되었다고 하고, 또 설인귀와 관련하여 그 군사들의 훈련 장소였기에 말발굽 자국이 많았다 하여 마제리(馬蹄里)였던 것이 음이 변화했다는 설도 있다. 마지리는 2개 리로 되어 있고, 이번 조사에는 마지1리를 중심으로 하였다. 자연마을로는 솟뒤, 새장터(또는 신마지), 청학골, 퇴골이 있었다.

제보자

봉수길, 남, 1930년생

주 소 지 : 경기도 파주시 적성면 마지1리
제보일시 : 2010.3.20, 2010.3.27
조 사 자 : 김헌선, 김형근, 최자운, 김혜정, 변남섭

적성면 마지1리 토박이다. 마을사람들은
'전 노인회장님'으로 지칭하고 있다. 무릎이
좋지 않아 수술을 받고 집에서 요양 중에
두 차례의 조사를 하게 되었다. 마을 봉사
활동을 왕성하게 하였고, 지관을 맡기도 하
였다. 봉수길은 뛰어난 설화 구연자여서 파
주에서는 단연 가장 많은 이야기를 들려주
었다. 어렸을 적 아버님 세대에도 집이 곧
마을 사랑방 역할을 하였고, 어르신들이 하던 이야기들을 지금도 기억해
낸 결과라고 한다.

제공 자료 목록

02_27_FOT_20100320_KHS_BSG_0001 퇴골의 유래
02_27_FOT_20100320_KHS_BSG_0002 설인귀와 설인귀 굴(설인귀 전설)
02_27_FOT_20100320_KHS_BSG_0003 포수바위의 유래
02_27_FOT_20100320_KHS_BSG_0004 눌노리 먹내울과 성삼문
02_27_FOT_20100320_KHS_BSG_0005 뱀 명당과 개구리 바위
02_27_FOT_20100320_KHS_BSG_0006 손님 치르기 싫어한 며느리와 갓바위
02_27_FOT_20100320_KHS_BSG_0007 장좌리 장자못의 유래
02_27_FOT_20100320_KHS_BSG_0008 두지리 용머리의 유래
02_27_FOT_20100320_KHS_BSG_0009 율곡과 화석정
02_27_FOT_20100320_KHS_BSG_0010 앞날을 예견한 오성대감 부인

퇴골의 유래

자료코드 : 02_27_FOT_20100320_KHS_BSG_0001

조사장소 : 경기도 파주시 적성면 마지1리

조사일시 : 2010.3.20

조 사 자 : 김헌선, 김형근, 최자운, 김혜정, 변남섭

제 보 자 : 봉수길, 남, 80세

청   중 : 1인

구연상황 : 적성면 마지1리의 노인회장님과 약속을 잡고 찾아간 마을회관에는 여러 어르신들이 있었다. 우리의 조사 취지를 말씀드리자 그것을 잘 알만한 분이 지금 거동을 못하셔서 직접 그 집을 찾아가라고 했다. 그러면서 안내해준 제보자가 봉수길이었다. 얼마 전 무릎관절 수술을 했기에 집에서 요양 중이었다.
그의 아버지 대(代)부터 동네 사랑방 역할을 하여 사람들이 많이들 놀러왔다고 하는데, 우리가 찾아간 그때도 동네 사람들이 여럿 있었다. 그러나 부엌에서 그의 부인과 이야기를 나누었고, 조사하는 방 안에는 봉수길과 우리를 안내해준 어르신 한 분과 우리 조사자들뿐이었다. 일반적인 조사의 순서대로 마을에 대한 얘기를 시작으로 차차 마을 지역, 지명과 관련한 이야기들을 묻기 시작했다. 봉수길은 유능한 이야기꾼이어서 핵심적인 단어만 하나만 끄집어 내도 알고 있는 얘기를 이어나갔다. 그래서 3월 20일과 27일 두 차례에 걸쳐 조사를 하게 되었다.

줄 거 리 : 고려 목종대왕의 아버지는 목종의 친모가 죽자 새 부인을 얻어 아들 셋을 낳다. 목종의 새어머니는 목종을 구박해서 이곳 '못뒤'라는 곳에까지 쫓겨 와서 그곳에서 목종을 살해했는데 지금 그곳을 퇴골이라고 부른다.

여긴 못뒤라 그러구, (조사자 : 못, 못뒤?)

응, 연못 뒤라 그랬어요, 못 뒤라 그러구.

또 저희 사는 데는 그 목종대왕님이 거기서 살해되어 가지구, 탯골이라 그랬어요. 탯골이라구.

그 양반이 이제 고려 칠대존데, 칠대 목장(목종), 저 임금님으로 들어앉

앉는데, 어렸데요 나이가.

그니까 인제 목종대왕님의 인제, 아부지가 자기의 부인이 일찍 돌아가니까 또 읃으신 거예요.

게, 거기서 삼형젤 됬는데, 그 사람네는 사람이 많구, 그 목종대왕으로 앉을 이는 없는 거에요, 집안이 누가 어머니도 없구, 다 돌아가시구.

그니깐, 그 부하덜 허구, 그 인제 일루 이 퇴골이라는 데로 인제 쫒겨(쫓겨) 왔는데,

거기 찾아와서 쥑인 거에요, 살해시킨 거에요.

(조사자 : 그러면, 그 새어머니쪽 사람들이?) 네네.

그래 가지구 인제 왕권을 잡았는데,

고 다음에 왕이 들어서 앉아가지구선, 그 충신들이,

"저런 놈은 내쫓아야지 저희 성(형)을 쥑이고 저희들이 왕이 된 놈들인데, 그걸 전통이 망해서 안 된다."

그래가지고 그 양반을 인제 없애구, 정식으로다 이제 왕을 맨들어서 이렇게 내려온 거죠. 고려.

설인귀와 설인귀 굴(설인귀 전설)

자료코드 : 02_27_FOT_20100320_KHS_BSG_0002
조사장소 : 경기도 파주시 적성면 마지1리
조사일시 : 2010.3.20
조 사 자 : 김헌선, 김형근, 최자운, 김혜정, 변남섭
제 보 자 : 봉수길, 남, 80세
청   중 : 1인
구연상황 : 봉수길은 유능한 이야기꾼이어서 핵심적인 단어만 하나만 끄집어내도 알고 있는 얘기를 이어나갔다. 이 지역에 가까운 산이 감악산이기 때문에 감악산, 또는 설인귀와 관련한 이야기가 없느냐 질문하자 이 이야기를 구연하였다.

줄 거 리 : 설인귀 장수가 감악산에서 훈련을 했는데 마질, 식현리 새말, 파평면 새말 등
　　　　에서 차례로 점점 더 큰 말을 갈아타면서 훈련을 다녔다. 지금 '사그막이'라는
　　　　데 가면 설인귀 굴이라고 있는데 택구라는 사람이 그곳을 내려가 봤더니 설
　　　　인귀가 공부하던 돌로 된 의자가 남아 있더라고 한다.

　게 여기엔 더러 인제 저 설인괴(薛仁貴, 설인귀(613~683년)는 중국 당
나라 태종 때 장수로 고구려를 정벌하는 공을 세움) 장수라고 있어요, 설
인괴.

　(조사자 : 설인귀?) 예, 설인괴.

　예. 설인괴 장사가 이짝 감박산(감악산(紺嶽山), 경기도 파주군 적성면
에 위치한 산) 주위를 돌믄선, 훈련하구 그래야가지구, 인제.

　여기 여기는 인제, 마지리(馬池里)라는 데는 그 양반이,

　인제 그 훈련을 해야 할 텐데 말이 없잖아요.

　그 여그 와서 인제, 오니깐 말이, 큰 말이 서서 있드래요.

　그 말을 타고 인제, 저 알로 내려가니깐, 고 저 새말이라는 데가 있어
요.

　(조사자 : 새말이요? 거긴 무슨 리(里)에요?)

　거기도, 식현리(食峴里)에요, 거기는.

　(조사자 : 식현리. 적성면(積城面) 식현리.)

　네네. 거기 새말인데.

　거기 가니깐 큰 말이 나와 있드래는 거예요, 쬐끔한 말이 여기선 타고
왔는데.

　그래서 인제 거기서 그 말을 타구 그 장군이 인자 달리는데,

　저, 파평면(坡平面)에 또 새말이 또 있어요.

　게, 거길 가니깐 아주 그냥 호마(胡馬)가 들에 나와서 앉았드래요. 섰드
래요.

　게, 그걸 타고 그 양반이 인제, 일루 막 훈련하구 댕기구 그러신 거에

요.

그래 가지구, 그 양반 굴이 저기, 사그맥(사기막, 사기를 굽던 막이 있었기 때문에 이렇게 부름)이라구 그 안에 가믄 지끔 있어요, 굴이요, 설인괴굴이라구.

게, 저, 택구래는 사람을 새끼 시(세) 둘레 가지구 가서 인제, 묶어 가지구 들여보냈어요, 거기루요.

근데, 그 사람이 미련해요, 아주. 곰이라고 그러는 사람인데.

아니 새낄 잡아 댕겨도 아무 소리가 엄지(없지) 뭐예요.

그래, 게 난 사람이 빠, 죽은 줄 알구. 그, 그 워낙 많이, 새끼들이 다 풀러 나왔으니깐 좀 멀잖아요?

그래서 소리를 질러도 안 들리구 그래선, 내가 대구('다자고짜' 또는 '마구'의 뜻) 잡아 댕기니깐,

그 사람이 택구라고 느리잖아?

그때 인제 이렇게 줄을 내리드라구.

게, 그 안엘 들어가니깐, 그게 책상이가, 설인괴가 공부하던 큰 돌이 있고 그, 의자처럼 생긴 돌이 있고.

근데, 박쥐 뭐, 거미 그런 놈만 무척 많드래요.

그래 가지군, 무섭다고 빨리 끌어달라고 그래서 우리가 여, 여러 사람 올라가서 끌어내서, 왔드랬거든요? 그랬는데,

그 설인괴 굴이라는 게 있어요. 지끔

(조사자 : 설인귀 굴?) 네, 네.

(조사자 : 어디에 있습니까?) 사구막이라 그러는데 저기,

(조사자 : 사금막이?) 네.

(조사자 : 사기막?) 네, 거기.

(조사자 : 예전에 뭐 사기 짓고 뭐 했다는.)

네, 네. 그거 허든 데에요, 그래서 사기를 굽던 데를 사기막이라 그랬

어요.

(조사자 : 그럼, 그 동넨 마지립니까(마지리 입니까) 아님 식현린가요(식현리 인가요?))

아뇨, 거긴 저기 설마리(雪馬里)에요, 설마리.

(조사자 : 설마리?) 네, 네.

(조사자 : 아 아 감악산 근처군요?)

네, 저 설마리는 인제 설인괴 장사가 거기서 활동을 했다 그래 가지구 설마리에요.

훈련했대요, 거 저, 말 타고.

(조사자 : 아, 거기서요?) 올라갔다 내려갔다 훈련하구.

포수바위의 유래

자료코드 : 02_27_FOT_20100320_KHS_BSG_0003
조사장소 : 경기도 파주시 적성면 마지1리
조사일시 : 2010.3.20
조 사 자 : 김헌선, 김형근, 최자운, 김혜정, 변남섭
제 보 자 : 봉수길, 남, 80세
청 　 중 : 1인
구연상황 : 봉수길과의 이야기 중 초반의 질문들은 주로 주변 지역, 지형과 관련한 이야 기여서 인근 지역인 파평면 덕천리에서 조사되었던 포수바위에 대해서도 물 어보았다.
줄 거 리 : 어느 포수가 산에 가서 큰 돼지를 쐈는데 아홉 마리 새끼가 젖을 빨고 있는 모습을 보고 자신이 몹쓸 짓을 했다고 후회하며 바윗돌에서 내리굴러 자살하 였다.

그 포수바위는 왜 포수바위냐 하믄 인제,

포수가, 그 포수가 이제 뒤에서 이렇게 내려다보니깐, 큰 돼지가 가드

래요.

게, 그 놈을 쌌는데, 아홉 마리가 젖을 빨고 있드래요.

(조사자 : 돼지 새끼가?)

응, 애미(어미)는 죽었는데.

게, 그 사람이 그, 올라가서 그 바윗돌에서 내리굴려서 죽었대요.

그 저기, 내가 이렇게 몹쓸 짓을 하구서 내가 살아 뭘 하냐.

저 아홉 마리는 뭘 먹고 살고.

그래서 그 포수바위에요, 그냥.

눌노리 먹내울과 성삼문

자료코드 : 02_27_FOT_20100320_KHS_BSG_0004
조사장소 : 경기도 파주시 적성면 마지1리
조사일시 : 2010.3.20
조 사 자 : 김헌선, 김형근, 최자운, 김혜정, 변남섭
제 보 자 : 봉수길, 남, 80세
청   중 : 1인
구연상황 : 조사자가 특별히 눌노리나 성삼문에 대한 얘기를 하지 않았지만, 포수바위가
          파평면의 이야기이므로, 자기가 알고 있는 파평면 눌노리와 연관된다고 생각
          하여 구연해 주었다.
줄 거 리 : 성삼문이 먹을 갈아 놀던 곳이어서 먹내울이라는 지명이 생겼다.

옛날에, 성삼문(成三問, 성삼문(1418~1456년)은 조선 전기의 문인이자
학자. 단종의 복위를 꾀하다가 발각되어 죽음)씨라고 있죠?

그 냥반이 이제 눌노리(訥老里)에 살으셨는데.

그 양반, 그 글, 공부하던 데가 있어요.

그 거기 이름이, 먹내울이야, 먹내울.

그 양반이 맨날 인제, 친구들하고 와서 그 돌에다가 먹을 많이 갈아가

지고, 인제, 쓰신 거예요. 종이가 없으니까 옛날엔.

거기다 글을 써서.

그 유명한 분 아니에요? 성삼문이도요.

뱀 명당과 개구리 바위

자료코드 : 02_27_FOT_20100320_KHS_BSG_0005
조사장소 : 경기도 파주시 적성면 마지1리
조사일시 : 2010.3.20
조 사 자 : 김헌선, 김형근, 최자운, 김혜정, 변남섭
제 보 자 : 봉수길, 남, 80세
청　　중 : 1인
구연상황 : 명당이나 묘를 잘 써서 집이 망하거나 흥한 것과 관련한 이야기가 없는지 묻
　　　　　자 이 이야기를 구연해 주었다.
줄 거 리 : 전주 이씨네가 양놋골에서 살았는데 부친이 죽자 먹내울에 뱀의 혈이라는 곳
　　　　　에 묘자리를 잡았는데 그 자리가 5대 후에나 발복하는 자리라는 얘기를 듣고
　　　　　는 그곳에 5대조를 묻고 자신의 부친은 오대조 묘자리에 묘를 썼다. 과연 겨
　　　　　울에 밥을 하려는데 부뚜막이 무너져 나무를 쌓아논 곳을 파서 그곳을 부뚜
　　　　　막으로 하려는데 그곳에서 금이 세 독이나 나와 큰 부자가 되었다. 그러나
　　　　　6·25 때 인민군이 사두혈 앞의 개구리 바위를 쏴버리자 뱀이 먹이가 없어진
　　　　　것처럼 되어 그 집안이 망해버렸다.

그, 이씨넨데, 전주이씨넨데, 양놋골이라는 데 이제 살았는데,

(조사자 : 양?) 응, 양놋골이라는데,

(조사자 : 양놋골?) 네, 네 여기 저.

자기 그 아버지가 돌아갔는데,

그 산자리(묘지터)를 저 먹내울이란데 잡았는데, 참 이상해요. 이렇게
하늘 바싹 산이 이렇게 내려오다가[손으로 산의 경사가 꼿꼿하고 가파른
것을 그려 보이면서] 평평하게 이렇게 생겼는데,

그게 뱀의 혈이래요. 사두혈(蛇頭穴).

근데, 고 앞에 개구리 바위가 있대요. 이렇게 개구리가.

근데, 그 장사를 지내는데 집안('집안 어른'의 뜻인 듯함)이,

"에휴, 이거 장사 자리는 좋은데, 오대(五代)에나 발복(發福)을 허니 어 뜩하냐?"

그러니깐 그 상주가 머리가 좋은 사람이에요.

그 자기 아버지를 딴 데다 쓰구, 오대조 할아버지를 썼대요, 거기다요.

오대조 할아버지를, 어?

거, 머리 좋은 사람이지 무야.

그랬는데, 아주 추운 겨울인데, 밥을 하려고 인제 아주머니들이 그니깐 솥이 헐어져 떨어지드래요.

그니깐 아주 추운 동짓달인데 어디가 흙을 퍼 와요.

그 그전엔 부엌이 큰 부잣집에는 네 칸이 있드랬어요, 거 낭굴(나무를) 쌓구 그러느라구.

그래 그걸 치우고 거길 파라.

그래서 거길 파니깐 쿵쿵 무신 항아리 울리는 소리가 나드래.

그래서, 그걸 파니깐 거기서 금이 시(세) 독이 나왔대요, 금.

금시발복을(今時發福, 돌아가신 분의 묘를 쓰자마자 자손이 복을 받는 다는 일) 헌 자리에요, 그래서. 그 자리가.

금 시 독을 팔아 가지구 삼백석지기를 샀대요.

금, 금독에서 나온 걸 팔아 가지구.

삼백석지기는 많잖아요?

그래, 그 큰 부자가 됐대는 자리에요. 지금 있는데,

그 개구리바위가 육이오 때, 저기 그 인민군이 폴(포(砲)를) 쏴서 떨어 뜨리고선 망했어요, 그 집이가요.

그니깐 그 멕이(먹이)가 떨어지니깐.

뱀이 먹고 살 수 있는 게 음써졌으니깐.

그런 예가 있어요.

손님 치르기 싫어한 며느리와 갓바위

자료코드 : 02_27_FOT_20100320_KHS_BSG_0006
조사장소 : 경기도 파주시 적성면 마지1리
조사일시 : 2010.3.20
조 사 자 : 김헌선, 김형근, 최자운, 김혜정, 변남섭
제 보 자 : 봉수길, 남, 80세
구연상황 : 앞서의 이야기인 '뱀명당과 개구리바위'가 명당이나 묘를 잘 써서 집이 망하
거나 흥한 것과 관련한 이야기였다. 뒤이어서 조사자가 '손님 치르기 싫은 며
느리'에 대한 이야기 앞부분을 조금 꺼내자 바로 이 이야기를 구연하였다.
줄 거 리 : 양주 어느 부잣집에 손님이 너무 많이 오자 그 집 며느리는 시주받으러 온 스
님에게 손님 좀 안 오게 해달라고 하자 스님은 그 집 뒤에 있는 갓바위의 갓
을 내려놓으면 된다고 했다. 며느리가 사람을 사서 바위의 갓을 내려놓았더니
그 집이 망해버렸다. 집에는 손님이 많이 와야 잘 사는 것이다.

(조사자 : 어느 집 며느리가 있는데, 그, 손님이 너무 많아서 그걸 인자
안 오게 할려고 뭐.)

그거는 인제 저기, 갓바위라는 데 있어요. 양주요. 양주 갓바윈데.

그, 집 뒤에 가서 바위가, 갓바위가 저절로 생겼어. 이렇게[손으로 바위
형태를 그리며].

그래 가지구, 그 집이 인제 양주서 큰 부자로 살았어요.

근데, 손주며느리를 은어왔는데, 손주며느리가 대사님이 인자 오셔서
저기 목탁을 뚜드리고 인자 계시니깐.

그 며느님이 이렇게 방구리에다가('방구리'는 물을 긷거나 술을 담는데
쓰는 질그릇) 쌀을 하나 갖다 주믄선, "우리 집에 손님 좀 안 오게 해달

라."고 그러드래요.

그니깐 그 할아버지 말씀이, 대사님이,

"손님이 안 오믄 먹을 게 없는데……" 그러드래요.

그, 그 며느리는 그걸 못 챘지(말뜻을 눈치 채지 못했다는 말), 무슨 소린지도.

그래서 그, 그 양반이,

"그럼 그 갓을 내려놔라. 갓을 내려노믄, 손님이 하나도 안 올거다."

그래 갓을, 사람을 많이 사서 그걸 내려놨대요.

그리군 그 집이 망했어요, 아주.

아주 홀랑 망했거거든요, 거지가 됐어요. 집터도 없어지고.

그 갓바위에도 어떤 사람이 묻어치고.

(조사자 : 그럼 갓바위를, 바위를 내려, 내려버린 겁니까?)

그니깐 파묻어버렸지 뭐야 지금.

그리고선 금세, 그것 때문에 그 갓바위가 돈 끌어오고, 사람 끌어오는 건데.

집에는 사람이 많이 와야 잘 살아요.

네, 네. 그 우리 집 맨날 이렇게 들끓어요, 사람들이 아주.

장좌리 장자못의 유래

자료코드 : 02_27_FOT_20100320_KHS_BSG_0007
조사장소 : 경기도 파주시 적성면 마지1리
조사일시 : 2010.3.20
조 사 자 : 김헌선, 김형근, 최자운, 김혜정, 변남섭
제 보 자 : 봉수길, 남, 80세
구연상황 : 앞의 구연했던 이야기가 며느리 때문에 집안이 망한 얘기여서, 파평면에서 채록했던 장자못 이야기를 아는지에 대한 질문을 하였고, 이에 대한 구연을 해

주었다.

줄 거 리 : 어느 큰 장자집 주인이 누가 동냥을 오면 욕을 하고 쇠똥을 주었다. 이 소문
을 들은 금강산 도사님이 찾아와서 꾸짖고 돌아가는데 그 집 큰 며느리가 쌀
을 한 바가지 퍼 주자 도사님은 뒤돌아보지 말고 자신을 따라오라고 했다. 며
느리가 따라가다 뒤돌아보니 그 집터가 못이 되고 며느리도 죽었다.

그 장자리라는(경기도 파주시 적성면 장좌리) 데에서 글쎄, 큰 부자 장
자집이라고 그러잖아요? 옛날에 그 큰 부자를 장자집이라 그래요.

근데, 그렇게 잘 사는데.

그, 어려운 사람이 인제 들어와서 '뭐 좀 동냥 주세요.' 그러면 안 주고
욕을 허구 쇠똥을 줬대요.

그래 가지구, 그 나쁜 짓 아니에요?

왜 주믄 제대로 줘야지 그런 걸, 먹지 못하는 걸.

그래 가지구 금강산(金剛山) 도사님이 그 소릴 들곤 우정('일부러'의 방
언) 오셨어요.

그 오셔서 인제, 해가 다 간 년(녘)에 가서 자자고 그러니깐 못 잔다고
그러드래.

"나는 오늘, 당신네 문턱에서 꼭 자고 가야 되니깐."

게, 밤은 오래되고 인제 날은 춥고 그러니깐, 그 냥반이 돌아가시믄 인
제 자기 책임 있을까봐 사랑으로 들어오라 그러드래요.

근데, 밥 잡쉈느냐고 물어보지도 않구, 그냥 이불만, 누워서 인제 거기
서 굶어, 인제 주무시는데.

아침에 인제 일어나시선 그 양반이 인제 얘기를 했대요.

"왜 어려운 없는 사람이 와서 밥을 달래믄 밥을 줘야지, 이렇게 잘 사
는 집서 쇠똥을 주냐? 왜 욕을 하고 그러냐? 그런 짓을 하믄 하면 안 되
는 건데 왜 그런 짓을 하냐?" 하니깐 그 사람이 잠자코 있드래.

그랬드니, 그 어른 인제 댕겨 가시고, 그 대사님이 인제 또 오신 거에

요, 며칠, 얼마 있다가. 여름인데.

근데, 그 손주며느리란 이가, 그땐 큰 그릇에다가 쌀을 퍼 가줘 와서 주시드래.

그래서 "당신 살래믄 거길 돌아다보지 말구 날 빨리 따라와라. 쬐끔 있으면 베락 천둥을 쳐서."

그게, 그, 그, 집이 연못이 됐어요, 베락을 쳐서.

그냥 뇌성벽력(雷聲霹靂)을 쳐가지고 그 집을 막 음써져서 그냥 연못을 맨들어져, 장자못을 맨들었어.

그 장자못이에요, 그 이름이, 그게.

(조사자 : 며느리는 어떻게 됐어요? 며느리는 어떻게 됐어요?)

며느리도 딜(뒤를) 돌아봐 죽었죠, 뭐.

거, 도사님이 '딜 돌아보지 말고 나만 바싹 따라오믄 산다.' 그랬는데.

그 생각을 못하구, 딜 돌아다 봐 가지구 그 며느리두 죽구,

그 집 식구두 다 죽구, 그냥, 거 집두 장자터가 돼서 그래, 장자못이야, 거기, 이름이.

장자못.

(조사자 : 음. 그 어, 어 어딥니까?)

여기 저, 장자리라는 데 있어요, 여기요.

두지리 용머리의 유래

자료코드 : 02_27_FOT_20100320_KHS_BSG_0008
조사장소 : 경기도 파주시 적성면 마지1리
조사일시 : 2010.3.20
조 사 자 : 김헌선, 김형근, 최자운, 김혜정, 변남섭
제 보 자 : 봉수길, 남, 80세

구연상황 : 앞서의 이야기에 이어 인근 지역과 관련된 이야기, 그리고 누군가 집에 얻어
　　　　　먹으러 온 이들을 괄시하여 변고를 겪는 이야기와 연관된 이야기를 자연스레
　　　　　이어서 구연해 주었다. 제보자는 조사자가 어떤 이야기가 없는지 묻지 않아도
　　　　　이렇게 연관되는 이야기가 있으면 바로 "저, 저저 그런 얘기도 있어요." 하면
　　　　　서 자연스레 이야기의 꼬리를 물어갔다.

줄 거 리 : 두지리 용머리라는 곳에 사는 욕심 많은 사람이 누가 얻어먹으러 오면 욕을
　　　　　하고 쇠똥을 주었다. 그래서 금강산 도사님이 이 집을 찾아가 그 사람에게 집
　　　　　뒤의 용의 머리에 해당하는 곳을 세 길 파면 더 잘 살게 될 것이라고 했다.
　　　　　욕심 많은 사람이 그렇게 했더니 용의 머리에서 피가 흘러 임진강을 덮어 오
　　　　　리나 흘러갔다고 한다. 그래서 원래 부잣집 터였던 그 집이 망하게 되었다.

　　그 요기두(여기도), 저 두지리라고(斗只里, 경기도 파주시 적성면 두지
리) 요기도 용의 머리래는 데가 있거든요.

　　이, 인제 산이 이렇게[산이 높이 솟은 형상을 손으로 흉내내며] 높이
솟아서, 용이 인제 그 강으로 들어가는 것처럼 되가지곤 그 강물이 거길
다 돌아서 나가요.

　　그 용의 머리래는 데서.

　　근데, 그 집이도 역시 아까 그 사람처럼, 누가 은어 먹으러 온 이 있으
믄 욕을 하고 가라 그러고 쇠똥을 췄데요.

　　그니깐, 그 금강산(金剛山) 도사님이

　　"왜 느희가 동냥을 안 주믄 안 줬지 사람을 욕을 허고 쇠똥을 주냐? 천
에 나쁜 사람이다."

　　그러고 인제 거기서 자믄선 그이가 그랬다는 거에요.

　　"너 이 뒤에 길을 파라!"

　　"왜 팝니까?" 그러니깐,

　　"목"

　　그 용의 모가지,

　　"그거를 아마 세 길만 파믄, 그 피가 날 거다, 피가, 거기서."

근게 이게

"그럭허믄 어떻게 됩니까?" 그니깐.

"지금 너 사는데서 세, 삼배를 더 살 거라." 그랬대요.

'더 부자 될 거라'고.

그러니깐 욕심 많은 사람이 그럭컨 거에요.

게, 거길 동짓달에 파니깐, 그 산맥에도 인제 피가 있어요.

그래서 그게 임진강(臨津江)을 덮여서 오릴(오리를) 내려갔어요, 오리. 2 킬로를.

그래서 피머리야, 그래서 거 피가 그 용의 모가지에서 내려서 내려간 피가, 오릴 내려가면선 피가 내려갔다고 그래서.

그래 가지구 그 집인 망하고, 그 대사님은 인제 올라가시고. 그렇게 됐대는 데가 있어요. 요. 그 장자턴데, 거기도. 큰 부자턴데.

(조사자 : 그래 인제 그, 죽, 죽인 거죠? 어르신 그게?)

그렇죠, 이, 이, 이 용을 인제 죽인 거죠, 뭐.

그니깐 그 집이 망할 수백게(수밖에) 엄죠.

고건 요렇게 가까워요, 두지리서 그 용의 머리 바로.

율곡과 화석정

자료코드 : 02_27_FOT_20100320_KHS_BSG_0009

조사장소 : 경기도 파주시 적성면 마지1리

조사일시 : 2010.3.20

조 사 자 : 김헌선, 김형근, 최자운, 김혜정, 변남섭

제 보 자 : 봉수길, 남, 80세

구연상황 : 파주의 여러 지역과 얽힌 이야기를 자연스레 이어가고 있었다. 그래서 이번에
        는 율곡리와 화석정의 얘기를 해주었다.

줄 거 리 : 율곡 선생의 부친이 개성에 살다가 율곡리로 이사 오셔서 용이 몸을 감는 좋

은 태몽을 꾸어 부인이 있는 강릉 오죽헌으로 가서 부인과 합방하려 하였다. 도중에 주막집 미인이 유혹했으나 뿌리치고 강릉에 가서서 이율곡 선생이 태어나셨다. 이율곡 선생이 과거에 급제했으나 모친상을 당해 다 헛것이 되었는데 송시열이 율곡을 불러 칠년을 가르쳐 정승이 되었다. 율곡이 임진왜란을 예견하고 선조에게 군사를 양성하자고 상소를 했다가 간신들에게 모함을 받고 쫓겨나 임진강가로 와서 화석정을 짓고 아이들을 시켜 기름칠을 하게 했는데 나중에 선조임금이 왜군에게 쫓겨 임진강을 건널 때 화석정을 불태워 무사히 강을 건널 수 있었고 그때서야 선조임금은 율곡을 박대한 것을 후회하였다.

파주가(坡州) 인제 율곡 선생님이(栗谷 이이(李珥), 1536~1584년)는 조선 중기때 학자이자 문인. 임진왜란을 예견하고 십만의 군사를 양성할 것을 주청했던 것으로 유명함) 유명하시잖아요.

율곡 선생님 아부지가인제 개성(開城) 사시다가 저기 율곡리(栗谷里)라고 글루 이사오셨거든, 옛날에.

그 으른이 이제 율곡 선생님 아버지가 가, 강릉으로(江陵) 장계(장가) 가셨잖아요.

그 자기 아버지하고 인제 그 냥반네하고 연관 있어가지고.

그래 그 오죽환(오죽헌(烏竹軒)의 와음. 강원도 강릉시 죽헌동 소재 조선중기 정자)이라고 뒤에 검은 대나무가 많아요.

그 저기 율곡 선생님 처갓집이.

그래서 그 냥반이 인제 여기서 사시다가 꿈을 끼니깐(꾸니깐) 용이 디러(들이대고) 감더래요. 몸을.

그래서 이 냥반이 인제 부지런히 인제 걸어서 강릉을 가시는 거에요.

그 태몽을 좋은 걸 꼈으니까.

(조사자 : 어, 아, 율곡 선생 아버지가?)

아버지가. 저 율곡 선생 아버지가.

여기 율곡리에래는 데서 강릉을 걸어가신 거야.

그게 며칠 걸어가시, 질이잖아요.

그게 인제 사람을 하나 인제 데리고 걸어가셔서.

근데 가다 주막집이 거진, 을마 안 가믄 인제 강릉인데,

주막집에 아주 미인 여자가 와서 자자고 뎀비드래요.

그래서 율곡 선생님 아버지가

"사람은 여자가 하나지 둘 아니다. 넌 어서 당장 나가라. 나 기다리는 안식구가 있으니깐, 너가 암만 그래도 내가 너하고는 희롱이 안 되니깐 나가라." 그래가지고, 인제.

거 가셔서 율곡 선생님을 인제 이, 기신 거, 언내(아기)가 있으신 거에요.

그래가지고 그 율곡 선생님 어머니가 그 유명하신 이(사람) 아녜요?

근데, 그 냥반이 그만 오래 사시고 그래야 될 텐데.

율곡 선생님이 열세 살에 과거 급제해 가지고, 그걸 했는데, 어머니가 돌아가셨어.

율곡 선생 어머니가 서른여섯 살에.

그래가지고 거기다 막을 치고선, 머 삼년인가 장사 치르고 나니깐 뭐 과거급제한 것도 다 소용 읎잖아요.

그 집에 내려와서 인제, 있는데, 저 송시열(宋時烈, 송시열(1607~1689년)은 조선 후기 문신이자 학자로, 이이의 학통을 계승하여 기호학파의 주류를 이룸) 선생님이라고 있어요.

그 냥반이 율곡 선생님하고 같이 공부허신 할아버지에요.

게, 그 할아버지가 사람을 보내선 율곡 선생님을 불러 들였죠.(송시열은 이이가 죽은 후 태어난 인물이므로, 송시열이 율곡 이이를 가르쳤다는 것은 잘못임)

"너처럼 천애(천하의 와음)에 두뇌를 가지고 있는데, 집이서 가만있으면 어턱허냐? 우리집이 와서 내가 돈을 달래냐 뭘 달래냐? 나 가리킨 대로

배라.”

그래 칠 년을 가리켜 가지고 내려 보낸 거에요.

그냥, 그 냥반이 거기, 그 냥반한테 배와 가지고 내려와서 과거급제 해 가지고선,

군수 뭐 걸쳐(거처) 가지곤,

스물일곱 살에 지금으로 치면 내, 내무장관이 된 거 아니에요? 저, 이조, 그, 그전으로 치면 이조판서(吏曹判書)지.

그러니깐 이 냥반이 인제 그 정세를 보니깐 일본놈이 쳐나오게 생겼어요. 그러니깐,

그 선조(宣祖, 조선 제14대 임금. 임진왜란을 겪어 함경도까지 피난을 감) 임금님헌테다가,

“선조임금님.”

나라에다 인제 상소를 하신 거죠.

“앞으로 몇 년 안에, 십 년 안에 일본사람이 쳐나올(쳐들어 올) 거니깐 군인을 좀 많이 늘크구(늘리고) 무기를 좀 맨들어야겠습니다(만들어야겠습니다).” 그러니깐,

그 간신들이 ‘저놈 지끔 평탄시절에 저럭컨다.’고(저렇게 한다고) 탄핵을 했어요. 그, 그걸 내쫓았어요.

그 이조판서에서 쫓겨났어요.

그리셔가지고 여기 임진(臨津) 화석정이란(花石亭) 데다가,

그전에는 원두막처럼 짓고선 아이들 데려다 공불 가리키신 거에요, 그 냥반이요.

그 가리키셨는데, 인제 그 율곡 선생님은 임진왜란 일어나기 전에 한 칠, 삼, 사 년 전에 돌아가셨어요.

그래서 일본놈이 쳐나와 가지고 이 냥반이 붙잡히게 생겼어요, 저 선조임금이.

저, 요기 파평(坡平), 그 무슨 덴가 꺼지가 왔는데,

한 뭐 몇 메타(미터), 삼백 미터도 안 되게 일본놈이 따라오고, 이니는 (이 이는) 그 뛰는 사람이니까 못 뛰잖아요.

그 거그 와서 아이들헌테다 물어보니깐,

"그저 새, 임금님이 여길 오셔서 물거던, 그 저이, 저기를 원두막을 불 살라라. 그럼 임금님이 삼십 리를 가더라도 그 불이 탈거다."

그리고 그, 그 아이들 보고, 하루 세, 거르, 기르, 기름을 가져와서 세 번씩 뜎으라고 그랬대는 거에요. 그거.

그래, 그 기름이 타면서 기양 죽천에서 그이가 그, 저이, 무사히 피, 절루 나왔잖아요.

펴앙(평양 平壤) 글루 쫓겨 나와셨잖아요.

그래서.

(조사자 : 그거는 인제, 예견을 하고 있, 있었던 거네요?)

네, 있었죠. 그 냥반은 다 난리 나는 거 알고 있었죠.

앞날을 예견한 오성대감 부인

자료코드 : 02_27_FOT_20100320_KHS_BSG_0010

조사장소 : 경기도 파주시 적성면 마지1리

조사일시 : 2010.3.20

조 사 자 : 김헌선, 김형근, 최자운, 김혜정, 변남섭

제 보 자 : 봉수길, 남, 80세

구연상황 : 앞의 이야기인 '율곡과 화석정'에 이어서 계속 길게 이야기를 이어나갔다. 선조와 임진왜란을 기준으로 하나의 이야기처럼 이야기한 것이다. 다만 조사자가 여기서는 율곡과 오성대감이라는 특정 인물을 기준으로 분절한 것이다.

줄 거 리 : 임진왜란 당시 선조는 평양성마저 빼앗겨 함경북도로 피신 갔다가 오성대감에게 중국에 병력을 요청하도록 시켰다. 오성대감이 중국병력을 요청할 방법이 없어 고민하자 그 아내는 걱정 말라고 하면서 봉투에 들어있던 지도에서

한 섬을 빼놓았는데 이여송 삼형제 중에 막내가 조선에 원정나왔다가 그 섬에 빠져 죽었다. 그러자 이여송의 남은 형제들이 그 원수를 갚으러 다 조선에 원정 나오게 되었으니 오성대감의 부인이야 말로 대단한 여자다.

선조임금님이 후회헌 거죠.

"왜 저런 내가 충신을 박댈허고, 이렇게 내가 죽을 고생을 당허냐."

그니깐 뭐 말할 수 없이 인제 쬧겨(쫓겨) 나와서 패양(평양(平壤)을 뺐겼는데, 평양성.

평양성을 뺐겨 가지고, 인제 저 함경북도(咸鏡北道) 어디 가서 인제 숨어 있는데.

인젠 어떻게 해얘냐(해야 하냐).

중국에다가 인제 원정을 해얘잖아요?

원정을 요청해예 막지, 누가 막아요?

그니깐 저이, 그전에 인제 그 냥반이, 게, 그 어른이 인제. 오성대감님(鰲城大監, 조선 중기 문인이자 학자인 이항복(李恒福, 1556~1618년)을 말하며 '오목대신'이라고도 불림)요, 오성대감.

응. 오성대감님이 여기 장단(長湍, 경기도 서북부 행정구역이었으나 남북분단으로 1963년 파주군과 연천군에 편입됨) 오목고개 살았어요. 장단읍에.

게 그 냥반도 인제 같이 글루 피난 나가셔서.

(조사자 : 오목고개? 오목대신이라고?)

네, 네. 오목대신이에요, 그 양반이.

그래서 그 으른이 그 전부 모셔서 인제 회를(회의를) 허는데, 오목대신 보고,

"그 중국 사신을, 중국에 이제 병, 병력을 요청하는 거를 해라."

그렇게 인제, 저기가 된 거에요, 그 여러분들이. 뫄진(모아진) 거라고.

게 집이 와서 인제 끙끙 앓고 있으니깐 그 저기 오성대감님 부인이

"왜, 대감 왜 그렇게 앓는 소리를 하고 있습니까?" 그러니깐,

"아, 날보고 뭐 중국 병력을 저기를 허라는데 내가 뭐 아는 게 있어? 그리 난, 별 도리가 엄스니 죽을 수백에 없소." 그러니깐,

그, 그 오성대감님 부인이,

"대감님, 편안히 주무세요. 지가 다 해놨습니다." 그러더래죠, 저 봉투에다가.

그래서 해놨는데, 거 평양에 무신 섬이 있데요. 쬐그만 섬인데.

고걸 지도에다가 빼놨대요.

그, 저 오성대감님 부인이요.

으, 그인 앞을 아는 이죠(사람이죠), 그러니까.

그래서 중국에 인제 그 삼형제 장산데(장사인데), 막낼 보낸 거에요, 막낼.

(조사자 : 이여송이네 삼형제 중에?)

으으응. 막내를.

"너 가서 쳐라!"

근데 그, 그, 지도를 빼놔서 거기서 죽었어요.

그니깐, 그 저, 중국에 장수 세, 삼형제가 동생이 죽었으니깐

"이놈의 새끼들, 이거 안 되갔다"고

많은 병력을 해가지고 그냥 내 쳐들, 나온 거에요.

그래서 그 임진왜란을 막았지 않았어요, 거.

그래서 그거 그 임진왜란을 막은 거에요.

삼형제가 그, 그 군인이 다 나온 거에요, 저 동생이 죽었으니깐요.

그러니깐 오성대감님 부인이 을마나 난(잘난) 이에요?

오성대감의 축지법

자료코드 : 02_27_FOT_20100320_KHS_BSG_0011
조사장소 : 경기도 파주시 적성면 마지1리
조사일시 : 2010.3.20
조 사 자 : 김헌선, 김형근, 최자운, 김혜정, 변남섭
제 보 자 : 봉수길, 남, 80세
구연상황 : 앞서의 이야기가 오성대감과 그 부인의 이야기여서 자연스레 조사자가 오성
　　　　　대감에 얽힌 이야기를 유도했다. 그것이 진동면 동파리에서 조사되었던 '오성
　　　　　대감(오목대신)의 축지법' 이야기였다. 그런데 동파리의 김봉학 제보자와는
　　　　　다른 이야기여서 비교하여 볼만하다.
줄 거 리 : 일본의 첩자가 조선에 와서 정탐을 하고 금강산을 구경가기 위해 오목고개를
　　　　　넘는데 아무리 해도 고개를 넘을 수가 없어 사람들에게 물어보니 그 근처에
　　　　　오성대감이 살면서 축지법으로 막아놓았기 때문이라고 했다. 일본 첩자는 얻
　　　　　은 정보를 다 내놓고 나서야 다시 길을 떠났다.

(조사자 : 오성대감이 축지법(縮地法) 썼다는 이야기가 있던데요?)

네, 축지법 썼어요.

네, 축지법은 무슨 이야기냐 하면, 일본사람이 와서 우리나라를 그, 인
제 전부 탐질(탐지를) 해가지고, 군인이 몇이고 어디가 요시고(요새고), 뭔
가를 해가지고 이제 가는데,

금강산을 가서 인제 구경을 하고 가는 거예요.

그런데 장단(長湍, 예전에 경기도 서북부에 있던 행정구역이었으나 남
북분단으로 1963년 파주군과 연천군에 편입됨) 오목고개를 거쳐야 가거
든요?

근데, 그 양반이 축지법으로다 못 가게 해놨어요, 그 사람을.

그러니까 이놈이 암만해도 깜깜해도 안 될, 뭐, 그 고개를 못 넘어 가
는 거예요.

그니깐 내려와서 물었대요.

"여기 어떤 어른이 사시는데, 이렇게 사람을 못 가게 하는지 좀 알려달

라?"니까,

"아, 여기 오목대신이 사시는데 당신이 갈 수 있냐?"고.

"그거 왜 못갑니까?" 그니까,

"아, 축지법으로 막아놨는데, 걸음을 못 걷게 해놨는데 어떻게 가냐"고.

그래서 오성대감님한테 가서 그 전부, 지금 간첩으로 치면, 지금 탐지한 거를 내놓은 거예요. 그니깐,

"어서 더 내놔. 더 너테(너한테) 몇이 있다." 그 어른이요.

그 다 빼앗고서 인제 가는데 을마침 가다가 또 고생하고 가게 이 양반이 축지법을 만들어놓은 거예요.

그래서 그 양반이 유명한 이에요.

오성대감이 축지법으로 허셔서.

땅을 주름을 잡아가지고 다니는 이예요, 그 인요(이는요).

(조사자 : 본인이 축지법뿐만이 아니라, 다른 사람이 헛걸음질 치게 만드는 기술이 있으시네요?)

그렇죠. 뭐 가지를 못하게 해요.

일본인의 씨를 말린 사명대사

자료코드 : 02_27_FOT_20100320_KHS_BSG_0012
조사장소 : 경기도 파주시 적성면 마지1리
조사일시 : 2010.3.20
조 사 자 : 김헌선, 김형근, 최자운, 김혜정, 변남섭
제 보 자 : 봉수길, 남, 80세
구연상황 : 율곡, 오성대감 등 임진왜란에 공을 남긴 이야기에 연결되어서 자연스레 사명
         대사의 활약 얘기를 이어나가셨다.
줄 거 리 : 임진왜란 때 일본군이 사명대사를 잡아 무쇠마루에 놓고 사흘을 불 땠지만
         오히려 성에가 하얗게 끼었다. 그래서 사명대사는 일본인에게 매년 처녀 가죽

삼 백장을 공물로 바치라고 해서 일본인 씨가 말랐고 일본사람은 사촌하고도 결혼을 하게 된 것이다.

그 임진왜란 적에 왜 그 저기 사명대사(四溟大師, 조선중기 승려 유정(惟政, 1544~1610년). 임진왜란 당시 승병을 이끌고 큰 공을 세움)라고 있잖아요.

그 양반을 끌어다가 무쇠마루에다 놓고서 사흘을 불을 땠대요.

근데, 이 양반이 눈 설자(雪字)를 써놓고, 붙여놓고 들어가셨는데.

아침에 타서 돌아가신 줄 알고 하니까, 성에가 하얗게 슬어가지고는 호령을 하셨대요.

"일본인 이놈들 더웁대더니 이렇게 날 춥게 만드냐!"고.

그래가지고 그 양반이 처녀 저기 가죽을 삼 백장을 아주 쬐금도 썩지 말고 말려서 가져오고,

남자는 불알을 서 말을 말려서 가져오라 그랬대요. 씨를 말르라고.

(조사자 : 일본, 일본 놈을요?) 일본사람을.

그래서 그 죄(모두) 죽고 얼마 안 남으니까 사촌하고도 결혼하는 거예요, 그 사람들은요.

그 사촌하고도 결혼해요 일본이요.

그 사명대사가 그거 해가지고,

여자 처녀 시집 안간 여자를 삼 백장 매년 갖다 바치려니 그거 조금만 썩어도 안 받고 그러니.

그래서 그 일본놈이 씨가 줄었어요, 많이.

그래서 사촌하고도 결혼하고 막 그렇게 된 거예요, 그게.

남이장군과 천년 묵은 지네

자료코드 : 02_27_FOT_20100320_KHS_BSG_0013

조사장소 : 경기도 파주시 적성면 마지1리

조사일시 : 2010.3.20

조 사 자 : 김헌선, 김형근, 최자운, 김혜정, 변남섭

제 보 자 : 봉수길, 남, 80세

구연상황 : 조사자가 우렁이 각시와 같이 실제 사람이 이물(異物)로 변한 이야기가 없느냐는 질문에 해준 이야기이다.

줄 거 리 : 남이장군의 아버지가 금강산에 구경을 가다가 어떤 마을에서 지네에게 여자를 바치는 것을 보고 칼로 지네의 목을 잘라버렸는데 그 달에 태기가 있어서 남이장군이 태어났다. 남이장군이 돌이 되었을 때 부친의 꿈에 남이장군의 할아버지가 나와 짚으로 사람을 꾸며 놓고 몸을 숨기라고 했는데 과연 한 살짜리 남이 장군의 몸에 지네의 혼이 씌어 칼로 아버지를 죽이려 했으나 무사히 부친은 목숨을 구할 수 있었다. 남이장군은 세조 때에 이십대의 젊은 나이로 병조판서를 했으나 한명회의 모함을 받아 남이섬에 끌려가 억울하게 죽었다.

제가 인제 하나 이야기해 드릴 건, 남이장군님(南怡, 남이(1441~1468년)는 조선 전기 무신. 이시애의 난을 진압해 공을 세움)이라고 알죠?

남이장군님이 아버지가 그이도 장군이에요.

그 어른이 이제 금강산(金剛山) 구경을 가신다고 이제 약품하고 뭐 돈하고 이제 많이 가지고 떠나셨는데,

밤에 열두시가 자정이 다 됐는데 전부 울고 있더래요, 사람들이.

그래서 왜 그러느냐 그러니까.

천년 묵은 지네가 사람으로 변해 가지고 와서 여자를 하나씩 갖다 바치지 않으면 못 배기게 돼 있대요.

그니까 그 남이장군님 아버지가 하는 말이

"그래 어떻게 그거 백 년 묵은 저기 그 지네한테 죄(모두) 지냐, 사람이. 그러면 그걸 언제 바치냐"니까,

내일 저녁에 그 처녀를 갖다 바치는 날이라 그러더래요.

그러면,

"나를 그 자리에다가 이렇게 저기 짚으로다가 뵈지 않게 그 날(나를) 맨들고, 거기서 있게 해다오." 그러니까.

그 인제 그 양반이 가서 칼을, 인제 그 이는 칼을 좋은 칼을 가지고 댕기시니까 인제.

칼을 가지고 거 가서 은신하고 있으니까.

열두 시 쯤 되니까 하늘에서 그냥 이렇게 막 줄을 늘이면서 내려오더래요.

그러더니 그 여자를 가 품고 또 일어섰다 또 품고 그러더래요.

그래서 모가지를 후린 거예요, 그냥. 저기 남이장군 아버지가.

그니, 그 천년 묵은 그 지네라는 게, 지네가 죽었지 뭐야, 모가지 짤라져서.

그래가지고 그 양반이 인제 구경을 다 하시고 집에를 오셨는데,

아 그 갔다 오신 달에 애기가 있는 거예요.

그래서 남이장군님이 '이게 참 좋지 않을 징존데, 이게.'

그렇게 생각하시고 인제 있는데.

그 애가 인제 돌년(만 한살, 즉 한 돌)이 됐는데, 자기 할아버지가 꿈에 현몽을 하는데,

"너는, 그 너 자는 데다가 짚으로다 사람처럼 맨들어서 너가 자는 것처럼 맨들어 놓고, 너는 횟대 밑에"

횟대라고 있었어요, 그전에는 요렇게[손으로 횟대 모양을 그려 보이며]. 옷 걸어놓는 게 횟대에요.

"그 뒤에 가서 너는 숨어있고. 그 놈이 인제, 네 아들 남이장군이 너를 모가지를 여길 짜를, 칠 거라"고 그러더래요.

그 돌짜리(한 살짜리 아이), 글쎄 어떻게 칼을 쥐, 써요, 글쎄.

근데 그냥 그 돌짜리 아이가 칼을 가지고 춤을 추더니 그 저 짚으로다

해놓은걸 툭 잘라 치더래요, 그냥.

그러더니 한숨을 훅훅 쉬고서, 그 인제 지네, 그 혼령이 인제 그렇, 씌, 한 거지 뭐야.

그래가지고 그 남이장군이 인제 장군이 되셔서 전쟁을 하면 지는 게 없었다는 거야.

지는, 전장에서 져보질 않았다는 거야.

그래가지고 그 남이장군님이 인제 세조(世祖, 조선 제7대 임금으로 조카인 단종의 왕위를 빼앗고 왕위에 오름)한테 병조판서(兵曹判書)가 됐어요. 남이장군이요.

그래가지고 개각을 헌거지, 지금으로 치면 인제 나라에서.

그 개각을 해가지고 인제 그 양반이 병조판서가 돼 가지고.

참, 한강 그 좋은, 경치 좋은 데에 가서 각자 시를 써오라고 그랬어요.

그래서 그 남이장군은 뭐라고 썼냐면,

'남아이십미평국(男兒二十未平國, 남이 장군이 쓴 시구 '男兒二十未平國後世誰稱大丈夫'의 앞부분으로 '남자가 스무 살에 나라를 태평하게 하지 못하면, 후세에 누가 대장부라고 하겠는가?'라는 뜻)이요, 국방서식이 웬 말이냐.'

'스물일곱에 내가 국방장관에 올랐으니 얼마나 좋은 뜻이냐.' 그리고 이제 하셨는데.

그 한명회(韓明澮, 한명회(1415~1487년)는 수양대군이 왕권을 탈취할 때 도운 인물)래는 사람이 '남아이십미조국'(男兒二十未肇國, '남자가 스무 살에 나라를 정복하지 못했다'라는 뜻)이라고 썼어요.

'남아 이십에 내가 나라를 뺏지 않으면 사람이 아니라'고.

그니까 끌어다가 때려 죽였어요. 그 저 세조가.(역사에는 한명회가 아닌, 유자광이 남이장군을 모해해 죽게 했다고 나옴)

두들겨 패서 아주 뱀 때려죽이듯, 시겨서 그 남이섬(南怡섬, 강원도 춘

천시 남산면 방하리에 있는 섬)에다 갔다 내버린 거예요.

그, 그 유명한 이가 돼서 그 남이섬이 이렇게 지금 번창화 되고 잘 되 잖아요? 그 관광지가.

그, 그이도 그 유명한 이에요, 아주 남이장군이.

그래가지고 그 남이장군이 돌아가실 때 큰 거기다 그렇게 해놓고.

그 큰 이들은 그렇게 이름이 나잖아요, 그.

(조사자 : 그 지네가 이제 이렇게. 그, 그게 이제 남이장군님에?)

남이, 지네는 저기지. 그 저 천년을 묵어서 조활 부리는 거지 그게.

(조사자 : 음, 그러니까 이제. 죽여 가지고 그렇죠? 이제 복수를 하려고 이제. 남이장군으로 태어난 거네요.)

그럼요. 그런 건데 그게 인제 할아버지가 꿈에 살려준 거지 남이장군을.

남이장군 아버지를. 응, 아버지를.

그래가지고 남이장군이 크게 됐는데, 그 양반이 인제 곧대요.

그른 건 그른 것이고 옳은 건 옳고, 그렇게 다부진데,

한명회가 그 사람이 승(勝)하면 자기가 벼슬을 떨어지갔으니까 죽였지 뭐야, 아주.

그렇게 된 거예요, 그게.

배짱으로 수원부사가 된 백씨 이야기

자료코드 : 02_27_FOT_20100320_KHS_BSG_0014
조사장소 : 경기도 파주시 적성면 마지1리
조사일시 : 2010.3.20
조 사 자 : 김헌선, 김형근, 최자운, 김혜정, 변남섭
제 보 자 : 봉수길, 남, 80세
구연상황 : 조사자가 '억울하게 죽은 사람의 혼령이 자신의 원을 풀어달라는' 이야기는 없는지 묻자 이 이야기를 구연하였다.

줄 거 리 : 옛날에 수원부사로 부임만 하면 사람이 죽어서 아무도 자원하지 않자 백씨라는 배짱 좋은 사람이 죽어도 부사자리는 한 번 하고 죽겠다고 자원했다. 꿈에 발안의 어느 산소에 묻혀 있던 영의정이 나타나서 자신의 산소를 청소해 주면 아들도 낳고 잘 살게 해주겠다고 했다. 백부사가 그 소원대로 해 주고 잘 되자 그 소문이 나서 사람들이 그 산소에 많이 찾아갔다고 한다.

그거는 수원 바랑(경기도 화성시 발안)이라는 데 있어, 수원.

바랑이라는 데에.

(조사자 : 수원이요?) 네, 수원.

(조사자 : 아, 발안! 화성 발안?) 네, 네.

거기에 인제 옛날에 영의정(領議政) 산소가 있는데, 그 수원부사로(水原府使로) 오면 죽어요.

그래서, 걸루 누가 가지를 않는 거예요. 걸로 발령만 나면 죽으니까.

그래 그 백씨라는 사람이 아주 배짱이 씬 사람이 하나 있대요.

그래서,

"제가 가겠습니다." 하니까.

그 임금님이

"넌 죽는 것도 무섭지 않으냐."그러니까.

"아, 그래도 부사는 되고 죽지 않습니까? 응, 수원부사는 되고 죽는데 뭬(뭐) 무섭니까" 그러니까.

그 놈 되긴 된 놈이다. 인제 임금님이요.

거, 너 내줄게 수원부사로 내려가라 그러니까.

그 인제 거기 옛날에 영의정 산소에 있는 이가 지저분하대요, 그 옛날에 지저분했대요 거기다. 늘어놓고.

게, 그걸 좀 치워달라고, 이제 그 어른이 나타나면 죽는 거예요, 이 사람들이. 약호가(기가) 죽어서.

정승이 인제 말을 헐려고 집일 보자 그러면 정승 그 혼을 보고 죽는 거예요, 그냥.

게, 그 백씨라는 사람이 인제, 배짱 씬(센) 사람이,

"나는 수원부사나 허고 죽어도 원이 없다."

그래가지고 인제, 자, 자청을 해서 가서 자는데.

그 양반이 꿈에 와서,

'나는 다른 것도 할 게 없고 내 산소 앞에 깨끗이 해놓고선 비석을 세워놓고,

여기 와서 풀 뽑거나 제사를 지내거나 여기를 청소를 하거나 그러면 아들을 낳고 잘 될 거다.'

그렇게 써서 비문을 해놓으라고 그래.

그 백씨라는 사람이 그렇게 해놓고선 그 산소가 깨끗해졌대요, 아주.

그리구선 아들도 낳고 아픈 사람은 낫고 인제 이렇게 되고 소문이 나가지고선.

그, 그 지금 어태(여태) 그 산소가 거기에 있다고 그러드라고.

(조사자 : 아, 바, 바 발안에 어르신?) 네, 네. 바랑에.

그 정승산소가.

그 정승할아버지가 자기 산소를 깨끗이 할랴고 누구한테 얘길 헐려고 그러믄 그 사람이 기가 약해서 죽는 거야.

그, 정승의 얼굴만 나타나도.

(조사자 : 음. 그걸 백씨가?)

백씨라는 사람이, 자원을 하고 들어가서, 자기는 죽어도, 부사는 하고 죽지 않냐?

난 죽어도 수원부사는 그래도 허구, 그 후대에 냄길다고 들어가서

그 사람이 배짱이 씨니깐, 꿈에, 음, 꿈에 저기 현몽을 해도 안 죽었지 뭐야.

그래가지고 그게 잘했다는 게 있어요.

저승사자의 실수

자료코드 : 02_27_FOT_20100320_KHS_BSG_0015
조사장소 : 경기도 파주시 적성면 마지1리
조사일시 : 2010.3.20
조 사 자 : 김헌선, 김형근, 최자운, 김혜정, 변남섭
제 보 자 : 봉수길, 남, 80세
구연상황 : 앞서의 이야기가 저승 체험 또는 저승사자와 관련된 이야기여서 계속해서 이
야기를 이어나갔다.
줄 거 리 : 옛날에 복덩이라는 사람이 충청도와 경상도에 한 명씩 살았는데 저승사자가
성격이 나쁜 경상도 복덩이를 잡아오라고 한 것을 충청도 사람을 잘못 잡아
갔는데 하도 어렵게 살아 죽은 그날로 장사지내 결국은 되살아날 수 없었다
고 한다.

옛날에 뭐 복덩이래는 사람이 있었대요.

김복덩이래는 사람이.

게, 그 사람은 이제 충청도 사람이구.

또 금, 하나 김복덩이래는 사람은 경상도 사람인데, 아주 망하태요(안
좋아요), 사람이.

그래 그 사람을 잡아 오라 그러는데 충청도 그 촌사람을 잡아왔대요.
그 저기 사자가.

예. 이름이 똑같으니깐.

그래 가지구, 이 사람이 어려우니깐('가난하니까'의 뜻) 그날로 갖다 묻
었대. 죽은 날로.

그래서 들여다 보내, 돌려보냈는데 묻었으니 어떻게 살아 나와요?

그래 죽었대요. 그 어려와서 죽은 거지, 그, 그, 그는. 그 사람은.

그, 그런 얘기가 있어요, 건.

그 저승에서두 착오가 있는 모양이에요.

아마. 그 엉뚱한 딴 사람 잡아가는 수가 있대요.

하음 봉씨 시조 유래

자료코드 : 02_27_FOT_20100320_KHS_BSG_0016
조사장소 : 경기도 파주시 적성면 마지1리
조사일시 : 2010.3.20
조 사 자 : 김헌선, 김형근, 최자운, 김혜정, 변남섭
제 보 자 : 봉수길, 남, 80세

구연상황 : 장시간 홀로 구연해야만 하고, 몸이 불편하여 제보자가 힘들어 보였다. 그래
서 가장 마지막으로 봉씨 시조와 관련한 이야기는 없는지 물었고, 이에 대한
이야기를 해주었다.

줄 거 리 : 하음 봉씨는 강화에서 시작되는데 중노릇하던 할머니가 빨래를 가서 빨간 함
이 물에 떠내려 오는 것을 건져 보니 그 안에 아이가 있어 강화유수에게 상
소를 하고 다시 예종에게 상소가 들어가서 예종 임금이 봉(奉)을 성씨로 내려
주셨다. 고려 충숙왕 때에도 벼슬하신 조상이 있었는데 세조 때 한명회의 모
함을 받아 봉석래 할아버지가 죽임을 당하기도 하셨다.

저희 시조는 강화(江華) 기시거던요? 강화, 강화, 강화. 여기 강화.

(조사자 : 경기도 강화?)

네, 화점면 장정리래는(인천광역시 강화군 화점면 장정리) 데가 있는데.
거기 인제 그 저기가 계셨어요, 저기, 그 암자요.

저기, 여자가 왜 중노릇 허고 기신 할머니가 계셨는데, 고 빨간 함으로
다가 그 명주로 돼 싸구 싸구 헌 함이 떠내려 오드래요, 글루, 그 연못으
루. 빨래하는 대루.

그 이 할머니가 무신 큰 보물이나 되는 줄 알구 인제 그걸 갖다 집으로
와서 인제 열어보니깐.

그 속에 애기가 있드래는 거예요, 언내가(어린애가). 남자 애기가.

그래서 강화유수(江華留守)헌테다가 인제 가서 상소(上疏)를 했어요.

이런저런 일이 있습니다, 어저께.

그니깐 강화유수가 인제 서울 올라가서 임금님한테 인제 고해야잖아요?

그 예종(睿宗, 1105~1122년 재위한 고려 제16대 임금)이에요, 예종.

예종임금님이 그거는 그거는 양육을 할 수 없으니깐 저 나라로 보내라. 게, 예종 임금님이 데려다가 인제 길르신 거예요.

그래 가지구 우리 할아버지가 봉(奉)자 우(佑)자예요. 이 인(亻) 변에.

그 봉우(奉佑, 고려 제17대 임금 인종 때 강화 하음백(河陰伯)으로 봉해진 인물로 하음 봉씨의 시조)래는 할아버지를 인제 그 성은 나라에다 바쳤다 그래서 받들 봉(奉)자를 썼어요.

그 예종임금이, 성은 받들 봉자로 해라.

그래가지구 그 할아버지가 머리가 영특해 가지구 열 살에 과거급제를 하셔서, 벼슬을 해 올라 가서 가지구 좌의정꺼정 하셨거든요?

그래가지구, 그 저기 고려 쩍에 많이 벼슬을 허셨어요.

요기 장단(長湍, '장단면'은 예전에 경기도 서북부에 있던 행정구역이었으나 남북분단으로 1963년 파주군과 연천군에 편입됨) 고구리라고 그 할아버지는 그 저기 충숙왕(忠肅王, 충숙왕(1294~1339년)은 고려 제27대 임금) 적에 영의정 허시구, 또 부원군도 허시구 대광대신(大匡大臣)이래믄 큰대(大)자 하구,

요렇게 써 가지구[글자를 손가락으로 쓰며] 요속에 이 임금 왕자(王)한 게 있거든?

그게 임금을 보필했다는 거예요.

그래서 그 충숙왕이 어려서 임금이 되가지구,

우리 할아버지가 인제 임금님 겸 인제 영의정을 하시믄서 크게 인제 그 양반이 장성하시니깐,

또 저기 딸을 갖다가 그 손주딸을 저기를, 임, 임금님한테 인제 보내시구, 그래가지구선.

(조사자 : 왕비로 인제.)

네, 네. 그래서 그, 그렇해서 내려오시다간, 우리도 그 저기 세조(世祖, 세조는 조선 제7대 임금으로 조카인 단종의 왕위를 빼앗고 왕위에 오름)

적에 한명회(韓明澮, 한명회(1415~1487년)는 수양대군을 도와 등극시킨 공으로 높이 쓰임을 받음)가 우리 봉석주(奉石柱, 봉석주(?~1465년)는 계유정난 때 공을 세웠으나 역모를 꾀하다가 처형됨)래는 할아버지가 계셨는데,

병조판서(兵曹判書)를 하셨는데, 그 할아버지를 모해해 가지구.

그래선 그렇게, 그 때 많이 돌아갔어요.

저 성삼문씨(成三問氏, 성삼문(1418~1456년)은 조선 전기의 문인이자 학자로 단종 복위를 꾀하다가 발각되어 죽음), 저 박팽년이(朴彭年, 박팽년(1417~1456년)은 조선 초 문신으로 단종 복위를 꾀하다가 죽음), 봉석주래는 우리 할아버지,

(조사자 : 정인지.)

네. 정인지(鄭麟趾, 정인지(1396~1478년)는 조선전기 문인이자 학자로 세종때부터 성종때까지 문화와 정치에서 많은 업적을 세움).

또 신숙주(申叔舟, 신숙주(1417~1475년)는 조선 초기 문신으로 단종을 저버리고 세조를 모심)는 그 사람들 패에 들어가지구 숙주나물이라 그래, 그 사람답지 못하다구.

그니까 그 신숙주의 부인이 파평윤씨에요.

그래서 저녁 때 껄껄 웃고 오드래요, 그래서 그 양반이.

"니가 죽어서 와야 남잔데. 그 사람 말을 듣구, 세조 말을 듣구 왔으니깐 너 겉은 놈하고 내가 안 산다."

얼굴에다 침을 뱉었데요.

그, 그리구선 약을 먹구 돌아가셨어, 그 저 신숙주 큰 부인은.

네. 그래가지구, 그, 너 같은 놈이 무신 나라에 큰일을 허냐.

안되는 건 안되구 되는 건 되애지.

그 세조가 뭐 벼슬 준다 그랬다구 그걸 따르믄.

게, 숙주나물이라 그러잖아, 그이 가지구.

숙주나물배께(숙주나물밖에) 안 된다고.

그이, 그래서 그, 큰, 그때 그 인물은 다 죽었잖아요, 아주 그냥 그.

(조사자 : 그래서 봉씨가 어디에, 어디 봉씨입니까, 어르신?)

하음(河陰, 인천광역시 강화군 하점면 장정리에 위치한 하음산 일대. 예전에 하음은 강화의 속현 명칭임)이래는 데에요. 그 저기, 거기 하음못이 있어요.

(조사자 : 아. 저기 강화,)

강화, 어 하점면 장정리라는데.

(조사자 : 하, 하음 봉씨 시조 이야기네요?)

네, 네, 네.

파평윤씨 시조 유래

자료코드 : 02_27_FOT_20100320_KHS_BSG_0017
조사장소 : 경기도 파주시 적성면 마지1리
조사일시 : 2010.3.20
조 사 자 : 김헌선, 김형근, 최자운, 김혜정, 변남섭
제 보 자 : 봉수길, 남, 80세
구연상황 : 시조 이야기를 한 김에 파평윤씨의 시조 이야기를 조사자가 물었고, 이 이야기를 해주었다.
줄 거 리 : 예전에 파평윤씨네 용현지까지 임진강물이 들어왔는데, 큰 잉어가 따라 들어오고 어떻게 도술을 부려 자손이 나오면서 파평윤씨는 잉어손이라고 잉어를 먹지 않는다.

그 양반은, 잉어 손(孫)이라고 그러잖아요. 잉어.

어. 그 거길루 인제, 그 이, 임진강물이 들어 왔드랬대요. 그 지끔.

(조사자 : 용현 저기요, 어르신?)

네. 파평윤씨네. 그 용현지(경기도 파주군 파평면 소재 용연(龍淵))까지.

그래 인제 그 많이 물, 밀, 밀물 거까지 인제 들어왔다 나갔다 허구 그
러니깐.

인제 잉어가 인제, 큰 잉어가 아마 따라 들어왔드랜 모냥이야.

근데 어태 거기서, 어떻게 돼, 도살(도술을) 부렸는지, 손이 나왔대요.

그래서 그, 잉어라, 잉얼 안 먹어요. 그 분들은.

잉어, 파평윤씨넨 잉언 안 잡쉐요.

그 쥑이지도 않구, 먹지도 않아요, 그 이들은.

잉어손이라 그래가지구서.

봉이 김선달

자료코드 : 02_27_FOT_20100327_KHS_BSG_0001
조사장소 : 경기도 파주시 적성면 마지1리
조사일시 : 2010.3.27
조 사 자 : 김헌선, 김형근, 최자운, 김혜정, 변남섭
제 보 자 : 봉수길, 남, 80세
구연상황 : 봉수길 제보자와는 3월 20일 1차 조사를 한 후에, 더 많은 이야기 구연이 가능
하리라 예상되었다. 그래서 추가조사를 하게 되었다. 본인은 할 만한 이야기
는 다 한 것 같은데 더 할 것이 없을 텐데 큰일이라고 하면서도, 이 날도 많
은 이야기를 해주었다. 여전히 수술한 다리가 온전치 않으므로 자택으로 찾아
뵈었고, 여전히 청중은 우리 조사자들 외에는 없었다. 일단 첫 이야기는 누구
나 다 알만한 이야기부터 물어보는 것으로 하였다. 그것이 봉이 김선달 이야
기다.
줄 거 리 : 김삿갓이 과거급제를 했으나 할아버지의 죄를 물어 급제를 박탈하자 세상을
보지 않겠다며 삿갓을 쓰고 방랑을 하면다가 평양 대동강가에 와서는 부자를
속여 큰돈을 받고 대동강 물을 팔았다. 그리고는 그 돈을 여기저기 다니며 어
려운 사람들을 돕는데 썼다.

이거 김삿갓(본명 김병연(金炳淵, 1807~1863년), 조선 후기 방랑시인)

얘기가 있어.[김삿갓과 관련한 책을 가리키면서]

이거, 이거. 여, 김삿갓.

이 냥반이 이제 과거급제를 해가지구 오니깐 또 불르드래요.

그 저기, 그 전에 과거급제를 허믄 이제 아마 심사를 하구 그런 모냥이야.

그니깐 김삿갓 보고

"너는 느 할아버지가 나쁜 짓을 했으니깐 너는 박탈을 해라. 그 과거급제 헌거를."

그니깐 이, 이이가 이거 얼마나 탄망할꺼에요.

"에휴. 우리 할아부지 잘못해서 난 크게 될 것도 못됐네."

이제 후회도 하구.

그래가지구 난 땅을 안 보구 산다, 그러구선 그 삿갓을 쓰고 대니는 거야, 그 사람이.

이 죄를 지었으니깐.

그래서 이 사람이 인제 그 일 없다고, 왜 그저 그 강원도 영월(寧越) 가면 단종이(端宗, 단종(1441~1457년)은 조선 제6대 임금. 숙부인 수양대군에게 왕위를 빼앗김) 외롭잖아요, 그거.

그 글루 인제 많이 돌아 댕겼대요, 그 냥반이. 단종을 위, 위로하면서 인제.

그 김삿갓 지금 거 저기 구경허는 것두 해놓구, 김삿갓 살던 집도 쬐그맣게 해놓구 그랬어.

원은(원래는) 거기 사람이야? 충남(忠南) 사람이야.

근데 인제 거기 가서 그 양반 달래구 산다구, 인제 그러구. 그렇게 사는데.

이 양반이 저 대동강(大同江) 그 평양(平壤) 그 쪽으로 가가주구선,

무신 짓을 했냐면 큰 부자를 인제 꾀 가지구 가서 물을 길어다 먹으믄

돈을 내구 가게 이렇게 맨들었어요.

그 돈을 쥐서 이제 돈 많은 사람이.

한 번 띠구(떠서) 가면, 지금으루 치면 인제 뭐 오백 원을 내랜대든지 인제 백 원을 내랜대든지 인제 돈을 인제 내게, 이렇게.

그 머리가 좋은 사람이지 감삿갓이, 그러니깐. 그렇잖아요?

그니깐 그 물을 가지구 가면서 돈을 죄 놓구 가거던, 요만한 통에다.

그 김삿갓이 인제 오래 몇 년을 그렇게 했는데,

서울 큰 부자가 인제 와서, 데리구 와서.

아, 와보니깐 전부 물을 길어가는 사람이 돈을 죄 놓구 가거던, 통에다.

"그 저기 맨날 그러커냐?" 하니깐,

"아, 맨날 그러커지, 안 하냐구?"

그니깐 김삿갓이 큰돈을 받았어요, 돈을. 돈을 많이 받았다구, 아주.

무지무지한 돈을 받았어요, 인제. 그 맨날 나오니깐 그 사람이.

그래가지구 그 냥반은 인제 대니면서 어려운 사람들을 도와줬어요.

"젤 어려운 사람이 이 동네엔 누구가 있냐?"

그르믄 그 사람 쌀두 사 잡수라 그르구, 인제 뭐허라 그르구, 그렇게 돈을 댕김선 다,

지금으루치면 인제 불우이웃돕기 허는 식으로 그렇게 사셨어. 그 양반이.

그래가지구 이 냥반이 인제 이 세상을 다 그 할아버지 잘못한 죄를 자기가 지구선 삿갓을 쓰구 돌아댕긴 거에요.

그 '방랑외인 김삿갓'이라 그러잖아요.

여깄잖아요, 이거.[김삿갓과 관련한 책을 가리키면서]

단종과 영월 엄씨

자료코드 : 02_27_FOT_20100327_KHS_BSG_0002
조사장소 : 경기도 파주시 적성면 마지1리
조사일시 : 2010.3.27
조 사 자 : 김헌선, 김형근, 최자운, 김혜정, 변남섭
제 보 자 : 봉수길, 남, 80세
구연상황 : 제보자는 봉이 김선달 얘기를 하면서, 단종의 이야기가 나왔기에 이어서 단종
의 이야기로 자연스레 넘어갔다.
줄 거 리 : 단종이 열두 살 먹어 한명회가 부추기면서 세조에 의해 영월에 유폐되었는데
자신과 친한 사람이 자꾸 죽는 것을 보고 안타까워 목에 개줄을 매고 종을
시켜 당기게 해서 죽고 종도 따라 죽었다. 영월에 친한 엄씨라는 사람이 단종
의 처소에 찾아와서 죽은 두 사람의 시체를 가져다가 단종을 잘 묻어주고 종
의 시체는 겨울이라 잘 묻지를 못했다. 칠년 후 단종의 무덤에 대해 아는 사
람을 찾는 방을 보고 엄씨가 찾아가 단종의 무덤을 찾게 해 주고 엄씨는 삼
품 벼슬을 받게 되었다.

단종(端宗, 단종(1441~1457년)은 조선 제6대 임금. 숙부인 수양대군에
게 왕위를 빼앗김)이 열두 살인가 먹었는데,

그 저기 한명회(한명회(1415~1487년)는 수양대군을 도와 등극시킨 공
으로 높이 쓰임을 받음)래는 이가 부추겨 가지고선 단종을 죽이게 맨들었
잖아요.

그 영월(寧越, 강원도 영월)다 갖다놓고선 십 오보, 열다섯 보를 나가질
못하게 해놨어.

"열다섯 보만 걸어 나가면 죽인다."

거기에 사람을 갖다놓고선.

그 단, 단종 충신이 거기만 갔다 오면 다 죽여요 그, 거기에 있는 사람
들이.

그 단종임금님이 가만히 생각하니깐 그 자기허고 가까운 사람은 다 죽
게 생겼어요. 그, 자기가 살믄.

그래서 자기가 뭐 열여섯 살 이랜가 그렇게 열다섯 살 이래나 그렇게
됐는데.

가만히 생각하니깐 지(죄) 죽갔으니깐,

그, 자기 인제 보살펴주는 사람이 하나 있어요, 인제, 그.

하나 내보냈잖아요? 인제 그 종을.

게, 그 사람보고 단종이 나는 강아질 하날 먹고 싶은데 강아질 하날 구
해달라고.

근간(그니까) 이 사람이 아무것도 몰르고 인제 강아질 갖다가 방에다
인제 노니깐,

고 방 문지방 밑을 요렇게 슬큼 뭐 실에다 뚫어가지고선,

거기다 밧줄로 해서 자기가 모가질 올가 놓고선,

“내가 이렇게 세 번을 흔들면 니가 대려라(당겨라).” 그랬대는 거야, 그
종보고.

그 종이 개가, 갠(개인) 줄 알고선 대고 대려서 고만 그 단종이 죽었지
뭐예요.

그니깐 그 단종, 그 저기 시, 심부름허고 그러는 이가, 종이 자기도 들
어가서 약을 먹고 죽어 버렸어.

“내가 숭뱉(숭배를)하는 우리 왕을 죽여 놓고선 뭐 내가 살아서 뭘허
냐”구.

그니깐 그러고 인제 둘이 다 죽군, 그 외딴 데니깐 누가 가는 사람이
없잖아요.

그래서 그 영월 엄씨네래는 사람이, 상놈이야. 엄씨네가, 영월.

그리고 참 천하건달이래는 사람이 엄씨넨데.

‘나도 한번 양반이나 돼봐야겠다.’ 그러고선 밤에 거길 올라갔다는 거
예요.

올라가니깐 그 저기 종도 꼬부려서 죽고 그이도 그냥 모가지 맨 채로

누가 끌러놓는 사람이 없는 거야.

그 이 사람이 모가질 끌러서 옷을 깨끗이 인제 가다듬어 가지고선 미고 내려오는데,

커단 노루란 놈이 퍼썩(펄쩍) 이르구서[노루가 뛰는 모습을 손으로 그려보이며] 또 뛰드래.

글서, 한번 여기다가,

"여긴 얼지 않았갔지?" 하며,

동지섣달 춘땐가봐요(추울 때인가 봐).

게, 거길 파니깐 그냥 가랑잎허고 뭐 많은데, 하나도 안 얼었드래요.

그 기냥 나무갱일(나무막대기) 그, 이렇게 짤라 썩은 나무갱일 해가지고 그걸로다,

기푹허게(깊숙이) 참 잘 파가지구선 단종을 모신거야 그이가. 거기다.

그리고 흙으로다가 죄 덮고선.

저기 가랑잎으로다가 인제 많이 덮고 물 안 들어가게 이렇게 잘해서 해놓고선. 이 이가. 인제.

그 종은 못했대요, 종은. 종도 그렇게 해야 되는데.

춥고 그러니깐, 인제 오래되고 그러니깐. 그래서 못해서.

그리고나서 칠년이 지났는데, 방이 붙었드래 전부, 그 방방곡곡에.

'단종임금님을 어따 이렇게 묻었든지 아는 사람은 상금을 준다.'

그렇게 인제 방방곡곡에 지끔으로 치면 무슨 저기지만 그전엔 방이라고 그랬다고.

그, 그런 사람은 인제 나라에서 포상을 주든지 인제 뭐 양반을 맨들어 주든지,

뭐한다고 인제 크게 써 붙였은 게 이 사람이 한이 돼서 갔어요.

그이 거기 본부를.

가니깐,

"그럼 당신이 그, 저기 단종을 어떻게 했냐?" 하니깐.

그런 얘길 쭉 했대요.

"그렇게 해서 내가 묻은 예가 있습니다." 이러니깐.

"그리고 가봤냐?" 그러니깐,

"못 갔습니다." 그러니깐,

"그럼 풀이 많이 낫까지?" 그러니깐,

"풀은 가랑잎을 내가 많이 덮어서, 그게 많이 안 났을 겁니다." 인제 그러니깐,

그, 나라에서 인제 그, 그거 허는 데서 그 사람을 데리고 인제 가니깐. 잘 묻어 놨거든 아주 그냥. 손으로다 했어두.

그 지관(지세를 보고 명당자리를 찾아주는 사람)을 들여야 댔는데 지관, 자리도 좋은 자리고.

그래서 인제 거기다가 능을 앉힌 거예요. 지끔 능자리가 그게.

그래가지고 그이는 삼품(三品) 벼슬을 줬어. 그, 저기 엄씨는.

그래서 그 엄씨네가 왜, 그 저기에도 나오잖아요. 무신 저기, 왕 밑에서 그 심부름 허고 그러는 거.

그런 벼슬을 줘가지고선 인제 양반이 된 거예요. 영월 엄씨네가.

그래가지고 이 양반이 인제 을마나 좋아요? 그 쌍놈소리 듣고 맨날 그러던 사람이. 양반이 됐으니.

청백리 황희 정승과 맹사성

자료코드 : 02_27_FOT_20100327_KHS_BSG_0003
조사장소 : 경기도 파주시 적성면 마지1리
조사일시 : 2010.3.27
조 사 자 : 김헌선, 김형근, 최자운, 김혜정, 변남섭

제 보 자 : 봉수길, 남, 80세
구연상황 : 단종의 시신을 잘 보살펴 벼슬을 받았다는 이야기를 마치고, 자연스레 왕과 신화에 관련된 이야기가 이어졌다. 조사자의 의도된 질문에 의한 것이 아니라, 제보자가 바로 바로 이야기를 이어나갔다.
줄 거 리 : 황희정승은 영의정으로 있으면서 봉급을 받으면 2%만 부인에게 주고 나머지는 가난한 사람에게 나눠주고 친목계 같은 것도 하지 않아서 세종이 사람을 시켜 집을 가 보게 했다. 그랬더니 집이 다 비가 샐 정도로 궁벽하게 살고 있어 새집을 지어 줬으나 이사가지 않았다고 한다. 맹사성 역시 청백리여서 좌의정이면서도 대구에 큰 행사가 있어 참석할 때 가마비가 아깝다고 소를 타고 내려가는 바람에 대구 사람들이 맹사성을 알아보지 못했다고 한다.

황희(黃喜, 황희(1363~1452년)는 고려 말, 조선 초 관료이다. 고려가 망하자 은둔했으나 이성계의 간청으로 영의정에 올라 세종대까지 선정을 베풂) 정승은 그 저, 나라에서 인제 지끔으로 치면 봉급을 받는 거를 이 프로(퍼센트)를 자기가 부인을 주군,

다 서울 장안으로 댕김선 읍는 사람들 주라고 노놔 줬대요.

저기 그 황희정승이.

그래서 그 세종(세종대왕(1397~1450년)은 조선 제4대 임금. 훈민정음을 창제한 위대한 왕으로 칭송받음)이 인제 저기 그때꺼지 허셨는데 그 으른이. 정, 영의정을.

그 세종이 지끔으로 치면 친목계식으로 돌아가면서 먹기를 허는데, 그 황희정승이 맨날 반대를 하더래.

그래서 "이상하다! 그러면 한번 그 양반네 집이를 가보고 와라."

누구 시켰대는 거예요 인제. 사신을 시켜서.

하아, 비가 무척 오는데 전부 세서 바가지를 놓고 그랬드래. 집이 죄 세서.

그래서 그 황희정승 부인 보고, "아, 그래 정승까지 지내심서 이렇게 사는 사람이 어딨냐?"고. 그니깐,

황희정승 부인이 "말마시라고. 나는 돈, 정승부인이라도 돈 한번 실컷 못 쓰고 사는 사람이라."고.

그니깐 참 이상한 일이지 뭐야.

그래서 각, 그 세종대왕님헌테 그런 얘길 허니깐.

그 저기 황희정승을 불러가지고선,

"내가 그러믄 거기 터를 좋은 걸 잡아가지고 깨끗터게 집을 지어 드릴게, 거기 가 사시라."고.

그 집을 지어 드렸대는 거야. 깨끗터게요.

근데 그 양반이 안 가 사시고 있다가 돌아가셨어.

그, 그 집을 안 들어가 살고.

그 친목계도 허재도 안 하시고.

겐 청백리야(淸白吏) 그 양반이, 그래서 아주 곧아서.

그래서 그 황희정승은 그 지끔 문산두 그 바닷가에 그, 그, 게 저 이, 그 물 들어오고 그런데 아니에요?

거기 그 양반 그 저 사당처럼 자기가 놀던 데예요.

고 아이들 공부 가르키고, 그 저기 정객에서(정치계에서) 나와서.

그리고 고 앞으로가 유원지가 되어가지고선 지끔 사람이 많이 끌고 식당 많이 해놓고 그랬거든, 거.

그렇게 잘하는데 그 뒷받침을 해준 사람은 맹사성이야(孟思誠, 맹사성(1360~1438년)은 고려말, 조선초 문신이자 재상을 지낸 인물), 맹사성이.

맹사성이 좌의정인데(左議政) 이 양반은 소를 타고 댕겨, 소.

돈 들어간다고. 가마도 안타고 소타고 댕기는 거야.

암소. 그것도.

그 인제 대구에 무신 큰 행사가 있어서.

맹사성 좌의정이 인제 황희정승이

"내가 여보, 갈 수가 없으니 저기 맹좌의정께서 갔다오시우." 그랬대요.

그니깐 거기 사람들이 인제, 그 양반이 기래도 무신 뭐 가마라도 타고 오고 뭐 크게 타고 올래니 하고들 인제 있는데,

아, 소 탄 사람만 하나 지나가거든?

그래서 인사도 안 했었요. 소를 타고 글로 돌아 들어오시더래.

그래서 그 대구 사람들이

"그 무신 양반이 그래 좌의정꺼지 허시는 양반이 암소만 타고 댕기냐"고.

그걸 물었대요.

"뜻은 무신 뜻으로 그러커냐?" 그러니깐,

"우리나라도 지끔 무신 큰 부자도 아니고 어려운데, 이거, 이 소타고 댕기면 소죽만 끓여주면 되는데 무신 돈이 들어가냐 뭐 들어가냐. 나는"

그이, 청백리야, 그 사람들 둘이.

신숙주의 묘자리를 뺏은 세조

자료코드 : 02_27_FOT_20100327_KHS_BSG_0004

조사장소 : 경기도 파주시 적성면 마지1리

조사일시 : 2010.3.27

조 사 자 : 김헌선, 김형근, 최자운, 김혜정, 변남섭

제 보 자 : 봉수길, 남, 80세

구연상황 : 단종, 황희정승, 맹사성 이야기에 이어서 계속해서 왕과 신화에 관련된 이야기가 이어졌다. 조사자의 의도된 질문에 의한 것이 아니라, 제보자가 바로 바로 이야기를 이어나갔다.

줄 거 리 : 세조가 자신의 묘자리를 좋은 것을 얻고 싶어서 자신과 친한 두 정승을 불러 술을 먹였는데 한 정승을 집으로 돌아가 버리고 신숙주가 남아 술을 먹다가 약해 취해 잠이 들었는데 세조는 시종을 시켜 오줌을 싼 것처럼 꾸몄다. 세조는 다음날 잠이 깬 신숙주에게 자신에게 묘자리를 주면 모든 잘못을 덮어주고 더 친하게 지낼 수 있다고 하면서 지금 포천의 창능 자리를 얻어 자신의

무덤을 썼다. 그래서 이씨 조선에서는 세조의 후손이 계속 왕위를 한 것이고 신숙주는 의정부 구성에 묘를 썼는데 그렇게 좋은 자리는 아니다.

근데 세조(世祖, 세조(1417~1468년)는 조선 제7대 왕. 조카 단종의 왕위를 빼앗아 왕위에 오름)는 어떻게 돼서 산자리(산소 자리)를 좋은 걸 얻었냐 하믄.

그 세조가 인제 나이가 한 사십까진, 을마(얼마) 살지 못하고 죽었어요. 그이도.

마흔 다섯인지 넷인지, 그렇게 죽었는데.

자기에, 그 산 자리를 읃어야 할 텐데 어떻게 할 수가 없으니깐,

그 저이 신숙주(申叔舟, 신숙주(1417~1475년)는 조선 초기 문신이자 관료. 단종을 저버리고 세조를 섬김) 산자리가 지금 그 저 세조 임금 자리예요.

저기 포, 저기 포천(抱川) 있자나요? 그.

그것 창능(昌陵, 창릉은 경기도 고양시 덕양구 용두동에 있는 조선 제8대 임금인 예종의 무덤. 여기서는 경기도 남양주시 진전읍 부평리에 있는 세조의 무덤 광릉(光陵)을 말하는 것인데, 제보자가 착각해서 진술한 것)이라고 그러나 무신 능이라고 그래요? 그. 그 능인데.

인제 구정승이 있고 저기 신정승 그렇게 있었어요, 인제 그때 당시에, 정승이 가까운 분이 인제 세조허고.

그래서 불른 거예요, 인제.

그 산을 뺏을려고, 그 자기 자리를 우정(일부러) 뺏을려고.

게, 밤에 인제 왔는데 그 구정승은 아주 뚱뚱하고 천하장사고, 이 신숙주는 약해요, 아주 호리호리한 이가.

그니까 그 독헌 놈의 술을 갖다놓곤,

'구정승, 한잔 잡수쇼.', '신정승, 잡수쇼.' 그러고는 '자수셔(잡수세요).'

그러고.

아주 얼말 술을 멕여 놨는지, 구정승 그 저 그 양반은 집으로 내빼버리고 이 이는 그 저 세조 임금 방에서 잤어요. 그냥.

근데 세조가 능글능글하니깐 아침에 주전자로다 갖다가 여기다[바지춤을 가리키며] 물을 부어 논거야.

오줌 싸, 그게 한 거처럼.

아, 아침에 일어나 보니깐 방에 기냥 오줌 싸서 물이 가뜩하고 클났거든.

그 뭐 어떻게 할 수가 없어서. 이 양반이,

뭐라고 말, 헐 말이 없잖아? 그게 오줌 싸 논 것처럼 해놨으니.

자기가 안했어도 그렇게 맨들어 놨으니깐.

그 세조가 종을 불르드니 '방 죄 치고(치우고) 밥상 들여와라.' 인제 그렇게.

게, 저기 그 신숙주보고,

"당신은 걱정 쬐꼼도 헐 게 음따. 당신네 신의주 잡아 논 거를 나하고 오늘 가서, 그것만 주면 나하고 뭐 오줌을 쌌든지 똥을 쌌든지 상관이 음따."

그 가니깐 참 좋거든, 그 자리가.

그거 우리나라에서 제일 좋은 자리예요, 세조임, 임금자리가.

그래서, 그 지끔 자손들이 전부 세조에 그 자손들로 내려오는 거예요, 그 대(代)로.

지금. 어태까지도 그, 이씨 조선 끄트머리, 세조 끄트머리는.

그서, 그 인제 죄(모두) 댕기다가 보고선, 저기 신숙주 그 양반허고.

"당신은 인제 나만 이 자리를 주믄 당신한테는 뭐 아무 말도 안 하고 무신 벌도 안 주갔다. 더 가깝게 지내갔다." 그니깐.

그 뭐 그땐 임금이 말 한 마디면 고만인데. 뭐 안 준대는 말을 해요?

뭐 못 하지, 꼼짝도 못하지.

그래가지고 신숙주는 저 의정부(義政府) 지나서 그, 저 구성마을(경기도 의정부시 고산동에 있는 구성말(九星洞). 구성말 근처에 신숙주 무덤이 있음)이라고 있어.

거기다 썼어요. 그 신씨네가.

그서 거기가 산소자리고 신숙주는.

그렇게 좋진 않더라고, 자리가.

이성계와 조선 건국 이야기

자료코드 : 02_27_FOT_20100327_KHS_BSG_0005
조사장소 : 경기도 파주시 적성면 마지1리
조사일시 : 2010.3.27
조 사 자 : 김헌선, 김형근, 최자운, 김혜정, 변남섭
제 보 자 : 봉수길, 남, 80세
구연상황 : 단종, 황희정승, 맹사성, 세조와 신숙주 이야기에 이어서 계속해서 왕과 신화에 관련된 이야기가 이어졌다. 조사자의 의도된 질문에 의한 것이 아니라, 제보자가 바로 바로 이야기를 이어나갔다. 이성계에게는 할아버지 이성계의 부친인 이자춘에게는 아버지, 할아버지와 아버지 호칭을 종종 혼동하셔서 구연하였다.
줄 거 리 : 이성계의 부친 이자춘은 전주에 살았었는데 전주 부사의 괴롭힘을 피해 홀로 계신 아버지를 등에 업고 아버지와 친분이 있는 삼척으로 갔다. 그곳에서 이자춘은 삼척부사의 집에 땔나무를 해 주며 부친을 모셨는데 하루는 나무를 하러 산에 갔다가 세 명의 스님이 명당자리를 말하며 지나가는 것을 목격하고 스님들을 협박해서 그 자리를 알아낸다. 그러나 그 자리는 시신을 금관에 담고 살인을 천명을 해야 묻힐 수 있는 자리라고 했다. 이자춘은 부친이 돌아가시자 누렇게 황금빛이 된 보리짚으로 부친의 시신을 감싸 금관을 꾸미고 사람의 머리에 살며 피를 빨아먹고 사는 이(蝨)를 천 마리를 잡아 살인을 천명 한 것으로 대신하여 아버지를 명당자리에 장사지냈다. 그리고 나서 함경도로 들어간 이자춘은 그곳에서 한씨 여자를 만나 이성계를 낳고 아들과 함께

군대를 양성해 여진족들을 막았는데 이 소식을 전해들은 공양왕이 이성계를 불러 놓고 보니 자신을 위협할 것 같아 중국을 정벌하라고 보냈다. 이성계가 중국을 치러 가는 도중에 소를 끌고 밭을 매는 사람이 '힘도 부족하면서 중국을 치러가는 어리석은 이성계'라는 말을 듣고 되돌아와 개성을 포위해 공양왕의 항복을 받았다. 그리고 흙도사라고 불리는 무학대사의 도움으로 한양에 왕궁터를 잡고, 또 금강산 도사들의 도움으로 왕궁도 잘 지어 조선을 개국하였다.

이성계 그 아부지가, 저기 전주에 살았는데 전주 부사가 내려와 가지고 선 어떻게 들볶는지 살 수가 엄드래요(없더래요).

그래서 이 양반이 인제 자기 할머닌 돌아가시고 할아버지를 인제 업고,

"할아버지가 얼루 가요? 아버지." 그러니깐,

"저 강원도 삼척으로 가자." 그러드래지 뭐야.

그래서, "삼척으로 가면 아버지 어떡해요?" 그러니까

"거기 박부사래는 사람이 아들이 살았다. 그래두 제 할아버지를 봐서 날 괄세를 하겠냐? 글루 가자." 그래가지구.

멫(몇) 달을 이제 걸어서 거길 가신거야.

저기 그 이승계(이성계) 아버지 이자춘이래는 이가.

게 가, 찾아가니깐 별로 반갑게 안하드래지 뭐야.

그 뭐 노인네 하나 업고 왔으니 뭐 좋아하겠시오?

그래서 가서 인제 어떻게 살 수가 없구 그러니깐 그 박부사 아들이래는 이한테 가서,

"나 좀 아부지하고 여기서 먹고 살게 해달라"고 그러니깐,

낭구(나무)나 좀 해오라고 그러대요, 낭굴(나무를).

게, 이 냥반이 인제 낭굴 지게로 해오니 그거 뭐 그 큰 집이 때는 거 뭐 당해요?

그, 참 며칠을 하다가, 이 니가(이가)

"박부사님, 소를 좀 주시면 내가 낭구를 많이 해오겠다"구.

"소에 싣구, 나두 지고 그렇게 허른."

그니까, "아, 우리 소 많으니깐 맘대루 하라"고 그러드래지 뭐야.

게 큰 왕소를 인제 길마를 맨들어서, 또 인제 여, 걸발이라고 또 이렇게 있어요. 고 놈에다 또 낭구를 달아가지구, 인제 하러 갔는데.

그 삼척에 어느 산골을 올라가니까, 그 올라가는데 언덕바지에서 쬐끄만 산소가 있더래.

그래서 참 여기도 무신 산소가 이런 델 다 사람이 살았나, 있냐고 인제 그루고선,

그 우에 올라가니깐 이렇게 펀펀허게(평평하게) 양지 발르구 그냥 이렇게 좌청룡(左靑龍) 우백호(右白虎)가 늘어섰는데 참 좋드래요.

그래서 참 낫을 인제 싯돌(쇠붙이를 가는 돌)을 가지 가서 갈구.

그루구 있으니까, 그 알루(아래로) 셋이 지나가믄선(지나가면서) 중이 셋이 지나가믄선,

그 쬐끄만 젊은 그 저기 중이, 저기

"대사님, 대사님." 그러드래요.

"왜 그러냐?" 그니깐

"아, 여기 대왕대지가 있대는데 어디냐?"고.

아, 우리는 그 양반이

"천애, 고얀 놈 누가 들으면 큰난다."고.

그 이승계 아부지가 들었지 뭐야, 그거를.

자기 아부지가 알, 앓고 기시니깐.

그래서 그 낫을 들구 톱을 들군 쫓아내려갔대요.

"지끔 당신이 그대루 나한테 알려주지 안으믄 당신네들 다 쥑이갔다."

아, 그니깐 이자춘이가 장군인데 그이도 키가 크고 아, 천하에 장사구 무섭게 생겼그든.

"그저 죄(모두) 쥑이지만 말아달라."고.

"고, 고대로 해드린다"고.

"검(그럼) 대왕대지가 어디냐?" 그러니까,

"쫓아오세요." 그러드래지 뭐야.

그래 거 가니까 참 저 화락 잘 자빠진 놈의 데가 좋드래, 산이 아주.

그러드니 "여기라구." 그러드래.

그러믄

"여길 암만 그러믄 여기다 우리 아버질 쓸 수가 있냐?"

"그럼 실을 가져왔냐?" 그러드래여. 실을.

"실도 가져왔다."

"그럼, 아주, 오늘 여기서, 자리를 아주 줄 띠어서 해다오. 못해도 이렇게 다 줄 띠어서 맨들어다오." 그러니까,

안 허면 죽인다고 그러니까 뭐 헐 수가 없잖아, 그 사람두. 안 해줄 수가 없잖아.

이 양반이 인제, 그 큰 대사님이라두 워낙 무서우니까 인제, 그 대로 다 해놨는데.

가믄서 그러드래.

"금관에다가 살인을 천(千)을 해야 되는데 니가 그럭할 수 있갔냐?" 그러믄 내려가드래.

그래서 그 이승계 아버지가 참 머리가 참 천, 천재래요, 좋대요, 아주.

그 냥반이 인제 그 박부사네 집이 소를 가지고선 낭구를 또 많이 해 가져가니까 좋아하드래지 뭐야. 그러드니,

"부사님, 하얀 소 한 마리만 주시면 좋갔시요."

"그건 뭘 하나?" 그래.

"우리 아부지가 병환이 나셨는데 그거를 잡숴야 났대요."

그니까 그 박부사, 근간(그러니까) 그 할아버지 친구니깐 나이가 많은 노인네지 뭐야.

그래서 "아, 거 그 어려워 말아라. 하얀 소 저기 많으니깐 하나 갖다가 아부지 약해드려라." 그러드래요.

그래 또 한 군데를 쭈욱 가니깐 보리짚이 아주 기냥 노랗게 한 걸 그 곳간에다 이렇게 싸났드래(쌓아놨더래).

그래 거가서 큰 절을 허구선,

"보리짚 서(세) 문만 좀 주시면 좋갔세요."

"그건 뭘 허냐?" 그러니깐

"우리 아부지, 그, 그것만 과(고아) 드리면 나으신대요."

"그렇게 좀 해주시면 안돼요?" 그러니깐,

"아, 아부지를 고친대는데 보리 석 단을 못 주갔냐?"

그르믄서 그 양반이 선뜻 또 주드래지 뭐야.

그래 갔다 집에다 갔다 잘 두고선.

그래 한군델 또 쭈욱 가니깐 농올칠(칡덩굴의 속껍질로 베를 짤 수도 있고 노를 만드는 재료로도 쓰는 '청올치'를 이르는 듯) 꼬드레, 이렇게.

농올치라구 있죠? 이렇게, 왜,

집인(당신은) 모를 거야. 칡 껍데기로 되선, 거 있었어. 옛날엔. 지직 맨드는 거.

(조사자 : 뭘 만들어요?)

지직(기직 : 왕골 껍질이나 부들 잎으로 짚을 싸서 엮은 돗자리).

(조사자 : 지직?) 응.

(조사자 : 지직이 뭐에요?) 땅에 까는 거.

(조사자 : 땅에 까는 거!) 어어. 그거 허느라고.

(조사자 : 멍석 같은 거요?)

아니, 거보담(그것보다는) 잔 걸루(것으로), 짚으로 해서 인제 대개 깔았어, 옛날에는.

그거, 집집마다 그거야. 흙방에다. 그걸 깔구 살았어, 옛날엔.

(조사자 : 으음. 방석 같은 거 말인가요?)

지직이라구, 아니. 응. 아이 얇, 얇은 거.

그르이, 그, 그 할아버지 보고 그러니깐

"이 농울치는 뭘 헐라 그러나?" 그러니깐

"우리 아버지가 병환이 나셨는데 그걸 한웅치만 괘(고아) 잡수면 나으신대요." 그러니깐.

그 노인네가 기냥 또 주드래.

"할아버지, 아버지를 약을 해드린대는데 뭐는 아깝겠냐? 어서 아버질 낫게 허게." 그러대요, 노인네가.

게, 참 고맙다. 그래가지고선 인제 이 니가(이가) 날을 보니까 날도 참 따듯하고 무척 좋드래.

게, 자기, 새벽에 일어나서 인제 자기 아부지를 인제 돌아가셨으니깐.

돌아갔댄 말두 안 하구 인제.

뭐이랗도 해가지구선,

죽은 소에다 인제 얻은 보리짚도 싣구 뭘 농울치도 싣구 인제 그렇게 해가지구 올라갔대는 거야.

이, 새벼가지구(감춰가지구) 아무도 몰르게.

게, 올라가서 왜 나무갱이(나무 막대기)를 이렇게 말뚝박고선 하고 요만큼씩 이렇게 홈을 팠어요. 인제.

돌로다 이렇게 허는 거야, 그거이, 그게. 장석도 맨들구 지터덧, 자리도 맨들구 그랬다구.

게, 그 제 아버지를 모실문(모시려면) 금관을 할려니까 보리짚루다가 인제 훑어선,

고러케 맨, 엮은 거야, 이렇게. 요만하게 해서 인제 눌려구(넣으려고).

게, 그걸 인제 얄따랗게 했으니깐 보드럽구, 빨근, 좋잖아? 노란 금관이니깐.

그래 그렇게 인제 그 재서 걸 해놓군.

그 뒤를 파가지고선 그 사람들 하래는 대로 해놓군.

고걸 갖다가 이렇게 쭈욱 깔아서 덮어놓으니깐 참 번쩍번쩍하드래. 금 관곁드래, 아주. 보리짚이.

그래서, 인제 소를 잡아선 막 구워서 인제 냄새를 막 피구,

그런 산지사 지내구, 고기두 인제 해서 저희 아버지 인제 제사 드리올라고, 인제,

간장허고 뭐, 소금 뭐 가지구 가선 헐 그건데.

거기 중이 왔드래. 그때. 다 해놨는데.

게, 그 우에 인제 홍기 덮을 꺼는,

그 박부사네 집이 인제 이렇게 널빤지를 맞는, 이렇게 두꺼운 놈이 있드래.

그걸 인제 소에다 싣구 가선 그걸 홍길 덮구 인제.

그래서 그 대사가 셋이 또 고 시간에 왔드래요.

그르드니 하늘 딱 쳐다보드니 그 이승계 아부지가

"대사님이 인저는 우리 아부지를 하관해두 되잖아요?" 그러니까,

"아, 된다구. 열두 시라구."

그래서 "그럼, 여기 사람 천명은 어떻게 했나?"니깐,

"이(蝨)를 천 갤 죽였습니다." 그드래.

이, 이 사람에 이가 들끓잖아?

"그 눔을(놈을) 한 천 마리도 더 죽였을 겁니다." 그랬대는 거야.

그 살, 살인 천(千)하는 거 아냐, 이것두.

그래서 그 대사가 가만히 들으니깐,

"천생에 당신이, 당신 아들이 왕을 할 사람이유. 당신 인제 늙어서 못 허구, 당신 아들 나믄 인제 왕이 될 사람이요." 그드래지 뭐야.

그래서 이 니가 인제, 그 중은 가구.

이 니가 인제 아부질 전부 다 해서 묶구,

조금 더둑하게(두둑하게) 비 안 드라가게(들어가게) 이렇게 깨끗이 해놓구선, 띠(무덤의 잔디) 입히구선.

소는 끌러선 넌 느히 집으로 가라.

또 지게는 바아서(부서서) 불 싸(질러) 놓구.

그리구선 인제 함경도로 들어간 거야, 이 니가, 함경도 북천이라는 데로. 혼자.

게 가서 참 장군이 그 기운두 씨구 그러니깐,

그 한씨래는 한 여사래는 여자를 만나 가지구 이승계를 낳은 거야, 그 얼굴 길다란 여자.

그, 그이 나이가 참, 이승계 아부지두 나이가 많은데두 인제 그 이승계를 낳는데,

하아, 얼굴이 이렇게 둥그렇고 그냥 호랭이 같은 무선(무서운) 아들을 낳지 뭐야.

그래서 그이가 그냥 군인을 많이 맨들어 가지고선 아들허구 인제 그 군인 훈련을 허구,

활 쏘구 인제 막 해가지고 허는데.

그 여진족이래는 게 있어.

중국서 있는 눔두 있구, 소련놈두 있구.

그 여진족이래는 놈들이 많이 나오는데.

그걸 그 사람이 병, 군인을 많이 양성시켜가지구 그걸 다 내쫓았어, 아주.

그래 거기 사람들이 인제 살기 좋은 사람 들어 왔다고.

그래 인제 이승계 그 양반 장갤 들어가지구선 이제 아들을 낳는데 이승곌 낳지 뭐야.

그이 이승계 그 양반이 인제 꿈을 꿨는데(꾸었는데) 그 나무갱이 세 개

를 쥐고 하늘로 날라 올라갔대.

서까래.

그래서 거기 인제 함경도서 그 이승계 낳기 전에. 그래 금강산엘 인제 왔대는 거야.

그 꿈이 아주 신기해서.

게, 그 암자 중헌테 가가지구 그러니까

"아유, 저 같은 사람이 그런 큰 꿈을 어떻게 해석을 해여?"

"그러면 누구한테 해야되요?" 그러니깐

"여기 흙도사라고 있음, 기심니다." 그러드래지 뭐야.

"그, 왜 흙도사에요?"

그러니깐 그 치, 칡 갈루 무신 소나무 갈루 뭐 그런 거만 먹어서 얼굴이 새까멓대, 아주.

그래서, 그래서 그 어른이 유명한데 흙도사라고 그럽니다.

그러니까 게, 거길 가서 그런 얘기를 하니까

"그건 아무 얘기도 허지 마시구 혼자만 알고 계시라"구.

"당신아들이 왕이 될 거라"고 그러드래 뭐야.

그래서 "그럼, 왕이 되믄 그걸, 그 도읍지를 잡고 그래야 할 텐데 그걸 어떻게 합니까?" 그니깐,

"인제 아덜 낳구, 아덜이 좀 크믄 오시라." 그러드래. 그이가, 그이가.

게 그 아이가 무학대사야.

(조사자 : 음. 아, 흙도사가?)

응, 흙도사가.

그 무학대사가, 인제 왜 무학대사냐하믄,

옛날에 인제 그 정승격에 있는 사람이 어느 여자를 인제 사겨 가지구 언네를 낳았는데.

그걸 표실 못해, 그때엔. 옛날 시절에는.

그 도저히 어떻게 헐 수가 엄잖아요?

그니까 그 흙도사 아부지가 그 무학대사 아부지가 그 강에다 내부렸어, 그 강 모래사장에다가.

참 일주일이 됐는데 가니까 그 흙다리 한 몇, 수십 마리가 그냥,

싸 가지구 뭘 갖다 멕였는지 눈이 똥글똥글하게 살드, 살아뜨래지 뭐야.

"아 이거 내가 죽이질 못할 사람이구나. 이거 크게 될 놈이구나 이눔이."

그니까 그걸 인제 어떤 산골에 가서 여자덜한테다 이제 얘기를 해

"인제 돈을 주께 앨 좀 키워달라."고.

그래서 아홉 살이 됐는데 걍 키도 크고 그냥 잘생겼드래지 뭐야.

그래서 자기의 그 소실(소생)이란 게 나오면 자기가 모가지가 짤라지니까 금강산에다 갖다 논거야.

넌 여기서 공부 좀 허고 좀 잘 도 닦고 있어라.

그리고 인제 이 닌(이는) 자기에 집이루 내려오구.

게 그래가지고 이 사람이 거기서 소나무, 소나무허고 깨끗한 것하고,

칡잎사귀 무신 칡뿌리 뭐 요런 좋은 걸로만 빻아서 그거로다 인제 물 타서 먹구,

돌(도를) 닦고 인제 그러고 있는데.

이승계 그 양반이 인제 아덜이 한 20살이 되고, 그니깐 아덜하고 둘이 거길 간 거예요.

가니깐 그 무학대사님이 얼굴을 보드니

"어휴, 왕을 하고도 남겄는데." 그러드래지 뭐야. 이승계보고.

"어휴 눈허고 뭐 정신력이 아주 왕감이라"구.

그래서 그때 인제 함경도로 들어가가지구서 인제,

또 둘이 인제 군인을 많이 뫄 가지구 인제 그 연이족(여진족)을 쫓고

그러는데.

함경도 감사가 있어, 그전에는. 지금 도지사 모냥으로.

함경감사가 임금이 불러서 인제 회의를 하니까 인제 그 도지사 회의를 하니까 지금쯤 도지사잖아요? 그전엔 감사.

그 회의를 하는데 그 햄경(함경)감사가 임금님한테,

"상감님께 죄(모두) 드릴 말씀이 있습니다." 그러니까.

곤양왕(공양왕의 와음)이

"무신 얘긴지 해보오." 이러니까,

"아휴, 거기 이자춘이라는 사람 부자가 와가지구 군인을 많이 맨들어가지구, 그 연이족이 하나도 안 들어오구, 아주 평탄 세월을 맨들었습니다."

그니까 그 곤양왕이 "그럼, 당신이 가서 그 사람을 좀 데리고 나와 보오. 내가 어떤 사람인지 좀 봅시다."

게, 그전에 걸어다니는 게 몇 달 걸렸잖아요? 그.

오래 걸려서 참 왔는데.

아, 공양왕이 보니까 참 출중하고 뭐 엄청나거든.

그래서 "우리 개성 그 번터(본토)를 지켜주쇼! 그 번터에도 망한 놈덜이 많아가지구선 내가 위험하다"구.

그니깐 인제 어, 몇 해가 지나갔는데.

이 공양왕이 가만히 생각하니깐 저 부자가 자기를 해칠지도 모를 거 것거덩(같거든).

그니깐 "당신네 메친(며칠) 날 저기 중국을 치시오."

그랬단 말야. 중국을 치, 치라고. 군인을 데리고 가서.

그니깐 뭐 임금의 명령이니깐 안할 순 없잖아요?

그래서 군인을 기양, 아니 지금으로 치믄(친다면) 일군사령관 격된 식으로 군인을 많이 맨들어가지구서 인제,

저어 강안도 함경도 국경꺼지 이제 올라가는데.

큰 고개를 뛰어 올라스, 스는데,

그 비탈밭에서 밭을 갈드래.

꺼먼 소하고 노란소의, 한 큰 농부가.

그르드니 이 소를 몰믄선

"이승계 웅, 보담 더 미련한 놈의 소야, 그래 올라서야 이, 밭이랑이 되지 그러케니 돼냐!"

그, 그 크게 소릴 질르니까 이승계가 다 들은 거예요.

게, "농부, 왜 이승계가 미련한 놈이요?" 그러니까,

"지금 비바람이 북풍을 치지 않습니까? 당신은 소국의 왕밖에 못할 사람인데 무신 중국을 쳐 가지구 뭘 헌대는 거냐고. 어서 가서 쬐끄만 나라 왕이나 하라고."

그니깐 이, 이승계가 참 그 거럴듯하지 뭐야.

바람은 기양 북치고 좌치고 비가 오고.

그 군인 가지, 가지가 중국을 뭘 쳐요.

그, 되돌아오는 거야, 이제.

되돌아오니까 개성 장안을 그 병력이 뺑 둘러 싼 거야. 인제.

그니까, 그 공양왕 보고 '항복해라!' 이렇게 된 거지. 인제 그 저기 이성계하고 이자춘이, 그 둘이 부자가.

그니깐 클났거든. 그 저기 흐, 곤양왕이.

자기 힘도 없고 그러는데.

그래서 그러믄 내 말을 세 가지만 들어주믄, 내가 옥쇄를 내놓겠다 그랬단 말야.

그 첫 번에 뭘 했냐믄, 그때가 동짓달인데 그 용자들은 강에 그 빤짝빤짝하는 고기가 있어요, 회로 먹는 거.

그건 못자리할 때만 나와요. 그 저기. 못자리허고, 그 고때 시기만 나오는 거야 그게.

게, 그 용짜들은 강에 가니깐 그 고기가 죄 노랗게 그냥 올라오드래요.
딱 강물이 춥지 않아서 얼지 않아서.

"그게 노랗게 올라오고 있습니다."

이러니까 그 뭐 할 말이 없잖아요?

그러면은 고 담날에 미칠(며칠) 있다가 또 불러선,

"용짜들은 강에 돌이 죄 구녁이 뚫리면 내가 내놓겠다."고 그랬다는 거예요.

그니까 "돌, 누가 가져와 봐라." 그러니깐.

아, 벌레가 죄 먹어서 죄 뚫려졌드래지 뭐야. 돌이 기냥.

벌레가 죄 뭐가 먹는지 그냥 뺑뺑뺑뺑 죄 뚫러졌드래.

게, 용짜들은 강마다 여섯 갤, 가 줘 와도 다 뚫러졌거던.

게, "강을 여섯 갤 가서 용짜들은 강에 가져왔는데 다 이렇게 뚫러졌습니다." 그러니까.

공양왕이 죽게 됐지 뭐야.

게, 그러면은 내가 말 한마디만 더 들어주우. 그러니까.

"그 하얀 까치가, 까만 옷을 입으면 내가 내논다." 그랬대는거야.

게 까친 그렇게 많던 눔이 엄꾸 전부 까마귀만 됐드래. 오두백.

응, 하얀 게 전부 까만 놈으로 전부 깔깔깔깔허구 돌아댕기더래.

그래서 "아이, 저 까치는 없고 전부 까마귀만 있는데요." 이러니까

"너 몇 군데 댕겨?"

"다섯 군델 댕겨봐도 다 그렇습니다." 그러니깐.

그 공양왕이 돌배를 타고선 요기 시우전이라고 연천이 있어여.

그 물이 인제 시우전 밑에꺼지는 옛날에 그 강물이 큰 깊이 몇 십길 내려갔어요.

그랬는데, 거가서 얕아지니깐 그 돌배가 가라앉아서 죽었대는거에요. 그, 공양왕이.

거기서 한 십리 올러와서 그 저기 시우전이라고,

왕씨네 웃(윗) 대(代), 그 왕덜(왕들) 해잡순(하신) 이덜 모시고 지살 지내는 덴데.

그래서 이승계가 옥쇌(옥쇄를) 뺏어가지고 인제, 그 저기 개성에서 인제 왕을 하는데,

그게 왕터를 봐야잖아요, 개성. 저 그 허던 데를 안 할려고 인제.

그래서 인제 그 무학대사하고 인제 이 냥반이 참 그 궁터를 인제 보러 댕기는데.

저기 저, 요기 교하라고 있다고. 그 지끔 저 교화 요기 있죠?

거길 와서 보니까 거기는 250년밖에 저 임금이, 임금 노릇을 하지 못할 데래.

그래서 왕십리루 갔대, 왕십리.

그 왕십리 가서 무학대사 죄 보더니. 이성계하고 이자춘이 그 어른 보고,

"아유, 여기는 300년도 못하는 데에요."

"그럼 어트허냐?"

"더 가봐야죠."

거기서 십리를 더 왔대. 그게 왕십리야.

그 궁터를 잡을랴구 왕, 그 왕터를 잡다가, 십리를 더가라고 그래서 왕십리를 왔는데.

궁을 지어놓으면 궁이 죄 헐어지드래지 뭐야.

그래서 이 무학대사가,

"내가 이기, 세상에 선, 집터고 뭐고 이렇게 잘 모르는데 이걸 어뜩하냐"고.

게 금강산에 인제 그 도사님들이 많잖아요.

거 가서 그런 얘길 하니까,

"그럼 무학대사는 그걸 무신 자리로 봤냐?" 그러니까

"학의 형국입니다." 그러니깐.

"학의 형국은 날개만 치면 제 헐어지는데. 그걸 사대문을 눌르고 해야지. 그러믄 안 된다."

그 동대문 서대문 그, 그걸 문을 먼저 했잖아요.

그렇게 해가지구서 지어놓으니까 그게 하나도 안 헐어지드래.

그래서 그 동대문, 서대문, 남대문 있잖아요? 그게 서문 동문 남문 그렇겠데.

그래서 그 사대문을 앉혀가지고, 그래서 인제 잘했는데.

(조사자 : 아, 어르신 그러면은 사대문을. 사대문을, 그러면은 그 학의 날개를 누르기 위해서 이렇게? 문을 만든 거에요?)

그렇지. 응, 학, 학이 저기 날갤 치지 못하게 하느라고.

(조사자 : 아, 그래서 문을 만든 거군요.)

그래. 그래서 문을 맨들은 거야.

그렇고 허구선 그 500년을 지냈잖아요?

이씨조선 500년을.

나무꾼에게 신세 갚은 노루

자료코드 : 02_27_FOT_20100327_KHS_BSG_0006

조사장소 : 경기도 파주시 적성면 마지1리

조사일시 : 2010.3.27

조 사 자 : 김헌선, 김형근, 최자운, 김혜정, 변남섭

제 보 자 : 봉수길, 남, 80세

구연상황 : 조사자가 나무꾼과 선녀 이야기를 물으니 그런 이야기는 모르겠지만, 이런 이야기는 있다면서 구연하였다.

줄 거 리 : 옛날에 한 나무꾼에 산에 나무를 하러 갔다가 포수에게 쫓긴 노루를 구해주

었는데 노루가 노란색 버섯을 물어다 주었다. 나무꾼이 노란색 버섯을 가지고 집에 왔는데 아버지가 돌아가시려고 해서 의원을 불렀더니 의원은 노란색 버섯이 모든 병을 고칠 수 있는 생노루 배꼽이라면서 아버지의 병을 고쳐 주었다. 그래서 나무꾼은 동네 사람들을 모아 놓고 산짐승을 잡지 말아야 한다고 부탁했다.

나뭇꾼이 갈퀴나무를 할려고 인제 많이 낭구(나무)를 꺾어 뿜어놨는데.

노루가 큰 노루가 헷, 헷.[기침 소리] 올러오드래요.

그러더니 자기 낭구한 속으로 들어가드래.

그래서 이 사람이 인제,

'아 저놈이 아마 나를 살려달라'고 그런 뜻으루다 가랑잎을 내서 글루 덮어줬대요. 노루를.

그리구 얼마 안 있으니까 포수가 사람하나 데리구,

"일루 노루가 금새 왔는데 못봤냐?"구.

게, 그 사람이 노룰 살려줄랴구

"난 노루 온 거 못 봤다."구.

그러니깐 그 노루가 인제 그 포수는 인제 멀리 돌아가구 뵈지 않을 정도에 인제 돼서.

그 낭구꾼이 가랑잎을 치워주구 인제 보냈대요.

게, 그 이튿날 또 낭구를 갔는데 자기 아버지가 인제 돌아가시게 됐는데 뭘 노랑 요렇게 버섯을 물구 왔드래.

그래서 그, 그 사람이, 그 노루가 말을 못 하잖아요?

그래 그럴 갖다 고기다 그 사람네 있는데다 놓구선 뭐라구 이 머리루다 뭐라구 귀루다 이리 허구 갔는데,

그저 내려가니깐 자기 아부지가 돌아간다고 그냥 아주, 그냥 대내미를 치구 금새 돌아가실 것처럼 그러드래.

'아 이게 아마 노루가 우리 아버지를 살려줄라구 그런거다.'

그래서 그 약, 약국에 인제 그 이를 불러오니깐,

"이게 뭔지 아세요?" 그러니깐,

"아, 그게 저기 그 노루 배꼽이라." 그러더래요.

저기 왜 생노루 배꼽.

"그 죽을 사람 살리는 건데 그걸 어디서 났나?" 그러더래.

그래서 그 "아, 노루를 글쎄 가랑잎 속에다 넣다 살려줬더니 이걸 갔다 놨는데",

"건 니 아버지 오늘 산다! 이거."

그래 그걸 폭 과서 드렸더니 그 양반이 살았대요.

그 백봉령이랜 거야, 백봉령.

음, 그 사향노루 배꼽.

그 사향노루 인제 배꼽에, 개미 뭐 무신 벌러지가 가서 들어가서,

막 헐어가지구 그게 인제 썩어 떨어진 거래요.

(조사자 : 근데 그렇게 명약이라는 거죠?)

응, 그게, 그게 좋은 약이래요, 백봉령이래.

먹으믄 그 안 낳는 약이 엄대요, 그거이.

(조사자 : 음, 노루가 나뭇꾼에게 은혜를 갚은 거네요?)

그렇지 은혜를 갚았지 말은 못해두.

(조사자 : 이런 얘기 처음 들어봐요, 어르신.)

그래서 그 아부지 살린 이가 동네 젊은 사람들을 뫄(모아) 놓구,

"이후에두 노루 그런거 짐승 잡지 말아라. 그것들 살랴구 나와서 말은 못해두. 우리 아부질 살려 논걸 봐라. 그러니 니들도 앞으로는."

그게 추워선 인제 눈이 많이 오믄 이, 곧, 집으로 내려와요.

그 전에 우리집이 저위, 저위 살았는데, 우리집에 세 마리가 왔어요.

꿩 한 마리허구 노루하구.

그래 그 우리 아버지가 시레기 인제 그런 걸 갖다주구선,

딴 사람들이 "잡아먹자!" 그러니깐,

"이건 잡으믄 큰나는 거야! 우리부락이 다 망한다."

그 한 열흘있으니깐 엄어졌어요, 달아났어요. 저 눈이 녹구 인저 그러니깐요.

그래서 그리군 우린 잘 돼서 땅사구, 뭐 되구 부자가 되구.

그, 그 건넛집이선 잡아먹었어 그걸.

근데 자기 어머이 아부지 금새 돌아가시구 그냥, 좋지 않은 일이 나구 그랬어.

게, 짐승은 들어온 거는 잡지 않는 거에요.

(조사자 : 자기 집으로 들어온 짐승은)

네, 꿩이나 노루나 무신 아무 거라두.

그래 산에 사는 놈인데 집으로 들어올 때는 위급해 들어왔거던.

겐 그걸 살려 보내애해, 그 집이 되지. 그걸 죽여 잡아먹구 그러면 안 되지 뭐에요.

그 우리 아부지는 그거를 문 걸어놓구 인줄을 맸어, 누구 들오지 못하게.

저기 사람오지 말라고.

겐 누가 와서 알, 붙잡아다 잡아먹자 그를까봐.

근데 한 열흘 되니깐 인제 눈이 녹고 인제 비, 그러구 그러니깐 지가 뛰나갔어요.

그거 저 울타리 구녕으로다.

게 그런건 쥑이지 않는게 좋아요 아주. 네.

밥 많이 먹는 마누라

자료코드 : 02_27_FOT_20100327_KHS_BSG_0007

조사장소 : 경기도 파주시 적성면 마지1리

조사일시 : 2010.3.27

조 사 자 : 김헌선, 김형근, 최자운, 김혜정, 변남섭

제 보 자 : 봉수길, 남, 80세

구연상황 : 조사자가 '밥 많이 먹어 소박당한 마누라' 얘기는 없느냐고 묻자 바로 이 이
야기를 해주었다.

줄 거 리 : 옛날에 홀아비로 오래 산 사람이 마누라를 얻었는데 여자가 바가지에다 밥을
많이 먹는다고 내쫓으려고 하자 여자가 남자의 밥을 바가지에 바꿔 쏟아보게
했더니 남자가 더 밥이 많았다. 남자는 아내에게 사과하고 이후 잘 살았다고
한다.

(조사자 : 어는 집에서. 그, 마누라를 얻었는데. 인제 밥을 하도 많이 먹
는 마누라, 그런 얘기 혹시 없습니까?)

그 있었죠 내쫓는

근 왜 그랬냐면 인제 홀애비로 산, 오래 산 사람인데.

그 전에는 그릇이 읍스니깐 바가지다 밥을 먹었어, 여자는.

바가지에다가.

그니간 이 사람이, 미련한 사람이 밥을 무척 많이 먹는 거 같거든.

그니 가라 그른 거에요. 가라고.

그니 여자가,

"나 살러왔는데 왜 가래냐?"

"난 너 벌어먹이질 못하겠다. 그 바가지로 하나씩 밥을 먹으니."

그니까 그 여자가 하는 말이,

"금(그러면) 당신 먹는 걸 바가지에 쏟아놓고, 나 먹는 걸 당신 먹는 걸
로 이렇게 바꿔 해 보자."

그니깐 아, 더 많이 뭐야 바가지에 쏟아 놓으니까.

그래서 그 남자가 마누라 보고 내가 잘못했다고.

응, 몰라서 내가 난 홀애비로다 그냥 오래 고생을 하고 산 사람인데,

당신이 몇 그릇을 먹는 줄 알고 난 못 벌어먹는다고 안 산다고 그랬는데, 같이 살자고.

그니깐 그, 그 마누라가 그럴 수도 있지 뭐, 그래가지고 잘 살드래요, 그.

게, 그 바가지 밥보고 내쫓았단 얘기가 있어요, 옛날엔.

바가지가 그 많아 뵈잖아요. 그 큰 그릇이.

무척 많이 먹는 줄 알고. 미련한 사람이지 뭐.

여자가 먹으면 얼마나 먹갔어. 그거를 밥 많이 먹는다고 내쫓을랴 그러니.

감박산 빈대절터

자료코드 : 02_27_FOT_20100327_KHS_BSG_0008
조사장소 : 경기도 파주시 적성면 마지1리
조사일시 : 2010.3.27
조 사 자 : 김헌선, 김형근, 최자운, 김혜정, 변남섭
제 보 자 : 봉수길, 남, 80세
구연상황 : 절에 빈대가 많아 불태웠다는 '빈대절터' 이야기를 묻자, 적성면에서 큰 산인 감악산에 그 절터가 있었다며 이야기를 해주었다.
줄 거 리 : 감악산에 있던 어느 절에 빈대가 너무 많아서 살 수가 없어 젊은 중이 상좌중에게 빈대를 없애기 위해 불을 놓자고 하자 상좌중은 그러면 절이 불에 타버릴 것이니 차라리 절에서 도망치자고 해서 절을 떠났다고 한다.

(조사자 : 어르신 뭐 빈대절터라는 얘기 있어요?)

네, 감박산(감악산)에 있어요.

(조사자 : 빈대절터가?) 네, 네.

(조사자 : 건 어떤 얘기가 있습니까?)

건 인제 저 감박산에 큰 절인데 빈대가 어트게 많은지 살 수가 없드래,
빈대를.

그래서 "불을 놔야하나요? 저걸 어특하냐?" 닌깐,

상좌중이,

"마, 불을 놓면 절이 다 타지." 그치 않아요?

그 지금 절이 암두 없쟎아요.

그니깐 천, 천연 도망갈 수밖에 없지, 어트하냐고, 거. 밑에 중이 이리
니깐.

그 노인네가,

"임마, 이렇게 큰 절을."

그 고려 때 절이에요, 옛날에 고려 때.

(조사자 : 감박산에도 빈대절터가 있었군요?)

있어요, 있었어요. 원불도 큰 게 있구.

(조사자 : 하두 빈대가 많아서 불을 태워버려 가지구.)

그 불을 태울랴구 그니깐 아깝구, 우리가 도망을 빼면돼지 그걸 왜 불
을 태냐?

그게 누가 뭐 사람이 엄스니.

그전엔 빈대 죽이는 수가 없쟎아요,

그 빈대가 워낙 많이 댐벼 빨아먹으니깐 살 수가 없으니깐.

고려 요승 신돈

자료코드 : 02_27_FOT_20100327_KHS_BSG_0009

조사장소 : 경기도 파주시 적성면 마지1리

조사일시 : 2010.3.27

조 사 자 : 김헌선, 김형근, 최자운, 김혜정, 변남섭
제 보 자 : 봉수길, 남, 80세
구연상황 : 앞서 '빈대절터'가 중에 관련한 이야기였기에, 자연스레 중에 관한 이야기가
　　　　　 연결되었다. 그중 신돈의 이야기이다.
줄 거 리 : 고려 공양왕 시절에 신돈이라는 나쁜 중이 있었는데 절에 와서 기도를 해서
　　　　　 아이를 얻으려는 여자들을 겁탈을 해서 나중에 보니 고려 개성 장안에 대다
　　　　　 수의 아이들이 다 신돈의 자손이었다. 고려 지식인들은 나쁜 짓을 많이 한 신
　　　　　 돈을 미워해서 목(木)자가 왕이 된다는 소리를 많이 했는데 과연 조선은 성씨
　　　　　 에 나무 목자가 들어간 이(李)씨가 왕이 되었다.

　고려 그 곤양왕(공양왕의 와음) 적에는 그 저기 중이 신돈이래는 중이
있었어, 신돈이.

　신돈이래는 중이 그 나이가 많구 나쁜 사람이야.

　그 곤양왕(공양왕의 와음)이래는 사람은 열세 살인가 열네 살 되서 왕
이 됐어요.

　그니깐 이, 이놈이 맘대로 하는 거예요. 그 곤야, 저기 신돈이래는 놈
이.

　그래가지구 뭐라고 써 붙였냐면 방을,

　'우리 절에 와서 절을 허구 기돌 드리면 아들을 난다.'

　이렇게 써 붙여서 개성 장안에 언내(어린내) 못 난대는 이,

　인제 그 참 벼슬도 한 집이 부인덜 그런 이들이 인제 오믄,

　절 허는데다가 지금 저기 저, 왜 올라가고 지, 지하, 저기 있잖아요, 칭
칭대 올라가는 거 뭐예요?

　(조사자 : 네, 에스(에스컬레이터).)

　그거 식으로 맨들어 놨어요, 이놈이.

　그래가지구 이쁜 여자가 인제 오믄 그 줄만 내리면 덜커덕 내려와요.

　그 내려오게 해놨어여. 그러구 도로 가 올라가 붙어요, 그놈이.

　그니깐 절에 간 색, 샥시라는 게 그때 말이야, 절에 간.

그 이런 방에 혼자 여자가 내려와 떨어졌으니, 그 남자가 거, 시니 그 남자한테 당하지 않을 수가 읎잖아요?

그니깐 그 중 신돈이래는 사람이 정력이 좋구 아주 그냥 잘생겼대요.

그니깐 "내말을 안 들으면 당신은 죽구, 내말을 들으면 당신은 가서 아들을 나가지구 당신 남편한테 대우받고 살텐데 왜 그르느냐?"

그러니깐 그 여자가 가만히 새니깐(생각하니깐),

잘못하면 죽을 것두 같구, 그눔한테 당하면 또 좋을 수도 있구. 그러니깐 그 사람한테 당한 거예요 인제. 사람들이 맘이 약하니까.

그래가지구 그게 이제 몇 십 년 됐는데 이 사람이 그 하루는 인제 빨간 띠를 둘르라 그랬시요, 노란 띠허고.

게, 개성 장안에 거진 다 빨간 띠 신돈의 아들이래는 거요 다.

그래가지구 그 개성 장안에, 그 글 많이 배고 그런 이들은

"목자씨가 왕이 되네 목자씨가 왕이 되네!" 그랬대.

목자씨.

나무 목(木)밑에 아들 자(子)자 하면 오얏 리(李)자 아니야? 이씨네.

"이씨네가 왕이 되네 왕이 되네." 그랬대.

신돈이란 놈 뵈기 싫어서.

어서 저기 이 고려는 망해야지 안 된다구.

그래서 곤양왕(공양왕)이 망했지 안했어요? 그 신, 이성계한테.

그래가지구 개성 도읍이 인제, 그것두 오백년 도읍 찼어요.

그렇게 해가지구선 이성계가 서울로 도읍질 왼겼잖아요.

오성 대감의 어린 시절

자료코드 : 02_27_FOT_20100327_KHS_BSG_0010

조사장소 : 경기도 파주시 적성면 마지1리
조사일시 : 2010.3.27
조 사 자 : 김헌선, 김형근, 최자운, 김혜정, 변남섭
제 보 자 : 봉수길, 남, 80세
구연상황 : '거짓말' 그리고 '거짓말 하는 점쟁이나 무당'과 관련한 이야기를 물었지만 이
에 대한 이야기는 알지 못한다고 하였다. 그러다 '거짓말'과 연관 있는 오성대
감과 감나무 이야기를 하였다.
줄 거 리 : 오성대감이 아홉 살 때 자신의 집 감나무가 옆집으로 넘어갔는데 그 가지에
달린 감을 서로 자기 것이라고 하며 할아버지와 아랫집 할아버지가 싸우는
것을 보고 자신의 팔을 아랫집에 뻗어 누구의 팔인지를 물어 아랫집 할아버
지의 승복을 받아냈다. 또 아홉 살인데도 할아버지와 장기를 두면 늘 이겨서
어릴 때부터 크게 될 인물인 줄 알았다.

감나무가 있는데 그 아래집이 할아버지는 자기네 감나무라 그러구.

또 윗집이 할아버지는, 오성대감님 저, 그 양반은 자기네꺼라고 그러구
싸우시드래요.

게 오성대감님이 이 때 인제 아홉 살인데,

그 오성대감네 집에 울타리에서 이렇게 팔을 내밀었대요. 그 아랫집 할
아버지보고.

"할아버지 이거 제 팔이에요? 할아버지 팔이에요?" 그러니깐,

"그건 네 팔이지." 그니깐,

"그럼 우리꺼죠. 우리 마, 우리 안에서 글로 걷어나갔는데.

그러믄 할아버지가 그걸 우리 할아버지한테,

"여보게 몇 개 주게 그래야 게 옳으세요? 할아버지네 꺼라구 그래야 옳
으냐구?".

그니깐 그 아래 할아버지가 오성대감님 그 양반보구 그 때 아홉 살인
데,

"여보게 젊은 친구, 내가 잘못했네. 응, 젊은 친구 내가 잘못했네." 그
러더래요.

그러니깐, "할아버지 잘못하신 건 아니구, 경우가 이건 우리 터에서 자라가지구 글루 갔으니깐 우리껀데 참 몇 개 달라구 할아버지가 그리셔야 옳아요? 그걸 싸우셔야 돼요?" 그러니깐,

"젊은 친구, 내가 잘못했어. 이젠 앞으루 절대 그렇게 안하께. 한번 봐주게." 그래드래요.

그니까 오성대감님이,

"할아버지하구 두 분이 잘 지내셔야지 그렇게 싸우시면 되냐고?"

게, 장길 두는데 오성대감님이 제 할아버지하고 장길 두는데 오성대감이 아홉 살인데 꼭 진데. 손주헌테.

게 손주보고,

"애 물러다오." 그러니깐,

"할아버지 장기는 물러주믄 이기는 수가 있나요? 지셨으면 다시 허셔야죠." 그리구 그러더그든,

근까 할아버지가,

"야, 이눔아 할아버지가 한번 물러 달래는데 그걸 안 물러주구 다시 두자 그러니 난 섭섭하다."

그러니깐 오성대감님이 그걸 아홉 살인데,

"할아버지 그 경우가 장기는 물르믄 이길 수가 읍지 않냐?" 구. 응?

"그러니깐 또 한 번 둬서 이기셔야지 그럭허시면 안 된다."고.

그러니깐 오성대감님이 그 경우가 옳잖아요, 그 아홉 살 먹은 손주라두?

"야, 과연 넌 큰 사람이다. 내가 이번엔 진 걸로 허고 다시 두자."

그러니깐 오성대감이 져줬대요. 할아버지를 위해서.

그러니깐 오성대감님 할아버지가,

"이번엔 니가 져줬지?" 그러니깐

"아유, 할아버지 정식으로 해서 졌는대요 뭘 져줘요?"

그리구 할아버지 맘을 위로해주드래.

그래 그 큰 이에요.

그이가요 그이는.

사람으로 변한 오래 묵은 쥐

자료코드 : 02_27_FOT_20100327_KHS_BSG_0011

조사장소 : 경기도 파주시 적성면 마지1리

조사일시 : 2010.3.27

조 사 자 : 김헌선, 김형근, 최자운, 김혜정, 변남섭

제 보 자 : 봉수길, 남, 80세

구연상황 : 조사자가 '지네가 변한 얘기'라던가, 이른바 '이물'이 변신한 이야기를 묻자 이
          이야기를 해주었다.

줄 거 리 : 일본 왜정 때 함경도 어느 집에서 아들이 징용을 나갔다가 다른 사람은 아직
          돌아오지 않았는데 혼자 돌아왔다. 그리고 몇 년 있다가 진짜 아들이 돌아왔
          지만 부모와 아내 모두 받아주지 않아서 금강산 도사를 찾아가 사정을 말했
          더니 쥐가 오래 묵어 변신을 한 것이니 오래된 고양이를 구해가라고 했다. 남
          자가 오래 묵은 고양이를 데리고 집으로 갔더니 고양이가 가짜 아들에게 달
          려들어 물었더니 쥐로 변했다. 그래서 남자는 아내에게 쥐좆도 모르냐고 타박
          하는 말이 나왔다고 한다.

건 모르는데.

(조사자 : 아니면, 지네 서방이 밤마다 어디 나가는데 바늘을 꼽았더니
지네였더라 뭐 이런 얘기? 으, 음. 그런 건 아니고 인제 내가 그, 함경북
도 옛날에,)

그 아직 집들, 몇 집들 안사는 덴데, 일본 전기(전쟁 시기) 때 징용을
나갔대요, 아들이.

그랬는데 딴, 딴 집들 아들은 안 왔는데. 그 집 아들이라 그러고 왠 사
람이 들어왔대. 들어와 살았대요.

그랬는데. 아들이 참 몇 년 있다가 진짜 아들이 온 거에요

근데, 이건 아니라고 그러고 그 딴 사람만 아들이라고 아버지 엄마가 그러는 거야. 저기, 자기 처도 그러고.

그니깐 이 사람 기가 막혀서, 그 금강산에를 인제 찾아가서 그 유명한 할아부지한테 그런 얘기를 했대요.

(조사자 : 진짜 아들이.) 응, 응.

"저가 진짜 아들인데, 진짜 아들이라고 하는 사람이 와서요, 살믄선 저희 처하고 사는데 이걸 어트케요?"

그러니까 그 양반이 뭐라고 그르냐면,

'그게 쥐가 천, 오래 묵어가지고 변, 변도(變道)를 부리는 거'래.

(조사자 : 지네가 변신해서?) 쥐, 쥐, 쥐가.

(조사자 : 쥐, 쥐?) 응. 쥐가. 그니깐

"그럼 어떻게 합니까?"

그니깐

"고양이를 많이 묵은 거를 가져가라."그래더래.

고양이. 오래 묵은 거 사가지 가라구.

그래서 대니면(다니며) 물으니깐 뭐 이십년인가 됐대는 고양이가 있드래요.

그걸 푸대(자루)에다 인제 눠가지고 가선 밤에 눠두라고 그러더래.

게 놓으니까 그냥 그 괘이(고양이)가 그냥 물어서 탁 치는데.

그, 저기가 쥐래지 뭐야 쥐.

그래서 그 저기가 하는 말이 그 남자가 여자보고

"이년아 쥐좆도 모르냐, 이년아!" 어? 그랬대요.

"쥐좆도 모르는 년이냐!"

그러니까 속은 거지 뭐야. 그 그놈은 도, 도사. .도변, 도변을 부린거고.

그래서 그 저기 옛날에 그런 말이 나왔대요. 그, 그런 망한 일이 있어서.

그래서 즈이 어머니 아부지 보고두.

그래 그렇게, 그니까 그놈이 아들처럼 뵈고 진짜 게 아들은 아들처럼 안 뵀길래 그랬갔지 뭐.

그래서 그 죽은 년에 보니까 오래 묵은 놈의 쥐드래.

그, 그래 그 괭이가 잡아서 탁 쳐가지구선.

음. 그 함경북도에서 그 쥐좆도 모른다는 소리가 그래서 나왔대는 거에요, 그이가.

변신한 여우를 퇴치한 아이들

자료코드 : 02_27_FOT_20100327_KHS_BSG_0012
조사장소 : 경기도 파주시 적성면 마지1리
조사일시 : 2010.3.27
조 사 자 : 김헌선, 김형근, 최자운, 김혜정, 변남섭
제 보 자 : 봉수길, 남, 80세
구연상황 : 앞서 쥐가 도변한 이야기에 이어서, 또 동물 등이 변신한 이야기를 묻자 이 이
          야기를 구연하였다.
줄 거 리 : 여우가 아이들만 있는 집을 알고 그 집을 찾아가서 문구멍으로 방안을 들여
          다보며 아이들을 잡아먹으려고 했다. 그러자 여덟 살 먹은 아이가 화로에 달
          군 쇠꼬챙이로 여우의 눈을 찔러 죽여 목숨을 구했다고 한다. 여우는 시체를
          얕게 묻으며 파먹기도 해서 삼우제 때는 산소에 가서 이를 확인하기도 한다.

(조사자 : 그렇게 또 도변(道變)한 얘기 또 없습니까?)

패이, 또 여우가 그렇게 많이 했죠, 옛날에는. 여우, 여우가

(조사자 : 그거에 관련한 얘기 있습니까, 또?)

여우가, 인제 그, 맨날 고개 그런 데를 인제 좁은 길로, 사거리 그런 데로 잘 댕기잖아요, 인제.

한 군데 아이들만 사는 걸 요놈의 여우가 알은 거에요, 인제. 아이들만. 아이들만 있는 걸 인제 잡아먹을려고.

근데 요놈의 아이들이 인제 꾀가 많고 약아가지고,

그 저희 엄마 아부지가 가믄선,

"너 여우나 호랭이들 여기 많으니깐 단단히 해라." 그래믄선 인제,

그 숯 굽다 남은 불, 고걸 이래 느면서(넣으면서),

"문을 한 쪽엘 뚤러(뚫어) 놔라." 그랬대요 높이.

그 가스가 있으니까.

그 거기다 인제 화젓갈(화젓가락. 불을 뒤적일 때 쓰는 기다란 도구)이라고 하는 거 있죠? 옛날에.

화젓갈하고 인두하고.

고놈을 거기다 구, 달궈놓으라고 그랬대요.

그러니까 이 놈이 와서, 그 오래 묵은 놈이 여우가 와서.

문구녕으로 뚜르고(뚫고) 들여다보면선

"넌 잡아먹으러 내가 왔다"

그, 그런 식으로 말은 못해도.

여우 소리를 허더래요.

그닌깐 그 아이가 하나 인제 일곱 여덟 살 되고 인제 딸아이는 나이 많은데.

딸아이가 그 화젓갈로다가 여우 콧구녕을 찔렀대요.

콧구녕을 꽉 찔렀대요, 인제. 그 새빨갛게 달군걸로.

그 나가다 죽지 지가 살아 콧구녕을 냅다 잡아 뚫렀으니.

그 그 여우 같이 왔던 놈은,

그 아무 여운진 몰라도 어떤 건지 하나 죽었으니깐.

이놈도 내뺏대, 내뺐대지 뭐에요.

게, 그 이튿날 아침에 동네서 사람들이 뫴는데,

"이게 어떻게 된 얘기냐" 그니까?

아, 여우가 두 마리가 와서 잡아먹는다고 그르니까,

우리가, 아버지가 그렇게 어머니하고 그거 가지고 찌르라고 그래서 찔러서 가지고 하나는 죽었다고.

그래서 그 여우가 그 아이들한테 죽었대는 거에요.

그거, 그놈의 여우가. 그 여우도 이, 아주 여우 도사부려요, 여우도.

그 백년 넘으면 옷도 도변부리는 거에요. 여우가요.

(조사자 : 영물스럽네요.)

네, 영물스러와요, 여우는.

여우는 이 산에 읍어야 되요, 그건. 죽은 사람 죄 파먹고요.

장사지내면 아이들 죽은 거 갖다 내버리면 금새 거, 끄내다 먹고.

얕이 묻으면 그 여우가 파먹었어요, 그전엔.

그래서 그거 여우 못 파먹게 하느라고 삼우지(삼오제)를 가는 거에요. 그.

여우가 파먹었나 보느라고.

(조사자 : 아, 삼우제를 그, 그 때문에 가는 거에요?)

그 땜에 가는 거에요. 거.

(조사자 : 아, 나는, 저는 삼우제를 그래서.)

여우가 파먹었나,

또 산수(산소)가 어떻게 잘못되지는 않았나,

그거 다시 확인허러 가는 거에요.

네, 네.

시아버지를 모시고 사는 과부와 결혼한 노총각

자료코드 : 02_27_FOT_20100327_KHS_BSG_0013
조사장소 : 경기도 파주시 적성면 마지1리
조사일시 : 2010.3.27
조 사 자 : 김헌선, 김형근, 최자운, 김혜정, 변남섭

제 보 자 : 봉수길, 남, 80세

구연상황 : 조사자가 '방귀며느리'에 대해 묻자, 이 이야기는 알지 못한다며, 며느리와
　　　　　관련된 이 이야기를 구연하였다.

줄 거 리 : 남편과 사별한 한 며느리가 시아버지를 모시고 산다. 이웃집 노총각이 그 과
　　　　　부와 살기를 원하자, 자신의 시아버지를 잘 모셔달라는 부탁을 한다. 가난한
　　　　　노총각은 과부와 결혼하여 시아버지가 돌아가실 때까지 잘모시고 땅도 얻게
　　　　　된다.

한 사람이 인제, 그 웃집이, 앞집 사람이 젊어서 죽었대요.

그리구 아들도 못 낳고.

게, 그 인제 그 앞집 사람은 장가도 못 가고 인제 이렇게 사는데.

(조사자 : 그럼 과, 과부하고 총각인가요?)

총각이지요. 그 인제 시아버니를 모시고 살고.

근데 그 옆에 할머니한테 가서

"저 과부하고 살려면 어떻게 해요?"

그러니까. 문을 백일 동안을 열어보라고 그러더래요.

대문을 가 뚜들겨 보라고.

"그러면 어떻게 되요?" 하니까,

"백일이면 열어준다."고 그러더래. 백일 날, 되는 날은.

그래서 이, 혼자 사는 총각이 날마다 가서 뚜들겼대요. 세 번 씩요.

그니까 백일 되는 날 문을 활짝 열어놨더래.

그 인제 들어갔대요.

들어가니깐 그 여자가 허는 말이

나는 우리 아버지, 우리 남자는 죽었지만 우리 아버지는 내가 모시고
살아야 된다.

그니까 당신이 와서 우리 아버지 아들 노릇허고 살고, 나는 당신 남편
노릇하고 살고.

아버지가 돌아가시믄 장사지내드리면 된다.

그렇게 할 수 있으면 나하고 사는 거고, 그렇게 안하면 난 못산다. 그 랬대요. 그 여자가요.

그 여자도 똑똑한 여자지 뭐에요?

우리 아부질 내가 놔두고 가면 우리 아부진 누구하고 사냐?

우리 아버지는, 그럼 당신은 우리 아버지 땅 있는 거 당신 앞으로 되고, 나는 동네서도 시아부 잘 모셨다고 칭찬 듣고 그렇게 살 거 아니야?

그러니까 이놈이 가서 그 어른들한테 물어봤대.

"아, 저 여자하고 살재니깐 그 노인네 아들노릇을 허고 살래요. 그렇커 면 산다고 여자가 그래요."

"야, 이 자식이 그러면 좋지. 그 여자 부잔데, 그 남, 할아버지가 부잔 데 땅도 은고 임마, 여자도 은고 넌 큰 횡재래는데 왜 그렇게 못사냐?"

그니깐 자, 동네서도 칭찬이 많드래지, 뭐야 그.

그 메느리도 훌륭한 메느리가 되고,

그 이 사람도 인제, 일도 잘하고 농사도 잘 짓고 인제 그 할아버지도 극진히 인제 모셔서 참,

나이가 많도록 인제 잘 사셨는데.

그 인제 돌아가시고 나니까 그 노인네가 하는 말이,

자네는 그 우리 농토를 내 아들로 여태 있었고 나한테 잘했으니까 다 갖고,

또 며느리는 너는 저 사람하고 백년해로해서 잘 살아라.

그니까 아들을 둘을 낳았는데. 그 아들 하나 큰 아들은 내 앞으로 해달 라고 그르더래요 그 노인네가.

그래서 그 큰 아들은 그 할아버지 앞으로 해주고,

그 작은 아들은 자기 앞으로 해서 그렇게 잘살았다는 얘기가 있어요, 저기 그.

저승 다녀온 이야기

자료코드 : 02_27_MPN_20100320_KHS_BSG_0001
조사장소 : 경기도 파주시 적성면 마지1리
조사일시 : 2010.3.20
조 사 자 : 김헌선, 김형근, 최자운, 김혜정, 변남섭
제 보 자 : 봉수길, 남, 80세
구연상황 : 저승 갔다온 이야기나 저승사자 만났다는 이야기가 없는지를 물었더니 이 이
        야기를 구연하였다. 옛날이야기가 아닌 본인이 직접 경험했던 이의 이야기를
        들었던 것이다.
줄 거 리 : 구마지 사람이 죽어서 다음날 염을 하러 들어갔는데 갑자기 시체를 묶어놓았
        던 끈들을 끊고 사람이 다시 살아났다. 그러더니 저승에 가서 보니 이승에서
        잘 살던 사람은 아주 어렵게 살고 이승에서 어렵게 살던 사람들은 아주 부유
        하게 잘 살더라면서 저승 다녀온 이야기를 해 주었다.

여기 구마지 사람이 인제 근(그거는), 저가 본건데요.

밤에 아홉시에 돌아가셨는데,

인제, 근깐 초저녁에 9시에 돌아가셨는데 밤에 인제 수세(수시(收屍) :
죽은 시신이 오그라드는 일을 막기 위하여 몸을 끈으로 묶는 것.] 거뒀어
요. 한 열시 넘어서요.

그래가지구 그 이튿날 인제 염을 하러 인제 열한 시 쯤 들어갔는데,

이 끄나불(끄나풀)이 우두툭툭툭 소리가 나요. 이렇게, 이, 이 그 묶고
그런게요.

그래서 그 평풍(병풍)도 못치고 그 난리나고 돌아가셨는데 그냥, 돗자
리, 지짓거, 헌거 그런 거 쳤는데,

아, 그 눈을 딱 부러뜨구선 아들 보고 너 이놈아, 왜 날 묶어 놨냐고

호령을 허는 거에요.

그때 그이가 아흔 한 살인데.

그래서 내가 그랬지.

"할아버지, 할아버지가 어저께 아홉시에 돌아가셔서 우리가 열시 반에 이렇게 수세를 거둬드렸는데 할아버지가 돌아가신 줄 알고 했는데 우리가 잘못했습니다." 인제 그러니깐,

느덜이 뭐 잘못했냐.

아들 보고도 불르더니 내가 몰르구 그랬는데,

그러시구선 얘기를 죄(모두) 허시는데,

그 근처에 죽은 사람이, 그 잘 살던 사람은 죄 어렵게 산대요.

그 할아버지가 얘기를 하는데, 그 부자로 살던 사람들을.

거길 봤대요, 집들은 죄 짓구 살드래요, 이렇게 조그맣게 짓구 크게 짓구.

근데, 아주 어렵게 남의 집 살구 뭐 그런 사람들은 괜찮게 살구, 그 부자로 살든 사람은 죄 어렵더래, 아주.

그 양반이 아주 생생히 얘기하는 거 들었어요, 제가요.

(조사자 : 그새 저승을 한 번 갔다 왔군요?)

네, 저승 갔다 오셨는데, 저 이 세 개를 주더래, 하얀 거.

게 그 양반은 인제 그이가 아흔 하나니깐 인제 저기 어때 뭐 몇 년 더 사신다 그랬는데.

삼년 더 사시고 돌아가셨어. 그 세 개가 삼년인 냥이야.

(조사자 : 그 세 개를 받아서?)

네. 받아 가지구 오셨는데.

그래서 그 아흔 넷에 돌아 가셨어요, 그이가요.

(조사자 : 그때가 언, 언제쯤이었습니까?)

난리나고 들어와서에요.

(조사자 : 아. 한 오십, 오십년 대 초반?)

네.

(조사자 : 오십 삼년?)

오십 칠년도.

네, 네. 오십 칠년에 내가 제대 했던 해니깐.

7. 조리읍

증편 한국구비문학대계 ● 경기도 파주시

경기도 파주시 조리읍 대원리

조사일시 : 2010.2.9
조 사 자 : 김헌선, 김형근, 최자운, 김혜정, 변남섭

조리읍(條里邑)은 일산과 경계하는 곳으로 파주의 남부 중앙에 자리하고 있다. 보시산(공릉산) 정상에서 사면으로 뻗은 수십 개에 꼬챙이 같이 죽죽 뻗은 내령이 줄기 따라 마을이 형성되었다 하여 유래된 이름이다. 조리읍에는 뇌조리, 능안리, 대원리, 등원리, 봉일천리, 오산리 장곡리가 있다.

대원리(大院里)는 고종때 흥선대원군의 군호(君號)와 같다 하여 '죽원리'로 불려야 했던 지역이다. 2000년에 들어와 다시 '대원리'로 고쳐 부르고 있다. 대원리는 3개 리가 있는데 1리는 만선골, 죽세말, 2리는 선원말, 혜시골, 3리는 바위재라는 자연마을이 있었다.

경기도 파주시 조리읍 등원1리

조사일시 : 2010.2.8
조 사 자 : 김헌선, 김형근, 최자운, 김혜정, 변남섭

등원리는 동원1리와 동원2리로 구성되어 있다. 동원1리에는 행랑말 또는 아랫말이 있고, 동원2리에는 고산굴(고산동), 낙모랭이, 민발동(민바리), 선고개 등이 있다. 행랑말은 마을 뒷산에 이조참판 신태동의 묘가 있고 그 아래 행락정자가 있었다 하여 붙여진 이름이라고 한다.

경기도 파주시 조리읍 오산1리

조사일시 : 2010.2.17

조 사 자 : 김헌선, 김형근, 최자운, 김혜정, 변남섭

　오산리는 1914년 오리동과 뇌조리 일부 지역이 병합되어 만들어진 곳이다. 오리동의 오(梧)자와 전지산의 산(山)자를 합하여 만들어진 이름이라고 한다. 오산1리에는 망골, 전진말, 오릿굴 등의 자연마을이 있고, 2리에는 사근절이, 새골, 연당말, 황새말 등의 자연마을이 있었다.

경기도 파주시 조리읍 장곡1리

조사일시 : 2010.2.8

조 사 자 : 김헌선, 김형근, 최자운, 김혜정, 변남섭

　1914년 행정구역 정리에 따라 기곡리 전부와 장산리 일부가 합하여 장곡리가 되었다. 장산의 장자와 기곡의 곡자를 따서 붙여진 이름이다. 장곡1리에는 골짜기 안쪽에 있어 붙여진 안골, 깊은 산골짜기에 있는 마을로 병자호란 당시 마을 사람이 피난한 곳이라 붙여진 은골, 지세가 턱이 생긴 듯하여 붙여진 텃골이 있다. 2리에는 마을 뒷산에 노루바위가 있어 붙여진 노루뫼, 3리에는 6·25 전쟁 당시 장단에서 피난 온 사람들이 모여 살았던 수용말이 있다.

　2010년 2월 3일 답사에서 파주시 조리읍 오산리 김준성 제보자는 자신의 동네에는 당채봉에서 산제사를 지내고 장곡리는 매봉산에서 산제사를 지낸다면서 각각의 산이 수컷과 암컷인 셈이라고 하셨다. 이곳 역시 오산리처럼 중요한 제물은 소머리(소)였는데, 소가 비싸 돼지를 올렸다가 호랑이를 만나는 벌을 받고 다시 소를 제물로 올리게 되었다.

▌제보자

김규회, 남, 1934년생

주 소 지 : 경기도 파주시 조리읍 오산1리

제보일시 : 2010.2.17

조 사 자 : 김헌선, 김형근, 최자운, 김혜정, 변남섭

김규회 제보자는 얼굴이 단아하고 목소리
는 작지만 조리 있게 이야기를 이어나갔다.

제공 자료 목록

02_27_FOT_20100217_KHS_KGH_0001　채동지
이야기 (1)

02_27_FOT_20100217_KHS_KGH_0002 채동지 이야기 (2)

김준성, 남, 1938년생

주 소 지 : 경기도 파주시 조리읍 오사1리

제보일시 : 2010.2.17

조 사 자 : 김헌선, 김형근, 최자운, 김혜정, 변남섭

김준성 제보자는 안경을 끼고 목소리가
우렁차다. 이야기를 조리 있게 하는 능력은
떨어지지만 핵심이 되는 화소를 잘 집어내
어 명료하게 이야기했다.

제공 자료 목록

02_27_FOT_20100217_KHS_KJS_0001 아기장수

02_27_FOT_20100217_KHS_KJS_0002 산제사 드리다 동티난 이야기

02_27_FOT_20100217_KHS_KJS_0003 채동지 이야기

02_27_FOT_20100217_KHS_KJS_0004 거지산소

02_27_MPN_20100217_KHS_KJS_0001 도깨비 이야기 (1)
02_27_MPN_20100217_KHS_KJS_0002 도깨비 이야기 (2)

김지선, 남, 1931년생

주 소 지 : 경기도 파주시 조리읍 등원1리
제보일시 : 2010.2.8
조 사 자 : 김헌선, 김형근, 최자운, 김혜정, 변남섭

옷차림이나 외모가 깔끔하고 79세라는
연세가 믿기지 않을 정도로 정정하였다. 조
사자들이 설화를 유도하기 위해 실마리를
제공하면 그때그때 합당한 이야기들을 구연
해 주었다.

제공 자료 목록

02_27_FOT_20100208_KHS_KJS_0001 거지산소
02_27_FOT_20100208_KHS_KJS_0002 인천애기
02_27_FOT_20100208_KHS_KJS_0003 율곡 선생과 화석정
02_27_FOT_20100208_KHS_KJS_0004 달래나보지 고개
02_27_FOS_20100208_KHS_KJS_0001 모심는 소리

백지현, 남, 1933년생

주 소 지 : 경기도 파주시 조리읍 등원1리
제보일시 : 2010.2.8
조 사 자 : 김헌선, 김형근, 최자운, 김혜정, 변남섭

제보자 김지선 등이 설화 등을 구연할 때
조용히 듣고만 계셨는데, 조사자들이 노랫
가락이나 창부타령을 하실 줄 아는 분이 있

으시냐고 묻자 옆에 계시던 분들이 부추기자 노랫가락과 개성난봉가를 불러주었다. 조사자들은 여러 곡 더 불러주시기를 바랬으나 힘이 부친다고 하였다. 제보한 두 곡으로 짐작컨대 여러 종류의 유희요를 많이 아시고 많이 불렀을 것이라 판단된다.

제공 자료 목록

02_27_FOS_20100208_KHS_BJH_0001 모심는 소리
02_27_FOS_20100208_KHS_BJH_0002 논매는 소리 / 개성난봉가
02_27_MFS_20100208_KHS_BJH_0001 노랫가락

이광영, 남, 1942년생

주 소 지 : 경기도 파주시 조리읍 등원1리
제보일시 : 2010.2.8
조 사 자 : 김헌선, 김형근, 최자운, 김혜정, 변남섭

모여 있던 분들 중에서는 비교적 젊은 편에 속하였다. 이곳에서 10대 째 살고 있다. 채동지 이야기와 업구렁이 이야기, 황새 보은담 등의 이야기를 구연해 주었다. 황새 보은담을 구연했을 때 김지선 회장님이 사실이 아닐 것이라고 약간의 핀잔을 주자 자신의 아버님께서 들려주신 이야기라는 말을 덧붙이기도 했다.

제공 자료 목록

02_27_FOT_20100208_KHS_LGY_0001 채동지 이야기
02_27_FOT_20100208_KHS_LGY_0002 은혜 갚은 황새

이상무, 남, 1933년생

주 소 지 : 경기도 파주시 조리읍 장곡1리
제보일시 : 2010.2.8
조 사 자 : 김헌선, 김형근, 최자운, 김혜정, 변남섭

이상무 가창자는 장곡리에서 3대째 살고
있으며 본관은 경기도 고양군 벽제읍 문봉
리이다. 초등학교를 중퇴했지만 한문을 통
감까지 읽었다. 부친에 이어 임사의 직책으
로 매봉산 산제를 주도하고 계신다.

제공 자료 목록
02_27_FOT_20100208_KHS_LSM_0001 채동지 이야기

이형우, 남, 1936년생

주 소 지 : 경기도 파주시 조리읍 대원1리
제보일시 : 2010.2.9
조 사 자 : 김헌선, 김형근, 최자운, 김혜정, 변남섭

대원리 토박이로 농사를 지으며 살아왔
다. 유능한 소리꾼으로 주변에 소문이 자자
하다. 이소라의 파주 농요 조사 때도 이미
작고하신 마을의 소리꾼들과 함께 제보자로
등장하는 인물이다. 인근 마을에서 상이 나
면 소리꾼이 없을 경우 불려 다니기 일쑤이
다. 마을 어르신들의 소리를 들으며, 김영임
의 회심곡 테이프를 들으며 소리를 익혀왔
다. 본인은 어디서 배운 소리가 아니므로 너무 기대하지 말라고 하는 겸

양적인 모습을 보였다. 돈이 아쉬워서 여기저기 다니며 선소리를 메기는
것이 아니라 살아생전 고인과의 관계와 자신의 소리를 알고서 찾아주는
것이 고마워 소리를 하는 것임을 강조하였다. 인간관계가 좋아서 조사하
는 우리들까지도 상가에서 후한 대접을 받을 정도였다. 회다지를 부르는
동안 호상이었으므로 상주와 상두꾼들을 즐겁게 하려 노랫가락을 부르는
재치도 있었다.

제공 자료 목록

02_27_FOS_20100209_KHS_LHW_0001 상여 소리
02_27_FOS_20100209_KHS_LHW_0002 회다지 소리 (1)
02_27_FOS_20100209_KHS_LHW_0003 회다지 소리 (2)

정점롱, 여, 1941년생

주 소 지 : 경기도 파주시 조리읍 오산1리
제보일시 : 2010.2.17
조 사 자 : 김헌선, 김형근, 최자운, 김혜정, 변남섭

정점롱 제보자는 조사자들이 찾아온 연유
를 말하자 적극적으로 구연에 참여하였다.
그러나 잘 생각이 나지 않으셔서 미안해하
시기도 하셨다.

제공 자료 목록

02_27_FOS_20100217_KHS_JJR_0001 배 쓸어주는 노래
02_27_FOS_20100217_KHS_JJR_0002 말꼬리 잇기

황우례, 여, 1935년생

주 소 지 : 경기도 파주시 조리읍 오산1리

제보일시 : 2010.2.17

조 사 자 : 김헌선, 김형근, 최자운, 김혜정, 변남섭

황우례 제보자는 이야기와 민요 모두 상
당한 구연실력을 보여주셨다. 특히 '밥 많이
먹는 마누라' 설화를 구연할 때는 같이 화
투를 치고 계셨던 분들에게 실제 이야기를
들려주는 듯이 자연스럽게 구연을 해주었다.
조사자들이 최근에 구연한 경력을 묻자 현
재 집에서 함께 살고 있는 유진이라는 유치
원생 손녀에게 자주 들려주신다고 하셨다.

제공 자료 목록

02_27_FOS_20100217_KHS_HWR_0001 다리세기 노래 (1)

02_27_FOS_20100217_KHS_HWR_0002 다리세기 노래 (2)

02_27_FOS_20100217_KHS_HWR_0003 잠자리 잡는 노래

02_27_FOS_20100217_KHS_HWR_0004 별 헤는 노래

02_27_FOS_20100217_KHS_HWR_0005 배 쓸어주는 노래

채동지 이야기 (1)

자료코드 : 02_27_FOT_20100217_KHS_KGH_0001
조사장소 : 경기도 파주시 조리읍 오산1리 마을회관
조사일시 : 2010.2.17
조 사 자 : 김헌선, 김형근, 최자운, 김혜정, 변남섭
제 보 자 : 김규회, 남, 76세
청   중 : 2인
구연상황 : 김규회 제보자는 김준성 구연자가 채동지 이야기를 하는 것을 듣고 있더니
        자신도 아는 이야기가 있다면서 조금은 다른 내용으로 이루어진 이 채동지
        이야기를 들려주었다.
줄 거 리 : 채동지는 원래 날개를 달고 태어났는데 역적으로 몰릴 것을 두려워한 부모가
        날개를 잘라버려 기운을 못 쓰고 방황했던 것이다.

뭐, 말 들어보면 부모네가 그 옛날에는 그 장사가 나면은 역적으로 몰
릴까봐 죽이고 그랬대잖아요, 그 옛날엔.

근데, 우리 지금 이 얘기허는 것도, 그 부모네가 보니까 아, 애쩍에(아
이 일 적에) 보니까 뭐 겨드랑이에 날래곱지(날개)가 나고 뭐 그래가지고
그걸 짤랐, 짤랐대나봐.

그걸, 또 이 그 저, 무슨 다른 변고가 있, 일으킬까봐, 인제. 그 짤랐기
때문에 그 장사가 기운을 못 쓰고.

(조사자 : 응. 그러니까 인제 방황을 하는지, 말하자면. 그 지금, 그런,
그) (조사자 : 음. 그런 사람 이야기야. 그 지금 얘기가.)

채동지 이야기 (2)

자료코드 : 02_27_FOT_20100217_KHS_KGH_0002
조사장소 : 경기도 파주시 조리읍 오산1리 마을회관
조사일시 : 2010.2.17
조 사 자 : 김헌선, 김형근, 최자운, 김혜정, 변남섭
제 보 자 : 김규회, 남, 76세
청   중 : 2인
구연상황 : 김규회 제보자는 이미 한차례 채동지 이야기를 구연했었는데 이야기가 너무
        짧았던 것이 마음에 걸렸는지 김준성 제보자가 다른 이야기를 하는 동안 준
        비를 하셨다가 좀 더 내용이 풍부한 채동지 이야기를 구연해 주었다.
줄 거 리 : 부모가 아이를 낳았는데 겨드랑이에 날개가 있어 나라가 위태롭게 될 것을
        걱정해서 날개를 잘라 버렸다. 이 사람은 장성하고도 기운을 쓰지 못하고 방
        황하고 다니면서 밥을 얻어먹었는데 한데 잠을 자도 그 주변에 눈이 녹을 만
        큼 열기가 대단했으나 사람들이 바보라고 놀려도 대꾸하지 못하는 진짜 바보
        가 되었다.

에, 그 어렸을 적에 애를 낳는데. 그 애가 이 저 말하자면 겨드랑이에
날래곱지(날개)가 났대는 거야. 그 장사가 났다는 이야기지요, 이제.

옛날에는 장사가 나면 그 나라를 그 좀, 뭐 좀, 위태롭게 허기 때문에
그 애들을 몰래 그 날래곱지를 짤라버렸대는 거에요.

죽이질 않고. 그 큰 애가 되지 말라는 식으로.

근데, 그 인제, 짤, 거기를 짤르면은 그 사람이 기운을 못 쓴대. 장사가
못 된대는 얘기지.

그니까, 그래 가지고. 나중에 이 사람이 자라가지고 방황을 하는데, 얻
어먹으면서 대니는 거야.

사람이 체격도 크고 그랬다고 그래요, 우리는 보지는 못했지만. 그래서
밥을 읃어먹어서 밥을 주면은 한데서 잠을 자고. 거기서 먹고.

한데서 자고. 그래서 그 눈이 와도 그 자리가 한 멍석만큼은 눈이 녹았,
녹더라는 거야. 그만큼 그 사람의 열기가 아마 대단했던 모양이야.

게, 여, 주위 사람들이 뭐 이렇게 머리를 아유, 그런 건 못, 못 들었고. 쥐어박고 그러믄 '왜 이래.' 그르니. 그 진짜 바보된 거지. 바보식으로 된 거지.

그 이렇게[손으로 머리 쥐어박는 시늉을 하며] 머리 쥐어박고들 그랬대요.

그런데, '왜 그래, 왜 그래.' 그리고 말고 그랬다는 소리를 인제.

아기장수

자료코드 : 02_27_FOT_20100217_KHS_KJS_0001
조사장소 : 경기도 파주시 조리읍 오산1리 마을회관
조사일시 : 2010.2.17
조 사 자 : 김헌선, 김형근, 최자운, 김혜정, 변남섭
제 보 자 : 김준성, 남, 72세
청 중 : 2인
구연상황 : 조사자들이 이 근방에서 장사(장수) 난 이야기를 들어보셨냐고 하니까 이 이야기를 들려주었다.
줄 거 리 : 어린애가 태어난 지 3일 만에 방에서 없어서 찾았더니 선반위에 있었다고 한다. 옛날 어른들은 장사가 난다고 당채봉에 매년 치성을 드렸는데 일본 사람들이 거기에 쇳물을 갖다 부었다.

어린애를 낳아서 뭐 3일인가 보니까 방에 어린애가 없는데. 그 뭐 마루 선반에 올라가서, (청중 : 벅구 위에 홰치는 줄 알았지.) 응 했는데 여기 뭐 날개가 났다고 그랬지.

인제 그런 이야기가 있었지. 근데 인제 거기가 그 산이, 그 산허리가, 그래 가지고, 그 여기 그 옛날에도 그 노인들이 인제 거기다 그 치성을 드리고 인제 그랬거든.

1년에 한 번씩 가을에. 근데 인제 거기서 인제 장사난다고 그래가지고

그 일본 사람들이 그 거기다 쇳물을 끊어 붓고 그래가지고.

우리가 그 어려서도 가보면 쇠, 왜, 대장간에 가면 그 녹아나오는 것 있죠?

그런 것들이 그 꼭대기에 있었어요.

산제사 드리다 동티난 이야기

자료코드 : 02_27_FOT_20100217_KHS_KJS_0002
조사장소 : 경기도 파주시 조리읍 오산1리 마을회관
조사일시 : 2010.2.17
조 사 자 : 김헌선, 김형근, 최자운, 김혜정, 변남섭
제 보 자 : 김준성, 남, 72세
청   중 : 2인
구연상황 : 김준성 제보자는 당채봉에 제사지내는 내력과 과정을 자세히 이야기해 주었는데 그 끝에 제사지낼 때 부정 타서 동티난 경우도 있다며 이 이야기를 해 주었다.
줄 거 리 : 당채봉에 제사 지내는 기간에는 그 산에서 나무를 하면 안 되는데 이걸 어기고 나무를 하다가 지게가 땅에서 떨어지지 않는 일이 벌어지기도 했다.

음력 초삼일 날 인제, 날을 인제 그, 이를테면 제사지낼 사람들, 인제, 제관들을 이렇게 선정을 하거든.

그 후에 그런 얘기는 우리, 우리세대에 있었어요.

그 내가 겪은 건 아닌데 거기, 그 산에 가서 낭구(나무)를 베고 이 지게가 떨어지질 않았다는 얘기는 우리 세대 사람이 경험을 했다고 그래요.

채동지 이야기

자료코드 : 02_27_FOT_20100217_KHS_KJS_0003

조사장소 : 경기도 파주시 조리읍 오산1리 마을회관
조사일시 : 2010.2.17
조 사 자 : 김헌선, 김형근, 최자운, 김혜정, 변남섭
제 보 자 : 김준성, 남, 72세
청　　중 : 2인
구연상황 : 김준성 제보자는 앞서 한차례 아기장수 이야기를 구연하였는데 갑자기 생각
　　　　　난 듯이 덩치가 큰 장수 이야기가 있다면서 주인공의 이름이 생각나지 않는
　　　　　다고 했다. 김준성 제보자는 이야기 구연이 끝나고 형수에게 전화를 걸어 그
　　　　　장수 이름이 채동지라는 것을 아시고는 우리에게도 알려 주었다.
줄 거 리 : 일본 사람들이 당채봉에 쇳물을 부었기 때문에 바보가 장사가 바보가 되었다.
　　　　　눈이 되어 한데서 잠을 자면 그 주위의 눈이 다 녹고 여러 사람이 머리를 잡
　　　　　아 다녀도 그 기운을 당할 수가 없었다.

　내가 그 저기 쇳물 끓여 부었다고 그랬잖아?

　일본 사람들이. 여기 그 아주 큰 장사가 하나 다녔대요. 다녔는데, 그러
니까 바보야.

　바보, 바보. 기운만 셌지. 근데 겨울에 이렇게 한데서 자고, 눈이 와도
이렇게 마당만큼은 (청중 : 눈이 녹았대요. 눈이 녹았대는 거야.)

　그리구, 그, 인제 바보니까, 기운 씬(센) 사람들이.

　인제, 그전엔 머리를 길렀잖아, 그. 그래서 머리를 잡아대도, 한 대여섯
이 잡아대도 끌리지 않았대요. 그런 장사가 있었는데.

거지산소

자료코드 : 02_27_FOT_20100217_KHS_KJS_0004
조사장소 : 경기도 파주시 조리읍 오산1리 노인회관
조사일시 : 2010.2.17
조 사 자 : 김헌선, 김형근, 최자운, 김혜정, 변남섭
제 보 자 : 김준성, 남, 72세
청　　중 : 2인

구연상황 : 조사자가 부모님 묘를 잘 써서 발복한 이야기를 듣고 싶다고 하자 이 거지산소 이야기를 들려주었다. 이 이야기는 파주 일대에 널리 전승되는 이야기인데 김준성 제보자가 구연한 이야기에서는 거지의 후손이 대령이 되어 출세했다는 내용이 다른 각 편과 다른 점이다.

줄 거 리 : 한 거지가 얻어먹고 다니다가 어느 겨울 길에서 죽게 되었는데 마을 사람들이 거지를 묻어주었는데 그 후 그 거지의 아들이 대령이 되어 출세했다.

여기 일은 아니고 (청중 : 자세한 내력은 몰라.) 거지가 인제 돌아다니면서 은어먹다가 겨울에 인제 거기서 죽었어.

죽었는데, 그냥 그 동네 사람들이 거기다 묻어 준거지. 근데, 그 아들이 잘 돼가지고 그 소령인가, 중령인가 뭐가 됐지. 그래가지고 산소를 잘 꾸며 났어요.

그래가지고선 그, 뭐야, '거지산소'라고 그래가지고 이름이 나가지고 국민학교(초등학교) 학생들도, 학생들도 거기, 저, 소풍도 가고 인제 그랬는데.

그 거지 산소는 인제 지금은 옮겼다고 그러지 아마.

거지산소

자료코드 : 02_27_FOT_20100208_KHS_KJS_0001

조사장소 : 경기도 파주시 조리읍 등원1리 마을회관

조사일시 : 2010.2.8

조 사 자 : 김헌선, 김형근, 최자운, 김혜정, 변남섭

제 보 자 : 김지선, 남, 79세

청   중 : 9인

구연상황 : 김지선 제보자는 등원1리의 노인회장으로 옷차림이나 외모가 깔끔하시고 80세라는 연세가 믿기지 않을 정도로 정정하였다. 조사자들이 설화를 유도하기 위해 실마리를 제공하면 그때그때에 맞게 노래와 이야기들을 구연해 주었다. 조사자들이 먼저 파주 일대에 유명한 거지산소 이야기를 들려 달라고 하자 이

이야기를 구연해 주었다.

줄 거 리 : 광탄 개울가에서 거지가 죽자 마을 사람들이 묻어주었는데 거지가 거기에 무
덤을 쓰고부터 거지의 자손집이 부자가 되었다고 한다.

저기 저 (조사자 : 예. 광탄 가면은 그 저 뭐야, 묘가 있는데. 개, 개울섶
에. 그것이 인제, 거 뭐, 뭐라 그랬지.) (청중 : 거지산소야. 거지산소라고
그러는데.)

그 거지가 거, 거기서 죽어 가지고 기냥 동네 사람들이 이렇게 그냥 보
기 싫으니까 묻어 줬단 말이야.

그래가지고 거기가 못자리가 돼 버린 거지, 개울섶인데.

그건 실지, 시방도 있어요. 그런데 그 집이는 거기 거지가 거기다 꼴
쓰고 나서 부자가 됐다는 얘긴 또 그것도 역시 전설이지.

우리는, 우리 세대 사람이 아니고, 우리가 본 게 아니니까.

근데 거지 산소는 거기가 실지가 있다고.

그래서 그 저 뭐야 무슨, 무슨 날이야? 이 저, 추, 겨울 선돌이 추위라
고 해가지고 그, 저, 그 추위가 이렇게 온다는 그런 얘기도 있었다고.

인천애기

자료코드 : 02_27_FOT_20100208_KHS_KJS_0002
조사장소 : 경기도 파주시 조리읍 등원1리 마을회관
조사일시 : 2010.2.8
조 사 자 : 김헌선, 김형근, 최자운, 김혜정, 변남섭
제 보 자 : 김지선, 남, 79세
청   중 : 9인
구연상황 : 이 지역에 지명과 관련된 이야기를 묻자 이 이야기를 해 주었다. 김지선 제보
자는 직접 전설의 배경이 되는 굴을 찾아가 봤는데 2000명이 피난하기에는
크기가 작더라고 말씀하는 부분에서 전설 특유의 진위 여부를 확인하고자 하
는 의식을 엿볼 수 있었다.

줄 거 리 : 인근에 '인천애기'라는 굴이 있는데 어느 때 난리가 나서 그곳에 2000명이
　　　　숨어 난리를 피했다고 해서 붙여진 이름이다.

막아 놓은데 가면은 굴이 있어요. 굴이 있는데 그거를 무슨 굴이냐 그
러면 '인', '인천애기'라고 그런다고, '인천애기' (조사자 : 인천애기? 에.)

그러면 그 뭐냐면. 그때 어느 시대에 난리가 났는데, 그 굴에 가서
2,000명이 피난을 갔다가 왔대는 얘기지.

그래서 살았다 그래가지고 인천, 저, 인천애기라고도 그러는데 '이천러
기'라고도 그러구 그러는데.

시방 가면 굴이 있기는 있는데 협소해. 진짜 여기서 어떻게 2,000명이
살아나갔느냐는 허는 의심이 날 정도로. 인제 그런 덴데.

옛날서부터 우리가 듣기로는 거기가 피난 곳이었다고 인제 그러더라고.

율곡 선생과 화석정

자료코드 : 02_27_FOT_20100208_KHS_KJS_0003
조사장소 : 경기도 파주시 조리읍 등원1리 마을회관
조사일시 : 2010.2.8
조 사 자 : 김헌선, 김형근, 최자운, 김혜정, 변남섭
제 보 자 : 김지선, 남, 79세
청　　중 : 9인
구연상황 : 파주가 율곡과도 인연이 깊은 곳이어서 율곡에 관해 전해오는 이야기를 묻자
　　　　이 이야기를 구연해 주었다.
줄 거 리 : 율곡 선생이 정자를 지으면서 광솔로 지으라고 했는데 후에 난리가 나서 임
　　　　금이 임진강을 건널 때 광솔로 지은 화석정을 불태워 물길을 밝혀 주었다고
　　　　한다.

여, 율곡 선생이 거기다가 저, 정자를 지어라. 그리고 광솔로다 갖다가
이렇게 해서 서까래 같은 것, 모두 다 이렇게 해서 지으라고 그래 가지고.

난리가 났는데, 임진강을 건너갈 적에 거기다 불을 질러 가지고, 그 광솔이 타는 바람에 임금의 행차가 다 지나간, 갔대는 얘기, 그런 소리가 있었어.

달래나보지 고개

자료코드 : 02_27_FOT_20100208_KHS_KJS_0004
조사장소 : 경기도 파주시 조리읍 등원1리 마을회관
조사일시 : 2010.2.8
조 사 자 : 김헌선, 김형근, 최자운, 김혜정, 변남섭
제 보 자 : 김지선, 남, 79세
청   중 : 9인
구연상황 : 남자 제보자들이 많이 모여 있는 관계로 혹시 남매가 물을 건너다 일이 벌어진 이야기를 아는지 묻자 김지선 제보자가 그 자초지종을 말해 주겠다고 하며 이 이야기를 들려주었다.
줄 거 리 : 남매가 친척집을 가려고 재를 넘는데 비가 와서 여동생이 입은 옷이 몸에 달라붙어 곡선이 생긴 것을 보고 오빠는 나쁜 마음을 참을 수가 없게 되자 자신의 물건을 돌로 찧어 죽어서 생긴 이름이 '달래나보지 고개'라고 한다.

그거 인제 뭐냐면, 남매가, 남매가 인제 어딜 가는, 저 누구네 집인가 뭐이 친척집을 가는데 어떤 재를 넘어야 되요.

고개를 넘어 가야 되는데 소낙비가 쏟아졌단 말이지. 비가 쏟아졌는데. 그때는 옷이 뭐에요. 인조 아니야, 인조? 그니까 홑버들한 거.

그걸 입었는데 치마저고리가 비에 쫙 맞으니까 싹 달라붙을 수밖에. 그러니까 달라붙으니까 어떻게 돼요? 곡선이 다 나온 거 아냐.

그니까 그걸 보고 남자가, 참 아닌 게 아니라 아무리 남매지간이래도 참을 수가 없었겠지.

그래서 그냥 자기 거시기를 돌맹이다 얹어 놓고 짓찧어서 죽었대는

거야.

그러니까 누이동생이 와와, 봐가지고, 보니까 그 놈의 물건을 저, 짖쩛어서 죽었는데.

그러니까 뭐라고 얘길 했겠어요.

'한번 달래나보지.' 그래가지고 그 고개가 '달래나보지 고개'가 됐다 그런 얘기는 들은 적이 있다고.

채동지 이야기

자료코드 : 02_27_FOT_20100208_KHS_LGY_0001
조사장소 : 경기도 파주시 조리읍 등원1리 마을회관
조사일시 : 2010.2.8
조 사 자 : 김헌선, 김형근, 최자운, 김혜정, 변남섭
제 보 자 : 이광영, 남, 68세
청   중 : 9인
구연상황 : 이 동네에 아기 장사와 같은 인물이 태어났다는 이야기를 들은 적이 있는지 문자 여러 사람들이 채동지 이야기를 토막토막 해 주었다. 그중에서 이광영 제보자가 들려준 이 이야기가 다른 채동지 설화 각 편과는 다른 특징을 보이는 내용이었다.
줄 거 리 : 감악산에서 태어난 채동지가 이 동네에 왔었는데 감기가 걸린 사람이 채동지 침만 먹어도 감기가 나을 정도였고, 채동지가 무악재 고개를 넘으면 나라에 난리가 난다는 소문도 있었다.

적성에 있는 감악산 있지요? 거기서 출생헌 사람이래요. 그 사람이 우리 동네에 왔었었대요. 어려서요.

그 사람 침만 에 이렇게(손으로 침을 발라 먹는 시늉을 하면서) 발라서 먹어두 감기, 고뿔 이런 게 나았다고 그런 전설은 들어본 얘기가 있었어요.

우리 아버지한테요. (조사자 : 그 뒤에 어떻게 됐다는 이야기는 못 들어

보셨나요?)

그 이후에 자기가 무학재 고개, 구파발 거기 넘어가면 난리난다고.

난리난다고 그러면서 여기서 한 해 겨울 묵어서 어, 인제 서울까지 가, 갔는지는 몰르구 이 동네서 떠났대요.

떠나가 간 이후에 그리구 나서 인제 왜정 저기 해 가지고 난리가 난거죠. 허허.

은혜 갚은 황새

자료코드 : 02_27_FOT_20100208_KHS_LGY_0002
조사장소 : 경기도 파주시 조리읍 등원1리 마을회관
조사일시 : 2010.2.8
조 사 자 : 김헌선, 김형근, 최자운, 김혜정, 변남섭
제 보 자 : 이광영, 남, 68세
청   중 : 9인
구연상황 : 이광영 제보자는 주로 다른 사람들의 이야기를 듣는 청중의 입장이었는데 가끔씩 한 번 나서서 채동지 이야기와 업구렁이 이야기 그리고 지금의 이 황새 보은담 이야기를 들려주었다. 이 이야기를 구연했을 때 김지선 제보자가 사실이 아닐 것이라고 약간의 핀잔을 주자 자신의 아버님께서 들려주신 이야기라는 말을 덧붙이기도 했다.
줄 거 리 : 대원리에 배씨 성을 가진 사람이 뱀에 물릴 위기에 처한 황새를 구해주고 자신은 뱀독에 중독되어 죽었다. 배씨의 상여가 나가는 날 황새가 날아와 끌고 간 자리를 파서 묘를 쓰려고 했는데 그 안에 바위가 깔려 있어 이를 깨뜨렸더니 붕어가 세 마리 나왔는데 제일 작은 새끼가 눈을 다쳤다고 한다. 이후 이 집안의 후손들은 부자로 잘 살았고 꼭 자손을 아들 셋씩 낳았는데 그때마다 셋째 아들은 애꾸로 태어났다고 한다.

언제 시대 때인지는 몰라도 대원리에 배씨가 사시는데.

그 뭐야 황새에요, 황새가 그 장, 그 배씨 노인이 장엘 가다가 보니까 고목나무에 황새가 앉아있는데, 뱀이 저, 황새를 잡아먹으려고.

아, 잡, 황새를 잡아먹을려고 그러는 건지 알을 ㄲ내 먹으려고 그러는지 올라가서 저기해서 황새가 깍깍 짖어서 그 올라가서 그 살려줬대요.

그 뱀을 쫓고요. 근데 그 살려준 노인이 그 뱀에 물려서 독으로 인해서 인제 처방을 못해서 돌아갔대요. 그랬더니 그 황새가 그 장삿날 날라와서 살았어요.

전설 얘기지만. 살아와서, 그 생여(상여)를 못 가게 앞에서 그렇게 막으면서 대고 끌고 가더래. 그래서 황새가 시키는 대로 해보자.

그리고 그랬더니 요기 저 밑말이라고, 요 등원리허고 봉천리허고 경계에요, 그 산이요.

그 산꼭대기에 거기 올라가드니 황새 주둥이로다가 묫자리를 긁, 그어 주더래요. 그래서 팠는데. 뭐, 석 자래나 뭐, 두 자래나 팠대요. 그러니까 바위가 쫙 깔렸드래요.

그래서 이것 깨뜨려야 된다, 아니다 기냥 쓰자. 그러니 깨뜨리자는 주장이 쎠서(세서) 깨틀다가(깨뜨리다가) 곡갱이질을 허다가 붕어가 세 마리 뭐, 날라와, 나왔대나요.

뭐 나왔는데, 눈이 하나 찍혔대요.

그래서 그 제일 적은(작은) 새끼가요.

그래가꼬 자자손손이 나오면 그 삼형제 아들을 낳는데 막내는 눈이 애꾸가 나온대요.

고기까지만 아는 거에요. 그, 그 황새가 은혜를 베푼 거죠. 자기 새끼 살려줬는지 자기를 살려준, 살려준 은혜로다 대신 그 사람이 죽었기 때문에.

(조사자 : 그럼, 그거를 그 돌을 안 깨뜨려야 되는 건데? 그렇죠.) (조사자 : 그대로? 깨뜨려서. 그 자손이 잘 산데요.)

부자로. 근데 막내는 만날 아들 삼형젤 낳으면 애꾸가 돼서 나온대요.

채동지 이야기

자료코드 : 02_27_FOT_20100208_KHS_LSM_0001

조사장소 : 경기도 파주시 조리읍 장곡1리 마을회관

조사일시 : 2010.2.8

조 사 자 : 김헌선, 김형근, 최자운, 김혜정, 변남섭

제 보 자 : 이상무, 남, 77세

청   중 : 2인

구연상황 : 이상무 구연자는 조사자들이 파주시 조리읍 오산리 김준성 제보자로부터 추천을 받아 만나게 되었다. 매봉산에 산제사를 지내는 과정을 자세히 말씀해 주었지만, 일반적인 민담과 전설에 대해 채록하는 것에는 실패했다. 다만 지금 소개하는 '채동지 이야기'를 구연해 주었다. 이 이야기는 파주시 교하읍, 조리읍 일대에는 '아기장수 유형 설화'를 대체해 널리 전승되는 이야기이다.

줄 거 리 : 채동지라는 분은 장사의 씨를 타고난 사람이라고 하는데, 겨울에 밖에서 잠을 자도 그 잠 잔 자리에 눈이 녹을 정도로 열(기운)이 센 사람이며, 밥을 여러 집에서 구걸해 먹으면서도 그 밥그릇의 주인을 모두 기억해 제 집에 돌려주었다.

그, 그 분이, 채동지라는 분이 인제, 마을에도 이렇게 들어오면 겨울에도 이렇게 어디 가서 자믄 눈이 허옇게 그 서리가 왔을 때도 그 사람 자는 자리는 녹았대는 거.

그런 얘기는 들어봤어요.

응. 그리고 음식을 여러 집 걸 이렇게 수집해서 가서 먹구두 어떻게 아는지 그, 그릇만은 딱, 딱 그 집이 그 딱, 딱, 딱 갔다 났대는 그런 소리를 들었어.

그 채동지가 그래서 '채동지가 장사의 씨다.' 그런 말은 들어봤어요.

밥 많이 먹는 마누라

자료코드 : 02_27_FOT_20100217_KHS_HWR_0001

조사장소 : 경기도 파주시 조리읍 오산1리 노인회관
조사일시 : 2010.2.17
조 사 자 : 김헌선, 김형근, 최자운, 김혜정, 변남섭
제 보 자 : 황우례, 여, 75세
청   중 : 4인
구연상황 : 조사자들이 밥 많이 먹어서 쫓겨난 여자 이야기를 아는지 묻자 그 즉시 이 이
          야기를 해 주었다. 이 이야기가 구연되는 동안 같이 화투치던 분들도 이야기
          에 몰입하며 함께 즐겼다.
줄 거 리 : 옛날 한 여자가 밥을 너무 많이 먹어 남편이 시험해 보려고 가래질하는 4인
          분 일꾼 밥을 해 오라고 했다. 아내가 밥을 해서 갔더니 남편이 일꾼들이 오
          지 않았다고 하면서 같이 먹자고 하자 여자가 그 자리에서는 조금만 먹더니
          집으로 돌아와서는 남은 밥을 모두 먹어 버렸다. 이 모습을 몰래 지켜본 남편
          은 도저히 살 수가 없다며 여자를 내쫓았다고 한다.

밥을 해가지고, 인제 하도 여자를 얻었는데 밥을 먹으니까 하도 밥을
먹으니까 신랑이 그랬대.

"여보, 난 낼 가래질 일꾼을 얻어가지고 가래질 한, 가래를 하는데,"

하니까 가래질을 하는 사람이 셋이고, 밟는 사람이 하나 있잖아요? (청
중 : 그럼. 그럼 넷이잖아. 그런데)

"네 사람 밥을 해서 이고 나오시우."

그랬대요.

그래 이구 나왔는데, 밥을 해서 이고 나갔는데, 일꾼커녕 영감 혼자만
일을 하고 없더래. 그래서

"아니, 일꾼 얻어서 일 헌다더니 어떻게 된거유? 여보."

하니까,

"아 글쎄, 일꾼이 다 깨졌지 뭐야. 그러니 어떡허오. 자네하고 나하고
둘이 밥 먹고 가세." 이랬대. 그래 밥을 그 자리에서는 쬐끔 먹더래.

쬐끔 먹더니 와가지고는, 집이 와가지고는, 인제 뒤를 밟아서 신랑이
들어오니까, 이게 함지박이면 이렇게[함지박을 내려놓는 흉내를 내면] 내

려놓고 부뚜막에다 밥 양재기를 올려놓고.

부뚜막에다 밥을 이렇게 올려놓고 그냥 서서 밥을 그 밥을 다 퍼먹더래. 그래서

"옛다, 너를 데리고 살다가는 내가 못 산다. 판난다."

그러면서 여자를 그냥 패매기를 쳤다(내동댕이쳤다)는 그런 말은 옛날에.

콩쥐팥쥐

자료코드 : 02_27_FOT_20100217_KHS_HWR_0002
조사장소 : 경기도 파주시 조리읍 오산1리 노인회관
조사일시 : 2010.2.17
조 사 자 : 김헌선, 김형근, 최자운, 김혜정, 변남섭
제 보 자 : 황우례, 여, 75세
청　　중 : 4인
구연상황 : 조사자들이 계모 이야기를 들려달라고 하자 기억나는 게 없다면서 자신이 지어서 이야기를 해야겠다고 하며 이 콩쥐팥쥐 이야기를 들려주었다. 그러나 오랫동안 구연을 안 해서인지 전개상 여러 부분이 빠져있고 결말도 조금 이상하게 끝이 났다.
줄 거 리 : 옛날 한 계모가 자신의 딸은 잔치에 데리고 가면서 전처의 딸에게는 깨진 독에 물을 가득 부어놓으라고 했다. 전처의 딸은 아무리 물을 길어다 부어도 독이 차지 않아 고생을 하고 있는데 마침 집에 돌아온 계모가 물도 하나 제대로 긷지 못한다고 혼내지 훌쩍 훌쩍 울면서 집을 나갔다고 한다.

콩쥐팥쥐를 내? 이건 내가 옛날 얘기 소설을 꾸며야갔네, 그리고 보면.

(청중 : 응, 응. 데리고 살았는데 인제, 하나는 계모의 딸이고 하나는 제 딸인데.)

어디에 큰, (청중 : 콩쥐팥쥐 얘기네 뭐. 응? 큰 잔치가 있었대죠)

몰라, 나도 이게 빼 놓고 얘기하는지. 큰 잔치가 있는데.

저희 딸은 잔치에 데리고 가고, 집에 있는 계모의 딸은 집에다 놔두고 깨진 항아리를 놔 주면서 여기다 물을 하나 가득 부으라고 그래드래지(그러더래).

안 부으면 또 야단을 치겠고. (청중 : 그렇지. 하루 쥉일(종일) 부었겠지.)

그러니까 하루 쥉일 물을 퍼다 부어도, 부면 금방 없어지고, 또 가서 가지고 오면 요맨큼 남고 또 없어지고.

그른데 잔치를 갔다가 앨 대리고 옷을 잘 입혀가지고 갔대요, 이놈의 엄마는. 근데 애는 그냥 찔찔 대고 물이나 기르다 부래고(부으라고 그러고).

그러니까 아유, 암만 쳐다봐도 물이 안차니. 애는 깨진 것도 금간 것도 몰르고. 그러니까 그냥 애를 쓰다가 아무리 부어도 안 차니까 어쩔까 싶었는데.

이놈의 엄마가 애를 데리고 들어오더래.

"너는 이때꺼정 뭐 했냐. 물도 하나를 못 채우고 뭐했냐."

그니까, 훌쩍훌쩍 울고. 물 길러다 붓는 것을 놓고 어디로 나갔대는 이런 말은 들었어. 우리 시어머니한테. 몰라 그리군.

도깨비 이야기 (1)

자료코드 : 02_27_MPN_20100217_KHS_KJS_0001
조사장소 : 경기도 파주시 조리읍 오산1리 마을회관
조사일시 : 2010.2.17
조 사 자 : 김헌선, 김형근, 최자운, 김혜정, 변남섭
제 보 자 : 김준성, 남, 72세
청   중 : 2인
구연상황 : 도깨비나 귀신에 관한 이야기를 들려달라고 하자 김준성 제보자는 큰아버지
의 실제 체험담으로 자신도 목격했다면서 이 이야기를 들려주었다.
줄 거 리 : 큰아버지가 장에 가서 술을 드시고 돌아오다가 논길에서 도깨비에게 잡혀 밤
새 끌려 다니다가 새벽에 닭 울음소리가 나고서야 풀려나서 집으로 돌아올
수 있었다.

우리 큰아버지 되시는 분인데, 소를 팔고 장에 가서 인제, 장에 가면
왜 이렇게 술 한 잔 허고 오잖아요. 그러다가 인제 늦었어.

늦었는데. 이 논틀(논틀길)로 건너오는데 인제 이를테면 인제 허깨비인
지, 도깨비인지 그게 해 가지고 데리고 댕긴 거야.

근데 저녁에 안 들어오시고 새벽에, 새벽에 이, 도깨비가 끌고 댕기다
(다니다) 이 닭 울음소리를 허면 논대(놓아준다) 거든(하거든).

근데 새벽에 들어오셨는데 옷이 죄 젖으고(젖고), 들어오셔서 그냥, 저,
뭐야 그니까 추운데 대녔으니까 이를 부득부득 갈고.

그걸 내가 봤거든. 큰아버지 그러시는 거.

도깨비 이야기 (2)

자료코드 : 02_27_MPN_20100217_KHS_KJS_0002
조사장소 : 경기도 파주시 조리읍 오산1리 마을회관
조사일시 : 2010.2.17
조 사 자 : 김헌선, 김형근, 최자운, 김혜정, 변남섭
제 보 자 : 김준성, 남, 72세
청　　　중 : 2인
구연상황 : 김준성 제보자는 이미 한차례 도깨비 이야기를 구연하였는데 다시 연이어서
　　　　　부친이 직접 겪으신 도깨비 이야기라며 이 이야기를 들려주었다.
줄 거 리 : 도깨비가 창호지 발라진 문에 모래를 끼얹거나 솥뚜껑을 열고 닫는 소리가
　　　　　나서 나가 보면 아무도 없는데 솥뚜껑이 솥 안에 들어가 있고는 했다.

우리 아버님이 근(그건) 봤는, 봤다고 그러시는데.

지금 생각허면 믿어지지가 않는 거야. [조사자, 청중 : 웃음소리] 이렇게 얘기를 하고 있는데 이제 그전에 이 문이 창호지를 바르잖아.

거기다 모래를 껸지고 간다는 거야, 모래를.

그래 인제 나가보면 사람도 없고. 누가 솥뚜껑을 열었다 닫았었다 해서 가 보면은 솥뚜껑이, (청중 : 가마솥 안으로. 뚜껑이 아예 이 안에 들어가 있다는 거야.)

(조사자 : 크잖아요?) 그게 또. 예. 근데 아침이면 도로 나와 있다는 거야.

지금 생각해보면 그게 허허허[제보자 웃음 소리]

(청중 : 그게 도깨비 장난이라고 그러잖아.) 허허허[청중 웃음소리]. 그럼. 있을 수가 없는 일인데. 그게 어떻게 그리로 들어갔다 나오냐고.

모심는 소리

자료코드 : 02_27_FOS_20100208_KHS_KJS_0001
조사장소 : 경기도 파주시 조리읍 등원1리 마을회관
조사일시 : 2010.2.8
조 사 자 : 김헌선, 김형근, 최자운, 김혜정, 변남섭
제 보 자 : 김지선, 남, 79세
청　　중 : 9인
구연상황 : 조사자들이 논농사나 밭농사를 지으면서 부르던 노래를 듣고 싶다고 하자 대부분의 청중들이 하도 오래돼서 다 잊었다고 했다. 할 수 없이 다른 자료를 채록하고 있었는데 김지선 제보자가 몇 번 홍얼홍얼 연습을 하더니 이 노래를 구연해 주었다.

　　하나로구나
　그리고 인제
　　　둘이여
　이렇게 이렇게

모심는 소리

자료코드 : 02_27_FOS_20100208_KHS_BJH_0001
조사장소 : 경기도 파주시 조리읍 등원1리 마을회관
조사일시 : 2010.2.8
조 사 자 : 김헌선, 김형근, 최자운, 김혜정, 변남섭
제 보 자 : 백지현, 남, 73세
청　　중 : 9인
구연상황 : 조사자들이 농사를 지으면서 하는 노래가 있냐고 묻자 이 소리를 들려주었다.

하날이로구나

둘이로구나

이렇게 하는 건데

논매는 소리 / 개성난봉가

자료코드 : 02_27_FOS_20100208_KHS_BJH_0002
조사장소 : 경기도 파주시 조리읍 등원1리 마을회관
조사일시 : 2010.2.8
조 사 자 : 김헌선, 김형근, 최자운, 김혜정, 변남섭
제 보 자 : 백지현, 남, 73세
청　　중 : 9인
구연상황 : 이 노래는 논일을 하면서도 불렀다고 한다. 백지현 제보자는 주로 유희요 계
통의 민요를 많이 알고 계신 분이어서 더 많은 민요를 듣고 싶었으나 너무
힘에 부쳐 하셔서 더 이상의 민요 채록이 어려웠다.

박연폭포 흐리고 나리는 물은

연시정으로 연시 감돌아든다.

그리는데, 거기서 인제, 후선(뒤에 선 사람들이) 사람들이 김매면서

에헤 에헤여허 에헤 에헤이야 에야 에헤여허-

상여 소리

자료코드 : 02_27_FOS_20100209_KHS_LHW_0001
조사장소 : 경기도 파주시 조리읍 대원1리 / 적성면 장현1리 장례 현장
조사일시 : 2010.2.9
조 사 자 : 김헌선, 김형근, 최자운, 김혜정, 변남섭

제 보 자 : 이형우, 남, 74세

청   중 : 30인

구연상황 : 제보자는 파주시 조리읍 대원1리 거주자이다. 조리읍의 조사를 하는 중에 제
보자가 선소리꾼으로 유명하다는 소문을 접하였다. 추후에 약속을 잡기로 했
으나, 마을에 상이 났다면서 조사하러 오라고 연락을 해오셨다. 이날은 조리
읍 능안리 사람의 장례이나, 그 마을엔 선소리꾼이 없어서 이형우를 청하여
상을 치르게 되었다. 적성면 장현1리에 공간을 사서 고인을 거기다 모시므로,
실제 상여소리는 적성면 장현1리의 마을 입구서부터 장지인 산까지 약 1km
정도 운상하며 불렀다.

상여를 운상하는 상두꾼, 즉 상여소리의 뒷소리를 받아줄 이들은 고인의 마을
사람들인 조리읍 능안리 사람들이다. 선소리꾼 이형우는 개인적으로 직업을
가지고 있어 시간이 허락하는 선에서만 부탁을 받고 선소리를 해주고 있다.
이미 1987년 이소라의 조사에도 등장하는 유능한 소리꾼이다.

이 마을 상여소리의 후렴구는 '어허 어헤' 또는 '워호 워헤'로 받으며, 그것의
빠르기만 느리게 하거나 빠르게 하는 변화만 있다. 길게 할 때는 가사를 붙여
서 하지만, 짧게 할 때는 선창자도 계속 '어허 어헤'만 반복한다. 장지까지 가
는데 긴 소리만을 하면 많은 시간이 걸리므로, 긴소리와, 짧은소리를 선소리
꾼이 적당히 섞으며 운상을 한다.

워호 워헤

　　　워호 워헤

워호 워헤

　　　워호 워헤

워호 워헤

　　　워호 워헤

간다간다 나는간다

　　　워호 워헤

정든자손과 이별을허며

　　　워호 워헤

정든자손들 이별을허고

위호 위혜

동반관과도 이별을허여

위호 위혜

일가친척과 이별을하고

위호 위혜

위호 위혜

위호 위혜

동네사람과 이별을허며

위호 위혜

마지막나는 떠나를간다

위호 위혜

정든집을 뒤로다놓고

위호 위혜

선산으로 나는간다

위호 위혜

인제가며는 언제나오나

위호 위혜

내년이맘때 다시나오냐

위호 위혜

명년춘삼월 봄다시오면

위호 위혜

꽃이나피면은 내가오냐

위호 위혜

잎이나피면은 내가오냐

위호 위혜

오늘가면은 못오는구나

워호 워혜

귀여운내자손 내사원들아

　워호 워혜

의들좋게들 잘들살거라

　워호 워혜

큰소리내지말고 잘들살거라

　워호 워혜

의들좋게들 잘들살어라

　워호 워혜

동네사람들 의를지키며

　워호 워혜

사랑으로다 의를지키며

　워호 워혜

타인에게 모범이돼서

　워호 워혜

칭찬들받으며 잘들살거라

　워호 워혜

귀여운자손 뒤로다놓고

　워호 워혜

나는인제 떠나를가누나

　워호 워혜

이길도마지막 걸얼보는구나(걸어보는구나)

　워호 워혜

워호 워혜

　워호 워혜

빨리가요

위호 위혜

　　위호 위혜

허허 휘혜

　　허허 휘혜

허호 위혜

　　허허 휘혜

어휘 어훼

　　어휘 어훼

휘휘 휘훼

　　휘휘 휘훼

휘휘 휘훼

　　휘휘 휘훼

회다지 소리 (1)

자료코드 : 02_27_FOS_20100209_KHS_LHW_0002
조사장소 : 경기도 파주시 조리읍 대원1리 / 적성면 장현1리 장례 현장
조사일시 : 2010.2.9
조 사 자 : 김헌선, 김형근, 최자운, 김혜정, 변남섭
제 보 자 : 이형우, 남, 74세
청　　중 : 30인
구연상황 : 장지에 도착한 상여에서 관을 분리하고, 다시 관에서 시신만을 땅에 묻고 회
다지를 한다. 선소리꾼이 북을 들고 서서 선소리를 메기면, 열 명의 회다지꾼
들이 횟대를 들고 두 사람씩 등과 배를 맞추며 뒷소리를 받았다. 파주도 지역
마다 회다지의 풍습이 다르다고 하는데, 선소리꾼 이형우의 마을인 대원리에
서는 광중 안, 즉 좁은 직사각형 안에 들어가서 발로 쾅쾅 다지는데 반해, 고

인의 마을인 능안리에서는 그 안에 들어가지 않고 밖에서만 횟대로 다진다. 그래서 이 날은 능안리 식대로 하였다. 이형우는 하도 여러 지역을 불려 다니므로 곳곳이 틀린 풍습이 있음을 알고 있다. 그래서 선소리와 뒷소리의 불일치를 수습하는 방법으로, 뒷소리를 받는 사람들에게 "첫소리를 내가 어떻게 내던, 받는 소리는 그 마을에서 받는 대로 받으시오. 내가 맞춰 갈 테니."라고 요구한다.

이 회다지 소리는 1) 긴 소리, 2) 달고 소리, 3) 방아 타령, 4) 상사 소리, 5) 우야 소리로 구성되어 있다. 방아 타령의 경우 파주 내에서도 지역에 따라 조금씩 틀린 특징이 있다. 광탄면 금산리의 것과 바로 지금의 조리읍 능안리의 것을 비교해보면 그 차이점이 뚜렷하다.

[긴소리]

자 헙시다.

이청 저청 좌우청 군방네-

(청중 : 한 번 해가지고는 안오지.)

(청중 : 아유, 벙어들만 있어가지고.)

(청중 : 한 번 해가지고는 안 온지. 허허.)

자, 이만 못한 굿에도 떡이 석삼 서말 서디 서홉 삼삼네. 허허이 에헤.

(청중 : 세 번은 해야지. 세 번은.)

꼭 세 번?

(청중 : 에, 세 번은 해야 돼.)

그래, 기양 그래 나도 땀 흘리고, 같이 땀 흘려 오늘.

　　　에헤 에헤허 에헤이

슬슬 받어를 보세

　　　에헤 에히요

에헤 어허허 새로신법을내질마시고 옛날부터나려온노래우렁차게불러를 보세

　　　에헤 에히요

에헤 어허허 달고루넘어갑니다

　　에헤 어허허

〈달고소리〉

　　　　에혀라 달고

　　　　　　에혀라 달고

　　　　달고닫는 여러동간들

　　　　　　에혀라 달고

　　　　한뼘서뼘 연추나대를(회다지꾼들이 들고 있는 장대인 연초대, 횟대)

　　　　　　에혀라 달고

　　　　일시에들어서 일시에놓으며

　　　　　　에혀라 달고

　　　　달고허시는 이내노래도

　　　　　　에혀라 달고

　　　　일시에불러서 일시에끌여

　　　　　　에혀라 달고

　　　　산등허리를 굽신거리며

　　　　　　에혀라 달고

　　　　어깨춤두나 두둥실추고

　　　　　　에혀라 달고

　　　　엉덩춤두나 두둥실추이면

　　　　　　에혀라 달고

　　　　먼데기신분 듣기나좋고

　　　　　　에혀라 달고

　　　　가꺼운데기신분 보시기좋게

　　　　　　에혀라 달고

억새밭에나 꿩새끼놀듯

　　　에헤라 달고

청포밭에는 금잉아가(금잉어가)놀듯

　　　에헤라 달고

굼실굼실들 놀아볼적에

　　　에헤라 달고

인간육십은 환갑이로구나

　　　에헤라 달고

칠십을살며는 고희가되고

　　　에헤라 달고

팔십을살며는 풍광이로구나

　　　에헤라 달고

구십을살며는 풍광이로구나

　　　에헤라 달고

백년백살을 산다구나허면

　　　에헤라 달고

날짜를따져서 삼만육천날

　　　에헤라 달고

달수로계산은 일천이백달

　　　에헤라 달고

병든날과 잠자는날

　　　에헤라 달고

근심걱정을 다제하면

　　　에헤라 달고

단사십도나 못사는인생

　　　에헤라 달고

산등허리는 구부럴지고(구부러지고)

    에혀라 달고

검던머리는 백발이나되며

    에혀라 달고

곱던얼굴엔 주름살생겨

    에혀라 달고

이는빠져서 낙지가되고

    에혀라 달고

귀는먹어서 절벽이되누나

    에혀라 달고

실낱겉이도 약하신몸에

    에혀라 달고

태산같으신 병안이되니

    에혀라 달고

인삼녹용에 약을쓴들

    에혀라 달고

약효용도나 못보시는구나

    에혀라 달고

무당을불러서 굿이나해도

    에혀라 달고

굿한덕두나 못보시는구나

    에혀라 달고

맹인을불러서 설경을해도

    에혀라 달고

경덕도라도(경의 덕도) 못보시는구나

    에혀라 달고

의사박사가 많다고해도
　　　에혀라 달고
이내병안을 몬고치는구나
　　　에혀라 달고

잠깐 [잠깐 쉬었다 한다]

에혀라 달고
　　　에혀라 달고
어정어정 참고있으니
　　　에혀라 달고
사절줄도 당허를시고
　　　에혀라 달고
허진맥진도 누워있을때
　　　에혀라 달고
첫째대문에 진광대왕이라
　　　에혀라 달고
둘째대문에 초강대왕이오
　　　에혀라 달고
셋째대문에 송제대왕이라
　　　에혀라 달고
다섯(넷째라고 불러야 했으나 잠시 착종)대문에 오관대왕이고
　　　에혀라 달고
다섯째대문에 염라대왕이라
　　　에혀라 달고
여섯째대문에 번성대왕(변성대왕)이오

에혀라 달고

일곱째대문에 태산대왕이라

에혀라 달고

여덟째대문에 평등대왕이오

에혀라 달고

아홉째대문에 도시대왕이라

에혀라 달고

열째대문에 전륜대왕이오

에혀라 달고

열세왕전에(열 시왕전에) 뫼신(모신)사제라

에혀라 달고

일직사제는 월직사제라

에혀라 달고

한손에다가 철봉을들고

에혀라 달고

또한손에는 창검을들어

에혀라 달고

팔뚝겉은 쇠사슬랑

에혀라 달고

옆구리에다가 비켜나차고

에혀라 달고

활등같이 굽은길에

에혀라 달고

화살대겉이도 달려를와서

에혀라 달고

닫은대문을 박차고요

에혀라 달고

사자님은 발을끌고

에혀라 달고

월직사자는 등을끌며

에혀라 달고

어서가자 바삐나가자

에혀라 달고

휘몰아치면섬 끌고나갈때

에혀라 달고

인제가면 언제나보나

에혀라 달고

불쌍도하다 처량도허다

에혀라 달고

달고소리 고만을허며

에혀라 달고

다른노래로 돌려를보세

에혀라 달고

〈방아 타령〉

에헤 에히요 에히에-야 에야

에헤 에히요 에히에-야 에야 에혜야 에헤

어이좋다 좋구려

놀자놀자 젊어서놀자 늙어지면은 에루화 못노리로다

에헤 에헤요 에히에-야 에야 에혜야 에헤

어이좋다 좋구려

강남을갔다온 제비라는놈은 옛집을찾아서 다시오는데

한번나신 우리인생은 다시나올줄을 모르는구나
에헤 에히요 에히에-야 에야 에헤야 에헤
어이러자 조옹구나
너는누구요 나는누구냐 상산땅에도 에루화 조자룡이로다
에헤 에히요 에히에-야 에야 에헤야 에헤
어이 좋구나 조옹구나
백설같은 흰나비는 부모님문상을 입었는지
소복장단을 떨쳐입고서 장다리밭으로 훨훨 날러만댕긴다
에헤 에히요 에히에-야 에야 에헤야 에헤
어이 좋구나 조옹구나
백설같은 흰나비는 부모님문상을 입었는지
소복장단을 떨쳐입고 장다리밭으로 에루화 날러만댕기는데
에헤 에히요 에히에-야 에야 에헤야 에헤
어이 좋다 조옹구나
백구야껑충 날지말어라 내너를잡으실 내아니로다
승상이 날버리시매 내너를쫓아서 에루화 나여기왔다

그만하라구.

에헤 에히요 에히에-야 에야 에헤야 에헤

[잠시 쉬었다가 한다]

헤헤 헤헤야 헤이헤-야 에야 어야 에헤
에헤 에히야 에히에-야 에야 에헤야 에헤
어이좋다 조옹구나
일락은서산에 해떠럴지고 월출동녘은 에루와 봄바람분다

에헤 에히야 에히에-야 에야 에헤야 에헤

어이좋구다 좋구나

강남을갔던 제비라는놈은 박씨하나를 입에다물고

허공중천에 드높이떠서 부러진

에헤 에히야 에히에-야 에야 에헤야 에헤

노자 조옹구나

부러진다리를 질질끌며 이집저집을 다비켜놓고

흥부네집으로 에루화 감돌아든다

에헤 에히야 에히에-야 에야 에헤야 에헤

(청중 : 며느리좀 찾아요. 며느리좀 찾아요.)

(며느리들을 불러서 고인이 저승 갈 때 쓸 노잣돈을 내게 하라는 뜻. 회다지를 하는 동안 봉분의 앞에 나무막대기를 양쪽에 세우고, 새끼줄을 드리우는데, 가족들이 그 새끼줄에 돈을 끼운다. 고인이 저승길을 가는 노잣돈의 의미이지만, 회다지꾼들을 위한 수고비가 됨)

난 그런 거 안 해.

(선소리꾼 이형우는 돈을 바라고 이런 일을 하는 것이 아님을 늘 강조하는 성격이다. 그래서 가족들을 슬프게 하고 자꾸 불러내어 돈을 걷어내는 것보다는 소리를 조용히 감상해주기를 원한다.)

어이좋다 조옹구나

명사십리 해당화야 꽃이진다고 설워를마라(서러워마라)

명년춘삼월 봄다시오면은 움도나고 싹도나련만

한번가신 우리인생은 다시는 올줄을 모르는구나

에헤 에히야 에히에-야 에야 에헤야 에헤

어이좋다 조옹구나

너는누구여 나는누구냐 상선땅에도 에루와 조자룡이로다

　에헤 에히야 에히에-야 에야 에헤야 에헤

어이 좋다 조옳구나

노들강변 백사장에 비둘기한쌍이 놀고놀적에

청대콩 하나를 입에다물고

암놈이물어서 수놈을주고 수놈이물어서 암놈을주니

늙은과수는 줄한숨(줄줄이 한숨을)짓고 젊은과수는 에루화 도망질
친단다

　에헤 에히야 에히에-야 에야 에헤야 에헤

어이좋다 조옳구려

이노래도 고만허시고 다른소리로다가 에루와 돌려를봅시다

　에헤 에히야 에히에-야 에야 에헤야 에헤

〈상사소리〉

릴릴릴 상사도야

　릴릴릴 상사도야

이번 상사가 웬상사더냐

　릴릴릴 상사도야

깜짱들(깜짝)놀라실 상사로구나

　릴릴릴 상사도야

오늘가시면 언제오나요

　릴릴릴 상사도야

불쌍도허고 처량도허다

　릴릴릴 상사도야

자손들이 많다고해도

　릴릴릴 상사도야

대신갈자손 하나없구나
　　　릴릴릴 상사도야
일가친척이 많다고해도
　　　릴릴릴 상사도야
대신갈사람 하나없구나
　　　릴릴릴 상사도야
친구네벗님이 많다공해도
　　　릴릴릴 상사도야
같이갈친구는 하나없구나
　　　릴릴릴 상사도야
돈들이많다고 큰소리를쳐도
　　　릴릴릴 상사도야
노자돈한푼도 못갖고갔구나
　　　릴릴릴 상사도야
만장같은 집있다해도
　　　릴릴릴 상사도야
땅한평도나 못차지했구나
　　　릴릴릴 상사도야
재산이많다고 큰소리를쳐도
　　　릴릴릴 상사도야
다내버리고 나는갔구려
　　　릴릴릴 상사도야
불쌍허고 처량도허다
　　　릴릴릴 상사도야
초로겉은 우리네인생
　　　릴릴릴 상사도야

어이어차한번들 죽어나지면

　　릴릴릴 상사도야

다들이렇게 상단지단

　　릴릴릴 상사도야

상사허는 여러동간들

　　릴릴릴 상사도야

잘들사시고 잘들노시다

　　릴릴릴 상사도야

한많은세상을 하직헙시다

　　릴릴릴 상사도야

상사소리도 또그만하며

　　릴릴릴 상사도야

새타령으로 한마디돌려

　　릴릴릴 상사도야

〈우야소리〉

우우야 훨훨

　　우우야 훨훨

웃녘새며 아랫녘새며

　　우우야 훨훨

온갖 새가 다모였구나

　　우우야 훨훨

새나한마리 날려보내세

　　우우야 훨훨

우우야 후여

　　우우야 훨훨

(청중 : 수고하셨어.)

회다지 소리 (2)

자료코드 : 02_27_FOS_20100209_KHS_LHW_0003
조사장소 : 경기도 파주시 조리읍 대원1리 / 적성면 장현1리 장례 현장
조사일시 : 2010.2.9
조 사 자 : 김헌선, 김형근, 최자운, 김혜정, 변남섭
제 보 자 : 이형우, 남, 74세
청   중 : 30인
구연상황 : 파주에서는 회다지를 보통 세 번 한다. 선소리를 할 만한 사람이 있다면 번갈
       아가면서 할 수 있지만, 한 사람뿐이라면 계속 소리를 주어야 한다. 실제 이
       장례는 조리읍 능안리의 사람이 돌아가신 것이지만, 선소리꾼이 없었고, 인근
       의 대원1리의 유능한 선소리꾼을 모셔 와서 일을 치르고 있었다. 그래서 제보
       자인 이형우가 세 번 모두 회다지의 선소리를 주었다. 앞서 첫 쾌의 회다지
       소리를 수록하였고, 지금의 소리는 세 번째, 즉 마지막 회다지 소리이다. 그러
       나 회수가 다르다 하여서 크게 소리가 달라지는 것은 아니다.
       제보자 이형우는 본인의 경우 청중들이 떠들고 즐겨 노는 분위기보다는 자신
       의 소리와 그 의미를 감상해주는 것을 원한다고 한다. 주위에서 떠들고 놀면
       자신도 헷갈려서 문서가 왔다가 갔다 한다고 했다. 그래서 첫 번째의 회다지
       의 경우 많이 왔다갔다며 아쉬워했다. 또한 힘들게 조사를 왔는데 미안하다
       며, 마지막 회다지 소리는 최선을 다하겠노라 양해를 부탁했다.
       이 회다지 소리는 1) 긴 소리, 2) 달고 소리, 3) 방아 타령, 4) 상사 소리, 5)
       우야소리로 구성되어 있다.

〈긴소리〉
    자, 이청 저청 좌우청 군방네

(청중 : 안 받아?)

        에 에히여 [아, 그냥해. 그 뭐 저.]

에헤 이팔청춘소년들아
백발보고서 비웃질말어여
　　에 에히여
에헤 나도 그저께 청춘이었는데
오날와서 백발이 다됐구려허허이
　　에 에히여
어허 달고로 넘어갑시다
　　에~ 에히여~

〈달고소리〉

[그냥 해. 달고로]

에혀라 달고
　　에혀라 달고
달고닫는 여러동관들
　　에혀라 달고
슬금슬적들 놀아보세
　　에혀라 달고
우리네인생이 태어를날때
　　에혀라 달고
어드렇구나 태어를났나
　　에혀라 달고
우리의부모님 날빌어주실때
　　에혀라 달고
팔도명산을 찾아댕기며
　　에혀라 달고

명산대천을 찾아를가서

　　　에혀라 달고

하탕에 수족을씻구

　　　에혀라 달고

중탕에서는 목욕을하며

　　　에혀라 달고

상탕에서는 노구메(노구메, 놋쇠나 구리로 만든 작은 솥인 노구솥에 한 밥이라는 의미이다. 산천 등 야외에 나가서 이 노구솥에 밥을 지어 신께 올린다.)

　　　에혀라 달고

유경촛대에 불밝히고

　　　에혀라 달고

향로에다가 불밝히고

　　　에혀라 달고

소지한장을 올리신후에

　　　에혀라 달고

비나이다 비나이다

　　　에혀라 달고

자손 발원을 하셨으니 [돈 떨어져 저기다 달어, 선소리꾼이 소리를 잘하면 그의 흥을 돋우기 위하여 가족 등이 선소리꾼의 장구에 돈을 꽂아준다. 이때 장구에 꽂으면 자꾸 땅에 떨어지니, 상두꾼 몫으로 걸어놓은 새끼줄에 걸라는 말이다]

　　　에혀라 달고

정성이지극헌 지성이감천

　　　에혀라 달고

칠성님전에 명을빌고

에혀라 달고

제석님전에 복을빌어

에혀라 달고

아버님전에 뼈를빌며

에혀라 달고

어머님전에 살을빌고

에혀라 달고

한두달적에는 피를모아서

에혀라 달고

여섯달만에는 육신이나생겨

에혀라 달고

열달배설은 하루만에

에혀라 달고

인간세상에 태어날적에

에혀라 달고

빈손빈몸으로 다나왔구나

에혀라 달고

우리부모님 날길러줄때

에혀라 달고

진자릴랑은 어머니가누으며

에혀라 달고

따뜻한자리는 자손을뉘이고

에혀라 달고

음식도나 맛을보아서

에혀라 달고

쓰디나쓴거는 어머니가잡숴

에혀라 달고
달콤한거는 자손을먹이고
　　　에혀라 달고
엄동설산이(엄동설한이) 닥처를오이면
　　　에혀라 달고
덮은데위에다 또덮어주시고
　　　에혀라 달고
발치발치를 눌럴주시며
　　　에혀라 달고
오뉴월이라 단열밤에
　　　에혀라 달고
빈대나모기가 뜯을세라
　　　에혀라 달고
다부러진 세살부채를들고
　　　에혀라 달고
빈대각다귀 쫓알주시며
　　　에혀라 달고
은자동아 금자동아
　　　에혀라 달고
금덩어리를주면 너희들을사냐
　　　에혀라 달고
은덩어리를주면 너희들을사냐
　　　에혀라 달고
오색비단에 채색동아
　　　에혀라 달고
채색비단에 오색동아

에혀라 달고

나라님전에 충신동아

에혀라 달고

부모님전에는 효자동아

에혀라 달고

형제간에는 우애동아

에혀라 달고

집안간에는 화목동아

에혀라 달고

은자동아 금자동아

에혀라 달고

금덩어리를주면 너희들을사냐

에혀라 달고

은덩어리를주면은 너희들을사냐

에혀라 달고

훅허고불면은 날릴세라

에혀라 달고

꽉허구나쥐면 꺼질세라

에혀라 달고

애지중지들 길르신은공

에혀라 달고

머리를잘라서 신발을삼아도

에혀라 달고

부모님은공을 못갚겠구나

에혀라 달고

한두살에는 철을몰라서

에혀라 달고

부모은공을 못다갚으며

에혀라 달고

셋하면 다섯살되고

에혀라 달고

열에열다섯 대장부로다

에혀라 달고

이삼십이면 청춘이로구나

에혀라 달고

사오십이면 장년이론데

에혀라 달고

칠십이면 고희로구려

에혀라 달고

여든을살면은 장수했구나

에혀라 달고

구십을살면 춘광이구려(구십춘광(九十春光)은 석 달 동안의 화창
한 봄 날씨를 의미하거나, 노인의 마음이 청년(靑年)처럼 젊음을 이
르는 말)

에혀라 달고

백년백살을 산다구나하면

에혀라 달고

날짜로따지면 삼만육천날

에혀라 달고

달수로더듬어 일천이백달이요

에혀라 달고

병든날과 잠자는날

에혀라 달고

근심걱정을 다제하면

에혀라 달고

단사십도 못사는인생

에혀라 달고

불쌍도허다 처량도허다

에혀라 달고

[잠시 쉬었다 하며]

에혀라 달고

에혀라 달고

달고소리로 해설을보내냐(달고소리를 너무 오래했다는 말. 즉, 너무 한 소리만 길게 하면 지루하니, 다른 소리로 넘겨보자는 뜻으로 이어진다)

에혀라 달고

달고소리도 고만허시고

에혀라 달고

다른노래로 슬쩍넘겨서

에혀라 달고

〈방아 타령〉

에헤 에히요 에히에-야 에야 에헤야 에헤

에헤 에히요 에히에-야 에야 에헤야 에헤

어이좋구나 조옿구나

명사십리 해당화야 꽃이나진다고 서러를마라

명년삼월 봄다시오면 움도나고 싹도난다

에헤 에히요 에히에-야 에야 에헤야 에헤

어이좋다 조옹구나

일락을 서산에 해떨어지고

월출동녘은 에루와 붉은달솟는구나

에헤 에히요 에히에-야 에야 에헤야 에헤

어이좋다 조옹구나

니가 잘나서 일색이더냐 내눈이

침침해서 에루와 일색으로뵈는구나(보이는구나)

에헤 에히요 에히에-야 에야 에헤야 에헤

어이좋다 지었구려(좋구려)

너희들은 누구여 나는 누구냐

상산땅에도 에루와 조자룡이로다

에헤 에히요 에히에-야 에야 에헤야 에헤

어이좋다 조옹구나

먼산에 봄이라더니 화자춘이 녹지로구나

불탄자리에 에루와 새속잎난다

에헤 에히요 에히에-야 에야 에헤야 에헤

어이좋다 지었구나(좋구나)

노자노자 젊어서놀자 늙고나병들면 다못논다

늙기전에도 에헤라 잘놀아보세

에헤 에히요 에히에-야 에야 에헤야 에헤

어이좋다 조옹구나

백설같은 흰나비는 부모님문상을 입었는지

소복장단을 떨쳐입고서 장다리밭으로 날아든다

에헤 에히요 에히에-야 에야 에헤야 에헤

어이좋다 조옹구나

개야개야 검둥개야 네눈이얼룩인 바둑개야
네밥속에다 고기넣어줄때 나먹기싫어서 널준줄아냐
야밤중에 날찾는손님 짖지나말라고 널주었는데
　　　에헤 에히요 에히에-야 에야 에헤야 에헤
어이좋다 조옳구나
늙은녀석이 들어를오면 커거컹멍멍 짖어들대고
날과같이 젊은놈이 들어오면 꼬리만살살 휘둘러라
　　　에헤 에히요 에히에-야 에야 에헤야 에헤
에헤좋다 조옳구려
이노래로다가 날밤을새나 다른소리루다가 에루와 돌려보세
　　　에헤 에히요 에히에-야 에야 에헤야 에헤

〈상사소리〉
　　릴릴릴 상사도야
　　　　릴릴릴 상사도야
　　오늘가시면 언제오나요
　　　　릴릴릴 상사도야
　　내년이맘때 닥쳐를오이면
　　　　릴릴릴 상사도야
　　백설이펄펄 날리시면
　　　　릴릴릴 상사도야
　　눈꽃따라서 오신대더냐
　　　　릴릴릴 상사도야
　　새로운봄이 닥쳐를오면
　　　　릴릴릴 상사도야
　　싹도나고 움도나며는

릴릴릴　상사도야
봄다시　오신대든가
　　　릴릴릴　상사도야
꽃은피어서　화산이되고
　　　릴릴릴　상사도야
잎은피어서　청산이되고
　　　릴릴릴　상사도야
종달새는　지지배배
　　　릴릴릴　상사도야
봄이나되면은　다시오시나요
　　　릴릴릴　상사도야
강남을갔던　제비란놈은
　　　릴릴릴　상사도야
옛집을찾아서　다시오시는데
　　　릴릴릴　상사도야
한번가신　우리인생은
　　　릴릴릴　상사도야
또다시는　못오시는구나
　　　릴릴릴　상사도야
불쌍하다　처량도허다
　　　릴릴릴　상사도야
초로같은　우리네인생
　　　릴릴릴　상사도야
아차한번을　죽어나지면
　　　릴릴릴　상사도야
싹도없고　움도없구나

릴릴릴 상사도야

상사하는 여러동관들

릴릴릴 상사도야

인생한평생 사실동안

릴릴릴 상사도야

잘들사시고 잘들노시다

릴릴릴 상사도야

한많은세상을 지내십시다

릴릴릴 상사도야

상사소리 그만을허며

릴릴릴 상사도야

새타령으로 잠깐만돌려

릴릴릴 상사도야

〈우야소리(새 쫓는 소리)〉

우야 후어야

우야 훨훨

말잘하는 앵무새구요

우야 훨훨

춤잘추는 학두루미로다

우야 훨훨

높이나떠서 종달새야

우야 훨훨

얕이나떴구나 굴뚝새로다

우야 훨훨

말잘하는 앵무새구요

우야 훨훨

춤잘추는 학두루미로구나

우야 훨훨

꽁지가좋아서 공작새로다

우야 훨훨

우후야소리에 다모였구나

우야 훨훨

온갖잡새가 다모였구나

우야 훨훨

새나한마리 날럴 내세

우야 훨훨

우후야 후어어

우야 훨훨

배 쓸어주는 노래

자료코드 : 02_27_FOS_20100217_KHS_JJR_0001
조사장소 : 경기도 파주시 조리읍 오산1리 마을회관
조사일시 : 2010.2.17
조 사 자 : 김헌선, 김형근, 최자운, 김혜정, 변남섭
제 보 자 : 정점룡, 여, 69세
청   중 : 4인
구연상황 : 조사자들이 마을회관에 도착했을 때는 아직 설 뒤끝인지라 할머니들이 다섯
분 정도만 계셔서 화투를 치고 있었다. 정점룡 할머니를 마을회관 입구에서
만났는데 조사자들을 방으로 안내해 주면서 조사에 적극적으로 참여해 주었
다. 아이가 배 아플 때 부르는 소리를 청하자 이 노래를 불러주었다.

할머니손은 약손이여 아가배는 똥배요

쑥쑥 내려가라

말꼬리 잇기

자료코드 : 02_27_FOS_20100217_KHS_JJR_0002
조사장소 : 경기도 파주시 조리읍 오산1리 마을회관
조사일시 : 2010.2.17
조 사 자 : 김헌선, 김형근, 최자운, 김혜정, 변남섭
제 보 자 : 정점룡, 여, 69세
청   중 : 4인
구연상황 : 오산1리에서의 조사는 주로 황우례 제보자를 중심으로 이루어졌는데 정점룡 제보자가 적극적으로 황우례 제보자를 부추겨 주었기에 가능했다. 이 과정에서 정점룡 제보자가 갑자기 생각난 듯이 이 '말꼬리 잇기'를 구연해 주셔서 이 소중한 자료를 채록할 수 있었다.

김서방 낭구하러(나무하러)가세

배가아파 못가겠네

무슨배 자라배

무슨자라 업자라

무슨업 당업

무슨당 서낭당

무슨서낭 개서낭

무슨개 바리개

무슨발이 퉁바리

무슨퉁 비지퉁

무슨비지

다리세기 노래 (1)

자료코드 : 02_27_FOS_20100217_KHS_HWR_0001
조사장소 : 경기도 파주시 조리읍 오산1리 마을회관
조사일시 : 2010.2.17
조 사 자 : 김헌선, 김형근, 최자운, 김혜정, 변남섭
제 보 자 : 황우례, 여, 75세
청   중 : 4인
구연상황 : 조사자들이 노인회관에 도착했을 때 황우례 제보자는 다른 두 분과 함께 화투
　　　　　를 치고 있었다. 처음에는 조사자들의 요구에 무척 귀찮아하시다가 조사자들
　　　　　이 재차 부탁을 드려 한참 만에 조사에 참여했다. 민요나 설화 모두에서 뛰어
　　　　　난 구연실력을 보여주었다.

　　　한알 때 두알 때 영낭(영남) 거지 팔 때 장군 고드레 마드레 시드
레 하드레 뽕 열하나

다리세기 노래 (2)

자료코드 : 02_27_FOS_20100217_KHS_HWR_0002
조사장소 : 경기도 파주시 조리읍 오산1리 마을회관
조사일시 : 2010.2.17
조 사 자 : 김헌선, 김형근, 최자운, 김혜정, 변남섭
제 보 자 : 황우례, 여, 75세
청   중 : 4인
구연상황 : 다리세기의 다른 노래가사를 안다며 불러주었다.

　　　고모집에 갔더니 닭한마리 잡아서
　　　나한숟갈 엉(가사의 순서가 잘 못 되었다고 판단하고 원래의 가사
순서로 고쳐 부름)
　　　기름이 동동 뜨는데 나한숟갈 안주고
　　　우리집에 와봐라 콩죽팥죽 안준다

잠자리 잡는 노래

자료코드 : 02_27_FOS_20100217_KHS_HWR_0003
조사장소 : 경기도 파주시 조리읍 오산1리 마을회관
조사일시 : 2010.2.17
조 사 자 : 김헌선, 김형근, 최자운, 김혜정, 변남섭
제 보 자 : 황우례, 여, 75세
청   중 : 4인
구연상황 : 조사자들이 잠자리나 방아깨비를 잡거나 놀리는 노래를 청하자 이 노래를 불러주었다. 처음에 조사에 소극적이었던 것과는 달리 조사자들이 요구하면 마치 기다렸다는 듯이 노래를 척척 불러 주었다.

  잊어 버렸잖아 또

    잠자라 꼼자라
    멀리가면 죽는다
    이리오면 산다

  그리고 탁 잡아요. 허허허허.

별 헤는 노래

자료코드 : 02_27_FOS_20100217_KHS_HWR_0004
조사장소 : 경기도 파주시 조리읍 오산1리 마을회관
조사일시 : 2010.2.17
조 사 자 : 김헌선, 김형근, 최자운, 김혜정, 변남섭
제 보 자 : 황우례, 여, 75세
청   중 : 4인
구연상황 : 조사자들이 해, 달, 별에 관한 노래를 하나 불러달라고 하자 이 노래를 불러주었다. 이 노래는 가사가 길고 호흡이 빠른 관계로 중간에 조금 숨차 하였다.

    별하나 꽁꽁 나하나 꽁꽁

별둘 꽁꽁 나둘 꽁꽁

별셋 꽁꽁 나셋 꽁꽁

별넷 꽁꽁 나넷 꽁꽁 (청중 : 숨 쉬고.)

별다섯 꽁꽁 나다섯 꽁꽁

별여섯 꽁꽁 나여섯 꽁꽁

별일곱 꽁꽁 나일곱 꽁꽁

별여덟 꽁꽁 나여덟 꽁꽁

별아홉 꽁꽁 나아홉 꽁꽁

별열 꽁꽁 나열 꽁꽁

배 쓸어주는 노래

자료코드 : 02_27_FOS_20100217_KHS_HWR_0005
조사장소 : 경기도 파주시 조리읍 오산1리 마을회관
조사일시 : 2010.2.17
조 사 자 : 김헌선, 김형근, 최자운, 김혜정, 변남섭
제 보 자 : 황우례, 여, 75세
청   중 : 4인
구연상황 : 황우례 제보자는 노래와 이야기 모두에서 뛰어난 실력을 보여주었다. 혹시 요 즘에도 이런 노래와 이야기를 자주 구연하는지 묻자 유진이라는 손녀가 같이 살아서 가끔 한다고 하였다. 그래서 조사자들은 유진이가 배 아픈 것을 가정 해서 이를 달래는 노래를 불러달라고 하자 이 노래를 구연해 주었다.

우리유진이배는 똥배

내배['내 손'이라고 해야 할 것을 잘 못 부르시고 곧 다시 고쳐 부르셨다.]

내손은 약손

쑥쑥 내려가라

쑥쑥 내려가라

그렇게 했지 뭐 어떻게 해

노랫가락

자료코드 : 02_27_MFS_20100208_KHS_BJH_0001
조사장소 : 경기도 파주시 조리읍 등원1리 157번지 등원1리 노인회관
조사일시 : 2010.2.8
조 사 자 : 김헌선, 김형근, 최자운, 김혜정, 변남섭
제 보 자 : 백지현, 남, 73세
청   중 : 9인
구연상황 : 백지현 제보자는 김지선 회장님 등이 설화 등을 구연할 때 조용히 듣고만 계셨던 분이셨다. 조사자들이 노랫가락이나 창부타령을 하실 줄 아시는 분이 있는지 묻자 옆에 계시던 분들이 부추기셨고 못이기는 척하더니 이 노래를 불러 주었다.

노세 젊어서놀아 늙어지면 못노나니
화무는 십일홍이요 달도차면 기우노니
인생은 일장춘몽에 아니노지는 못하리라.

자꾸해? (조사자 : 예, 더 해주세요.) 에이, 젠장.

배고파 지어놓은밥에 뉘도돌도나 많고요
뉘많고 돌많은밥은 님이 안계신탓이로구려.
언제나 정든님만나서
뉘,

에, 잘 안 된다.

뉘도없는밥 먹어보나.

아, 힘들어.

창부타령

자료코드 : 02_27_MFS_20100209_KHS_LHW_0001
조사장소 : 경기도 파주시 조리읍 대원1리 / 적성면 장현1리 故 진주강씨 장례 현장
조사일시 : 2010.2.9
조 사 자 : 김헌선, 김형근, 최자운, 김혜정, 변남섭
제 보 자 : 이형우, 남, 74세
청   중 : 30인
구연상황 : 이 소리는 조사자가 청해서 부른 것이 아니다. 잠시 상여를 운상하는 중에 상
여를 맨 이들이 잠시 쉬는 동안, 술 한 잔씩 하는 그들의 흥을 돋는 측면에서
선소리꾼이 즉흥적으로 부른 것이다.

닐리리 닐리리리

디리리 디리러디러 인제도가면 언제오나

꽃은피어서 화산이되고 잎은피어서 청산되고

우허허허 우허허

인제가면은 언제오나 어느화가에 오실려나

명사십리 해당화야 꽃진다고 설월마라(서러워마라)

명년삼월 봄다시나오면 움도나고도 싹도나지

우리인생 죽어를지면 다시올길이 막먹하다(막막하다)

8. 진동면

▌조사마을

경기도 파주시 진동면 동파리

조사일시 : 2010.2.9
조 사 자 : 김헌선, 김형근, 최자운, 김혜정, 변남섭

진동면(津東面)은 조선시대에는 임진현, 1895년엔 장단군이었던 지역
이었다. 전쟁 이후에는 사람이 살 수 없는 민통선 지역이 되었고, 1972년
파주군에 편입되게 된다. 2001년 정부의 공식적인 허가로 장단군이 고향
인 실향민 1세대를 중심으로 동파리 887 일원에 60가구를 형성하여 해
마루촌을 만들었다. 진동면에는 동파리, 서곡리, 용산리, 초리, 하포리가
있다.

■ 제보자

김봉학, 남, 1919년생

주 소 지 : 경기도 파주시 진동면 동파리
제보일시 : 2010.2.9
조 사 자 : 김헌선, 김형근, 최자운, 김혜정, 변남섭

원래 고향은 진동면 서곡리 장파동으로 7대조부터 그곳에서 살았었다. 그러나 32세가 되는 해에 6·25가 일어나서 떠나야 했다. 이곳이 민간인 통제 구역이므로 전쟁 후에도 바로 들어와 살지 못하였다. 2001년이 되어서야 실향민 1세대를 중심으로 60여 가구의 거주를 허용함에 따라, 원래의 고향 바로 옆인 진동면 동파리에서 살 수 있게 되었다. 제보자 김봉학은 어려서 구학문방(한문 서당)에서 글을 좀 배우다, 일제강점기가 되면서 서당이 없어져 그나마도 못하게 되었다. 아흔이 넘은 김봉학 제보자는 귀가 많이 어두워서 가까운 거리에서 큰 소리로 말해야 겨우 알아듣는 정도였다. 하지만 워낙 총기가 좋아서 아직도 이전에 했던 이야기들을 잘 구연하였다.

제공 자료 목록
02_27_FOT_20100209_KHS_KBH_0001 오목대신(오성대감)과 축지법
02_27_FOT_20100209_KHS_KBH_0002 문둥병을 낫게 한 비상
02_27_FOT_20100209_KHS_KBH_0003 부모 묘를 잘 써 부자 된 형제
02_27_FOT_20100209_KHS_KBH_0004 덕진당 유래
02_27_MPN_20100209_KHS_KBH_0001 도깨비에 홀린 이야기

오목대신(오성대감)과 축지법

자료코드 : 02_27_FOT_20100209_KHS_KBH_0001

조사장소 : 경기도 파주시 진동면 동파리

조사일시 : 2010.2.9

조 사 자 : 김헌선, 김형근, 최자운, 김혜정, 변남섭

제 보 자 : 김봉학, 남, 91세

청   중 : 1인

구연상황 : 제보자는 다른 조사자에게 이미 설화를 제보한 경험이 있기에 섭외하여 조사를 진행하였다. 동파리는 민간인 통제구역이어서 쉽게 들어갈 수 있는 지역이 아니기에, 미리 이장과의 약속을 통해서만이 들어갈 수 있었다. 서울에서 공직생활을 하던 이장이 마을에 대한 애착심이 많아서 섭외 과정에서 김봉학 제보자의 상태와 조사의 허락을 대신 진행시켜주었다. 또한 조사시에 함께 자리하여 조사의 분위기를 형성해주었다.

줄 거 리 : 오목대신이란 오성대감의 별칭이다. 오목이라는 동네에 낙향하여 붙여진 이름이다. 오목대신은 낙향하여 고기 잡는 것으로 소일을 하였다. 어느 날 한 사신이 지나던 도중 고기를 잡는 오목대신에게 담뱃불을 빌리는 과정에서, 반말을 하였다. '어부'는 신분이 낮다고 여겨졌기 때문이다. 그러자 오목대신이 괘씸히 여겨 축지법을 발휘하였다. 여기서 축지법은 먼 곳을 한번에 빨리 가는 것이 아니라, 어떤 사람이 계속 한자리에서 제자리걸음만 하게 만드는 것이다. 하루종일 걸어도 여전히 가칠고개라는 곳을 넘지 못한 사신이 그제서야 자신의 잘못을 알고 오목대신에게 사죄를 하였고, 그 가칠고개를 넘어갈 수 있었다.

　내가 알기로는 서울서 낙향(落鄕), 고향이 여기 여기로 낙향을 하셔가지고

　그 대신이면은, 삼, 삼정승 육판서의(三政丞 六判書의) 한분이거든

　그, 서울서 거 일행들이 오면은 깡깡보리밥을 해서 대접을 했어

　게니 그 자시나 못자시지

게 내놓으면 한편으로는 흰밥을 해서

고기국을 해서 이렇게 드려다놓으면(들여 놓으면) 그때사 자시고 그랬다는 얘기고,

밥 자시고 헐게 없으니깐 개울게(개울가에) 거 앞에 큰 개울 있거든

음 개울게 나가서 낚시질, 낚시질 어부라고 그러지 어구

그, 저, 나라에서 그전에는 뭘 작은 장에서 진 도보로 도보 도보로 도보로 옮기거든

그 가칠고개가 검문소 있던 고개가 그 지금 고기리

국도, 국도 한국의, 한국의 남한에서는 1번국도가 지금도 이 길이 국도지

이 국도가, 그 국도가 밖으로 나가고 이렇게 돌아서 가칠고개를 등 넘어서서 이렇게 맞닿는데

이렇게 장단읍(長湍邑, 경기도 서북부에 있던 행정구역이었으나 남북분단으로 1963년 파주군과 연천군에 편입됨)에서 이렇게 가가지고 이렇게 가서[구체적이진 않지만 손으로 허공에 그 형상을 묘사한다.]

나라의 무슨 심부름 갔던 분이 일거도(이것도) 급수가 있거든

아, 그 저 가다가 담밸 피울 텐데 성냥이 없다 해서 그때 성냥이 있나 저 이 부싯 쳐서(부싯돌을 쳐서) 담뱃불 피고 그랬던 옛날인데

게 이 양반이 쑥캐(쑥을 말려 만든 불쏘시개의 일종)를 고 옆에 놓고 담배를 피(피워) 감서(가면서) 괴길(고기를) 잡는 거야.

게, "여보게, 어부."

"어부, 여보게." 했단 말이야 대신 저 오목대신(오성대감 이항복(李恒福, 1556~1618년)의 별칭)보고

이 삿갓 쓰고 이렇게, 이렇게 걸 어부라 그랬지.

게 어부가 천해요. 고기잽이 어부 농부, 농부는 농 농 농 농

농자(農者)는 천하지대본(天下之大本)이라고 해서 농부는 그래도 좀 시

고(세고. 대우가 조금 괜찮다는 뜻)

어부는 지금도,

엊그제 옛날부텀 뭘 잡는 거는 천한사람 천인(賤人)으로 들이었거든, 잡는 건.

게 어 고기잡고 있으니깐, "어부 여보게. 담뱃불 좀 빌리게"

게 쑥깨를 이렇게 돌려서 주고는

'너 이놈 고약한 놈. 좀 가나봐라.'

이 양반이 축지법(縮地法)을 했단 말이야, 축지법.

쟁일 가야 밤나 가칠가칠하고 안 넘어가져 그놈의 고개가 쟁일 가도 그냥 거 밤나 거

허 여이네가 인자 뭘 잘못해서는 죄를 열라믄 대옥은(명확히 들리지 않으나 '죄를 져가지고서는'이라는 뜻)

그 생각이 나서, 아 오니깐

아 그 오목대신이 열두간 주랑낭에 백간잽이, 아흔아홉칸

아흔아홉칸 집이 있었는데 옛날에 거기 게와집이(기와집이)

근데 우리도 봤는데 지금은 터만 있지만 터도 다 없어 논이 됐어, 논이, 논이 됐어.

거 오목대신이 게 와서 거적을 펴놓고,

"죽을죄 삼태질이 용서해 주십시오." 허니깐.

음, "몰르고 그랬갔지."

"내가 이런 사람이다."

"아 예 예 아 예예예"

참 네 거리고 이렇게 뜨락에서(뜰에서) 거적 피고 절 허고

참 이렇게 해서 용서해서 줘보내서 그 고개를 넘어가서 보리밭에 가칠

그래서 이름이 가칠 지금도 가칠 가칠고개야 그 고개가 가칠고개

가칠가칠하고 안 넘어가거든

(조사자 : 가칠고개에요?)

가칠고개 가칠 가칠가칠허고

가칠가칠 넘어갈듯 한데 안 넘어가지구 밤낮 그냥 거기 있어 쟁일에 해가 다 가도록.

게 축지법을 자꾸 이 양반이 엠 즘을(주름을) 접으니깐 못 가는거야.

음 그래 와서 용서 받아가지고 넘어갔다는 얘기가 인제 그 전설이지 전설.

응 그르케 돼서 인제 그러쿠 그 두 가지 그러쿠.

그 칠대손이 정훈이라고 여기 땅 저 쪽에 댕길 때,

에 죽었지만 에 지끔 살았으면 한 팔십 됐을 텐데 죽었어.

거기 지끔도 오목이라 그래 오목이

그그그그그그그 모탱이(모롱이) 이렇게 돌아가는데

그 고고고 아래가 바로 오목대신이 살던 댁이니깐

오 오목이라 그러구.

문둥병을 낫게 한 비상

자료코드 : 02_27_FOT_20100209_KHS_KBH_0002
조사장소 : 경기도 파주시 진동면 동파리
조사일시 : 2010.2.9
조 사 자 : 김현선, 김형근, 최자운, 김혜정, 변남섭
제 보 자 : 김봉학, 남, 91세
청   중 : 1인
구연상황 : 이 이야기 또한 김봉학이 이전 조사에서 구연했던 것이다. 그러나 제목이 따로이 정해져 있지 않기에, 그 이야기를 끌어내기가 힘들었다. 이야기에 등장하는 특정한 고유명사인 '비상', '예산', '면장' 등을 힌트처럼 주어 이야기를 요청하였으나, 제보자는 그러한 이야기를 모르겠다고 하였다. 귀가 어두워서 줄거리를 잠시 말하여 이야기를 환기시키는 것도 소용없었다. 그때 부엌일

을 하던 부인이 "아, 거 비상 먹은 얘기 있잖아요."라고 외치듯 말하니 그때서야 '아, 그거' 하며 이야기를 시작했다. 똑같은 고유명사이지만, 귀가 어두운 상태에서 낯선 제보자의 발음보다는 익숙한 부인의 발음이 더 잘 들렸던 모양이다.

줄 거 리 : 예산, 어느 면장이 임기 동안 관원들의 수탈로 빚을 져서 사형을 당할 처지에 놓였다. 그 아들이 부자에게 도움을 청하여 위기를 모면한다. 그런데 그 부자는 문둥병 아들을 두어 장가를 못 보내고, 그에 따라 대가 끊어지게 되는 것이 한이었다. 이를 알게 된 면장의 아들이 부자의 은혜를 갚기 위하여 결혼식을 치르게 된다. 결혼하여 아이를 낳아 양자를 보내주려 한 것이다. 한편 결혼하여 잘사는 것이 미안하자 그 부자와 아들이 걱정이 되었다. 그러자 그 누이가 시집을 그 문둥병 아들에게 시집을 가기로 하였다. 그러나 실제 살고 싶지 않아 비상(독약)을 가지고 가서 죽으려 하였다. 그러나 비상을 먹으려는 순간 갑자기 화장실에 가게 되었고, 그 사이 문둥병의 아들이 그것을 물로 잘못 알고 마시고 만다. 그런데 뜻하지 않게 그 문둥병이 낫게 된다.

충남 예산(禮山), 예산, 지끔은 예산, 그 하여간 거기 그쪽에 예산이 있어요, 예산이.

(조사자 : 예, 예산군이 있습니다, 예.)

예산. 어느 면에 면장(面長)이 면장 보다가

그전에 이장만 봐두 구장(區長, '구장'은 예전 시골 동네의 우두머리)만 봐두(여기에서는 '맡아도'의 뜻)

자꾸 공무원들이 뜯어 뜯으러 먹으러 댕겨서 땅 한 뙈기 팔아먹어야 이장 봤어.

지금 여기 이장은 자꾸 저 벌리고 댕기지만 그전엔 보수도 읎구.

저 버 여름이면 보리 한 말 가을이면 벼 한 말 이케 걷어 주구 동네에서 이 구장 보는 사람.

근데 뜯어먹어 공무원들이 와서 뜯어먹어

그래 저 쌀 땅 한 뙈기 팔아 디밀어야 될 땐데

면장 보다가 빚을 너무 져서. 그만 사형에 처하게 됐어 그만

아주 살림 망하게 됐는데 아들이 하나 있는데

에 아들딸이 남매가 있는데 아들이

가만히 글방을 댕기고 그저 옛날엔 글방이지 학교가 있나 뭐.

저 아버지가 상병이란 말야 먹지도 않고 그냥 드러눠 앓는데.

게 "아버지 왜에에 그러시냐구 자꾸." 그러니깐,

"너가 감당을 못할 테니깐 얘기를 안 한다." 얘기야.

"아 글쎄 아버지 아들은 전데."

얘기 꾸며다가 헌 얘기지 요요요런거이 뭘

열 몇 살 먹은 게 뭘 아나.

그래서,

"그래 내가 면장 보다가 그만 이렇게 저 살림 망할 거 같애서 내가 죽게 됐다 죽게 됐어."

"그러세요?"

그 애가 글방 댕기다가 그 붓, 책 팔러 댕기는 필쟁이(먹, 붓, 종이 등을 팔러 다니는 장사꾼)가 있어, 필쟁이 옛날에.

이 저 필쟁이 이 붓 팔구 뭐 이러 이렇게 에.

게 그 선생님허구 얘기소리 들은 거를 기억이 나서 어느 지점에 큰 부자가 있는데 아들이 그러쿠 큰 부자가 있다.

그래서 가서 찾으러

"아부지 진지 잡숴요, 다 살게 마련입니다 사람은."

게 그 떠나가 가서 거그 가서

그런 얘길 허니까,

해가 다 가 자는데 막내가 잠을 안자고 뒤척이니깐 그 주인 영감님이 사랑에서 같이 자는데

"너 무슨 고민이 있구나?" 하고

"왜 그리 잠이 안자냐?"

"아휴 말씀드리기가 어려웠는데 말씀이 안 나와서 이렇게 그럽니다."

그러니까 "그 얘기해라."

"게 아버지가 저 아무데 면장 아무간데(아무개인데) 거 교대허다가 그만 이렇게 돼서 사형을 당허게 됐대요. 게 그 돈을 갚아야 할 텐데 그저 좀 봐주시면 좋갔습니다." 허니까,

"어 걱정마라."

게 우선 돈허고 쌀허고 해서 실려 보내고 밥 멕여서 가니간 벌써 아휴머 돈허구 쌀 허구 먼저 와 있지.

자 근데 애가

그, 그만 빚져서 죽은 어뜨게 된 살림이 즈이 아부지 사형 당허게 되니, 살림이 이르게 좋아졌으니, 그 잊어버려지우 사람이

그래서 낮엔 공부허고 밤엔 거 대 거그 저 할어버지허구가 자구.

근데 그 할어버지가 잠을 영 못 자드래 또. 그래 "할어버지 왜 잠을 그리 못 주무세요?" 허니깐,

"내가 아들이 하나 있는데 저 안에 건너방에 혼자 있던데 닐 모레 장개를 들일텐데."

그전엔 장갤 들여야 양자도 허고 그르지 애들 이르게 삼을 써봐야 여자고 남자고 다 그래야 헌데.

한날 "아들이 하나 있는데 문둥병 환자야, 근데 그걸 장갤 들라갈텐데 못가니 어뜩허냐?. 너 대신 좀 가가라."

그래 나도 말이 안 나와서 그런데

"아유 그저 죽으려고 허심은 제가 할아버지 앞에 죽기도 헐텐데 무슨 말씀이에요 가죠."

근데 대신 장개 들기가 참 어렵지.

아 그래 가가주고, 아 이게 일이 잘못 되니라고 비가 그냥 들여 퍼붜서 당장 길을 떠날 수가 없어 거기서 자야지 하룻저녁 옛날엔 자거던 신

붓집에서.

신붓집이 있는 집이니깐 있는 집끼리 이르케 저 해서 자고 간단 말야.

아 근데 산방(신방)을 꾸며줘야 잘텐데.

첫날 저녁부텀, 그니까 비오는 얘기는 나중에 얘기지.

첫날 저녁에 거 자는데,

아 이 부채로다 이러케 체면을 가리케 가리고 영 신부 쳐다를 안보니,

그 신부가 기대고 앉았다가 제 손으로다 다 벗고는

들어 가 자는데 그냥 허리 끼고 앉았는거야 그냥

그냥 막, 밤 뽀 꼬얗게 샜지.

그래 첫날엔 색시를 두고 무슨 조화냐

고민을 많이 했갔지, 이제 첫날 적부터 내가 소박 당하는 거 아니냐.

아 근데 그 이튿날 비가 그냥 또, 또 와서

이틀 사흘을 두고 비가 온다, 게 하느님이 내려다보는 거야.

게 원형지정(元亨利貞)은 천저지상(天道之常)이라구.(원, 형, 이, 정은 천도의 떳떳함이다'라는 뜻. 제보자는 '하늘이 사람의 사정을 알고 조화를 부린다.'는 뜻으로 사용함)

그 얘기가 옛날얘기가 있지 원형지정은 천저지상이다.

아 그래 이틀 사흘 있을 때는 여자가

"내가 처녀 때는 시집도 못가고, 어, 남편허고 한번 자도 못보고 이거 소박을 당하니 되것냐? 에이 저 너 죽고 나 죽자." 이건.

다들 집안 식구들 자는디 가서 식칼 갖다놓곤

"얘기 바로 해라." 허니깐,

어뜨캐 내가 죽갔으니깐 살아야겠으니깐 바른 얘길 했단 말야.

바른 얘길 허는데[거실이 부엌과 붙어있고, 부엌에선 제보자의 아내가 무엇인가를 칼로 썰고 있었다.]

"그러냐?"고

"어, 어 그러면 그렇지 내가 첫 날부텀 소박당할 리가 있갔냐."

신랑을 저저 뱃겨주곤 이불 속으로 끌고 들어가서,

그러니깐 벌써 뭐 남녀가 관계가 있든 없든 간에

그냥 여기서 간 하인들이 가 밤들을 새고 문구녕을 왜 이리 이렇게 들여다보는 거 있지.

그걸 사흘 저녁이나 들여다보는 거지 비가 와서 오진 못 허고.

아유, 그 이튿날 아침에,[이장의 부인이 이 집에 마실 와서 인사한다]

그 이튿날 아침에 날이 새니깐 떠나가 그냥.

뭐 비가 와도 그냥 와야지 뭐 말하자면 일은 다 봐진걸 어뜨케

거 오후에는 거기서 차려준거 해가지고 저 집으로 바로 갔는데, 바로 가는데,

얘가 장개들곤 또 밥을 먹어야지 살지

아 그래, 저이 누이가 남매가 있어서 저이가 누이가 있는데

이거 밥만 먹으래두 권해도 안 들어

에 이거 남을 못 헐라고 나만 이렇게 저, 어, 색시 데리고 살만 되갔느냐 하는 생각에 그렇지 떳떳치 않지.

그랬더니 저 누이가 걱정 말고 밥 먹어라 말야, 내가 대신 가면 될 거 아니냐.

그래 가서 이렇게 대 지내곤 헐 예산하고 비상(砒霜, 거담, 학질 등에 쓰이는 약재. 독성이 강해 잘못 복용하면 죽기도 함)을 구해서 사가지구 갔어 여기다가 여그 여그 여그 찔러가지고 비상 비상

비상 그게 비상 얘기 할라니까 그게 지끔 얘긴데 비상 얘기가 나오는 거야.

아 비상을 할려는데

그놈의 문둥이가 문둥병 들어서 옷을 새로 입혔는데 모두 짓물러서 그냥 여가 지저분허고 그른데

그 참, 모 한 시간도 같이 있을 수 없지.

그래 그래 시 신방을 드는데,

아 신방 들을 적에 ○○○○ 한 이불 속에 들었으니깐 가다가 잘 거 아냐 인제.

게 작은 틈바구니에

부엌에 들어가서 물을 떠다가 그 저 화롯불에다가 뒤에서 따뜻허게 해서 마시고 죽을라고.

에 저 죽으면 머 대례 지냈으니깐 양자는 헌단 말야 그 집에서 그 문둥병 든 게 죽어두 양자는 허게 돼있단 말야.

아 근데 이게

흘흘 젓구(젓고), 약을 비상을 여기 끄내서 타서 이거 따듯한 물에다가 휘휘 젓고 있는데 갑자기 배가 싸르르 아프구 마실 새가 없이 화장실부터 가게 되드란 말야.

게 화장실에 간 새에 이놈이

저 자다가 일어나서 목이 마르니까 그걸 마셨어.

게 펄펄 뛸 수밖에 있나

아유, 펄펄 뛰지 나자빠지드래.

아유, 그래서 그냥 야단이 나니깐 아 저이 시아버지도 건너오고 거 사랑방에서 모두 집안 식구가 죄 뫼서(모여서)

"저 어떻게 된거냐?" 허니깐,

"사실 이만저만 합니다." 허니깐,

아유, 불행 중, 그니까 불행 중이 그때 나왔단 얘기야, '불행 중 다행이다.'

"너가 죽고 저거 살면 뭘허냐? 저거 사람 노릇 못허고, 니 어차피 너는 살구 저거 죽어 잘 됐으니."

게 안심도 시키겠고 어차피 죽을 자식이니깐.

아 근데 이게 잠을 틸틸 자드니

아 일어나서 "물 좀 주쇼." 허고, 그때

물을 떠다 주니깐 물을 마시군,

아, 이거 뭐 치치치 꾸덕꾸덕 허고 모두 허드니

사흘 안에 그냥 깨끗허게 그냥 미인이 되버리드란 말이야, 그냥 딱정이 (딱지가) 떨어져가지고.

게서 그 으 참 신기헌 얘기지.

예, 인제 그걸로 얘기 끝내야지 뭐 허허.

그래서 그 비상을 먹고,

어 사람이 그 그니 두 목심이 산 두 목심이 산거야 비상 하나가 두 목심을 살린 거야 에.

이 사람이 먹구 죽을 건데 그만 그

그니깐 하느님이 다 시키는 거야 지금 생각허믄 거 참 인위적으론 될 수가 없는 얘기지 그게.

부모 묘를 잘 써 부자 된 형제

자료코드 : 02_27_FOT_20100209_KHS_KBH_0003
조사장소 : 경기도 파주시 진동면 동파리
조사일시 : 2010.2.9
조 사 자 : 김헌선, 김형근, 최자운, 김혜정, 변남섭
제 보 자 : 김봉학, 남, 91세
청   중 : 1인
구연상황 : 시주를 온 스님을 박대하여 화를 입었다거나 묘자리를 잘 써서 복을 받은 이 야기가 있는지 물으니, 부모 묘를 잘 써서 부자가 된 형제의 이야기를 하여주 었다.
줄 거 리 : 아버지를 일찍 돌아가신 형제가 있었는데, 어머니가 아파서 동생에게 약을 사 오라 하였다. 부모상을 당해 건을 쓰고 있는 약국쟁이를 보고 자기 부모도 살

리지 못한다며 그냥 돌아온다. 어머니가 돌아가시자 지관을 부르러 갔으나 가난하게 사는 모습을 보고 그냥 돌아온다. 어머니의 시신을 모시고 가다 그만 산에서 굴러 엎어지고 만다. 그곳이 명당이라 믿고 모시자 그들은 장가도 가고 부자가 된다.

아들 형제만 있는 집이서 아 어머니 아버지가 일찍 다 돌아갔어.

게 형제가 있는데 엄마가 아 아버지가 돌아가고 엄마가 또 마저 돌아갔어.

돌아가게 됐어. 돌아가게 됐어.

그래서 동상보고 형이 "야 아무개야 그저 저 가서 약 좀 지어 오너라."

게 인제 돈을, 엽전 몇 푼을 주니깐 게 인제 가지고 갔, 갔지 아마.

그 약국쟁이가(지금의 '약사'에 해당하는 사람) 부모가 돌아가 건을 썼어.

옛날엔 삼 년 남자는 꼭 건 썼으니깐.

삼 년 삼 년 지나서두 게 아버지가 돌아가믄 삼년, 어머니가 아버지 두구 돌아가면 일 년. 에 삼 년인데.

아 그 약 짓는 사람이 약국쟁이가 건을 쓰고 나왔더란 말이야.

그니깐 애가 그냥 왔어.

"그냥 왔어 형." 그러니까.

"왜?"

"아니, 저이 부모를 못 살리고 우리 부모를 살릴 턱이 있냐?"고 말이야.

그 말이 맞지 맞어.

어, 그니깐 건을 쓰고 나왔으니깐 약 짓는 그 약국쟁이가 건을 쓰고 나와서,

건을 쓰고 약을 지러 나오기 땜에 내가 그냥 왔다고.

응 "저이 부모는 못 살리고 우리 부모 살릴 턱이 없으니깐 돈만 내버릴 것 같애서 그냥 왔다."고.

"차, 그러냐"고.

그래 저 그러다가 어머니가 돌아갔어.

아 돌아갔는데.

"야, 거 아무데 거 지관영감(사람이 죽어 초상이 나면 시신을 묻힐 좋은 산소자리를 알아봐주는 사람) 가서 모셔오너라."

그래. 가니깐 저 열어가 저 움막집이 같은 데서 기어 나오더라는 거야.

게 지관천 허구 잘사는 사람이 몇 안돼.

나도 쇳대가(땅의 혈을 찾는데 필요한 쇠붙이 막대) 쇠가 있어서 나침반이 있어서 히면(하면) 아는 소릴 허지만 다 소용없는 소리야.

아이 그냥 이런 집에서 기어 나오드래.

게 그냥 또 그냥 왔어.

"왜 그냥 왔냐?" 허니깐,

"아니 자기가 못살면서 우리 잘살라고 좋은 자리에 묘자릴 잡아주갔냐?"

헐 수 없이 형은 어머니를 걸머지고 지게다 걸머지고 동생은 옌장(연장) 가지고 뒤따라 올라가.

아 가다가 뭐 그루터기에 걸려서 산에서 올라가다가 그만 그루터기에 넘어져서 띠굴띠굴 굴러서,

어느 산 송장이 굴러 냅다 굴르더니 어디가서 가루턱 어 어푸러져서 어푸러 엎대서 그냥,

"여그가 명당인가보다."

게 거그다가 애들이 그냥 밥 먹으먼 가서 긁어 보고 긁어 보고 이렇게 긁어봐서. 에 헌데.

아, 거기다 묘 쓰고 애 들이 장개들구 자라가지구 집 짓구 부자가 돼서 잘 살드래.

게 지관이 거 왜 보드니,

"여, 비나혈(비녀혈)인데."

이이 자리가 비나혈이라 말야 비나(비녀). 여자들 비나.

비나혈인데 가루(가로) 써야 되고 엎어 써야 되는 자리다 그런 말이야. 명당이 된다.

엎어서 그때 가루 썼거든. 그대루, 그대루 여가(여기가) 명당이 이게 명당자리구. 그니깐 복이니 복일지야.

누가 가르킨 것도 읎이 될려면 그렇게 되는 거야 사람이.

그니까 억지루 살구 도둑질두 허구 뭐 별 짓 다하지만.

다 소용없어 응. 되려는 게 있어야 돼 되려는 게 있어 그럼.

게 약 지러 가서 약국재이가 건을 썼으니깐.

저이 부모 못살리니 우리 부모 몰 살리것냐 그냥 온 것도 맞는 얘기고 응.

이거 잘 저 명당자리다 쓰면 부자 되게 잘 살라고 그러는 건데.

아니 요런 집에서 기어 나온 사람이 아예 저이 잘 살라고 잘 살 자리 잘 봐주갓느냐,

그런 말이야 그니 그냥 온거 맞어.

게 갔다가 지고 올라가다가 띠굴띠굴 내리 굴리길래,

여가 명당이다 허구 그냥 맻 닷새를 두고 긁어모아서 이렇게 했는데.

아 그 지관이 이제 비나혈인데, 엎어 써야(비녀 꽂듯이 시신을 가로로 뉘여 무덤을 써야 된다는 말) 되는데 거 그니깐 그 얘기를 다 헌거야.

그. 어어 그래 복이니 복일지 복이니 복일지란 얘기가 그때 또 나온 얘기구.

복이니 복일지. 음.

덕진당 유래

자료코드 : 02_27_FOT_20100209_KHS_KBH_0004
조사장소 : 경기도 파주시 진동면 동파리
조사일시 : 2010.2.9
조 사 자 : 김헌선, 김형근, 최자운, 김혜정, 변남섭
제 보 자 : 김봉학, 남, 91세
청   중 : 1인
구연상황 : 이 지역이 임진강에 있는 동네이고, 덕진당이 있었던 곳과 가까웠기에 질문하
          였고, 다음과 같이 이야기해주었다.
줄 거 리 : 전장에 나가는 남편은 패전할 경우에 흰 기를 돛대에 걸겠다고 했다. 승전을
          한 남편은 그만 그 약속을 잊고 더위에 적삼을 돛대에 걸고 말았다. 언덕에서
          이를 본 부인은 전쟁에 진 줄 알고 임진강으로 떨어져 죽고 만다. 이 부인을
          기리기 위하여 그 언덕에 덕진당을 짓는다.

덕진당(德津堂, 경기도 파주시 군내면 정자리 소재) 유래가 전장(戰爭)
적에 전장을 나가는데 배를 타고 가는데.

그 남편이 싸우러 가믄서 부인 보고,

"내가 흰 기를 게다 돛대에다 달머는 패전(敗戰)헌 걸루 보구,

그러지 않으면은 승전(勝戰)한 걸루 봐라." 인자 그랬단 얘기야.

아, 근데 더우니깐 싸우믄서 승전을 했는데,

그 생각을 못허고 적삼을 벗어서 배 돛대에다가 여기다 걸어놓고는.

아, 이게 이렇게 이렇게 승전해가지고 오는데.

부인이 패전헌줄 알고 돌아갔단 말이야.

"에이 남편이 패전했는데 뭘 나는 살아 뭐하냐."

게 너무 성급했지 돌아갔더니 덕, 그 자리서 당을 거기다 모셨다는 얘
기고.

게 거길 좀 올라가본데 무슨 흔적이 별루 없드래.

도깨비에 홀린 이야기

자료코드 : 02_27_MPN_20100209_KHS_KBH_0001

조사장소 : 경기도 파주시 진동면 동파리

조사일시 : 2010.2.9

조 사 자 : 김헌선, 김형근, 최자운, 김혜정, 변남섭

제 보 자 : 김봉학, 남, 91세

청　　중 : 1인

구연상황 : 제보자는 귀가 어두워서 이야기를 유도할 때, 조사자가 길게 무언가를 설명하면 거의 답변하지 못하였다. 그래서 특징적인 소재나 고유명사를 말하여 기억력을 환기시킬 수밖에 없다. 다양한 동물들과 관련한 이야기를 물어보는 가운데 도깨비와 관련한 이야기는 없는지를 물었고, 실제 제보자의 형이 체험했던 이야기를 해주었다.

줄 거 리 : 제보자의 형이 자전거를 끌고 가는데 도깨비에 홀려 밤새도록 전봇대와 씨름을 하였다. 좋은 술집에서 술도 먹었으나 새벽녘이 되니 흉악한 모습이 되었으며 자전거의 짐 싣는 부분도 부러지고 말았다.

　　우리 형이 도깨비에 홀려서 밤새껏 끌려 댕기다가 새벽녘에

　애 집엘 들어온 거가 있구 그래요. 도깨비 도깨비.

　　여기 같은 서곡리 여기 장아고개 넘어라고 저 넘어 여기서 북단으로

한 사오키로 가야되죠.

　　(조사자 : 거기서 봤는데 어떻게 되셨어요?) 예?

　　(조사자 : 보고나서 어떻게 되셨어요?)

　　저기서 오다 보니깐 누가 씨름을 허자 그래서 아는 사람이래 그때 그래 거기서.

　　그게 씨름허는데가 잔뜩 딴죽을 거는 거야 전봇대야 전봇대 전봇대 그 넘어가나 그게 허허허.

암만 삐틀고 넘어간들 이게 이게 볼 때, 남이 보

우리네가 봇대 붙들고 이러커구 이, 그냥 이러커구 이이 그 그상태겠지.

게 끌고 댕기다가 새벽녘에 도깨비가 저 첫닭 울면 지끔 일르믄 지끔 두시 세시 되믄

이제 닭이 닭 옛날에 시계가 없으니깐 닭 우는 거 가지고 얘기를 해.

게 닭을 첫닭 울면 그 지 제살 새벽 드리래도 닭 울기 전에 지낸다구.

날짜는 그 뒷날 날짜라도 열두시 지나믄 예

한시 이렇게 돼서 기제사 지낼 때 왜 이러케 지내자나 새벽녘에 음.

게 밤새 *끄꼬* 댕기다가 공동묘지로 누 자전거 그냥 자전거를 끌었는데 거 그그냥 그때 그냥 그냥 근데.

아 어딜 드가면 그냥 조은(좋은) 또 술집이 있어 또 들어가서 조은 집에 가 술도 먹구.

그냥 그렇게 하다 보니깐 그냥 밤이 다 갔다는 게야. 봄인데.

또 이 장아고개라고 여여여 말태기 와서

또 "씨름허자."

그르길래 씨름이나 함께 허자고 또 데리고 댕기던 사람이 또 그래서 "그래 허자."

그래 이 한장쟁이니깐.

이 또 전봇대가 또 그그그 또 있는 거야. 이러다

이 쳐다보니깐 전봇대가 뵈드래

그래 놓구 달아났지 뭐야 도깨비가

시간이 저 새벽녘이 되니깐.

게 왔는데 그냥 밤을 그냥 새서, 아이 모자 섯건 다 있어 다 썼는데

아주 그냥 숭악허게 그냥 그 끌려댕겨서. 그냥 여가 그냥 죄 그냥 그 흙복대기고

자전거도 저 왜 저 왜왜 짐뻗기다리가 부러졌는지 몰라.
그 그게 부러져서 부러져서, 어 거 전 생각이 나구.

9. 탄현면

증편 한국구비문학대계 · 경기도 파주시

▌조사마을

경기도 파주시 광탄면 금산리

조사일시 : 2010.1.13, 2010.1.18, 2010.1.21, 2010.1.26
조 사 자 : 김헌선, 김형근, 최자운, 김혜정, 변남섭

파주시 탄현면(炭縣面)은 교하군에 속하는 지역들이 1914년에 파주군에 편입되면서 독립된 지역이다. 현재의 탄현면에는 갈현리, 금산리, 금승리, 낙하리, 대동리, 만우리, 문지리, 법흥리, 성동리, 오금리, 축현리가 있다.

금산리(錦山里)는 속칭 '그미'라 불렸다. 이 마을을 둘러싸고 있는 보현산(普賢山, 144m)의 경관이 마치 비단과 같이 아름답다 하여 붙여진 명칭이라고 한다. 현재 금산리는 1리와 2리가 보현산을 사이에 두고 나뉘어져 있다. 1리는 140호 정도 거주하고, 2리는 40호 정도가 거주한다. 원래는 한마을이었으나 6·25전쟁 이후 검문소의 통보 과정 등이 행정적으로 까다로워서 나뉘게 되었다.

금산리는 창녕조씨 집성촌이었다. 특히 2리 지역은 창녕조씨가 모여 살았고, 1리는 여러 성씨들이 들어와 살게 되었다. 자연마을 단위로는 새말(봉촌 鳳村), 새잽이(조집동 鳥集洞), 선무루, 우묵골, 응달말, 이충굴, 큰말이 있다.

금산리는 오늘날에도 마을제를 드리고 있다. 여기서는 '산제사'라고 부르며 3년에 한 번씩 음력 동짓달 초순에 날을 잡아 드린다. 이때는 금산리 전체가 같이 드리게 된다. 과거부터 그래왔기 때문이다. 어려웠던 시절에도 비싼 소를 잡았고, 밀도살을 금지하던 일제강점기에도 관청에 간곡히 부탁하여 이 마을만은 허락을 맡아 지낼 정도였다. 산제사를 드리는 당에는 오로지 제관, 축관, 집사만이 올라가 드린다. 당이라고 하는 곳은 공터일 뿐 건물이 있거나 그렇지 않다. 최근에 들어와서 비바람을 피하고,

제기들을 보관할 컨테이너를 두었다. 반듯한 건물을 지을 여력은 있지만 원래부터 없었기 때문에 일부러 짓지 않았다고 한다. 이러한 금기가 오늘날까지 이어져 외부에서 '산제사'를 조사하고자 해도 외부 사람들의 참여를 허락할 수 없다고 한다.

과거 금산리의 두레패는 20명 내외로 두 개가 있었다. 안말(2리), 넘말(1리)로 각각 구성되었었다. 두레기는 오늘날까지도 보관하고 있고, 농악도 유명했다. 그래서 농요보존회에서 농악도 보존하고자 전수활동을 계속하고 있다. 금산리의 농요는 경기도 무형문화재 제33호로 지정되었다. "오금리는 싸움하는 척 하지 말라, 금산리에 가선 소리하는 척 말라"라는 옛말이 있을 정도로 소리 잘하기로 유명했다.

금산리의 구비문학 조사는 네 차례 진행되었다. 예비조사격으로 1월 13일 1차 조사를 하였고, 이때 참여하지 못한 추교옥 제보자까지 참여하여 1월 21일 다시 조사를 했다. 의도하지 않게 1월 18일 이 마을에 상(喪)이 나서 현장 조사를 할 수 있게 되었다. 1월 26일에는 마을 유래와 설화, 민요 등을 조사하기 위하여 조희환 제보자의 개인 조사를 진행하였다.

▌제보자

윤귀중, 여, 1931년생

주 소 지 : 경기도 파주시 탄현면 금산리
제보일시 : 2010.1.26
조 사 자 : 김헌선, 김형근, 최자운, 김혜정, 변남섭

파주 조리읍 장곡리에서 18세에 시집왔다. 파평윤씨 집안이어서 파평윤씨 시조 이야기를 조사하게 되었다. 무척 조용하며, 이야기를 하는 과정에 다소 수줍음을 표현해냈다. 하지만 살아온 과정에 많은 힘겨움들을 이겨내었다며 조희환은 그 아내에 감사해하고 있다.

제공 자료 목록
02_27_FOT_20100126_KHS_YGJ_0001 파평윤씨가 검은소와 잉어 안먹는 내력

조경환, 남, 1934년생

주 소 지 : 경기도 파주시 탄현면 금산리
제보일시 : 2010.1.21
조 사 자 : 김헌선, 김형근, 최자운, 김혜정, 변남섭

금산리 토박이로 금산리 농요 보존회원이다. 금산리 농요 보존회에는 유능한 소리꾼들이 많아 돌아가면서 소리를 메긴다는 취지하에 공연 등을 나가면 역할을 분배했다. 그래서 조경환은 주로 모찌는 소리와 모심

는 소리의 선창을 맡는다. 점잖은 태도와 성격을 가진 소리꾼이다.

제공 자료 목록
02_27_FOS_20100121_KHS_JGH_0001 모 찌는 소리
02_27_FOS_20100121_KHS_JGH_0002 모 심는 소리

조응순, 남, 생년미상

주 소 지 : 경기도 파주시 탄현면 금산리
제보일시 : 2010.1.18
조 사 자 : 김헌선, 김형근, 최자운, 김혜정, 변남섭

   파주 금산리 농요보존회의 회원으로 활동하고 있다. 금산리에서 상이
나면 추교전이 선소리를 맡지만, 조응순도 추교전과 번갈아 할 정도로 다
음 세대 이 지역 소리꾼이다. 전수회관에서 소리를 녹음할 때도 눈을 감
고 소리에 심취하여 뒷소리를 받을 정도로 소리에 대한 신명이 가득하다.

제공 자료 목록
02_27_FOS_20100118_KHS_JES_0001 상여 소리
02_27_FOS_20100118_KHS_JES_0002 회다지 소리

조희환, 남, 1930년생

주 소 지 : 경기도 파주시 탄현면 금산리
제보일시 : 2010.1.26
조 사 자 : 김헌선, 김형근, 최자운, 김혜정, 변남섭

   조희환은 금산리 농요 보존회의 고문을
맡고 있다. 금산리 창녕조씨 집성촌이기에
마을 내력을 잘 알고 있었다. 그래서 금산리
의 마을 관련의 질문에 답해주었기에 따로

조사를 하였다. 어려서 할아버지 밑에서 한문을 배우고, 초등학교를 나왔다. 6·25 전쟁 때는 현지 입대하여 백마고지 전투에 참여하였다가 부상을 당하였고, 상이군인 3급을 받았다. 제대 이후에는 고향에 돌아와 마을봉사를 많이 하였으며, 종중일을 많이 보았다. 현재는 교하향교 향유회장을 맡고 있다. 몇 해 전부터 몸이 안좋아서 기억력이 급속도로 감퇴하였다며, 말하면서도 스스로 답답해하는 모습이었다.

제공 자료 목록
02_27_FOT_20100126_KHS_JHH_0001 창녕조씨 시조 이야기

추교옥, 남, 1941년생

주 소 지 : 경기도 파주시 탄현면 금산리
제보일시 : 2010.1.21
조 사 자 : 김헌선, 김형근, 최자운, 김혜정, 변남섭

금산리 토박이로 금산리 농요 보존회원이다. 문화재 보유자인 추교전의 친동생이기도 하다. 직장이 있어서 1차 조사에는 녹음에 참여하지 못했지만, 그의 쉬는 날을 잡아 2차 조사를 진행하여 참여할 수 있었다. 추교옥은 높이 내어지르는 소리, 이른바 '악성'이 일품이다. 그래서 논매는 소리의 다양한 소리 중에서도 헤이리 소리는 그가 가장 잘 어울린다고 보존회원들은 이구동성이었다. 소리뿐만 아니라 농악 꽹과리에도 능한 재주꾼이기도 하다. MBC 한국민요대전의 경기도 편에서는 상여소리와 회다지 소리의 앞소리를 메겼다.

제공 자료 목록

02_27_FOS_20100121_KHS_CGO_0001 회다지 소리

02_27_FOS_20100121_KHS_CGO_0002 상여 소리

02_27_FOS_20100121_KHS_CGO_0002 회다지 소리 / 달고 소리

추교전, 남, 1933년생

주 소 지 : 경기도 파주시 탄현면 금산리

제보일시 : 2010.1.13, 2010.1.18

조 사 자 : 김헌선, 김형근, 최자운, 김혜정, 변남섭

추교전은 2008년 8월에 경기도 무형문화
재 제30호로 지정된 파주 금산리 민요의 보
유자이다. 그의 집안은 '소리집'이라 불릴만
큼 오형제가 모두 소리를 잘 하였다. MBC
한국민요대전에 그의 큰형인 추교동, 동생
추교옥과 함께 녹음에 참여하였다. 추교동
은 작고하고, 이번 조사에는 동생 추교옥과
함께 조사에 참여하였다. 그는 높은 소리를
'악청', 낮은 소리를 '누청', 편안한 소리를 '평노래'라고 나름대로 소리의
성음을 구분하였다. 농요와 상장례요 모든 소리에 능한 소리꾼이다.

제공 자료 목록

02_27_FOS_20100113_KHS_CGJ_0001 상여 소리

02_27_FOS_20100113_KHS_CGJ_0002 회다지 소리 (1)

02_27_FOS_20100113_KHS_CGJ_0003 회다지 소리 (2)

02_27_FOS_20100118_KHS_CGJ_0001 회다지 소리 (1)

02_27_FOS_20100118_KHS_CGJ_0002 회다지 소리 (2)

02_27_FOS_20100121_KHS_CGJ_0001 터다지는 소리 / 지경 소리

추교현, 남, 1937년생

주 소 지 : 경기도 파주시 탄현면 금산리
제보일시 : 2010.1.21
조 사 자 : 김헌선, 김형근, 최자운, 김혜정, 변남섭

조사 당시 금산리 농요 보존회의 보존회
장직을 맡고 있었고, 우리 조사에 무척 적극
적으로 협조해 주었다. 금산리 태생이지만
회사에 다니다 다시 고향에 돌아와 농사를
지으며 금산리 농요보존회의 전수 활동에
최선을 다하고 있다. 행정적인 일뿐만 아니
라 소리에도 능하여 논매는 소리의 일부 선
소리를 하였다.

제공 자료 목록

02_27_FOS_20100121_KHS_CGH_0001 논매는 소리
02_27_FOS_20100121_KHS_CGH_0002 콩 데우 소리 / 콩 심는 소리

파평윤씨가 검은 소와 잉어 안 먹는 내력

자료코드 : 02_27_FOT_20100126_KHS_YGJ_0001

조사장소 : 경기도 파주시 금산리

조사일시 : 2010.1.26

조 사 자 : 김헌선, 김형근, 최자운, 김혜정, 변남섭

제 보 자 : 윤귀중, 여, 79세

청   중 : 1인

구연상황 : 금산리의 내력을 잘 안다는 조희환을 조사하기 위하여 찾아간 자택에는 부
인인 윤귀중과 함께 있었다. 조사자들이 조희환 어르신께 창녕조씨 시조에 관
한 이야기를 조사할 동안 한쪽에 앉아 조용히 지켜보시다가 조희환 어르신이
이야기 줄거리가 기억나지 않아 애를 먹고 또 연로하신 관계로 숨차 하시자
이야기 좀 제대로 잘 하라고 핀잔을 주시기도 하셨다. 조사자들이 윤귀중 할
머니가 파평윤씨인 것을 알게 되어 파평윤씨가 소를 먹지 않는 내력을 묻자
수줍은 듯이 이야기를 꺼내셨다.

줄 거 리 : 파평윤씨는 검은 소의 자손이며, 또 난리 때에는 잉어의 도움으로 강을 건너
목숨을 보전했기 때문에 지금까지 소와 잉어를 먹지 않는다.

(조사자 : 어르신, 그 먼저, 파평윤씨 조상어른들 이렇게 뭐 태어나신
거, 뭐.)

태어나신 게, 파평윤씨, 이, 태어난 곳이 음

파평산 (청중 : 연못이 있어요. 연못에,)

연못에서 검은 소가 나, 탄, 나오셔 가지고

이, 그 소에서, 어떻게 해서 그, 저, 사람이 나왔는지 그거는 잘 기억을
못하는데,

그 소에 나오셔, 나와 가지고 파평윤씨를

생산해 놓으셨대요. 그래서 파평윤씨가 검은 소를 안 잡숫고,

윤씨가 이제, 번성을 해서 이렇게 여태 내려온 저기고.

또 잉어는 그 무신 왜란 때란가, 무신 전장 때,

쫓기시는 몸인데 강이 닥쳤는데 안절부절 못허는데 양,

뭐이 쫙 그냥 바다에 이렇게 다리가 놔지더래요.

바단 아니고 이제 강인지 닥쳤는데.

그래서 거기를 건너가시곤 끝나셨다고 그 소리밖에 몰라요. 허허헛.

창녕조씨 시조 이야기

자료코드 : 02_27_FOT_20100126_KHS_JHH_0001

조사장소 : 경기도 파주시 탄현면 금산리

조사일시 : 2010.1.26

조 사 자 : 김헌선, 김형근, 최자운, 김혜정, 변남섭

제 보 자 : 조희환, 남, 80세

청   중 : 1인

구연상황 : 어릴 때 한학을 배웠고, 여러 차례 이장을 맡아서 마을의 역사를 잘 아신다는 제보를 받고 댁으로 찾아뵈었다. 본인이 몸이 좋지 않아, 기억력이 급속이 나빠져서 조사에 제대로 협조하기 힘들다며 미안해했다. 그러나 아는 만큼 최선을 다해주겠노라고 했다. 먼저 금산리가 창녕조씨가 많이 모여 살았기 때문에 창녕조씨 시조에 관한 이야기를 묻자 구연해 주셨다.

줄 거 리 : 신라시대 이광호라는 한림학사의 딸 예향이 몸에 부스럼이 나서 화왕산 정상에 있는 연못에서 목욕을 하고 부스럼이 나았다. 그러나 그 일로 임신이 되어서 사내아이를 낳았는데 겨드랑이에 조(曺) 비슷한 성씨가 있어서 진평왕이 조씨 성을 내려주었고 후에 사위를 삼게 되면서 오늘날 창녕조씨가 번성하게 되었다.

(조사자 : 그 인제 창령 조씨 처음 시조, 시조 얘기가 있죠, 왜?)

예, 시조 있지요.

(조사자 : 뭐 이렇게 음식 때문에 생긴. 고거 얘기 좀 해주세요.)

시조요?

시조는 인제, 에, 할아, 시조 할아버지 함자는 계자, 용자에요. 이을 계 (繼)자, 용 용(龍)자이거든요. 에, 그런데, 에, 시조할아버지가 거, 어떻게 탄생하신고 허니요, 네.

그 신라, 신라, 아, 시대에 그, 이, 이광옥(李光玉)라는 분이셨는데, 한림학사(翰林學士)에요, 벼슬이 그 양반이. (조사자 : 이광옥이란 한림학사.)

에, 한림학사에요, 그, 근데, 그 양, 그분의 따님이 예향이에요, 예향.

예돈 예(禮)자, 향기 향(香)자, 예향인데.

예향이라는 그 따님이 몸에 이 그, 부섭(부스럼)이 나가지고, 부스럼.

복지라고 그러죠. 인제, 복에, 배에 헌, 헌대가 나, 나가지고.

그래가지고, 에, 백약이 무효해요, 영 낫지를 않아요.

그래서 에, 어느 날 누가 와서 어, 그 화왕산(火旺山), 창녕(昌寧)에 화왕산이 있어, 화왕산. 요즘에도, 그, 아마 그, 저, 갈대 해가지고 한 번 일 저기 났었죠? (조사자 : 불났었죠.)

에, 에. 불났었죠.

에, 그 화왕산 그 정상 꼭대기에 올라가게 되면, 거기 연못이 있다고 말이야, 못이 있어요, 연못이.

게 '거기 연못에 가서 어, 목욕재개 할 것 같으면은 날(나을) 수가 있다.' 그래가지고, 거길 간 거에요, 거기 화왕산에 가서 목욕재개를 했는데.

허는 도중에 에, 그 운무(雲霧), 그러니깐 안개가 뽀얗게 기냥(그냥), 끼, 꼈어요, 안개가.

끼더니 기냥 황홀새(황홀한 사이)에 그냥, 정신을 잃어드랬는데(잃었었는데).

에, 그렇게 하고 나서 인제 에, 집에를 왔는데, 에, 병은 낫고.

그 태기가 있어요, 태기가.

그래서 태기가 있어 가지고, 그, 애, 애기를 낳는데, 그 남아, 남자앨 낳거든요.

그래서 낳는데, 에, 그거를 에, 그래서 에, 이거 좀, 좀 봐야 되는데.[몸이 많이 아픈 뒤로 기억력이 떨어져서 생각이 안 나는 듯, 시조탄생담이 적힌 책자를 봐야겠다고 두리번거리심]

에, 태기, 아기를 낳는데, 에, 그 아이가 아주 출중한 애기가, 셨어요(이셨어요).

그래서 에, 그때 인제 그게 인제, 아이 그, 왕이 인제, 그 인제, 그 소문, 인제 왕한테 가가지고 으, 인제, 그래, 이름을, 성을 지워졌는데.

그 이전에 인제, 그, 그 예향이란 그 할머니가 인제 꿈에 현몽하기를, 에 '내, 나는 에, 그 에, 동해에 용왕의 에, 아들로서, 옥결이라는 사람이다. 내가 그런데 이 아이의, 내가 아버지다.' 아, 아, 인제 그렇게, 이 현몽을, 현몽을 했어요, 에.

그걸 이제 그러고 인제 에, 그 후에 인제, 그, 그 인제 그 나라에서 인제 그 알게 되가지고,

어, 진평왕(眞平王, 신라 제26대 왕. 재위기간은 579~632년)의, 인제, 이, 불러가지고 보니깐 에, 겨드랑이에 인제 조자 비슷하게 한문자 있어가지고,

'이 아이는 성을 에, 조(曺)로 해라.' 이렇게 인제 그, 왕이 인제 성을 지어주고.

그리고 인제 그 후에 인제 에, 진평왕의 인제, 이 사위를 삼았어요.

게, 그래서 인제 벼슬은 인제 에, 찬성부원군(昌成府院君)이 되고, 인제, 됐죠.

그래가지고 인제, 에, 그, 아이고 자꾸만 이거 잊었네.[이야기의 줄거리가 잘 기억나지 않아서 하신 말씀이다.]

그때가 인제, 그 왕이 인제 저기 아까 그 꿈에, 꿈에 인제 그 아까까지 다시 돌아가야 되는데.

에, '나는 인제 옥규라는 사람인데, 에, 이 아이를 잘 키워라. 아, 그리고 크게 되면은 으, 참, 최고가 될 것이다. 아, 그리고 앞으로 자손만대 번성헐 것이다.' 이렇게 허구 인제 갔다 그저 그런 말이 있어요.

그래가지고 인제, 현재 시방 우리가 시방 이렇게 인제, 에, 퍼져있는데.

그 파로 말하면 뭐 그냥 크게 다 해서 그냥 뭐, 그냥 한 35개 파가 되고 인제 그렇거든요. 현재 시방.

이게 쪼끔, 우리는 인제 이, 천추공파(千秋公派) 이렇게 크게 따져서 한 35개 파가 있어요, 창녕조씨가.

그래 그리구 우리 저기 천추공파 저기 중에서도 인제, 내려와 가지고 인제, 선전관공파(宣傳官公派), 여기 아까도 얘기했지만 선전관(宣傳官)에 인제 요기 할아버지가,

여기 삼백년 전에 사셨기 때문에 인제, 게 여기 금산리는 선, 선정공파라고 많이 부르죠.

춘향이신 내리는 노래

자료코드 : 02_27_FOS_20100126_KHS_YGJ_0001
조사장소 : 경기도 파주시 금산리
조사일시 : 2010.1.26
조 사 자 : 김헌선, 김형근, 최자운, 김혜정, 변남섭
제 보 자 : 윤귀중, 여, 79세
청   중 : 1인
구연상황 : 다리세기(다리뽑기) 노래를 동작과 함께 구연한 후, 다시 부인인 윤귀중 제보
자를 쳐다보며 '춘향이 노래'도 있지 않냐고 하면서 불러볼 것을 청하면서 자
연스럽게 구연했다. 이 노래는 주문을 외우면 신이 내려서, 신기한 행동을 한
다는 '신내리는 놀이'의 하나이다. 여기에 신으로 등장하는 존재가 춘향전의
춘향이다. 한 사람이 두 손을 합장하고, 그 사이에는 반지를 넣고는 주문과
같은 말을 계속 주워섬기면 그 두 손이 자기도 모르게 점점 벌어지면서 춤을
춘다는 것이다. 이 춘향이신 내리는 놀이는 전국적으로 존재한다. 이와 유사
하게 신내리는 놀이로 방망이점 놀이가 있다.

(청중 : 그 저기 또 저기도 있잖아 또 그 또 저, 춘향이 노래도 있잖아,
춘향이.)

(조사자 : 그 어떻게 해요?)

야마노산 춘향이? ('남원읍의', 또는 '남원에 사는'의 와음이다. 제
보자들에게 "'야마노산'이 무슨 뜻이에요?"라고 묻자, 본인들도 모
르겠다고 했다.)

인제 이렇게 하구선[두 손의 바닥을 가깝게 마주 대하는 동작을 취하면
서], 요기다 인제 반지 하나 놓고, 놓고선, 눈 감고.

야마노산(남원에 산) 춘향이,

(청중 : 나이는 십팔 세)

나이는 십팔세.

별안간 이걸 헐래니깐 나와야지[제보자는 조금 당황하고 쑥스러워 하시면서 이 말씀을 하셨다.]

야마노산 춘향이 나이는 십팔세 이가중에서 재밌게 놀아봅시다.

그거에요. 그걸 계속해요. 그리구 이게 이렇게 이렇게[마주 대하고 있던 두 손바닥이 점점 멀어지는 모습을 재현해 보이며] 이렇게 벌어져요. 막 춤 춰.

(청중 : 그냥 춤을 그렇게 춰요 그냥?)

정신없어 냥, 눈감고 막 춤춰요.

야마노산온 춘향이 나이는 십팔세 이 가중(家中)에서 재미있게 놀아봅시다. 이러면요.

모 찌는 소리

자료코드 : 02_27_FOS_20100121_KHS_JGH_0001
조사장소 : 경기도 파주시 탄현면 금산리 산 23번지 금산농요전수회관
조사일시 : 2010.1.21
조 사 자 : 김헌선, 김형근, 최자운, 김혜정, 변남섭
제 보 자 : 조경환, 남, 76세
청   중 : 15인
구연상황 : 파주 금산리는 1월 13일 1차 조사에 농요와 상장례요 모두를 조사하고 녹음한
        바 있었다. 하지만 소리를 더 잘 녹음하고 싶다는 조사자의 부탁에 따라 2차
        조사를 할 수 있었다. 이 날은 선소리꾼 추교전 외에 1차 조사에 참석치 못했

던 추교전의 동생인 추교옥도 함께 했다. 보존회원 중 부녀자들도 함께 하여 조사를 지켜보았다.

문화재로 지정되고, 여러 공연들도 많이 다니는 금산리는 추교현 회장을 중심으로 조직적인 모습을 보여주었다. 자신들이 구연한 소리의 종류와 그 순서, 그리고 누가 선소리를 맡을지를 격식화하였다. 그중 모 찌는 소리와 모 심는 소리는 조경환이 맡았다.

자, 다들 모였으면 모를 찌러 갑시다
예

썼네 썼네 모한춤을 썼네
　　썼네 썼네 모한춤을 썼네
슬슬 동풍에 궂은비는 오고요
　　썼네 썼네 모한춤을 썼네
시화나 연풍에 님사귀여 노잔다
　　썼네 썼네 모한춤을 썼네
풍년이 온다네 풍년이 와요
　　썼네 썼네 모한춤을 썼네
삼천리 강산에 풍년이 온다네
　　썼네 썼네 모한춤을 썼네
올해도 대풍년 내년에도 대풍년
　　썼네 썼네 모한춤을 썼네
년년이 해마다 풍년이 온다네
　　썼네 썼네 모한춤을 썼네

모 심는 소리

자료코드 : 02_27_FOS_20100121_KHS_JGH_0002

조사장소 : 경기도 파주시 탄현면 금산리 산 23번지 금산농요전수회관
조사일시 : 2010.1.21
조 사 자 : 김헌선, 김형근, 최자운, 김혜정, 변남섭
제 보 자 : 조경환, 남, 76세
청   중 : 15인
구연상황 : 파주 금산리 농요의 구연은 그 순서대로 조사자들의 요구 없이 제보자들이
         알아서 진행하였다.

자 모를 다 쪘으면 모를 내려갑시다
예

　　　　허나 허나 한알기로구나
　　　　　　　　허나 허나 한알기로구나
　　　　일년은 열두달 삼백은 육십일
　　　　　　　　허나 허나 한알기로구나
　　　　여기저기 심어도 사방줄모가 되누나
　　　　　　　　허나 허나 한알기로구나
　　　　두마지기 논빼미가 반달만큼 남았구나
　　　　　　　　허나 허나 한알기로구나
　　　　세월이 가기는 흐르는 물과같고
　　　　　　　　허나 허나 한알기로구나
　　　　인생이 늙기는 바람결같구나
　　　　　　　　허나 허나 한알기로구나
　　　　청천하늘엔 잔별도많고 우리네가슴엔 희망많다
　　　　　　　　허나 허나 한알기로구나
　　　　노세노세 젊어놀아 늙어지면 못노나니
　　　　　　　　허나 허나 한알기로구나

상여 소리

자료코드 : 02_27_FOS_20100118_KHS_JES_0001
조사장소 : 경기도 파주시 탄현면 금산리 장례 현장
조사일시 : 2010.1.18
조 사 자 : 김헌선, 김형근, 최자운, 김혜정, 변남섭
제 보 자 : 조응순
청   중 : 30인
구연상황 : 금산리 농요보존회팀의 첫 조사 이후, 실제 초상이 났다며 연락이 왔다. 실제
농요보존회원들이 상두꾼으로 참여하였다. 실제 상여를 꾸며 인근에 있는 장
지로 옮기는 현장 소리이다. 이 마을의 상여소리는 금산리 농요의 기능보유자
인 추교전이 보통 맡으나, 자신의 제자격 되는 조응순에게 상여소리를 맡겼
다. 이 지역의 상여소리는 '어호 호예'로 뒷소리를 받는 소리 하나이며, 이를
느리게 또는 빠르게 하는 변화만 있을 뿐이다. 이 날의 상여소리에서도 빠르
게, 길게 반복하며 운상을 하였다. 집을 떠나며 하직하는 상황, 상여를 내리며
올리는 상황 등이 현장감 있게 녹음되어 있다.

어호 호예

앞에에도 여덟이요

　　어호 호예

뒤에에도 여덟이요

　　어호 호예

이팔청춘 십육일세

　　어호 호예

상투꾼(상두군)이 어화낭자

　　오호 호오 예

둘러메고 어화낭자

　　어호 호예

국사당에 하직하고

　　어호 호예

신사당에 허배하고

　　어호 호예

적삼에 천을들고

　　어호 호예

혼백을불러서 추원을하니

　　어호 호예

없던낭국은 낭자하다

　　어호 호예

상투꾼이 어화낭자

　　어호 호예

둘러메고 어화낭자

　　어호 호예

좌청룡이 우백호를

　　어호 호예

둘러나 메고 어화 낭자

　　어호 호예

이세상을야 하직을하고

　　어호 호예

북망의산천 들어가니

　　어호 호예

어찌하리오 깊은심사

　　어호 호예

정처없이 가오리다

　　어호 호예

청송으로 울을삼고

　　어호 호예

청대홍대로 집을짓고

　　어호 호예

공산야월 깊은밤에

　　어호 호예

두견의적송 벗을삼아

　　어호 호예

산지에조종은 고륜산(곤륜산)이요

　　어호 호예

수지에조종은 황하수라

　　어호 호예

어호 호예

　　어호 호예

고륜산맥이 뚝떨어져

　　어호 호예

조선의팔도가 마련이될땐

　　어호 호예

함경도라 헝두산('백두산'이라고 해야 할 것 같은데 얼버무림)은

　　어호 호예

압록강이 둘러있고

　　어호 호예

평안도라 묘향산은

　　어호 호예

어호 호예

　　어호 호예

두만강이나 둘러있고

　　어호 호예

간다간다 나는간다

어호 호예

고향의산천 다버리고

어호 호예

이세상을 하직을하고

어호 호예

북망의산천 들어가니

어호 호예

불쌍하다 이내육신

어호 호예

어호 호예

어호 호예

사자님아 사자님아

어호 호예

잠깐만이라도 쉬었다가세

어호 호예

알뜰살뜰 모은재산

어호 호예

먹구나가냐 쓰고나가냐

어호 호예

세상살이 허사로다

어호 호예

어호 호예

어호 호예

불쌍하구두 가련허다

어호 호예

언제다시 찾아오리
　　　어호 호예
어호 호예
　　　어호 호예
가시밭길이 험하다한들
　　　어호 호예
이승에길이 좋다더니
　　　어호 호예
어호 호예
　　　어호 호예
어서가자 빨리가자
　　　어호 호예
재판관이 기다린다
　　　어호 호예
어호 호예
　　　어호 호예
쉬었으니 어서가세
　　　어호 호예
어호 호예
　　　어호 호예
간다간다 나는간다
　　　어호 호예
고향산천 다버리고
　　　어호 호예
강원도라 금강산은
　　　어호 호예

동해유수 둘러있고
　　어호 호예
어호 호예
　　어호 호예
황해도라 구월산은
　　어호 호예
어호 호예
　　어호 호예
임진강이 둘러있고
　　어호 호예
경상도라 태백산은
　　어호 호예
낙동강이 둘러있고
　　어호 호예
어호 호예
　　어호 호예
전라도라 지리산은
　　어호 호예
어호 호예
　　어호 호예
섬진강이 둘러있고
　　어호 호예
어호 호예
　　어호 호예
충청도라 속리산은
　　어호 호예

새름금강 둘러있고
    어호 호예
어호 호예
    어호 호예
경기도라 삼각산은
    어호 호예
어호 호예
    어호 호예
한강상류 둘러있고
    어호 호예
어호 호예
    어호 호예
모래알이 싹이트면
    어호 호예
그때나 오시려나
    어호 호예
어호 호예
    어호 호예
아가아가 울지마라
    어호 호예
우리인생 한번가면
    어호 호예
다시오지 못하리라
    어호 호예
어호 호예
    어호 호예

어호 호예
　　　어호 호예
이세상을 하직을하고
　　　어호 호예
북망의산천 나는간다
　　　어호 호예
옛노인이 말하시길
　　　어호 호예
저승의길이 멀다더니
　　　어호 호예
오늘내게 당해서는
　　　어호 호예
대문밖이 저승일세
　　　어호 호예
뒷산은 멀어지고
　　　어호 호예
앞산은 가차온데
　　　어호 호예

들어가야지 들어가야지

어호 호예
　　　어호 호예
앞에가신 구조상님
　　　오호 호오 예
뒤에나가신 신조상님

어호 호예

저승의길 마다하고

어호 호예

어호 호예

어호 호예

와라기에 왔소이다

어호 호예

어호 호예

어호 호예

간다간다 나는야간다

어호 호예

고향의산천 다버리고

어호 호예

어호 호예

어호 호예

알뜰살뜰 모은재산

어호 호예

먹고가냐 쓰고가냐

어호 호예

세상살이는 허사로다

어호 호예

여기에 놔요 여기 여기요

어호 호예

조금더와요 조금

어호 호예

[상여를 내려놓는다]

예 자 여기 틀어져 틀어져 틀어져 궁부궁부 저 나와

저거 빼고 저거 빼고 저거 빼고 저거 빼고 저거 빼고

됐어 됐어 됐어 자자 더 내려 더 내려

아니 여길 내려 그럼 내려 내려 그걸 그걸 사둔 사둔

이짝으로 더 더 더 이렇게 됐어 더 더 조금 더 조금 더 빼셔 빼셔 됐어
조금 더 더

에이 어떻게 에이 이거 잘못 섰다 야 요거를 일로 바짝 붙혀 그렇지

오케이 됐지? 오케이오케이 됐어 (잠시 쉬었다 다시 함)

아니 아니 아니 여기들 두셔 여기서 슬쩍 돌아서 인사만 하면 되니까.

여기 상주 분들 여 기셔 그러믄 돼.

여기 계셔 여기 계셔 슬쩍 돌기만 하면 되니까 상여가 상여가 슬쩍 돌
으면 되니까.

어 아니 아니 아니, 아 그래 민연에 민연에 민연에.

자 이제 됐어

저기, 이따 이제 상여가 세 번을 인사 하니까 예? 저 마주 세 번 허시
라고

세 번을 같이 마주 여기서 인제 하고 떠나는 거니까 다 상주 분들이 다

어 그렇지 요렇게 돌아서 할 거니까 여기 집 보고 나가니까 마주 허시
는거야

맞절하는 거야 이제 나갈 적엔 맞절이 안돼요.

그러니까 아 아니야, 그래 이것 좀 저쪽으로 치워줘요

저쪽으로 올려주고 저쪽으로 올려줘 저쪽으로 에.

그리고 서로에게 그니까 세 번하는 거야 여기서 세 번 허고

자 여기 운구 좀 해주셔 인제

자 와보세요 와보세요 뒤에두

어잇차 자자 앞으로 바짝 앞으로 바짝 이걸 바짝 그렇지

아 이걸 바짝 그래 앞으로 바짝 들어 앞으로 들어 앞으로

바짝 들어 바짝 들어야 돼 됐어요.

자 인제 발 맞춰요 발 맞추는거야.

오호 호에

　　오호 호에

오호 호에

　　오호 호에

오호 호에

　　오호 호에

성씨가 뭐야 성씨가?

응?

성씨가 무슨 성이야?

돌아가신 양반?

응

남씨

남씨

오호 호에

　　오호 호에

남씨망제 사시다가

　　오호 호에

오호 호에

오호 호에

한 번 더

왕생극락 발원하시구
　　오호 호에
만당같은 내집두고
　　오호 호에
금쪽같은 자손두고
　　오호 호에
문전옥답 다버리고
　　오호 호에
오호 호에
　　오호 호에
만첩첩산 들어가니
　　오호 호에
어서가자 빨리가자
　　오호 호에
이세상을야 하직을하고
　　오호 호에
북망산천 나는간다
　　오호 호에
오호 호에
　　오호 호에
우리인생 한번가면
　　오호 호에

모래알이 싹이트면
　　　오호 호에
그때나 오시려나
　　　오호 호에
오호 호에
　　　오호 호에
새벽닭이 울때면
　　　오호 호에
혼이라도 오시련가
　　　오호 호에
오호 호에
　　　오호 호에
아가아가 울지마라
　　　오호 호에
우리인생 한번가면
　　　오호 호에
다시오지를 못하리라
　　　오호 호에

쪼끔 재오세요(조금 빨리 오세요) 위꼭대긴 쪼끔 재오셔야 돼

　　　오호 호에
오호 호에

쪼금 빨리 해 쪼끔 빨리

　　　오호 호에

오호 호에

　　오호 호에

오호 호에

　　오호 호에

뒷산은야 멀어지고

　　오호 호에

앞산은 가차오니

　　오호 호에

오호 호에

　　오호 호에

그부모가 우릴길를제

　　오호 호에

오호 호에

　　오호 호에

쓰디쓴건 어머니잡숫고

　　오호 호에

다디단건 아기먹여

　　오호 호에

오호 호에

　　오호 호에

질은자리는 어머니눕고

　　오호 호에

마른자리 골라눕혀

　　오호 호에

오호 호에

　　오호 호에

오뉴월이라 단얄밤에

　　오호 호에

그자손이 더울세라

　　오호 호에

오호 호에

　　오호 호에

동지섣달 설한풍에

조금 재오셔 재오셔 재오셔

　　오호 호에

백설이 펄펄날려

　　오호 호에

그자손이 추울세라

　　오호 호에

덮은데다 덮어주고

　　오호 호에

달치말치 눌러주며

　　오호 호에

양인양친 그자손에

　　오호 호에

엉뎅이허리를 툭탁을치며

　　오호 호에

사랑에겨워 하시는말씀

　　오호 호에

은자둥아 금자둥아

오호 호에

만첩청산 보배둥아

여기요?

오호 호에

수진가문에 일월둥아

오호 호에

은을주면 너를사고

[장지에 다 도착하여 내려놓으며]

조금 더 올라와 조금 더 더 돌려 돌려 뒤로 돌아 뒤로 돌아

돌리니까 저쪽에서 돌아야지 돌아 돌아 돌아 에이 이런

더 올라와야죠 더 올라와이지 올라 올라 종을 좀 갖다 매놓지

돌려 돌려줘 돌려줘 돌려 돌려 돌려

됐어 됐어 됐어 스톱(스톱stop) 됐어

이제 아냐 아냐 그래도 잘 놓으면 돼 잘 놓으면 돼

앞으로 더 가 앞으로 더 가 앞으로 더 가.

회다지 소리

자료코드 : 02_27_FOS_20100118_KHS_JES_0002

조사장소 : 경기도 파주시 탄현면 금산리 장례 현장

조사일시 : 2010.1.18

조 사 자 : 김헌선, 김형근, 최자운, 김혜정, 변남섭

제 보 자 : 조응순

청 중 : 30인

구연상황 : 금산리 농요보존회팀의 첫 조사 이후, 실제 초상이 났다며 연락이 왔다. 실제

농요보존회원들이 상두꾼으로 참여하였다. 회다지는 세 번을 다지는데 첫 번째와 세 번째에 경기도 무형문화재 기능보유자인 추교전이 소리를 하였고, 두 번째는 상여소리를 부른 조응순이 불렀다. 조응순이 부른 회다지는 기독교인인 망자 집안을 의식해서 찬송가인 "부름받아 나선 이몸"의 가사를 사용하고 있다. 이 회다지 소리에는 1) (긴)달고 소리, 2) 자진 달고 소리, 3) 상사 소리, 4) 우야 소리(새 쫓는 소리)로 구성되어 있다.

〈달고 소리〉

자 인제 내가 세 번째 하면서 들어가는 거야.

에헤어이리 달고
　　에헤어이리 달고

이번에 내가 하면 받는 거야 인제.

에헤어이리 달고

받아!

　　에헤어이리 달고
나간다구 서러워마라
　　에헤어이리 달고
우리인생 한번가면
　　에헤어이리 달고
다시오지는 못하리라
　　에헤어이리 달고
명사십리 해당화야
　　에헤어이리 달고
꽃진다고 서러워마오
　　에헤어이리 달고

이제가면 언제오랴
　　　　에헤어이리 달고
다시오지는 못하리라
　　　　에헤어이리 달고
이소리 고만두고
　　　　에헤어이리 달고
또다른소리로 하여나보세

〈자진 달고 소리〉
에여라 달고
　　　　에여라 달고
이세상에 나온사람
　　　　에여라 달고
달구를하는야 여러분네들
　　　　에여라 달고
이내말씀을야 들어보소
　　　　에여라 달고
하나님의 은덕으로
　　　　에여라 달고
어머님전에 살을빌고
　　　　에여라 달고
아버님전에 명을타고
　　　　에여라 달고
하나님전에 명을타고
　　　　에여라 달고
예수님전에 복을받아

에여라 달고
이내몸이나 탄생하야
　　　　에여라 달고
에여라 달고
　　　　에여라 달고
우리네인생 한번가면
　　　　에여라 달고
다시또오느냐 못오리라
　　　　에여라 달고
이세상을야 하직을하고
　　　　에여라 달고
부름받아 나선이몸
　　　　에여라 달고
어디든지 나가오리다
　　　　에여라 달고
괴로우나 즐거우나
　　　　에여라 달고
주만따라서 나가오리니
　　　　에여라 달고
에여라 달고
　　　　에여라 달고
종의몸에 지닌것도
　　　　에여라 달고
아낌없이나 드리리라
　　　　에여라 달고
아골골짝핀 들에도

에여라 달고
복음들구나 찾아가서
    에여라 달고
에여라 달고
    에여라 달고
소돔같은 거리에도
    에여라 달고
복음들구나 찾아나가서
    에여라 달고
이름없이나 빛도없이
    에여라 달고
에여라 달고
    에여라 달고
감사하며 섬기리라
    에여라 달고
울어두 나는야못하네
    에여라 달고
눈물많이 흘려도
    에여라 달고
울어두 나는못하겠네
    에여라 달고
십자가에 달리어서
    에여라 달고
예수고난 보시었네
    에여라 달고
에여라 달고

에여라 달고

이소리를야 고만두고

에여라 달고

또다른소리나 하여나보세

에여라 달고

〈상사 소리〉

닐릴릴 상사도야

닐릴릴 상사도야

돌아나보세 돌아나보세

닐릴릴 상사도야

삼천리강산 금수강산

닐릴릴 상사도야

명산찾아 돌아나보세

닐릴릴 상사도야

백두산이 명산이더냐

닐릴릴 상사도야

백두산위에는 연못이나있구료

닐릴릴 상사도야

여기저기 돌아나본들

닐릴릴 상사도야

여기도명산이 아니로다

닐릴릴 상사도야

묘향산이나 명산이더냐

닐릴릴 상사도야

원효대사 거처한곳

　　　　닐릴릴 상사도야
여기저기 돌아나보니
　　　　닐릴릴 상사도야
닐릴릴 상사도야
　　　　닐릴릴 상사도야
여기도명산이 아니로다
　　　　닐릴릴 상사도야
금강산이나 명산이더냐
　　　　닐릴릴 상사도야
일만에이천에 봉우리찾아
　　　　닐릴릴 상사도야
여기저기 돌아나보니
　　　　닐릴릴 상사도야
여기도명산이 아니로다
　　　　닐릴릴 상사도야
설악산이나 명산이더냐
　　　　닐릴릴 상사도야
대한에민국에 국립공원
　　　　닐릴릴 상사도야
울산에바위야 울지를마라
　　　　닐릴릴 상사도야
니가울구나 또울어서
　　　　닐릴릴 상사도야
일만에이천에 폭포수더냐
　　　　닐릴릴 상사도야
기조암자 빼놓을수있나요

     닐릴릴 상사도야

오십일평에 암자로다

     닐릴릴 상사도야

여기저기 돌아나보니

     닐릴릴 상사도야

여기도명산이 아니로다

     닐릴릴 상사도야

닐릴릴 상사도야

     닐릴릴 상사도야

토함산이 명산이더냐

     닐릴릴 상사도야

대한민국에 국립공원

     닐릴릴 상사도야

신라임금이 거처한곳

     닐릴릴 상사도야

석굴암자 빼놓을수있나요

     닐릴릴 상사도야

삼십일평에 암자로구나

     닐릴릴 상사도야

닐릴릴 상사도야

     닐릴릴 상사도야

바다건너를 넘구나넘어

     닐릴릴 상사도야

한라산이나 명산이더냐

     닐릴릴 상사도야

한라산우에는 연못이나있구료

　　　　닐릴릴 상사도야
서귀포라 칠십리길
　　　　닐릴릴 상사도야
더한길두나 많이나는곳
　　　　닐릴릴 상사도야
닐릴릴 상사도야
　　　　닐릴릴 상사도야
천지연폭포수 흘러흘러
　　　　닐릴릴 상사도야
어디루나는 흘러나가나
　　　　닐릴릴 상사도야
천지연폭포루나 흘러나가네
　　　　닐릴릴 상사도야
이제는가면은야 언제오료
　　　　닐릴릴 상사도야
이세상을야 하직을하고

그래 이제 그래 그래 그러자 쉬자 그래. [회다지꾼들이 쉬었다 하자며
쉰다.]
　자 이제 들어가

　　　닐릴릴 상사도야
　　　　　닐릴릴 상사도야
　　　닐릴릴 상사도야
　　　　　닐릴릴 상사도야
　　　닐릴릴 상사도야

닐릴릴 상사도야

얼참참사('일참택사(一斬澤巳)'의 와음) 한태조(漢太祖)도

닐릴릴 상사도야

창생에불생을 못하였고

닐릴릴 상사도야

이군불사 초패왕도

닐릴릴 상사도야

창생에불생을 못하였고

닐릴릴 상사도야

남군이측 조자룡이도

닐릴릴 상사도야

창생불생을 못하였고

닐릴릴 상사도야

아가아가 울지를마라

닐릴릴 상사도야

닐릴릴 상사도야

닐릴릴 상사도야

우리인생은 한번가면

닐릴릴 상사도야

다시또오지는 못하리라

닐릴릴 상사도야

나를찾네 나를찾아

닐릴릴 상사도야

그누가 나를찾냐

닐릴릴 상사도야

우리큰딸이 나를찾냐

　　　　닐릴릴　상사도야

기주야항주　벽을건네

　　　　닐릴릴　상사도야

둘째딸두　나를찾나

　　　　닐릴릴　상사도야

노잣돈줄려구　나를찾나

　　　　닐릴릴　상사도야

동화유음수　무릉가자

　　　　닐릴릴　상사도야

셋째딸두나　나를찾나

　　　　닐릴릴　상사도야

우리인생은　한번을가면

　　　　닐릴랄　상사도야

다시또오지는　못하리라

　　　　닐릴릴　상사도야

이세상을　하직을하고

　　　　닐릴릴　상사도야

북망산천　들어가니

　　　　닐릴릴　상사도야

기주야항수　먹을보네

　　　　닐릴릴　상사도야

넷째딸도냐　나를찾냐

　　　　닐릴릴　상사도야

우리인생　한번갈제

　　　　닐릴릴　상사도야

알뜰살뜰을　모은재산

닐릴릴 상사도야

먹고나가느냐 쓰구나가냐

　　　닐릴릴 상사도야

세상살이 허사로다

　　　닐릴릴 상사도야

상산사노에 옛노인이

　　　닐릴릴 상사도야

막내딸두냐 나를야찾냐

　　　닐릴릴 상사도야

우리인생 한번가면

　　　닐릴릴 상사도야

다시또오지는 못하리라

　　　닐릴릴 상사도야

보현산이나 명산이드냐

　　　닐릴릴 상사도야

보현산(普賢山)줄기를 더듬어내려와

　　　닐릴릴 상사도야

이자리(지금 관이 묻히는 이곳) 이줄해놓고보니

　　　닐릴릴 상사도야

제일의명당이 여기로다

　　　닐릴릴 상사도야

오지항에 신검술에

　　　닐릴릴 상사도야

좌청룡에 우백호라

　　　닐릴릴 상사도야

좌편을 바라서보니

닐릴릴 상사도야

닐릴릴 상사도야

닐릴릴 상사도야

노적봉이나 솟았구나

닐릴릴 상사도야

노적봉을 비춰나보니

닐릴릴 상사도야

곧부자가 날자리일세

닐릴릴 상사도야

좌편을야 바라보니

닐릴릴 상사도야

닐릴릴 상사도야

닐릴릴 상사도야

문필봉이 솟았구나

닐릴릴 상사도야

닐릴릴 상사도야

닐릴릴 상사도야

이제는가면 은제오료

닐릴릴 상사도야

알뜰살뜰 모은재산

닐릴릴 상사도야

먹구나가냐 쓰구나가냐

닐릴릴 상사도야

닐릴릴 상사도야

닐릴릴 상사도야

세상살이는 허사로구나

닐릴릴 상사도야

잘있거라 나는간다

닐릴릴 상사도야

모래알이 싹트면오시려나

닐릴릴 상사도야

첫닭이울면 혼이라두오시려나

닐릴릴 상사도야

닐릴릴 상사도야

닐릴릴 상사도야

좌향을야 누워보니

닐릴릴 상사도야

문필봉이 솟았구나

닐릴릴 상사도야

문필봉을야 바라나보니

닐릴릴 상사도야

대장문장이 날자릴세

닐릴릴 상사도야

청송으로나 울을(울타리를)삼고

닐릴릴 상사도야

청대홍대로나 집을짓고

닐릴릴 상사도야

동산야월 달밝은데

닐릴릴 상사도야

두견접동에 벗을삼아

닐릴릴 상사도야

이산을매구나 삼년만에

닐릴릴 상사도야

아들애기를 낳거들랑

닐릴릴 상사도야

효자동이로나 나가게하고

닐릴릴 상사도야

딸애기를야 낳거들랑

닐릴릴 상사도야

열녀부인으로 나가게하고

닐릴릴 상사도야

태주나앉아 상주님은

닐릴릴 상사도야

액두에때줄 몰라서

닐릴릴 상사도야

쿵덩쿵쿵더렁쿵 찧어나주게

닐릴릴 상사도야

나문전에 밝은달은

닐릴릴 상사도야

순임금의 노름이요

닐릴릴 상사도야

강림학찬 푸른솔은

닐릴릴 상사도야

산신님에 노름이요

닐릴릴 상사도야

오뉴월이나 당도를하면

닐릴릴 상사도야

우리농부네 노름이요

       닐릴릴 상사도야

탄현면금산리 들어오면

       닐릴릴 상사도야

아녀자들의 노름이요

       닐릴릴 상사도야

이소리를야 고만두고

       닐릴릴 상사도야

또다른소리로 하여나보세

       닐릴릴 상사도야

〈우야 소리(새 쫓는 소리)〉

우우야라 훨훨

       우우야라 훨훨

앵무새는야 말을잘해

       우우야라 훨훨

임금님소실로 날려놓고

       우우야라 훨훨

제비란놈은 머리가고우니

       우우야라 훨훨

평양기생으로 날려놓고

       우우야라 훨훨

새야새야 파랑새야

       우우야라 훨훨

녹두나밭에나 앉지를마라

       우우야라 훨훨

녹두꽃이나 떨어지면

우우야라 훨훨

청포장수는 울고가네

우우야라 훨훨

우우야라 훨훨

우우야라 훨훨

우야

우야

수고들 하셨어.

다리뽑기 노래

자료코드 : 02_27_FOS_20100126_KHS_JHH_0001

조사장소 : 경기도 파주시 금산리

조사일시 : 2010.1.26

조 사 자 : 김헌선, 김형근, 최자운, 김혜정, 변남섭

제보자 1 : 조희환, 남, 80세

제보자 2 : 윤귀중, 여, 79세

구연상황 : 조사자들이 조희환, 윤귀중 두 제보자에게 각각 창녕조씨, 파평윤씨 시조에
　　　　　관한 이야기들을 채록한 후 어릴 때 놀면서 부르던 노래를 불러 달라고 하면
　　　　　서 다리뽑기 노래를 청했다. 제보자들은 '이거리 저거리 각거리'와 '한알대
　　　　　두알대'로 시작되는 두 종류의 다리뽑기 노래를 해주었다. 그중 뒤의 것이 조
　　　　　금 더 전승 상태가 좋아 채록하게 되었다.

이 팔(발)을 이렇게 쭉 뻗어, (보조 제보자 : 놀 적에 하는 거에요. 놀 적
에 아들들이 발을 이, 쭉 뻗고서 이렇게 해가지고 이렇게 뻗고서 이렇게
이 뻗고서 이렇게 해가지구) [조희환과 윤귀중이 발이 엇갈려 끼고서 노
래의 한 음절에 하나의 다리씩 짚어나가며 노래를 한다.]

한알대 두알대 영남 거지 팔대 장군 고드래 뽕.

그러면 발을 이렇게 이렇게 옹그리고(오그리고), 그런 그 놀이가 있었
어요.

한알대 두알대 영남 거지 팔대 장군 고드래 뽕.

그럼 이렇게 이렇게 옹그리고.

한알대 두알대 영남 거지 팔대 장군 고드래 뽕.

그러면 또 옹그리고 이렇게, 그 놀음이에요.

(보조제보자 : 그래 하나 남으면 거기서 노래를 허던지 뭐, 술래잡기에
요 그게.)

회다지 소리

자료코드 : 02_27_FOS_20100121_KHS_CGO_0001
조사장소 : 경기도 파주시 탄현면 금산리 산 23번지 금산농요전수회관
조사일시 : 2010.1.21
조 사 자 : 김헌선, 김형근, 최자운, 김혜정, 변남섭
제 보 자 : 추교옥, 남, 69세
청   중 : 15인
구연상황 : 금산리의 회다지소리는 이미 1, 2차 조사를 통해 추교전과 조응순의 소리를
　　　　　조사한바 있었다. 3차 조사 때는 앞서의 조사에 참여하지 못한 추교전의 친
　　　　　동생 추교옥의 소리로 상여소리와 회다지 소리를 요청하여 조사하였다. 추
　　　　　교옥이 회다지 소리를 안 부른 지 오래되어서 (긴)달고 소리만 부르고, 추교
　　　　　전에게 나머지 소리들을 하라며 마이크를 넘겨 녹음한 소리다. 그래서 달고
　　　　　소리는 생략되었고, 자진 달고 소리부터 방아 타령, 상사소리, 우야소리로
　　　　　구성하였다.

〈자진 달고 소리〉

　　　　에여라 달고

　　　　　　　에여라 달고

　　　　세상천지 만물중에

　　　　　　　에여라 달고

　　　　사람밖에 또있느냐

　　　　　　　에여라 달고

　　　　이세상에 나온사람

　　　　　　　에여라 달고

　　　　뉘덕으로 나왔느냐

　　　　　　　에여라 달고

　　　　석가여래 공덕으로

　　　　　　　에여라 달고

　　　　아버님전 뼈를빌고

　　　　　　　에여라 달고

　　　　어머님전 살을빌고

　　　　　　　에여라 달고

　　　　칠성님전 명을빌고

　　　　　　　에여라 달고

　　　　제석님전 복을빌어

　　　　　　　에여라 달고

　　　　이내일신 탄생하니

　　　　　　　에여라 달고

　　　　한두살에 철을몰라

　　　　　　　에여라 달고

　　　　부모은공을 알을쏘냐

에여라 달고
이삼십을 당하여도
에여라 달고
어이없고 애닯구나
에여라 달고
부모은공 못다갚아
에여라 달고
무정세월 여류하야
에여라 달고
원수백발 돌아오니
에여라 달고
절통하고 통분하다
에여라 달고
인간의 공도를
에여라 달고
인간칠십 고래희라
에여라 달고
없던망녕 절로난다
에여라 달고
망녕이라 흉을보고
에혀라 달고오
구석구석 웃는모양
에혀라 달고오
애달프고 설움짓고
에여라 달고
절통하고 통분하다

에여라 달고

〈방아 타령〉

에헤허야 어라 우겨라 방아로구나

나니가 난실 네리로다 니나노 방아 좋소

　　에헤 허야 어라 우겨라 방아로구나

　　나니가 난실 네로구나 어야루 방아가 좋소

에헤 허야 어라 우겨라 방아로구나

두견이운다 두견이울어 뒷동산풍림속에 두견이운다

　　에헤 허야 어라 우겨라 방아로구나

　　나니가 난실 네로구나 어야루 방아가 좋소

에헤 허야 어라 우겨라 방아로구나

바다에흰돛 쌍쌍이뜨니 외로운사랑에 눈물겨워라

　　에헤 허야 어라 우겨라 방아로구나

　　나니가 난실 네로구나 어야루 방아가 좋소

에헤 허야 어라 우겨라 방아로구나

너는죽어서 하남의모란이되구요 나는죽어서 봄나비되자

　　에헤 허야 어라 우겨라 방아로구나

　　나니가 난실 네로구나 어야루 방아가 좋소

에헤 허야 어라 우겨라 방아로구나

열에흐르는물 부딪겨지구요 이내몸시달려 백발이되네

　　에헤 허야 어라 우겨라 방아로구나

　　나니가 난실 네로구나 어야루 방아가 좋소

〈상사 소리〉

닐닐닐 상사도야

닐닐닐 상사도야
무엇이그리워 상사났나
　　　닐닐닐 상사도야
삼십먹은 노처녀가
　　　닐닐닐 상사도야
시집을못가서 상사가났나
　　　닐닐닐 상사도야
사십먹은 노총각이
　　　닐닐닐 상사도야
장개를못가서 상사가났나
　　　닐닐닐 상사도야
일년삼백 이태백이
　　　닐닐닐 상사도야
술을못들어 상사가났나
　　　닐닐닐 상사도야
상산사호 옛노인이
　　　닐닐닐 상사도야
바둑을못두어 상사가났나
　　　닐닐닐 상사도야
조선문장 김삿갓이
　　　닐닐닐 상사도야
글을못지어 상사가났나
　　　닐닐닐 상사도야
위왕은조조 조맹덕
　　　닐닐닐 상사도야
동작대를 높이짓고

닐닐닐 상사도야

벗이없어서 상사가났나

　　닐닐닐 상사도야

삼국황제 유황시에

　　닐닐닐 상사도야

한종실 유황숙이

　　닐닐닐 상사도야

모사가없어서 상사가났나

　　닐닐닐 상사도야

평양기생 계섬월이

　　닐닐닐 상사도야

노름을못하여 상사가났나

　　닐닐닐 상사도야

단명화의 양귀비가

　　닐닐닐 상사도야

소보를못하여 상사가났나

　　닐닐닐 상사도야

육국육세 서진이가

　　닐닐닐 상사도야

육국의제왕을 다달랬건만

　　닐닐닐 상사도야

염라대왕 못달래어

　　닐닐닐 상사도야

상사가 나였느냐

　　닐닐닐 상사도야

〈우야 소리(새 쫓는 소리)〉

　　　　우우야라 훨훨

　　　　　　　우우야라 훨훨

　　　　우야소리 새쫓는소리

　　　　　　　우우야라 훨훨

　　　　새쫓는소리에 새모여든다

　　　　　　　우우야라 훨훨

　　　　웃녘새도 날아오고

　　　　　　　우우야라 훨훨

　　　　아랫녘새도 날아를온다

　　　　　　　우우야라 훨훨

　　　　높이떴구나 종달새며

　　　　　　　우우야라 훨훨

　　　　얕이떴구나 굴뚝새며

　　　　　　　우우야라 훨훨

　　　　어허세상 벗님네야

　　　　　　　우우야라 훨훨

　　　　초한승부를 들어보소

　　　　　　　우우야라 훨훨

　　　　순민지심이 으뜸이라

　　　　　　　우우야라 훨훨

　　　　한태평(한패공의 와음인 듯)의 십만대병

　　　　　　　우우야라 훨훨

　　　　우야

　　　　　　　우야

수고들했습니다

상여 소리

자료코드 : 02_27_FOS_20100121_KHS_CGO_0002
조사장소 : 경기도 파주시 탄현면 금산리 산 23번지 금산농요전수회관
조사일시 : 2010.1.21
조 사 자 : 김헌선, 김형근, 최자운, 김혜정, 변남섭
제 보 자 : 추교옥, 남, 69세
청   중 : 15인
구연상황 : 금산리의 상여소리는 이미 1차 조사인 1월 13일에 추교전의 소리로, 2차 조
          사인 1월 18일 조응순의 소리로 녹음한바 있다. 3차 조사 때는 앞서의 조사
          에 참여하지 못한 추교전의 친동생 추교옥의 소리로 상여소리를 해달라는 요
          청을 하였다. 추교옥은 목소리를 높게 내는데 탁월하여 보존회사람들은 '헤이
          리소리'처럼 높이 내지르는 소리만큼은 추교옥이 잘한다고 평가한다. 1993년
          MBC 한국민요대전의 상여소리와 회다지소리의 선소리를 바로 추교옥이 하
          였다. 상여소리와 회다지소리를 추교옥의 선창으로 부탁드리자, 본인은 오랜
          만에 하는 것이라서 잘될까 머뭇거렸다. 이 지역의 장례에서는 예전에 호상일
          경우 호적과 바라를 치면서 갈 정도로 잔치 분위기였다고 한다. 그래서 특별
          히 호적 소리를 부탁하였다.

허허 허헤
        어허 어헤
인제가면 은제(언제)오나
        어허 어헤
오만날이나(오는 날이나) 일러주오
        어허 어헤
저승길이 멀다더니
        어허 어헤

대문밖이 저승일세

　　어허 어혜

뒷동산에 군밤심어

　　어허 어혜

싹이트면 오시려나

　　어허 어혜

병풍안에 그린저학이

　　어허 어혜

두날개를치면 오시려나

　　어허 어혜

황천오백리 저승길에

　　어허 어혜

동풍이불면 서로나가고

　　어허 어혜

서풍이불면 동으로갈제

　　어허 어혜

북풍낙일 찬바람에

　　어허 어혜

눈물이앞을가려 나못가겠네

　　어허 어혜

높은산이 평지가되어

　　어허 어혜

먼지가날적엔 오시려나

　　어허 어혜

어허 어혜

　　어허 어혜

회다지 소리 / 달고 소리

자료코드 : 02_27_FOS_20100121_KHS_CGO_0002

조사장소 : 경기도 파주시 탄현면 금산리 산 23번지 금산농요전수회관

조사일시 : 2010.1.21

조 사 자 : 김헌선, 김형근, 최자운, 김혜정, 변남섭

제 보 자 : 추교옥, 남, 69세

청   중 : 15인

구연상황 : 금산리의 회다지소리는 이미 1, 2차 조사를 통해 추교전과 조응순의 소리를 조사한바 있었다. 3차 조사 때는 앞서의 조사에 참여하지 못한 추교전의 친동생 추교옥의 소리로 상여소리를 해달라는 요청을 하였다. 추교옥은 목소리를 높게 내는데 탁월하여 보존회사람들은 '헤이리 소리'처럼 높이 내지르는 소리만큼은 추교옥이 잘 한다 평가한다. 1993년 MBC 한국민요대전의 상여소리와 회다지 소리의 선소리를 바로 추교옥이 하였다.

이 지역 회다지 소리는 무척 다양한 소리를 세트화해서 부르는데, 회다지 소리를 안 부른 지 오래되어서 (긴)달고 소리만 조금 부르겠다고 하며 녹음한 것이다.

군밤 군밤 군밤네여 (회다지를 하기 위하여 광중에 선 사람들을 '군방님, 군방네'라 부른다) 옛날 옛법 버리지 말구 새로 새법 내지 말기 옛 조상님들이 부르시던 노래나 한곡 해봅시다

예

　　　에에 에이리 달고

　　　　　에에 어이리 달고

　　　여보아라 소년들아

　　　　　에에 어이리 달고오

　　　이내말씀 들어보소

　　　　　에에 어이리 달고

　　　어제청춘 오늘백발

　　　　　에에 어이리 달고

어찌아니 가련한가

　　　에에 어이리 달고

장대(장대(章臺)는 진시왕(秦始王)이 세웠다는 누대. 가장 번화한 곳이라는 의미)에 일등미색

　　　에에 어이리 달고

어찌아니 가련한가

　　　에에 어이리 달고

장대에 일등미색

　　　에에 어이리 달고

니가곱다 자랑마라

　　　에에 어이리 달고

상여 소리

자료코드 : 02_27_FOS_20100113_KHS_CGJ_0001
조사장소 : 경기도 파주시 탄현면 금산리 산 22번지 파주금산리민요전수관
조사일시 : 2010.1.13
조 사 자 : 김헌선, 김형근, 최자운, 김혜정, 변남섭
제 보 자 : 추교전, 남, 67세
청　　중 : 25인
구연상황 : 파주 금산리 민요 전수관에서 회원들이 모두 모여 둘러앉아 농요와 상여소리 등을 녹음하였다. 약속된 시간 이전에 회원들이 거의 다 나와 미리 연습을 하며 기다리고 있었다. 이미 시도 무형문화재로 지정되어 있고, 공연 등을 많이 했던 곳이므로, 이미 자신들의 레퍼토리를 가지고 그것대로 진행하고자 하였다. 조사자가 마을 내력 등을 물으며 민요의 존재양상을 전체적으로 조사한 후에 민요들을 차례차례 녹음하였다.

　자, 이제 돌아가신 분을 잘, 위해서서 우리 좋은 데로 모시게 합시다.

네이

오호 오혜
　　　오호 오혜
여보아라 소년들아
　　　오호 오혜
이내말쌈을 들어보소
　　　오호 오혜
어제청춘 오날백발
　　　오호 오혜
어째아니 가련헌가
　　　오호 오혜
창대 일등미색
　　　오호 오혜
네가곱다고 자랑을마라
　　　오호 오혜
서산에 지는해는
　　　오호 오혜
누루하여(누구로 하여) 금지하나
　　　오호 오혜
창해우수 흐르는물
　　　오호 오혜
다시오기 어려워라
　　　오호 오혜
요순우탕 문무주공
　　　오호 오혜

공맹안자 정부자

    오호 오혜

토둑이 관천하여

    오호 오혜

만고에승현(성현)을 일렀것만

    오호 오혜

매미한 인생들아

    오호 오혜

제어찌 알아보리

    오호 오혜

강태공과 함석공

    오호 오혜

사마양자(사마양저(司馬穰苴)의 와음) 손넨오기(손무오기(孫武吳起)의 와음)

    오호 오혜

천필성이면 공필지

    오호 오혜

만고에명장을 일렀건만

    오호 오혜

매미한 인생들아

    오호 오혜

제어찌 알아보리

    오호 오혜

자 이제 잘 모시고 왔습니다.

회다지 소리 (1)

자료코드 : 02_27_FOS_20100113_KHS_CGJ_0002
조사장소 : 경기도 파주시 탄현면 금산리 산 22번지 파주금산리민요전수관
조사일시 : 2010.1.13
조 사 자 : 김헌선, 김형근, 최자운, 김혜정, 변남섭
제 보 자 : 추교전, 남, 67세
청   중 : 25인
구연상황 : 상여 소리에 이어 녹음한 회다지 소리이다. 보통 이 지역의 회다지는 세 번
하게 된다. 이를 '세 켜 닫는다.'라고 현지인들은 말한다. 회다지 소리는 여러
소리들이 세트화되어 있는데, 그 가사만 제외하면 농요인 논매는 소리와 일치
한다. 지금의 회다지 소리는 세 가지의 소리가 합쳐져 있다. 긴 달고, 자진 달
고, 우야 소리가 그것이다. 이보다 더 많은 종류의 소리가 더 있지만, 세 번
다지게 되므로 다음 횟수에 빠진 소리들을 엮어서 부르는 것은 선창자 하기
나름이라고 한다.

〈달고 소리〉

이제 또 아주 모셔드려야지요.
예

에헤 어이리 달고
　　　에헤 어이리 달고
정월이라 십오일에
　　　에헤 어이리 달고
완월하는 소년들아
　　　에헤 어이리 달고
청풍도 보려니와
　　　에헤 어이리 달고
부모봉양 생각허라
　　　에헤 어이리 달고

신체발부 사대여률
       에헤 어이리 달고
부모님께 태어났으니
       에헤 어이리 달고
태산같이 높은정과
       에헤 어이리 달고
하해같이 깊은정을
       에헤 어이리 달고
어이하여 잊으리이까
       에헤 어이리 달고

〈자진 달고 소리〉
   에혀라 달고
       에혀라 달고
세상천지 만물중에
       에혀라 달고
사람밖에 또있느냐
       에혀라 달고
이세상에 나온사람
       에혀라 달고
뉘덕으로 나왔느냐
       에혀라 달고
석가여래 공덕으로
       에혀라 달고
아버님전 뼈를빌고
       에혀라 달고

어머님전 살을빌고
　　에혀라 달고
칠성님전 명을빌고
　　에혀라 달고
제석님전 복을 빌어
　　에혀라 달고
이내일신 탄생하니
　　에혀라 달고
한두살에 철을몰라
　　에혀라 달고
부모은공을 알을쏘냐
　　에혀라 달고
이삼십을 당하여도
　　에혀라 달고
어이없고 애닳구나
　　에혀라 달고
부모은공 못다갚아
　　에혀라 달고
무정세월 여류하야
　　에혀라 달고
웬수백발 돌아오니
　　에혀라 달고
절통하고 통분하다
　　에혀라 달고
인간의 공도를
　　에혀라 달고

뉘라서 막을소냐

　　에혀라 달고오

〈우야 소리(새 쫓는 소리)〉

　　우우야라 훨훨

　　　　우우야라 훨훨

　　어허세상 벗님네야

　　　　우우야라 훨훨

　　초한승부 으뜸이라

　　　　우우야라 훨훨

　　한태평(한패공(漢覇公)의 와음인 듯)의 십만대병

　　　　우우야라 훨훨

　　구리산하 심으네다('십면매복'인 듯)

　　　　우우야라 훨훨

　　대진을 둘러치고

　　　　우우야라 훨훨

　　초패왕을 잡으를때(잡을 때)

　　　　우우야라 훨훨

　　천하백마 도원수는

　　　　우우야라 훨훨

　　기세펴는 한신하라

　　　　우우야라 훨훨

　　태장대에 높이앉어

　　　　우우야라 훨훨

　　천하제후를 호령할때

　　　　우우야라 훨훨

명랑승가 험한길과

    우우야라 훨훨

팽성도 오백리는

    우우야라 훨훨

거리거리 복병이요

    우우야라 훨훨

두루두루 매복이라

    우우야라 훨훨

산잘넘는 장량이는

    우우야라 훨훨

계명산 추야월에

    우우야라 훨훨

옥통수를(옥퉁소를) 슬피불어

    우우야라 훨훨

하늘에 하였으되

    우우야라 훨훨

구추구추 깊은밤에

    우우야라 훨훨

산을높고 달도밝아

    우우야라 훨훨

울고가는 저기러기

    우우야라 훨훨

객의수(객(客)의 수(愁))를 돋으는듯

    우우야라 훨훨

변방의 사지중에

    우우야라 훨훨

정벌하는 저군사야

　　　우우야라 훨훨

너의패왕이 유인할때

　　　우우야라 훨훨

산잘넘는 장량이는

　　　우우야라 훨훨

계명산 추야월에

　　　우우야라 훨훨

옥통수를 슬피불어

　　　우우야라 훨훨

우야

　　　우야

회다지 소리 (2)

자료코드 : 02_27_FOS_20100113_KHS_CGJ_0003
조사장소 : 경기도 파주시 탄현면 금산리 산 22번지 파주금산리민요전수관
조사일시 : 2010.1.13
조 사 자 : 김헌선, 김형근, 최자운, 김혜정, 변남섭
제 보 자 : 추교전, 남, 67세
청　　중 : 25인
구연상황 : 상여 소리, 회다지 소리 (1)에 이어 녹음한 소리이다. 보통 이 지역의 회다지
는 세 번하게 된다. 이를 '세 켜 닫는다'라고 현지인들은 말한다. 이번의 소리
는 두 번째 부른 소리이다. 회다지 소리는 여러 소리들이 세트화되어 있는데,
그 가사만 제외하면 농요인 논매는 소리와 일치한다. 처음의 '회다지 소리
(1)'에서 다루지 않은 소리들로 다시 회다지 소리를 불러달라는 요청으로 방
아 타령, 헤이리 소리, 상사 소리, 우야 소리를 엮어서 불렀다. 실제 회다지
소리는 기본적으로 (긴)달고 소리와 이어서 자진 달고 소리를 먼저 해야 하고,

중간에는 어떤 소리를 하는지는 선창자에 따른다. 다만 끝날 때는 우야 소리 (새 쫓는 소리)를 끝난다. 따라서 지금 이 소리는 조사자의 요청에 의해서만 가능한 조합이다.

〈방아 타령〉

　　에헤헤허어야 어라 우겨라 방아로구나
　　나니가 난실 네로다 니나노 방아 좋소
　　　　에헤헤 허어야 어라 우겨라 방아로구나
　　　　나니가 난실 네로구나 니나노 방아가 좋소
　　에헤헤 허어야 어라 우겨라 방아로구나
　　휘늘어진 낙락장송 휘어덤석(덥석) 안고서
　　애타는 이내심정 하소연할꺼나
　　　　에헤헤 허어야 어라 우겨라 방아로구나
　　　　나니가 난실 네로구나 니나노 방아가 좋소
　　에헤헤 허어야 어라 우겨라 방아로구나
　　갈길이먼데 바람은차고
　　갈길이늦어서 한이로구나
　　　　에헤헤 허어야 어라 우겨라 방아로구나
　　　　나니가 난실 네로구나 니나노 방아가 좋소
　　에헤헤 허어야 어라 우겨라 방아로구나
　　너는죽어서 하남의모란이되구요
　　나는죽어서 봄나비되져
　　　　에헤헤 허어야 어라 우겨라 방아로구나
　　　　나니가 난실 네로구나 니나노 방아가 좋소

〈헤이리 소리〉

　　에헤헤 에허이호야 에에 에 헤이리로야
　　　　에헤헤 에허이호야 에에 에 헤이리로야

에헤헤 에허이호야 헤이리소리는 나무꾼의 소리라

에헤헤 에허이호야 에에 에 헤이리로야

에헤헤 오호히호야 니가 날만큼 사랑을 한다면

에헤헤 에허이호야 에에 에 헤이리로야

〈상사 소리〉

닐릴릴 상사도야

　　닐릴릴 상사도야

무엇이그리워 상사났나

　　닐릴릴 상사도야

삼십먹은 노처녀가

　　닐릴릴 상사도야

시집을못가서 상사가났나

　　닐릴릴 상사도야

사십먹은 노총각이

　　닐릴릴 상사도야

장개를못가서 상사가났나

　　닐릴릴 상사도야

일이삼백 이태백이

　　닐릴릴 상사도야

술을못들어 상사가났나

　　닐릴릴 상사도야

삼산사호 옛노인이

　　닐릴릴 상사도야

바둑을못두어 상사가났나

　　닐릴릴 상사도야

조선문장 김삿갓이

     닐릴릴 상사도야

글을못지어 상사가났나

     닐릴릴 상사도야

위왕은조조 조맹덕

     닐릴릴 상사도야

봉작대를 높이짓고

     닐릴릴 상사도야

벗이없어 상사가났나

     닐릴릴 상사도야

삼국황제 유황시에

     닐릴릴 상사도야

한중실 유황숙이

     닐릴릴 상사도야

모사가없어서 상사가났나

     닐릴릴 상사도야

평양기생 계섬월이

     닐릴릴 상사도야

노름을못하여 상사가났나

     닐릴릴 상사도야

당명화의 양귀비가

     닐릴릴 상사도야

소부를못하여 상사가났나

     닐릴릴 상사도야

육국육세 서진이가

     닐릴릴 상사도야

육국의제왕을 다 달랬건만
　　　　닐릴릴 상사도야
염라대왕 못달래어
　　　　닐릴릴 상사도야
상사가 나셨느냐
　　　　닐릴릴 상사도야

〈우야 소리(새 쫓는 소리)〉
우우야라 훨훨
　　　　우우야라 훨훨
이월이라 한식일에
　　　　우우야라 훨훨
천추절이 적막하다
　　　　우우야라 훨훨
개적취(개자추(介子推)의 와음)의 넋이로다
　　　　우우야라 훨훨
먼산에 봄이드니
　　　　우우야라 훨훨
불탄절에 속닢난다
　　　　우우야라 훨훨
부인들이 슬퍼하여
　　　　우우야라 훨훨
탄식을 지었도다
　　　　우우야라 훨훨
우야
　　　　우야

회다지 소리 (1)

자료코드 : 02_27_FOS_20100118_KHS_CGJ_0001
조사장소 : 경기도 파주시 탄현면 금산리 의령남씨 장례 현장
조사일시 : 2010.1.18
조 사 자 : 김헌선, 김형근, 최자운, 김혜정, 변남섭
제 보 자 : 추교전, 남, 67세
청   중 : 30인
구연상황 : 금산리 농요보존회팀의 첫 조사 이후, 실제 초상이 났다며 연락이 왔다. 실제
농요보존회원들이 상두꾼으로 참여하였다. 회다지는 세 번을 다지는데 첫 번째
와 세 번째에 경기도 무형문화재 기능보유자인 추교전이 소리를 하였고, 두 번
째는 상여소리를 부른 조웅순이 불렀다. 보존회관 실내에서 녹음한 것과 달리
장례 현장 녹음이어 더욱 생동감이 있다. 회다지 소리는 여러 종류의 작은 소
리들이 결집되는데, 파주 지역에서는 보통 논매는 소리와 회다지 소리가 일치
한다. 그 가사만 다를 뿐 곡조, 그리고 그것의 세부 명칭들이 일치한다. 다만
(긴)달고 소리와 자진 달고 소리는 오로지 회다지 때에만 부르는 소리이다. 지
금 이 회다지 소리에는 1) (긴)달고 소리, 2) 자진 달고 소리, 3) (회)방아 타령,
4) 헤이리 소리, 5) 상사 소리, 6) 우야 소리(새 쫓는 소리)로 구성되어 있다.

〈달고 소리〉

자 등들 맞춰요. 자 시작해보죠

이쪽 저쪽 저쪽 군밤님네~(또는 '군방님네'라고도 하며 정확한 어원은
미상이나 회다지를 하는 사람들을 부르는 말)

군밤님네 군밤님네

옛날 옛법 버리지 말고 새로 새법 내지 말고

옛날부터 부르던 노래나 한마디 불러 보시죠.

에에 어이리 달고

　　　　에에 어이리 달고

여보아라 소년들아

　　　　에에 어이리 달고

이내말쓈 들어보소
　　에에 어이리 달고
어제청춘 오늘백발
　　에에 어이리 달고
어찌아니 가련한가
　　에에 어이리 달고
장대에 일등미색
　　에에 어이리 달고
네가곱다 자랑마라
　　에에 어이리 달고
서산에 지는해는
　　에에 어이리 달고
누로(누구로)하여 금지하나
　　에에 어이리 달고
창해유수 흐르는물
　　에에 어이리 달고오
다시오기 어려워라
　　에에 어이리 달고오
요순우탕 문무주공
　　에에 어이리 달고오

(청중 : 잘 좀 다져줘요.)

〈자진 달고 소리〉
에허라 달고
　　에허라 달고

세상천지 만물중에

　　에허라 달고

통술령고개주 술넘어간다

　　에허라 달고

자 한잔 들고해요 (잠시 쉬었다 다시 함)

　　에허라 달고

　　　　에허라 달고

세상천지 만물중에

　　에허라 달고

사람밖에 또있느냐

　　에허라 달고

이세상에 나온사람

　　에허라 달고

뉘덕(누구 덕)으로 나왔느냐

　　에허라 달고

석가여래 공덕으로

　　에허라 달고

아버님전 뼈를빌고

　　에허라 달고

어머님전 살을빌고

　　에허라 달고

칠성님전 명을빌고

　　에허라 달고

제석님전 복을빌어

에허라 달고

이내일신 탄생하니

에허라 달고

한두살에 철을몰라

에허라 달고

부모은공을 알을손야

에허라 달고

이삼십을 당하여도

에허라 달고

어이없고 애닯구나

에허라 달고

부모은공 못다갚아

에허라 달고

무정세월 여류하야

에허라 달고

웬수백발 돌아오니

에허라 달고

절통하고 통분하다

에허라 달고

인간칠십 고래희라

에허라 달고

없던망녕 절로난다

에허라 달고

망녕이라 숭을보고

에허라 달고

구석구석 웃는모양

에허라 달고

애달프고 설움짓고

에허라 달고

절통하고 통분하다

에허라 달고

인간의 공도를

에허라 달고

뉘라서 막을쏘냐

에허라 달고

인간백년 다살아야

에허라 달고

병든날과 잠든날과

에허라 달고

걱정근심 다제하면

에허라 달고

단사십을 못산인생

에허라 달고

어제오늘 성턴(성하던)몸이

에허라 달고

저녁나절 병이들어

에허라 달고

연연하고 약한몸에

에허라 달고

태산같은 병이드니

에허라 달고

부르노니 어머니요

에허라 달고

찾느니 냉수로다

　에허라 달고

인삼녹용 약을쓴들

　에허라 달고

약덕인들 입을쏘냐

　에허라 달고

무녀불러 굿을한들

　에허라 달고

굿덕인들 입을쏘냐

　에허라 달고

판수불러 설경한들

　에허라 달고

경덕인들 입을쏘냐

　에허라 달고

이노래 그만두고

　에허라 달고

또다른노래를 불러보세

　에허라 달고

〈방아 타령〉

에헤허야 어라 우겨라 방아로구나

나니가 난실 네로다 니나노 방아 좋소

　에헤허야 어라 우겨라 방아로구나

　나니가 난실 네로구나 어여루 방아가 좋소

에헤허야 어라 우겨라 방아로구나

너는죽어서 하남의모란이 되구요 나는죽어서 봄나비되라

    에헤허야 어라 우겨라 방아로구나

    나니가 난실 네로구나 어여루 방아가 좋소

에헤허야 어라 우겨라 방아로구나

북소리두둥둥 쳐울리면서 봉죽을받는배 또들어오네

    에헤허야 어라 우겨라 방아로구나

    나니가 난실 네로구나 어여루 방아가 좋소

에헤허야 어라 우겨라 방아로구나

오는해 끌리는어적소리에 이내가슴이 서글퍼지네

    에헤허야 어라 우겨라 방아로구나

    나니가 난실 네로구나 어여루 방아가 좋소

에헤허야 어라 우겨라 방아로구나

봉황이운다 봉황이울어 울밑에오동낭게(오동나무에서) 봉황이운다

    에헤허야 어라 우겨라 방아로구나

    나니가 난실 네로구나 어여루 방아가 좋소

에헤허야 어라 우겨라 방아로구나

명매운다 명매가울어 대명당대들보에 명매가운다

    에헤허야 어라 우겨라 방아로구나

    나니가 난실 네로구나 어여루 방아가 좋소

〈헤이리 소리〉

    에헤헤 에허이 호야 에헤 에 헤이리로야

        에헤헤 에허이 호야 에헤 에 헤이리로야

    에헤헤 에허이 호야 헤이리소리는 농사꾼의소리라

        에헤헤 에허이 호야 에헤 에 헤이리로야

    에헤헤 에허이 호야 헤이리소리는 평민의소리라

에헤헤 에허이 호야 에헤 에 헤이리로야
　　에헤헤 어허이 호야 헤이리소리는 서민의소리라
　　　에헤헤 에허이 호야 에헤 에 헤이리로야
　　에헤헤 에허이 호야 헤이리소리는 나무꾼의소리라
　　　에헤헤 에허이 호야 에헤 에 헤이리로야
　　에헤헤 오허이 호야 청천하날엔 잔별도많구요
　　　에헤헤 에허이 호야 에헤 에 헤이리로야

〈상사 소리〉
　　닐릴릴 상사도야
　　　　닐릴릴 상사도야
　　무엇이그리워 상사났나
　　　　닐릴릴 상사도야
　　삼십먹은 노처녀가
　　　　닐릴릴 상사도야
　　시집을못가서 상사가났나
　　　　닐릴릴 상사도야
　　사십먹은 노총각이
　　　　닐릴릴 상사도야
　　장개를못가서 상사가났나
　　　　닐릴릴 상사도야
　　삼산사 옛노인이
　　　　닐릴릴 상사도야
　　바둑을못두어 상사가났나
　　　　닐릴릴 상사도야
　　일년삼백 이태백이

닐릴릴 상사도야

술을못들어 상사가났나

닐릴릴 상사도야

조선문장 김삿갓이

닐릴릴 상사도야

글을못지어 상사가났나

닐릴릴 상사도야

위왕은조조 조맹덕

닐릴릴 상사도야

동작대를 높이짓고

닐릴릴 상사도야

벗이없어서 상사가났나

닐릴릴 상사도야

삼국황제 유황시에

닐릴릴 상사도야

한중실 유황숙이

닐릴릴 상사도야

모사가없어서 상사가났나

닐릴릴 상사도야

평양기생 계섬월이

닐릴릴 상사도야

노름을못두어 상사가났나

닐릴릴 상사도야

당명하에 양귀비가

닐릴릴 상사도야

소부를못하여 상사가났나

닐릴릴 상사도야
육국육세 서진이가
　　　닐릴릴 상사도야
육국의제왕을 다달랬건만
　　　닐릴릴 상사도야
염라대왕 못달래어
　　　닐릴릴 상사도야
상사가 나였느냐
　　　닐릴릴 상사도야

〈우야 소리(새 쫓는 소리)〉
우우야라 훨훨
　　　우우야라 훨훨
우야소리 새쫓는소리
　　　우우야라 훨훨
새쫓는소리에 새모여든다
　　　우우야라 훨훨
아랫녘새도 날아를오고
　　　우우야라 훨훨
웃녘새도 날아를온다
　　　우우야라 훨훨
높이떴구나 종달새며
　　　우우야라 훨훨
얕이(낮게)떴구나 굴뚝새며
　　　우우야라 훨훨
정월이라 십오일에

우우야라 훨훨

완월하는 소년들아

    우우야라 훨훨

평풍도 보려니와

    우우야라 훨훨

부모봉양을 생각하라

    우우야라 훨훨

신체발부 사대절을

    우우야라 훨훨

부모님께 태났으니

    우우야라 훨훨

태산같이 높은덕과

    우우야라 훨훨

하해같이 깊은정을

    우우야라 훨훨

어이하여서 잊으리까

    우우야라 훨훨

우여

    우여

수고들 많이 하셨습니다.

회다지 소리 (2)

자료코드 : 02_27_FOS_20100118_KHS_CGJ_0002
조사장소 : 경기도 파주시 탄현면 금산리 장례 현장

조사일시 : 2010.1.18

조 사 자 : 김헌선, 김형근, 최자운, 김혜정, 변남섭

제 보 자 : 추교전, 남, 67세

청   중 : 30인

구연상황 : 의령남씨 장례 현장의 회다지 소리중 세 번째 소리다. 첫 번째 소리는 지금
　　　　　소리를 하는 추교전이 선소리를 하였고, 두 번째는 상여소리를 부른 조응순이
　　　　　불렀다. 추교전이 첫 번째 불렀던 회다지 소리에는 여섯 가지의 소리를 불렀
　　　　　지만, 마지막인 이번 회다지 소리는 1) (긴)달고 소리, 2) 자진 달고 소리, 3)
　　　　　우야 소리(새 쫓는 소리)만으로 구성되어 있다. 회다지꾼들이 쉽게 뒷소리를
　　　　　받을 수 있는 자진 달고 소리를 많이 불렀다.

〈달고 소리〉

자, 시작들 해 보시죠.

　　　　에헤 어이리 달고
　　　　　　　에헤 어이리 달고
　　　　정월이라 십오일에
　　　　　　　에헤 어이리 달고
　　　　완월하는 소년들아
　　　　　　　에헤 어이리 달고
　　　　이내 말씀 들어보소
　　　　　　　에헤 어이리 달고
　　　　어제청춘 오늘백발
　　　　　　　에헤 어이리 달고
　　　　어찌아니 가련한가
　　　　　　　에헤 어이리 달고

〈자진 달고 소리〉

　　　　에허라 달고

　　　　에허라 달고
세상천지 만물중에
　　　　에허라 달고
해동은 조선국
　　　　에허라 달고
경기도 삼십칠관
　　　　에허라 달고
나라님의 땅이건만
　　　　에허라 달고
이자리를 잡으실때
　　　　에허라 달고
어느산맥을 따라왔나
　　　　에허라 달고
동방조선 반도중
　　　　에허라 달고
제일명산이 어드메요
　　　　에허라 달고
백두산이 주봉이라
　　　　에허라 달고
가지가지 낙맥을받아
　　　　에허라 달고
팔도강산이 생겼구나
　　　　에허라 달고
평양하고 금수산은
　　　　에허라 달고
용감하기가 군자절개요

에허라 달고

금수산에서 내려다보니

에허라 달고

대동강이 가로놓여서

에허라 달고

모란봉이 맺혔구나

에허라 달고

전라도에 지리산은

에허라 달고

백마강이 내려흘러서

에허라 달고

우복동청학동 분명하다

에허라 달고

충청도 계룡산은

에허라 달고

공주금강이 둘러있어

에허라 달고

신도안이 뚜렸허다

에허라 달고

강원도 금강산은

에허라 달고

동해바다가 둘러있어

에허라 달고

만이천봉이 솟았는데

에허라 달고

팔만구암자 뚜렷하고

에허라 달고

암석숲 분명한데

에허라 달고

황해도 구월산은

에허라 달고

구십중강을 구경할때

에허라 달고

에허라 달고

에허라 달고

남으로 머리들어

에허라 달고

영남을 바라보니

에허라 달고

지리산 천왕봉은

에허라 달고

주작방에 둘러있어

에허라 달고

음천상기 상강이요

에허라 달고

계명성이 되었는데

에허라 달고

서으로 머리들어

에허라 달고

서해를 바라보니

에허라 달고

구월산 천추봉은

에허라 달고

백호방에 둘러있어

에허라 달고

용반 호거세로

에허라 달고

북극성을 괴아있고

에허라 달고

북으로 머리들어

에허라 달고

관북산천을 바라보니

에허라 달고

백두산 조종봉은

에허라 달고

현무방에 둘러있어

에허라 달고

태극성이 되었구나

에허라 달고

동서남북 가려볼때

에허라 달고

강원도 금강산은

에허라 달고

동해바다 둘러있어

에허라 달고

술 한 잔 하고 해요 (잠시 쉬었다 다시 함)

자 시작들 해보시죠

에허라 달고
    에허라 달고
세상천지 만물중에
    에허라 달고
사람밖에 또있느냐
    에허라 달고
해동은 조선국
    에허라 달고
경기도 삼십칠관
    에허라 달고
나랏님에 땅이건만
    에허라 달고
이자리를 잡으실때
    에허라 달고
어느산맥을 따라왔나
    에허라 달고
동방조선 반도중
    에허라 달고
제일의명산이 어드매오
    에허라 달고
백두산이 주봉이라
    에허라 달고
가지가지 낙맥을받아
    에허라 달고

팔도강산이 생겼구나

　　에허라 달고

평양하고 금수산은

　　에허라 달고

용감하기가 군자절개라

　　에허라 달고

금수산에서 내려다보니

　　에허라 달고

대동강이 가로놓여서

　　에허라 달고

모란봉이 맺혔구나

　　에허라 달고

전라도에 지리산은

　　에허라 달고

백마강이 내려흘러서

　　에허라 달고

우복동청학동 분명하다

　　에허라 달고

충청도 계룡산은

　　에허라 달고

공주금강이 내려흘러서

　　에허라 달고

신도안이 뚜렸허다

　　에허라 달고

강원도 금강산은

　　에허라 달고

동해바다가 둘러있어

　　에허라 달고

만이천봉이 솟았는데

　　에허라 달고

팔만구암자 뚜렷하고

　　에허라 달고

암석숲 분명한데

　　에허라 달고

황해도 구월산은

　　에허라 달고

구십중강을 구경할때

　　에허라 달고

평산을 바라보니

　　에허라 달고

서로서기를 자랑한다

　　에허라 달고

경상도 태백산은

　　에허라 달고

낙동강이 둘러있어

　　에허라 달고

소태백이 분명하다

　　에허라 달고

경기하고 삼각산은

　　에허라 달고

학의지상이 분명한데

　　에허라 달고

노들강이 둘러있고
　　　에허라 달고
남향산은 청산이여
　　　에허라 달고
북향산은 청산인데
　　　에허라 달고
청룡백호 나린(내린, 내려온)줄기
　　　에허라 달고
제일영단에 터를닦아
　　　에허라 달고오
대절대지를 줄여놓고
　　　에허라 달고
교파주로 나려와서
　　　에허라 달고오
월롱산이 주장이라
　　　에허라 달고
원룡사십리 참능이고
　　　에허라 달고
통명산을 놓고
　　　에허라 달고
지세도 좋거니와
　　　에허라 달고오
풍경도 기이하다
　　　에허라 달고
동서남북 가려볼때
　　　에허라 달고

제일의명당이 어드메뇨
　　　에허라 달고
이자리 명당이로다
　　　에허라 달고
이자리에 쓰고나면
　　　에허라 달고
아들을나면은 효자를낳고
　　　에허라 달고
딸을나면 열녀로다
　　　에허라 달고
효자충신 열녀로다
　　　에허라 달고
대대손손 부귀영화
　　　에허라 달고

〈우야 소리(새 쫓는 소리)〉
우우야라 훨훨
　　　우우야라 훨훨
여보아라 소년들아
　　　우우야라 훨훨
이내말쌈을(말씀을) 들어보소
　　　우우야라 훨훨
어제청춘 오늘백발
　　　우우야라 훨훨
어찌아니 가련헌가
　　　우우야라 훨훨

장대에 일등미색

      우우야라 훨훨

네가곱다고 자랑을마라

      우우야라 훨훨

서산에 지는해는

      우우야라 훨훨

누로하여 금지를하랴

      우우야라 훨훨

우야

      우야

수고들 많이 했어요

터다지는 소리 / 지경 소리

자료코드 : 02_27_FOS_20100121_KHS_CGJ_0001
조사장소 : 경기도 파주시 탄현면 금산리 산 23번지 금산농요전수회관
조사일시 : 2010.1.21
조 사 자 : 김헌선, 김형근, 최자운, 김혜정, 변남섭
제 보 자 : 추교전, 남, 67세
청　　중 : 15인
구연상황 : 이 소리도 역시 금산리 농요 보존회가 이른바 레퍼토리로 가지고 있는 소리
　　　　　여서 조사자의 별다른 요구 없이 준비하여 불렀다.

준비가 다 되셨습니까

예

우리 만년터나 다아(다져) 보시죠

예

에여라 지경요

　　에여라 지경요

번쩍들어서 쾅쾅노세

　　에여라 지경요

여보아라 소년들아

　　에여라 지경요

이내말씀 들어보소

　　에여라 지경요

어제청춘 오늘백발

　　에여라 지경요

어찌아니 가련한가

　　에여라 지경요

장대(章臺, 진시왕(秦始王)이 세웠다는 누대. 가장 번화한 곳이라
는 의미)에 일등미색

　　에여라 지경요

네가곱다고 자랑을마라

　　에여라 지경요

서산에 지는해는

　　에여라 지경요

누로하여 금지하나

　　에여라 지경요

창해유수 흐르는물

　　에여라 지경요

다시오기 어려워라

　　에여라 지경요

요순우탕(堯舜禹湯) 문무주공(文武周公)

에여라 지경요

공맹안자(孔孟顔子) 정부자(程夫子)

에여라 지경요

도둑(도덕(道德)의 와음)이 관천(觀天)하여

에여라 지경요

만고에승현(聖賢)을 일렀건만

에여라 지경요

미미한 인생들아

에여라 지경요

제어찌 알아보리

에여라 지경요

강태공과 함석봉(황석공(黃石公)의 와음. 중국 진나라 때의 병법가)

에여라 지경요

사마양자(사마양자(司馬穰苴)의 와음) 손냇오기(손무오기(孫武吳起)
의 와음)

에여라 지경요

천필성이면 공필지

에여라 지경요

만고에명장을 일렀건만

에여라 지경요

한번죽음을 못면허네

에여라 지경요

수고들 하셨습니다. 잘 다졌어요.

회다지 소리

자료코드 : 02_27_FOS_20100121_KHS_CGJ_0002
조사장소 : 경기도 파주시 탄현면 금산리 산 23번지 금산농요전수회관
조사일시 : 2010.1.21
조 사 자 : 김헌선, 김형근, 최자운, 김혜정, 변남섭
제 보 자 : 추교전, 남, 67세
청   중 : 15인

구연상황 : 금산리의 회다지 소리는 이미 1, 2차 조사를 통해 추교전과 조응순의 소리
를 조사한바 있었다. 3차 조사 때는 앞서의 조사에 참여하지 못한 추교전의
친동생 추교옥의 소리로 상여소리와 회다지 소리를 요청하여 조사하였다. 추
교옥이 회다지 소리를 안 부른 지 오래되어서 (긴)달고 소리만 부르고, 추교
전에게 나머지 소리들을 하라며 마이크를 넘겨 녹음한 소리다. 그래서 달고
소리는 생략되었고, 자진 달고 소리부터 방아 타령, 상사소리, 우야소리로 구
성하였다.

〈자진달고소리〉

에여라 달고

　　　에여라 달고

세상천지 만물중에

　　　에여라 달고

사람밖에 또있느냐

　　　에여라 달고

이세상에 나온사람

　　　에여라 달고

뉘덕으로 나왔느냐

　　　에여라 달고

석가여래 공덕으로

　　　에여라 달고

아버님전 뼈를빌고

에여라 달고

어머님전 살을빌고

에여라 달고

칠성님전 명을빌고

에여라 달고

제석님전 복을빌어

에여라 달고

이내일신 탄생하니

에여라 달고

한두살에 철을몰라

에여라 달고

부모은공을 알을쏘냐

에여라 달고

이삼십을 당하여도

에여라 달고

어이없고 애닯구나

에여라 달고

부모은공 못다갚아

에여라 달고

무정세월 여류하야

에여라 달고

원수백발 돌아오니

에여라 달고

절통하고 통분하다

에여라 달고

인간의 공도를

에여라 달고

인간칠십 고래희라

에여라 달고

없던망녕 절로난다

에여라 달고

망녕이라 흉을 보고

에혀라 달고오

구석구석 웃는모양

에혀라 달고오

애달프고 설움짓고

에여라 달고

절통하고 통분하다

에여라 달고

〈방아 타령〉

에헤 허야 어라 우겨라 방아로구나

나니가 난실 네리로다 니나노 방아 좋소

에헤 허야 어라 우겨라 방아로구나

나니가 난실 네로구나 어야루 방아가 좋소

에헤 허야 어라 우겨라 방아로구나

두견이운다 두견이울어 뒷동산풍림속에 두견이운다

에헤 허야 어라 우겨라 방아로구나

나니가 난실 네로구나 어야루 방아가 좋소

에헤 허야 어라 우겨라 방아로구나

바다에흰돛 쌍쌍이뜨니 외로운사랑에 눈물겨워라

에헤 허야 어라 우겨라 방아로구나

나니가 난실 네로구나 어야루 방아가 좋소
에헤 허야 어라 우겨라 방아로구나
너는죽어서 하남의모란이되구요 나는죽어서 봄나비되자
　　　에헤 허야 어라 우겨라 방아로구나
　　　나니가 난실 네로구나 어야루 방아가 좋소
에헤 허야 어라 우겨라 방아로구나
열에흐르는물 부딪겨지구요 이내몸시달려 백발이되네
　　　에헤 허야 어라 우겨라 방아로구나
　　　나니가 난실 네로구나 어야루 방아가 좋소

〈상사 소리〉
　　　닐닐닐 상사도야
　　　　　닐닐닐 상사도야
　　　무엇이그리워 상사났나
　　　　　닐닐닐 상사도야
　　　삼십먹은 노처녀가
　　　　　닐닐닐 상사도야
　　　시집을못가서 상사가났나
　　　　　닐닐닐 상사도야
　　　사십먹은 노총각이
　　　　　닐닐닐 상사도야
　　　장개를못가서 상사가났나
　　　　　닐닐닐 상사도야
　　　일년삼백 이태백이
　　　　　닐닐닐 상사도야
　　　술을못들어 상사가났나

널널널 상사도야

상산사호 옛노인이

널널널 상사도야

바둑을못두어 상사가났나

널널널 상사도야

조선문장 김삿갓이

널널널 상사도야

글을못지어 상사가났나

널널널 상사도야

위왕은조조 조맹덕

널널널 상사도야

동작대를 높이짓고

널널널 상사도야

벗이없어서 상사가났나

널널널 상사도야

삼국황제 유황시에

널널널 상사도야

한종실 유황숙이

널널널 상사도야

모사가없어서 상사가났나

널널널 상사도야

평양기생 계섬월이

널널널 상사도야

노름을못하여 상사가났나

널널널 상사도야

단명화의 양귀비가

닐닐닐 상사도야

소보를못하여 상사가났나

닐닐닐 상사도야

육국육세 서진이가

닐닐닐 상사도야

육국의제왕을 다달랬건만

닐닐닐 상사도야

염라대왕 못달래어

닐닐닐 상사도야

상사가 나였느냐

닐닐닐 상사도야

〈우야 소리(새 쫓는 소리)〉

우우야라 훨훨

우우야라 훨훨

우야소리 새쫓는소리

우우야라 훨훨

새쫓는소리에 새모여든다

우우야라 훨훨

웃녘새도 날아오고

우우야라 훨훨

아랫녘새도 날아를온다

우우야라 훨훨

높이떴구나 종달새며

우우야라 훨훨

얕이떴구나 굴뚝새며

우우야라 훨훨

　어허세상 벗님네야

우우야라 훨훨

　초한승부를 들어보소

우우야라 훨훨

　순민지심이 으뜸이라

우우야라 훨훨

　한태평(한패공(漢沛公)의 와음)의 십만대병

우우야라 훨훨

　우야

　　우야

수고들 했습니다.

논매는 소리

자료코드 : 02_27_FOS_20100121_KHS_CGH_0001
조사장소 : 경기도 파주시 탄현면 금산리 산 23번지 금산농요전수회관
조사일시 : 2010.1.21
조 사 자 : 김헌선, 김형근, 최자운, 김혜정, 변남섭
제 보 자 : 추교현, 남, 73세
청　　중 : 15인
구연상황 : 파주 금산리는 1월 13일 1차 조사에 농요와 상장례요 모두를 조사하고 녹음
한바 있었다. 하지만 한 번 더 좋은 소리를 녹음하고 싶다는 조사자의 부탁에
따라 2차 조사를 할 수 있었다. 이 날은 선소리꾼 추교전 외에 1차 조사에 참
석치 못했던 추교전의 동생인 추교옥도 함께 했다. 보존회원 중 부녀자들도
함께 하여 조사를 지켜보았다.
문화재로 지정되고, 여러 공연들도 많이 다니는 금산리는 추교현 회장을 중심
으로 조직적인 모습을 보여주었다. 이 마을의 논매는 소리는 1) 논김양산도

(선소리 : 추교현), 2) 자진 방아 타령(선소리 : 추교전), 3) 긴 방아 타령(우거라방아)(선소리 : 추교현), 4) 헤이리 소리(선소리 : 추교옥), 5) 개성난봉가(선소리 : 추교전), 6) 오돌독이(선소리 : 추교옥), 7) 몸돌 소리(선소리 : 추교전), 8) 우야 소리(새 쫓는 소리)(선소리 : 추교전)로 구성되어 있다.

〈논김양산도〉

자 인젠(이제) 호미를 들구요, 논김을 매러 들어갑니다.

에헤에 에헤에 워어어 일낙워어어
　　에헤에 에헤에 워어어 일낙워어어
고양덕맹산(양덕(陽德)과 맹산(孟山), 평안도의 지명) 흐르는물은
감돌아든다 부벽루하로다
　　에헤에 에헤에 워어어 일낙워어어
오늘날도 하심심하니 양산도나 불러를보세
　　에헤에 에헤에 워어어 일낙워어어
구수한소리로다 긴해를보내다 다른노래를 돌려나보세
　　에헤에 에헤에 워어어 일낙워어어
세월아봄철아 오고가지를말어 청춘의홍안이 다늙어 간다
　　에헤에 에헤에 워어어 일낙워어어

〈자진 방아 타령〉
에헤헤 어야 어라 우겨라 방아로구나
나니가 난실 에리로다 니나노 방아 좋소
　　에헤헤 어야 어라 우겨라 방아로구나
　　나니가 난실 네로구나 어야루 방아가 좋소
에헤헤 어야 하라 우겨라 방아로구나
북소리두둥둥 쳐울리면서 봉죽을받는배 떠들어오네
　　에헤헤 어야 어라 우겨라 방아로구나

나니가 난실 네로구나 어야루 방아가 좋소

에헤헤 어야 어라 우겨라 방아로구나

바람좋다고 돛을달지말구요 몽금(몽금포)에앞바다 놀다나가지요

에헤헤 어야 어라 우겨라 방아로구나

나니가 난실 네로구나 어야루 방아가 좋소

에헤헤 어야 어라 우겨라 방아로구나

봉황이운다 봉황이울어 울밑에오동남개(오동나무) 봉황이운다

에헤헤 어야 어라 우겨라 방아로구나

나니가 난실 네로구나 어야루 방아가 좋소

에헤헤 허야 하라 우겨라 방아로구나

몽금에포구가 좋다고하여도 정든님없으면 적막강설(적막강산)

에헤헤 어야 어라 우겨라 방아로구나

나니가 난실 네로구나 어야루 방아가 좋소

에헤헤 허야 하라 우겨라 방아로구나

봉접이난다 봉접이난다 분초당화개상에 봉접이난다

에헤헤 허야 하라 우겨라 방아로구나

나니가 난실 네로구나 어야루 방아가 좋소

에헤헤 허야 하라 우겨라 방아로구나

은은히들리는 어적소리에 이내가슴이 서글퍼지네

에헤헤 허야 하라 우겨라 방아로구나

나니가 난실 네로구나 어야루 방아가 좋소

에헤헤 허야 하라 우겨라 방아로구나

솔개난다 솔개가난다 허공중천 높이떠서 솔개난다

에헤헤 허야 어라 우겨라 방아로구나

나니가 난실 에로구나 어야루 방아가 좋소

〈긴 방아 타령(우겨라 방아 타령)〉

자 우겨라방아타령으로 넘어갑니다~

에헤 에헤요 어라 우겨라 방아로구나

나니가 난실 네로구나 어야루 방아가 좋소

　　　에헤 에헤요 어라 우겨라 방아로구나

　　　나니가 난실 네로구나 어야루 방아가 좋소

좋다 좋구나

달은떠서 온다마는 임은어이 왜못오시나

허공에 흘린달은 임을응당 보련마는

현생차생 무슨죄로 음수양인 에헤라이런가

　　　에헤 에헤요 어라 우겨라 방아로구나

　　　나니가 난실 네로구나 어야루 방아가 좋소

좋다 좋구나

하늘천자 따지땅에 집우자로 집을짓고

날일자 풍창은 달월자로 달아놓고

별진 잘숙에 에헤야 놀아를보세

　　　에헤 에헤요 어라 우겨라 방아로구나

　　　나니가 난실 네로구나 어야루 방아가 좋소

좋다 좋구나

오초동남 너른물에 오고가는 상고선은

순풍에 돛을달고 북을두리둥실 울리면서

어기여차 닻감는소리 원포귀범(遠浦歸帆, 중국 소상팔경중 한곳)

이 에헤라 왜생겨났나

　　　에헤 에헤요 어라 우겨라 방아로구나

　　　나니가 난실 네로구나 어야루 방아가 좋소

〈헤이리 소리〉

　　헤헤헤 헤허이허어야 에헤 에 헤이리로야

　　　　헤헤헤 헤허이허어야 에헤 에 헤이리로야

　　헤헤헤 헤허이허어야 헤이리소리는 농사꾼의소리라

　　　　헤헤헤 헤허이허어야 에헤 에 헤이리로야

　　헤헤헤 헤허이허어야 천하지대본은 농사밖에 또있느냐

　　　　헤헤헤 헤허이허어야 에헤 에 헤이리로야

　　헤헤헤 헤허이허어야 천증세월(天增歲月, 하늘이 세월을 더함)은
인증수(人增壽, 인간이 수명을 더함)요

　　　　헤헤헤 헤허이허어야 에헤 에 헤이리로야

　　헤헤헤 헤허이허어야 춘만(春滿)에건곤(乾坤)이 복만가(福滿家)로
구나

　　　　헤헤헤 헤허이허어야 에헤 에 헤이리로야

　　헤헤헤 헤허이허어야 부춘삼월 엄자룡이가(부춘산(富春山)의 엄자
릉(嚴子陵)의 와음)

　　　　헤헤헤 헤허이허어야 에헤 에 헤이리로야

　　헤헤헤 헤허이허어야 가내대부를 마다허고

　　　　헤헤헤 헤허이허어야 에헤 에 헤이리로야

　　헤허허 헤허이허어야 나부산에 가건마는

　　　　헤헤헤 헤허이허어야 에헤 에 헤이리로야

　　헤헤헤 헤허이허어야 천하역사의 항적이가(항적은 항우(項羽))

　　　　헤헤헤 헤허이허어야 에헤 에 헤이리로야

　　헤헤헤 헤허이허어야 범아부(范亞父, 항우의 모사 범증(范增))를
마다허고

　　　　헤헤헤 헤허이허어야 에헤 에 헤이리로야

　　헤헤헤 헤허이허어야 북행천리를 허였건만

헤헤헤 헤허이허어야 에헤 에 헤이리로야

헤헤헤 헤허이허어야 상산사호(商山四皓, 중국 진시황 때 상산에 들어가 숨은 네 은사) 옛노인이

헤헤헤 헤허이허어야 에헤 에 헤이리로야

헤헤헤 헤허이허어야 바둑을두자고 나를찾나

헤헤헤 헤허이허어야 에헤 에 헤이리로야

〈개성난봉가〉

박연폭포 흘러가는물은 범사정으로 감돌아든다

에헤야 에에루화 좋구 좋다 어러럼마 디여라 내 사랑아

슬슬동풍에 궂은비오고 시화연풍에 임사귀어노자

에헤야 에에루화 좋구 좋다 어러럼마 디여라 내 사랑아

건곤(乾坤)이 불장재(不長在)하니 불로월장재(不老月長在) 적막강산이 금백년이로다

에헤야 에에루화 좋구 좋다 어러럼마 디여라 내 사랑아

박연폭포 흘러내리는물은 중바위감돌아 범사정으로감도네

에헤야 에에루화 좋구 좋다 어러럼마 디여라 내 사랑아

갈려면가구요 올려면오왔지 사람의간장을 왜이다지도태우나

에헤야 에에루화 좋구 좋다 어러럼마 디여라 내 사랑아

연윤에정자야 왜이다지도태우냐 갈려면가구요 올려면왔지

에헤야 에에루화 좋구 좋다 어러럼마 디여라 내 사랑아

무정세월아 가지를마라 장안에호골이 다늙어간다

에헤야 에에루화 좋구 좋다 어러럼마 디여라 내 사랑아

〈오돌독이〉

닐닐닐 어리구 절싸 말 말아라

사람의 섬섬간장 에루화 다녹이누나
　　닐닐닐 어리구 절싸 말 말아라
　　사람의 섬섬간장 에루화 다녹이누나
무정세월아 오고가지를 말어라
사람의 일천간장 에루화 다녹이누나
　　닐닐닐 어리구 절싸 말 말아라
　　사람의 섬섬간장 에루화 다녹이누나
능산대천에 불공을 말구요
객지에 간님은 에루화 괄세를 말어라
　　닐닐닐 어리구 절싸 말 말아라
　　사람의 섬섬간장 에루화 다녹이누나
바람아 불어라 구름아 일어라
순풍에 돛달고 에루화 뱃놀이 가잔다
　　닐닐닐 어리구 절싸 말 말아라
　　사람의 섬섬간장 에루화 다녹이누나
노자 노자 젊어서 노잔다
늙고 병이들면 에루화 못노리로다
　　닐닐닐 어리구 절싸 말 말아라
　　사람의 섬섬간장 에루화 다녹이누나
간다지 온다지 얼마나 울었으면
중어장 마당이 에루화 바다가 되었나
　　닐닐닐 어리구 절싸 말 말아라
　　사람의 섬섬간장 에루화 다녹이누나
청천 하늘에 별두나 많구요
요네 가슴에 에루화 수심도 많구나
　　닐닐닐 어리구 절싸 말 말아라

사람의 섬섬간장 에루화 다녹이누나

〈몸돌 소리〉
　　　　에혀라 몸돌
　　　　　　에혀라 몸돌
　　　　핑핑돌려라 원형몸돌
　　　　　　에혀라 몸돌
　　　　동구랗구나 똬리몸돌
　　　　　　에혀라 몸돌
　　　　실쩍하구나 말코몸돌
　　　　　　에혀라 몸돌
　　　　기다랗구나 장대몸돌
　　　　　　에혀라 몸돌
　　　　아세상 벗님네야
　　　　　　에혀라 몸돌
　　　　초한승불(초한(楚漢) 승부를, 이후 초한가에 해당하는 가사를 불러
　　야 하나 첫대목만 내고 부르지는 않았다) 들어보소
　　　　　　에혀라 몸돌
　　　　어제청춘 오늘백발
　　　　　　에혀라 몸돌
　　　　어째아니 가련헌가
　　　　　　에혀라 몸돌

〈우야 소리(새 쫓는 소리)〉
　　　우우야라 훨훨
　　　　　우우야라 훨훨

우야소린 새쫓는소리

     우우야라 훨훨

새쫓는소리에 새모여든다

     우우야라 훨훨

아랫녁새도 나라를오고

     우우야라 훨훨

웃녁새도 나라를온다

     우우야라 훨훨

높이떴구나 종달새며

     우우야라 훨훨

얕히떴구나 굴뚝새며

     우우야라 훨훨

정월이라 십오일에

     우우야라 훨훨

완월하는 소년들아

     우우야라 훨훨

현풍도 보려니와

     우우야라 훨훨

부모봉양을 생각하라

     우우야라 훨훨

신체발부 사대절을

     우우야라 훨훨

부모님께 태났으니

     우우야라 훨훨

태산같이 높은덕과

     우우야라 훨훨

하해같이 깊은정을

      우홋야라 훨훨

어이하여서 잊으리까

      우우야라 훨훨

천세만세 믿었더니

      우우야라 훨훨

동래방장(봉래방장(蓬萊方丈)의 와음) 영주산(瀛洲山, 봉래산·방장
산·영주산을 삼신산이라 부름)에

      우우야라 훨훨

불로초와 불사약을

      우홋야라 훨훨

인력으로 얻을쏘냐

      우우야라 훨훨

슬프도다 우리부모

      우우야라 훨훨

상원인줄을 모르시나

      우우야라 훨훨

우여

      우여

콩 데우 소리 / 콩 심는 소리

자료코드 : 02_27_FOS_20100121_KHS_CGH_0002
조사장소 : 경기도 파주시 탄현면 금산리 산 23번지 금산농요전수회관
조사일시 : 2010.1.21
조 사 자 : 김헌선, 김형근, 최자운, 김혜정, 변남섭

제 보 자 : 추교현, 남, 73세

청   중 : 15인

구연상황 : 논농사와 관련한 소리가 끝나고 밭농사와 관련된 소리인 콩심는소리를 불러 주었다. 금산리 농요 보존회가 이른바 레퍼토리로 가지고 있는 소리여서 조사자의 별다른 요구 없이 이 소리를 준비하여 불렀다. 이 마을에서는 콩심는 것을 '콩데우한다'라고 부르기 때문에 '콩데우소리'라고 부른다. 땅을 파고 콩을 심는 것에서부터 콩을 수확해 두부, 메주 등을 만들고 이를 부모에게까지 공양하는 내용의 가사가 순차적으로 불린다.

자 이제 밭으루 콩 데우러 갑니다.

예

에여라 데우요

　　에여라 데우요

자욱(구멍)뚫어 씨알(씨앗)을넣고

　　에여라 데우요

슬쩍슬쩍 지그밟어

　　에여라 데우요

정성들여 데우를하네

　　에여라 데우요

지성이면 감천이라

　　에여라 데우요

고개들어 흘끈솟네

　　에여라 데우요

잎이피고 꽃이피네

　　에여라 데우요

데우하여 풍년이드네

　　에여라 데우요

꽃이맺어 황석되네
　　　에여라 데우요
콩우하여[잠시 하려던 가사를 머뭇거림] 풍년이드네
　　　에여라 데우요
콩꺾어서 콩타적에(콩타작에)
　　　에여라 데우요
애두소두 정결을하여
　　　에여라 데우요
에여라 데우요
　　　에여라 데우요
간수대려(다려) 두부를빚고
　　　에여라 데우요
메주쑤어 장담그니
　　　에여라 데우요
콩떡찍어 두과를빚어
　　　에여라 데우요
학발양친 공경을하네
　　　에여라 데우요
천금같은 우리부모
　　　에여라 데우요
천수백수를 누리소서
　　　에여라 데우요

10. 파평면

▌조사마을

경기도 파주시 파평면 덕천리

조사일시 : 2010.3.6
조 사 자 : 김헌선, 김형근, 최자운, 김혜정, 변남섭

파평면(坡平面)은 고구려 시대 파해평사현이었고, 신라시대에서부터 파평현의 명칭을 가진 유서 깊은 지역이다. 율곡과 관련된 화석정, 파평윤씨 시조 탄강지인 용연 등이 있다. 파평면에는 금파리, 늘노리, 덕천리, 두포리, 마산리, 율곡리, 장파리가 있다.

덕천리(德泉里)는 1914년 풍덕리의 덕(德)과 천천리의 천(泉)자를 합쳐써 붙여진 이름이다. 덕천리는 4개의 자연마을이 있다. 1반은 천천동(샘내), 2반은 어의동 또는 시장말, 3반은 풍덕동, 4은 고사동이다. 자연지명으로 샘내, 동춘, 보살굴, 느리울, 풍덕굴 등도 있었다. 1970년대까지는 산에 있는 서낭당에서 산제를 모셨다. 가을 추수를 하고서 통돼지를 잡아드렸다.

▌제보자

남궁경, 남, 1934년생

주 소 지 : 경기도 파주시 파평면 덕천리
제보일시 : 2010.3.6
조 사 자 : 김헌선, 김형근, 최자운, 김혜정, 변남섭

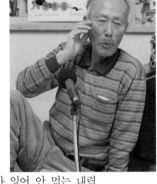

　덕천리 토박이다. 조사시에 여러 제보자
들을 대표해서 마을 유래 등의 설명을 해주
었다.

제공 자료 목록

02_27_FOT_20100306_KHS_NGG_0001 파평윤씨가 잉어 안 먹는 내력
02_27_FOT_20100306_KHS_NGG_0002 화석정의 유래

이기준, 남, 1941년생

주 소 지 : 경기도 파주시 파평면 덕천리
제보일시 : 2010.3.6
조 사 자 : 김헌선, 김형근, 최자운, 김혜정, 변남섭

　덕천리 토박이다. 성격이 급해서인지 말
하는 것이 무척 빠르고, 조사자의 답변대로
조근 조근 말해주진 못했지만, 설화의 구연
이 실감날 정도로 격정적이다.

제공 자료 목록

02_27_FOT_20100306_KHS_LGJ_0001 떠내려 온 잡티산
02_27_FOT_20100306_KHS_LGJ_0002 마귀할멈 부축돌

이부세, 남, 1921년생

주 소 지 : 경기도 파주시 파평면 덕천리
제보일시 : 2010.3.6
조 사 자 : 김헌선, 김형근, 최자운, 김혜정, 변남섭

덕천리 토박이다. 마을회관에 모인 사람
중 가장 나이가 많았다. 젊었을 때는 마을의
선소리꾼으로 농요와 상여소리 등을 도맡아
하는 재주꾼이었다고 한다. 그러나 이제 연
로하여 가만히 말하는 것조차 숨 가쁘다고
하였다. 뒤늦게 마을회관에 와서 조사를 한
편에서 보다가, 조사가 다 끝나자 자기가 이
야기나 하나 해준다며 설화 하나를 구연해
주었다. 나이와 달리 차근차근하며 분명한 구연 솜씨를 가지고 있다.

제공 자료 목록

02_27_FOT_20100306_KHS_LBS_0001 호랑이에게서 부잣집 처녀 구해 사위된 가난
한 총각

이순식, 남, 1943년생

주 소 지 : 경기도 파주시 파평면 덕천리
제보일시 : 2010.3.6
조 사 자 : 김헌선, 김형근, 최자운, 김혜정, 변남섭

전라도에서 이 마을로 1965년 정도에 이
주해왔다. 조사에 적극적으로 참여하려는
모습을 보였으나 TV를 통해 입수한 오늘날
의 이야기들이었다.

제공 자료 목록

02_27_FOT_20100306_KHS_LSS_0001 포수바위

장기흥, 남, 1942년생

주 소 지 : 경기도 파주시 파평면 덕천리
제보일시 : 2010.3.6
조 사 자 : 김헌선, 김형근, 최자운, 김혜정, 변남섭

덕천리 토박이다. 점잖은 성격이라 조사
의 내용을 열심히는 듣지만 나서서 말을 하
진 않았다. 다만 다른 제보자의 이야기가 조
금 부실하다 여겨, "그건 그런 이야기가 아
니고." 하며 '장자리 연못의 유래'만은 적극
적으로 나서서 구연하였다.

제공 자료 목록

02_27_FOT_20100306_KHS_JGH_0001 장자리 연못의 유래

파평윤씨가 잉어 안 먹는 내력

자료코드 : 02_27_FOT_20100306_KHS_NGG_0001
조사장소 : 경기도 파주시 파평면 덕천리
조사일시 : 2010.3.6
조 사 자 : 김헌선, 김형근, 최자운, 김혜정, 변남섭
제 보 자 : 남궁경, 남, 76세
청　　중 : 9인
구연상황 : 파평면에서 비교적 토박이들이 많이 남아있고, 옛날이야기들을 좀 하실 수 있
　　　　　는 곳을 찾는 중에 찾아간 곳이다. 우리의 조사 취지를 잘 이해하는 노인회장
　　　　　이 가능하리라는 답변을 주었다. 마을회관에는 열 분 정도의 남자 어르신들만
　　　　　이 계셨고, 다시 조사의 취지를 설명하며 마을의 일반적 질문부터 시작했다.
　　　　　조사지역이 파평면이고, 파평윤씨 시조와 관련된 용연(龍淵)이 인근 눌노리에
　　　　　있기에 그 이야기부터 물어보았다.
줄 거 리 : 파평윤씨는 못에 떠 있던 궤짝에서 나온 애기로부터 시작되었다. 또 파평윤
　　　　　씨 윤관 장군이 전쟁 당시 청천강을 건널 때 잉어떼가 건네주었기 때문이 파
　　　　　평윤씨네는 잉어를 먹지 않았다.

　아니 그러니까 이 못에, 궤짝이, 이, 남(나무), 궤짝이 있드라 이 말이야.

　그 궤짝을 건져 보니까 이렇게 보니까는 거기 애기가 있드란 이 말이야.

　그래서 그 손이 윤씨라 이 말이에요. 어, 파평윤씨라.

　내가 알기로는 윤관, 윤관장군이, 한참 전쟁할 때 이○○ 윤관 장군이
아냐?

　그래서 이제 압록, 청천강을 건너와야 되는데 건널 수가 없거던?

　그 잉어떼가 쫙 오더라 이 말이야.

　그, 그 막 건너왔대는 거야.

　그래서 잉어를 안 먹는단 그거야.

화석정의 유래

자료코드 : 02_27_FOT_20100306_KHS_NGG_0002
조사장소 : 경기도 파주시 파평면 덕천리
조사일시 : 2010.3.6
조 사 자 : 김헌선, 김형근, 최자운, 김혜정, 변남섭
제 보 자 : 남궁경, 남, 76세
청   중 : 9인
구연상황 : 조사 지역과 관련된 지명유래를 묻는 과정에, 파평면 율곡리에 위치한 화석정
         을 묻자 다음의 이야기를 들려주었다.
줄 거 리 : 율곡 선생의 고향은 원래 강원도이다. 율곡 선생은 임진왜란이 일어나기 전에
         큰 난리가 일어날 것이라고 예측하고 임진강 가에 정자를 짓고 매일 들기름
         칠을 해두었다가 선조가 왜군에게 쫓겨 임진강을 건널 때 불을 질러 환하게
         밝혀 주었다고 한다.

이, 이율곡 선생.

(조사자 : 예, 거기 얽힌 얘기는 없습니까?)

아니, 근데. 화석정은 이, 이율곡 선생이 아니에요?

그 원 고향은 인제 저, 저기 저저 저기 강릉이야, 강원도. 근데.

그 사람이 지끔(지금) 말하면 뭐야, 율곡 선, 선생이 그 뭐야, 정성(정승)
뭐 아냐, 정성(정승).

말하자면 정성(정승) 있잖아?

그러니까 그 사람이 인제 임진왜, 왜란 때 그걸 벌써 몇 년 있으면은,
"아 이게 큰, 대한민국에 큰 난리가 난다." 그걸 예측하고 있, 있었대.

그래서 거기다 정자를 짓고서 맨날 들기름칠을 했대는 거야.

들기름칠을 허니, 허고서니(하고나서) 있으니까,

이, 이 그 뭐야, 그 저 난리가 났잖아?

그게 선조, 선조 임금이 개성으로 피난을 허는데 비가 쏟아지니까 어트
게(어떻게).

거기다 율곡 선생 다 거기다 갔다 불, 그, 거기다 불을 질렀대는 거야.

그 환하니까, 선조 임금이 그냥. 임진나루로 해서 개성으로, 인제 갔다 인제 그 말이야.

그게 화석정.

(청중 : 그게 화석정 얘기에요?)

떠내려 온 잡티산

자료코드 : 02_27_FOT_20100306_KHS_LGJ_0001
조사장소 : 경기도 파주시 파평면 덕천리
조사일시 : 2010.3.6
조 사 자 : 김헌선, 김형근, 최자운, 김혜정, 변남섭
제 보 자 : 이기준, 남, 69세
청   중 : 9인
구연상황 : 주요 마을과 인근 지명과 관련해서의 주제보는 남궁경이 하였다. 여러 사람
         이 한꺼번에 이것저것 답변하면 혼돈스러우니, 자연스레 남궁경 제보자가 여
         러 정보들을 주게 되었다. 이야기하는 동안 다소 틀리거나, 자신의 정보가 있
         으면 말하려고 하는 분위기였다. 이 이야기도 조사자가 무엇을 물어본 것은
         아니었는데, 자연스레 이 지역과 관련한 지역, 지명과 관련 있다고 생각하여
         말해준 이야기이다. 제보자인 이기준은 이야기를 재미있게 구연할 수 있는 자
         질이 있어 보였으나, 말이 빠르고, 귀가 어두워서 더 다양한 이야기는 나오지
         않았다.
줄 거 리 : 넉나울산 입구에 배너미 등이라고 있는데 천지개벽할 당시 물이 넘쳐 그곳까
         지 배가 넘어 다녀 그렇게 불렀는데 그 당시에 잡티산이 떠내려 와서 그곳에
         멈춰 섰기 때문에 그곳이 서울 자리인데 서울이 들어서지 못했다.

여 배너미등이라고 있어요, 넉나울산이 있구.

있는데 넉나울산에 물이 넘실넘실 흘렀고 배나미등에 물이 넘어갔다는 거야, 배가 넘어다녔대요.

그라면 여가(여기가) 강이 돼, 천지개벽허고.

게, 나무꾼이 낭구(나무)를 썩 해다가 에, 중간에다 딱 실었더니 고 밑

에까지 물이 채드래요(차드래요).

에? 그래 배너미등에 배가 넘어다녔다는 게야.

천지개벽, 그 전에 했었겠지요.

에? 넉나울산에 물이, 여기 넉나울산이 여기에요.

물이 밑에까지 찰랑찰랑.

그 이게 완전히 바다였던 거에요.

저 잡티산이 물에 떠내려 왔다는 거야, 요 앞에.

에, 떠내려 와 거기 섰다는 거요.

그게 없으면 서울이 들어섰을 텐데.

그 놈 우라질 놈의 잡티산 때민에(때문에) 이 서울이 못 들어섰든거야.

마귀할멈 부축돌

자료코드 : 02_27_FOT_20100306_KHS_LGJ_0002
조사장소 : 경기도 파주시 파평면 덕천리
조사일시 : 2010.3.6
조 사 자 : 김헌선, 김형근, 최자운, 김혜정, 변남섭
제 보 자 : 이기준, 남, 69세
청   중 : 9인
구연상황 : 이 이야기도 조사자가 무엇을 물어본 것은 아니었는데, 자연스레 이 지역과
          관련한 지역, 지명과 관련 있다고 생각하여 말해준 이야기이다. 제보자인 이
          기준은 이야기를 재미있게 구연할 수 있는 자질이 있어 보였으나, 말이 빠르
          고, 귀가 어두워서 더 다양한 이야기는 나오지 않았다.
줄 거 리 : 동새에 올라가면 마귀할멈이 밟고 용변을 보던 한 쌍의 부축돌이 있다. 마귀
          할멈은 그곳에 올라 용변을 본 후 밑을 닦아 버리다가 손에 있던 금반지가
          밥재로 떨어지는 바람에 그것 손으로 박박 긁어 찾는 바람에 지금처럼 산에
          골짜기들이 생겨났다.

여기에 통새에 올라가면요,

이 부축돌(재래식 화장실에서 용변을 볼 때 양발로 밟고 올라설 수 있는 발판 기능을 하는 돌)이 이렇게 큰 게 있어요.

게 뭐냐면 바위가 양쪽에 섰는데, 이게 마귀할멈 부축돌이래요, 예.

(조사자 : 마귀할멈 부축돌?)

마귀할멈 부축돌.

게 마귀가, 할멈이 고기서 똥을 싸고 미싯게(밑씻개, 용변을 본 후 밑을 닦는 도구)를 집으니 밥재('밥재'라는 언덕 이름)로 떨어졌대는거야.

그래서 이 밥재, 에.

(조사자 : 밥재?)

에, 밥재라구요.

그래 이 마귀할멈이, 에 던지다 보니까 금반지가 빠져 나갔대요.

그래갖고 이 그 골이 졌어, 이렇게, 그 금반지 찾느냐고 긁어서.

기이 밥재, 여 동새에 가면은 마귀할멈 부축돌이 게 양쪽에서 있어요, 예.

에이, 마귀할멈이 거기다가 똥을 쌌다가,

에, 아 어거 에, 미싯게 씻고 에 집어 던진 게 밥재가 떨어졌대요.

떨어졌는데 이걸 반지를 어떻게 찾아요.

그래서 손으로 북북 긁다보니까 저기가 골이 났대는 거야, 이게.

호랑이에게서 부잣집 처녀 구해 사위된 가난한 총각

자료코드 : 02_27_FOT_20100306_KHS_LBS_0001
조사장소 : 경기도 파주시 파평면 덕천리
조사일시 : 2010.3.6
조 사 자 : 김헌선, 김형근, 최자운, 김혜정, 변남섭
제 보 자 : 이부세, 남, 89세

청　　중 : 9인

구연상황 : 덕천리의 조사가 진행되는 중에 마을회관에 온 제보자이다. 이 마을에서 농요
　　　　　나 상여소리 등을 구연할 수 있는 소리꾼을 찾으니, 한 분 계시지만 연로하여
　　　　　부르실 수 없을 것이라고 답변을 했다. 그 소리꾼이 바로 이부세이다. 그래서
　　　　　농요를 조금이라도 불러주십사 청했지만 숨이 가빠서 전혀 할 수가 없다고
　　　　　하였고, 그냥 얘기나 하나 해주겠다며 구연해준 것이다.

줄 거 리 : 동네에 노름을 하면 개평만 뜯어 먹고 사는 남자가 있었다. 동네사람들이 그
　　　　　남자가 보기 싫어 고개를 넘어가서 노름을 했는데 이 남자가 그곳을 찾아가
　　　　　다가 호랑이가 색시를 잡아 놓고 놀리고 있는 장면을 보았다. 이 남자는 호랑
　　　　　이를 물리치고 여자를 구해주었는데 그 여자가 서울 부잣집 딸이어서 남자는
　　　　　그 집 사위가 되어 잘 살았다.

이 동네에서 놀음을 허면. 여기서 놀음을 허면 이놈이 개평만 띤단(뗀
단) 말이야.

그 개평만 띠어서 먹고사는 놈인데.

아 이건 뭐 그냥 그놈만 오면 그냥 개평을 띠고 그냥 그러니 안 줄 수
도 없구, 동네서.

그러니까 이냥냥, 이 사람들이,

"야, 오늘은 저 그 넘어가서 허자."

그래, 고개 넘어가서 이제, 고개 너머로 허러 가는데.

아 이놈이 그냥 와보니깐 허, 허질(하질) 않고 그냥 아무도 없단 말야.

그니깐 이놈이 그냥, 그 고갤 너머를 넘어가는데.

아, 저기서 그냥 그, 무슨 깔깔대고 웃음소리가 들린다 이거야.

그래 왜 가만히 보니깐, 가만히 거길 살살 가니깐 호랭이(호랑이)가 여
자를 물어다 놓고 놀려. 응.

어떻게 놀리냐면 망두석이 이렇게 양짝에 섰는데.

이쪽에, 이쪽에다가 세워놓구, 이놈이, 호랭이가 그냥 여기 와서[망두석
에 몸을 기대는 흉내를 내며], 이 망두석에 와서 떡 기댔다가 또 가서 뺨
을(뺨을) 갈기면 깔깔 웃고, 이 여자가 그런단 이거야.

그러면 그 여자는 어디 여자면 서울여자야.

서울에, 그, 아주 부잣집여잔데, 딸인데.

근데 이, 이으, '저걸 어떻게 해야 저기하냐?' 그러고 가만히 생각허니까,

그늠이(그 놈의) 호랭이가 이렇게 떡 걸어가서 그냥 뺨을 갈기면 깔깔 웃고,

또 뒷걸음질해서 이 망두석에 와서 떡 이렇게 기댔다가 또 가서 그렇게 허고 그러는걸, 그러는걸 보니까.

이 망, 가만히 살살 가서 그 뒤 망두석 그 와서 이렇게 기대서는 망, 망두석 뒤에 섰다가,

이눔 호랭이가 그냥 와서 떡 기댈 적에 그냥 껴안았단 말야.

껴안으니까 이늠이 그냥 호랭이가 꼼짝 못하지 뭐야.

꼼짝 못하니깐 이 여자는 그만 까무라쳐서 그냥 쓰러졌다 이거야.

쓰러졌는데 그러자 얼마 안 있으니까 밝아, 날이 밝아.

그니깐 날이 밝은데 낭구꾼(나무꾼)들이 오는데, 그냥 낭구허러들 오는 걸 보고 사람 살리라고 소릴쳤대요.

그니깐 그냥 낭구꾼들이 와서 그냥 보드니,

"아유, 야 이거 저기라고 말야."

그래서 그냥 그, 그 사람이 그 여자를 살렸시요.

살려서, 살리니깐 서울, 보니깐 서울 여, 서울사람의 딸인데 부잣집딸이라요.

그래가선 데리고 가선 저기 허니깐 그 부잣집에서 그이, 그 사람 아니믄(아니면) 자기 딸을 잊어버릴 껀데,

그 사람 때민에(때문에) 살았으니 저 살, 자기 딸이 살이, 살았으니깐,

"너, 내 사위노릇을 해라."

그래, 사, 그 딸을, 사월 삼었단 말야, 그 사람이.

그, 그래서 그 사람이 그렇게, 음, 놀음 개평이나 띠고 허든 사람이 부

잣집 사위가 되서 잘 살더라 이거야.

포수바위

자료코드 : 02_27_FOT_20100306_KHS_LSS_0001

조사장소 : 경기도 파주시 파평면 덕천리

조사일시 : 2010.3.6

조 사 자 : 김헌선, 김형근, 최자운, 김혜정, 변남섭

제 보 자 : 이순식, 남, 67세

청   중 : 9인

구연상황 : 제보자는 이 지역 사람이 아니고, 전라도에서 이주한지 30년 정도 되었다. 무척 적극적이고, 이야기하길 좋아하는 성격이었으나, 우리의 조사 성격에 해당하는 설화 구연은 별로 해주지 못했다. 이주한 이후 들었던 포수바위 얘기를 해주었다. 이 포수바위에 대해서는 다른 이들도 아는 듯 하여 조금 부족한 부분에 대해서는 보충하려고 하였다. 그러나 거의 같은 이야기이기에 다시 구연하려고 나서지는 않았다.

줄 거 리 : 옛날 어느 포수가 산에 올라가서 어미 돼지를 쏴 죽였는데 그 돼지에게는 아홉 마리 새끼가 있었다. 포수는 그 사실을 알고 양심에 가책을 느껴 바위에서 떨어져 죽어서 그 바위를 포수바위라고 한다.

여기가 덕천리 지역이 이짝에(이 쪽에) 가면 어, 포수 바위가 있다고, 포수 바위.

(조사자 : 포수바위?)

어, 그 포수바위에 포수가 어, 돼지를 보고 총을 쐈는데,

돼지 뒤를 따라가니까 새끼들이 걍(그냥) 오물오물(우글우글)해 있더라는 거야, 돼지가.

(청중 : 어, 아홉 마리, 아홉 마리.)

어, 어. 그래서 그 포수가 자기가 이걸 돼지를 쏴 가지고 내가 잘못을 느끼고 거기서 떨어져 죽었다, 그래가지고 그, 포수바위.

장자리 연못의 유래

자료코드 : 02_27_FOT_20100306_KHS_JGH_0001
조사장소 : 경기도 파주시 파평면 덕천리
조사일시 : 2010.3.6
조 사 자 : 김헌선, 김형근, 최자운, 김혜정, 변남섭
제 보 자 : 장기흥, 남, 68세
청　　중 : 9인

구연상황 : 이 마을에도 장자연못과 관련한 이야기가 있느냐 묻자 한 제보자가 있다며
　　　　　 얘기를 조금 하였다. 그러나 옆에서 듣고 있던 장기흥 제보자가 '그것은 그
　　　　　 런 이야기가 아니고, 이런 이야기'라며 해준 이야기이다. 차근하게 이야기를
　　　　　 하는 모습에 여러 설화를 알 듯 싶어 이것저것 물어보았지만 모르겠다고 하
　　　　　 였다.

줄 거 리 : 옛날 엄청 부자로 잘 살던 사람이 있었는데 스님이 시주를 오자 소똥을 주어
　　　　　 괘씸히 여기고 가려는데 그 집 며느리가 몰래 쌀을 시주해 주어서 스님이 자
　　　　　 신을 따라오면서 뒤를 보지 말라고 했으나 궁금해 뒤돌아보니까 살던 집이
　　　　　 연못이 되었다.

　아니 그 장좌리래는(파주 적성면 장좌리) 데가 그 전에 부자가 엄, 엄청
부자가 살던 자린데,

　그 자리에 인제 스님이 시주를 허러 와서 뭐 좀 달래니까,

　이 영감이 쥔(주인) 영감이 나와서 소똥을 한 것 떠주더라 이거야.

　그래서 괘씸해서 그냥 갈려는데,

　그 며느리가 몰래 쌀을 갖고 나와 갖고,

　쌀을 시줄(시주를) 해주니까, 그 스님이 뒤를 돌아다보지 말고 나를 따
라와라 했는데,

　가다가 그래도 궁금허니까 뒤를 돌아다보니까 그 자리가 연못이 됐대
는 거야. 그, 바로.

■ 엮은이 소개

김헌선 경기대학교 국어국문학과를 졸업했으며 동 대학원 박사과정(문학박사)을 수
료했다. 현재 경기대학교 한국동양어문학부 국문학전공 교수로 재직 중에
있으며, 우리 전통문화의 진정성을 탐구하는 데 진력하고 있는 연구자이다.
주요 논저는 이야기, 노래, 굿 등에 한정되어 있으며 자료 조사와 이론 탐색
을 위해서 예비적인 작업을 많이 했다. 주요 논저로『한국의 창세신화』,『설
화 연구 방법의 통일성과 다양성』등을 냈다.

김형근 경기대학교 국어국문학과를 졸업하고 동 대학원에서 「남해안굿 갈래 연구 :
현장, 연행, 구조의 측면에서」라는 논문으로 문학박사 학위를 받았다. 안동
대학교 민속학과 Post.Doc을 거쳐 현재 서울과학기술대학 등에서 강의를 하
고 있다.

최자운 경기대학교 국어국문학과를 졸업하고 동 대학원에서 「농악대 고사소리의
지역별 특성과 변천 양상」이라는 논문으로 문학박사 학위를 받았다. 현재
세명대학교 강의전담교수로 재직 중에 있다.

김혜정 경기대학교 국어국문학과를 졸업하고 동 대학원에서 「한·중 신데렐라 유형
설화 비교 연구 : 한국의 <콩쥐팥쥐>와 중국의 <灰姑娘>을 중심으로」라는
논문으로 문학박사 학위를 받았다. 현재 경기대학교 국문과 초빙교수로 재
직 중에 있다.

변남섭 경기대학교 대학원에서 「경기도 남부 <제석굿> 연구」라는 주제로 문학박사
학위를 받았다. 서울대학교 등에서 강의를 하며, 국가 중요무형문화재 제98
호 <경기도도당굿>의 전수교육조교이다.

증편 한국구비문학대계 1-12
경기도 파주시

초판 인쇄 2015년 12월 1일
초판 발행 2015년 12월 8일

엮 은 이 김헌선 김형근 최자운 김혜정 변남섭
엮 은 곳 한국학중앙연구원 어문생활사연구소
출판기획 김인회

펴 낸 이 이대현
펴 낸 곳 도서출판 역락
편   집 권분옥
디 자 인 이홍주

주   소 서울시 서초구 동광로46길 6-6(반포4동 577-25) 문창빌딩 2층
등   록 1999년 4월 19일 제303-2002-000014호
전   화 02-3409-2058, 2060
팩   스 02-3409-2059
이 메 일 youkrack@hanmail.net

값 42,000원

ISBN 979-11-5686-258-1 94810
      978-89-5556-084-8(세트)